D1994853

DROEMER

ANNETTE HOHBERG

EIN LEBEN SPÄTER

ROMAN

DROEMER

Besuchen Sie uns im Internet:
www.droemer-knaur.de

MIX
Papier | Fördert gute Waldnutzung
FSC® C083411

Originalausgabe Mai 2025
© 2025 Droemer Verlag
Ein Imprint der Verlagsgruppe
Droemer Knaur GmbH & Co. KG
Maria-Luiko-Straße 54, 80636 München
Alle Rechte vorbehalten. Das Werk darf – auch teilweise – nur mit Genehmigung des Verlags wiedergegeben werden.
Die Nutzung unserer Werke für Text- und Data-Mining im Sinne von § 44b UrhG behalten wir uns explizit vor.
Redaktion: Birgit Förster
Covergestaltung: zero-media.net, München
Coverabbildung: Palina Liashkovich / Stocksy.com
Satz und Layout: Adobe InDesign im Verlag
Druck und Bindung: CPI books GmbH, Leck
ISBN 978-3-426-44970-7

Kontaktadresse nach EU-Produktsicherheitsverordnung:
produktsicherheit@droemer-knaur.de

2 4 5 3 1

»Ich setzte den Fuß in die Luft, und sie trug.«

Hilde Domin

1

Es ist ein leises Knacken, das sie weckt. Fast ein Knistern. Das knackende Knistern trockener Zweige.

Zunächst meint sie zu träumen. Einige Sekunden noch ummantelt der Schlaf die Geräusche unter ihrem Fenster. Traumgeräusche.

Dann plötzlich – Schnitt.

Wirklichkeit tut sich auf.

Jule fährt hoch. Sitzt aufrecht im Bett. Hört jetzt nicht nur die sich brechenden Zweige, sondern auch das laute Klopfen ihres Herzens.

Kein Zweifel. Da bewegt sich etwas im Garten. Ein Tier? Es verirren sich immer mal wieder Hasen auf das Grundstück. Aber nein, dies hier sind keine Hasen. Es sind Schritte, die sich dem Haus nähern. Jetzt, gegen Ende August, ist das Gestrüpp der Garrigue trocken, die Hitze des Sommers hat Rosmarin, Thymian, Zistrosen, Brandkräuter, Lavendel nahezu versengt. Zu dieser Jahreszeit wird die Macchia zu einem Warnmelder.

Jule schaltet kein Licht an. Sie tastet nach dem Stuhl, der neben dem Bett steht. Bevor sie sich schlafen legte, hat sie dort die Strickjacke hingeworfen, die sie am Abend auf der Terrasse getragen hatte.

Es war ein langer Abend geworden, einer, der sich weit in die Nacht hineinbeugte. Selbst hier im Süden schleicht sich irgendwann ein Hauch von Kühle in die Nächte.

Jule und Jo hatten gegessen und Wein getrunken. Sie hatten geredet. Viel über ihn. Wenig über sie. Danach schwiegen sie lange; es war ein behagliches Schweigen gewesen, getragen vom Gesang der Zikaden. Irgendwann suchten sie die Milchstraße, in einem Himmel voller Sterne.

Als die Zikaden in den Olivenbäumen verstummten, begannen Jule und Jo zu frösteln. Er holte die Strickjacke und legte sie ihr um die Schultern. Die Fürsorglichkeit dieser Geste rührte sie. Und mit einem Schlag war die Angst weg. Die Angst, die sie monatelang begleitet hatte. Mal hatte sie ihr im Nacken gesessen wie ein tollwütiger Affe, mal hatte sie sich versteckt, um ihr dann aus der Ferne plötzlich zuzuwinken: Doch, doch, ich bin noch da. Bis sie gestern Abend auf einmal verschwand. Es war, als würde man ein lange eingegipstes Bein mit einem Hammerschlag befreien. Die schwach gewordenen Muskeln zitterten vor Freude. Für einen kostbaren Augenblick herrschte endlich Stille. Stille nach einem langen Sturm.

Doch jetzt ist die Angst zurück. Hinterrücks hat sie sich angeschlichen, hat die Tür der Träume benutzt, um die Wirklichkeit erneut zu besetzen. Ihre Truppen hat sie verstärkt. Die gestrige Ruhe, sie war nur ein Trugspiel. Nun ist der nächste Sturm da. In Orkanstärke diesmal …

Jule zieht die Strickjacke über ihr Nachthemd und setzt die nackten Füße auf den Steinboden. Ihre Schuhe lässt sie unter dem Bett stehen. Schuhe machen Geräusche, und Geräusche könnten sie verraten. Barfuß tastet sie sich bis zur Tür, die sie vorsichtig öffnet. Sie kennt das Haus inzwischen. Weiß, wo sich das Geländer der Treppe befindet, die ins Erdgeschoss führt. Die Steinstufen schlucken jeden ihrer Schritte. In der Diele angekommen, versuchen Jules Augen sich an das Dunkel zu gewöhnen.

Das Knacken draußen hat aufgehört. Er muss auf der Terrasse angekommen sein. Sie weiß, dass er es ist. Fast meint sie, sein Atmen zu hören. Dieses schwere Atmen, das alles ankündigt, was dann folgt. Erst kommt das Atmen, dann kommt die Wut. So ist es immer gewesen. So wäre es auch jetzt.

Sie muss schnell sein. Schneller als er.

Noch schläft Jo, doch es würde nicht mehr lange dauern, bis er ebenfalls aufwacht. Sein Schlafzimmer liegt im Erdgeschoss, gleich hinter dem Wohnraum, von wo aus sich die großen Schiebetüren zur Terrasse hin öffnen.

Neben dem Hauseingang befindet sich die Tür zur Garage. Jule schlüpft hinein. Sie greift nach der Taschenlampe, die an einem Haken rechts hängt. Hier drinnen wird man das Licht nicht sehen; der Raum hat kein Fenster.

Das Gewehr liegt im Regal, hinter ein paar alten Farbdosen und eingetrockneten Pinseln. Sie hat es dort deponiert. Sie hat es auch geladen, so wie Nicolas es ihr vor einigen Wochen gezeigt hatte. Nicolas, der mit seiner Frau Sophie in der Nähe lebt. Der immer nach dem Rechten sieht und Jule mit allem hilft, was ansteht.

Damals ist sie noch allein gewesen. Ohne Jo.

»Ich sollte wissen, wie das Ding funktioniert«, hatte sie zu Nicolas gesagt, nachdem die Angst zurückgekommen war und Jule sich an die verstaubte Flinte in der Garage erinnert hatte. Sie hatte Nicolas von einem Mann erzählt, der sich in letzter Zeit auf der Straße herumtrieb und sie beobachtete. Einem Mann, den es nicht gab. Es gab nur ihre Angst – vor einem anderen Mann. Doch davon wollte sie ihm nichts erzählen.

Er schien zu verstehen. Eine Frau allein in einem frei stehenden Haus, nur umgeben von Garrigue, Olivenbäumen und Weinstöcken. Da bot eine Waffe Sicherheit. Er inspizierte und ölte das Jagdgewehr und erzählte ihr dabei, wie sein Vater und Jos Vater früher Fasane und Hasen und Wildschweine geschossen hatten. Als kleiner Junge schon war er dabei gewesen, hatte die Tiere gerupft oder ihnen das Fell über die Ohren gezogen. Heute jagt er manchmal noch an Wochenenden, mit Freunden aus dem Dorf. An jenem Tag half er Jule, das Gewehr zu laden; er hatte extra Patronen mitgebracht.

Sie übten draußen hinter dem Haus, schossen auf Blechbüchsen, die Nicolas auf eine halb eingefallene Mauer stellte. Die Eidechsen verließen fluchtartig ihre sonnigen Plätze auf den warmen Steinen, während Jule sich zeigen ließ, wie man lud, anlegte, zielte und den Rückstoß beim Abdrücken einkalkulierte. Nicolas stand hinter ihr, führte die Bewegungen zunächst mit ihr gemeinsam aus. Er war ihr so nah, dass sie seinen Atem spüren konnte. Er roch nach Knoblauch, wie fast alle hier im Süden. Sie mochte das. Ihn mochte sie auch. Er machte ihr keine Angst. Im Gegenteil. Er war ein Angstvertreiber.

Schließlich ließ er sie allein schießen.

»Du bist gut«, sagte er und nickte anerkennend.

Am Schluss drückte er ihr eine weitere Schachtel Patronen in die Hand. Sie verstaute alles hinter den Farbdosen und Pinseln. Die Schachtel legte sie daneben.

»Danke«, sagte sie und fragte, ob er noch einen Wein mit ihr trinken wollte. Gemeinsam saßen sie auf der Terrasse, und Nicolas erzählte, wie das damals war, vor über vierzig Jahren, wenn Jo mit seinen Eltern in den großen Ferien kam. Der Junge aus Deutschland, der sein Freund geworden war.

»Er ist ja in der letzten Zeit selten hier gewesen«, sagte Nicolas. Jule entnahm seiner Stimme Bedauern.

»Warum eigentlich?«, fragte sie. Eine Frage, die sie bereits seit Längerem stellen wollte.

Er zuckte mit den Schultern. »Ich denke, seine Frau mag das alles nicht so sehr. Sie ist nicht der Typ fürs … na ja, Ländliche. Er hat sie nach dem Tod seiner Eltern ein paarmal mitgebracht, dann kam er nur noch allein. Ich hab mich oft gefragt, ob er das Haus nicht eines Tages verkaufen wird, aber immer, wenn ich ihn darauf angesprochen habe, hat er abgewinkt. Er hat seinen eigenen Kopf, musst du wissen. Aber wahrscheinlich weißt du das sowieso schon.«

Sie verneinte. Sie wusste fast nichts von Jo. Sie lebte in dem Haus eines Mannes, den sie so gut wie nicht kannte.

»Du bist so ganz anders als sie«, sagte Nicolas. Er sprach noch immer von der Frau. Jos Frau.

»Wie meinst du das?«, fragte Jule.

»Sie würde nie ein Gewehr in die Hand nehmen«, sagte er und verzog dabei seine Mundwinkel. Ein klein wenig nur, aber genug für sie, um den Spott zu erkennen. »Und auch sonst …«, fuhr er fort.

Jules Stirnrunzeln forderte ihn zum Weiterreden auf.

»Sie hat Sophie mal abgelegte Kleider von sich schenken wollen«, sagte er. »Sie meinte das sicher nett, und es waren wirklich teure Kleider, aber Sophie war gekränkt. Sie hat ihren Stolz, musst du wissen. Ich brauche keine Almosen, hat sie damals gesagt. Nina war eingeschnappt, und …«

»Nina?«

»Ja, so heißt Jochens Frau. Du hast noch nie von ihr gehört?« Er sah sie erstaunt an.

»Nicht wirklich. Er hat sie nur nebenbei mal erwähnt.«

»Na ja, wir sind eigentlich froh, dass sie nicht mehr kommt. Du dagegen … Nun, bei dir haben wir das Gefühl, du passt hierher. Du hast dieses Haus auf eine ganz besondere Weise wiederbelebt.«

»Danke, Nicolas. Dabei habe ich mich wie abgestorben gefühlt, als ich hier ankam.«

»Das haben wir gesehen, Sophie und ich.«

Sie lächelte.

Das mochte sie an den beiden. Sie bemerkten etwas, aber sie stellten keine unnötigen Fragen. Sie stellten lieber eine Schale mit Kirschen vor die Tür. Oder luden Jule zum Essen mit Freunden ein, damit sie sich nicht so allein fühlte. Ohne die zwei wären ihre Monate hier anders verlaufen. Sie sind einfach da gewesen, von Beginn an. Seit sie Anfang April mit nichts als einer Reisetasche in diesem Haus angekommen war. Gestrandet. Eine Schiffbrüchige.

Als Nicolas an diesem Abend mit seinem alten Lieferwagen davonfuhr, sah Jule ihm nach. Sie hatte nun ein Gewehr, mit dem sie schießen konnte. Und sie hatte eine Schachtel mit Patronen.

Jetzt in der Garage, im Schein der Taschenlampe, tut sie das, was sie in Gedanken bereits Hunderte Male geprobt hat. Sie lädt das Gewehr, spannt den Lauf und schleicht damit zurück in die Diele. Die Taschenlampe knipst sie kurz zuvor aus und hängt sie zurück an den Haken.

Sie steht wieder im Dunkeln, das Gewehr eng an sich gepresst. Die Kälte der Fliesen kriecht in ihre nackten Füße, zieht die Beine hinauf, ergreift ihre Brust, in der das Herz laut pocht.

Sie zittert.

Ganz ruhig, befiehlt sie sich. Konzentrier dich! Auf dich allein kommt es jetzt an. Niemand wird dir helfen.

Das Geräusch von springendem Glas durchbricht die Stille. Die Terrassentür. Er hat sie eingeschlagen.

Jule hört Schritte. Dann Stimmen. Jos Stimme – und seine Stimme.

Es folgt ein Schrei, danach ein Poltern.

Nun muss sie schnell sein.

Mit dem rechten Fuß stößt sie die Tür zum Wohnraum auf, das Gewehr im Anschlag.

2

SECHS MONATE ZUVOR

Sie warten auf jemanden, den es nicht gibt.«

Sie sah auf. Ihr Blick verließ das Bild, vor dem sie saß. Das Bild einer Landschaft. Es schien, als würde sie darin etwas suchen. Ein Geheimnis. Eine Lösung. Eine Antwort. Was auch immer. Doch nun sah sie auf – in das Gesicht eines Mannes. Ein freundliches, zugleich ernstes Gesicht, das ohne die Spur eines schmeichelnden Lächelns auskam.

»Und Sie sind ein Dieb«, erwiderte sie.

Er zeigte Stirnfalten. Verwunderung. Ratlosigkeit. Erstaunen. Den Hauch eines Zögerns. »Wieso das?«, fragte er dann.

»Weil der Satz geklaut ist.«

Die Strenge in ihrer Stimme ließ ihn erröten. »Das wusste ich nicht.«

»Warum sollte ich Ihnen glauben?«

»Ich weiß es nicht.« Er presste die Handschuhe zusammen, die er in der linken Hand hielt. Schwarze Lederhandschuhe mit einigen Gebrauchsspuren. Die Geste hatte etwas Verlegenes und zugleich Entschlossenes. »Darf ich mich zu Ihnen setzen?«, fragte er.

»Nehmen sich Diebe nicht immer, was sie wollen?«

»Heißt das Ja?«

Ihr Kopf deutete eine Bewegung an, neben sich auf die Bank. Eine mit schwarzem Kunstleder bezogene Bank.

Sie rutschte ein Stück nach rechts. Er nahm links Platz. Seine Handschuhe legte er in den Abstand, den sie zwischen sich ließen. Ihre Blicke trafen sich auf dem Bild.

Es fiel kein Wort, aber das schien sie nicht zu stören.

Andere Museumsbesucher betraten den Raum, wanderten

ziellos herum und gingen schließlich wieder. Für einen kurzen Moment stellte sich einer dieser Wanderer vor die Landschaft, aber dann war er verschwunden, als sei er nie da gewesen.

»Woher kommt der geklaute Satz?«, fragte der Mann mit den Handschuhen schließlich.

»Ach, das wissen Sie gar nicht?«

»Nein, ich dachte, es sei meiner.«

»Er stammt aus irgendeinem alten französischen Film. Ich glaube, es war einer mit Jane Birkin. *Nouvelle Vague,* vermute ich. Den Titel weiß ich nicht mehr, aber den Satz hab ich behalten. Es gibt so Sätze, die man mit sich herumträgt.«

»Stimmt er denn?«

»Ob ich auf jemanden warte, den es nicht gibt, meinen Sie?«

»Ja.«

»In gewisser Weise schon.«

»Demnach ist dieser Jemand eine Illusion?«

»Nun, sagen wir, er ist ein Irrtum. Ein Irrtum mit weitreichenden Folgen.«

»Verstehe.«

»Oh, das bezweifle ich. Da wären Sie einen entscheidenden Schritt weiter als ich, und das, obwohl wir uns gerade erst kennengelernt haben.«

»Ich möchte nicht indiskret sein.«

»Sind Sie nicht. Ich entscheide doch, was ich Ihnen sage.«

»Wollte er sich heute hier mit Ihnen treffen?«

»Um ehrlich zu sein, ich wollte es. Es ist ein neutraler Raum. Und es ist ein Ort, der einem die Augen öffnet. Bilder können so etwas.«

»Wie lange warten Sie schon?«

»Seit ich denken kann.« Sie stand auf und reichte ihm ihre Hand. Klein, mit ein paar Sommersprossen darauf. »Kommen Sie.«

Ihre Haut fühlte sich kühl an. Der Griff entschlossen. Eine zähe, nachdrückliche Hand.

Direkt vor dem Bild blieben sie stehen. »Was sehen Sie?«, fragte sie.

»Nun, ich sehe eine Landschaft«, begann er. »Mit sattgrünen Bäumen. Eine Allee, die …«

»Unsinn«, unterbrach sie ihn. »Gehen Sie näher ran. Als wollten Sie das Bild küssen.«

»Aber dann sehe ich nur noch bunte Punkte.«

»Genau! Sie sind gut. Sehr gut. Bei einem Quiz hätten Sie jetzt gewonnen.«

»Ich mag kein Quiz.«

»Ich auch nicht, aber darum geht es hier gar nicht.«

»Ich begreife nicht ganz, was Sie mir sagen wollen.« Er sah sie an, dann wieder das Bild.

»Egal. Sie haben's erfasst, das ist zunächst mal die Hauptsache.«

»Könnten Sie trotzdem etwas konkreter werden?«

Sie lächelte, ganz kurz nur, aber lange genug, um ihm eine winzige Zahnlücke zu zeigen.

Sein Gesicht überzog sich mit leichter Röte. Er spürte die damit einhergehende Wärme wohl, denn unwillkürlich schaute er sich um, ob der Museumsangestellte an der Tür die Heizung höher gestellt hatte. Aber der Mann saß nahezu regungslos auf seinem Stuhl und blickte ins Nirgendwo.

Sie wurde wieder ernst. Fast feierlich ernst. »Je mehr wir uns einer Sache nähern, desto weniger sehen wir. Das Ganze wird erst klar, wenn wir Abstand haben. Zu viel Nähe lässt nur den verengten Blick auf das Klein-Klein zu. Man sieht lediglich Geckleckse. Der große Wurf bleibt verborgen.«

»Sind Sie Malerin?«

Wieder dieses Lächeln. »Nein. Ich bin vieles, aber das nicht.«

»Was sind Sie denn?«

»Wollen Sie's herausfinden?«

Er nickte.

»Die haben hier ein Museumscafé. Überlassen wir den Klimt sich selbst und gehen wir einen Kaffee trinken. Einverstanden?«

»Einverstanden.«

Nebeneinander gingen sie zur Tür, vorbei an dem Mann auf seinem Stuhl. Die schwarzen Handschuhe blieben auf der Bank zurück.

In dem Café herrschte Hochbetrieb. Das Gewirr vieler Stimmen, die Ausdünstungen feuchter Wintermäntel, der Rauch von Zigaretten. Mit Mühe bekamen sie zwei Plätze an der Bar, direkt neben einer chromglänzenden Kaffeemaschine, die fauchend und zischend Espresso in Tassen spuckte und Milch aufschäumte. Sie bestellten zwei Cappuccino; er nahm Zucker, sie nicht.

»Ich bin Pianistin«, nahm sie das Gespräch wieder auf.

»Oh, interessant.« Er bewegte den Löffel geräuschvoll in seiner Tasse hin und her. Sonst störte sie so etwas, aber das hier verbuchte sie als Verlegenheit, die er energisch zu überspielen versuchte. Wie vorhin, als er seine Handschuhe zusammengepresst hatte. Auf eine noch unbestimmte Weise berührte sie das.

»Ach, das hört sich toller an, als es ist«, erwiderte sie. »Meine Mutter wollte unbedingt, dass ich aufs Konservatorium gehe.«

»Ist Ihre Mutter auch Musikerin?«

»Sie hat Geige gespielt. Sie war wohl richtig gut, aber dann ist mein Vater gestorben, und sie musste Geld verdienen und sich allein um mich kümmern … Aber was erzähle ich Ihnen hier eigentlich alles?«

Er lächelte. Das erste Mal. Sein Lächeln hatte etwas Raumgreifendes. Etwas, dem man sich nicht entziehen konnte.

Sie wollte sich auch gar nicht entziehen. Im Gegenteil. Sie tauchte in dieses Lächeln ein und spürte etwas, das ihr abhandengekommen war. Ganz kurz nur zeigte es sich. Zu kurz, um es festhalten zu können.

»Erzählen Sie ruhig«, sagte er. »Ich höre Ihnen gern zu. Also, Sie meinten, Klavier zu spielen hört sich toller an, als es ist.«

»Ja. Die Ausbildung habe ich, Talent habe ich wohl auch, aber es ist schwer, Auftritte in guten Häusern zu bekommen. Früher hatte ich die, aber dann ... Nun, es kam etwas dazwischen. Inzwischen begnüge ich mich mit dem, was ich kriegen kann, und mache das, was viele Musiker tun.«

»Und was ist das?«

»Ich gebe Unterricht. In passablen Monaten komme ich gerade so über die Runden, in schlechten lebe ich auf Pump.«

Er sah auf ihre sommersprossigen Hände. »Welche Art von Musik spielen Sie?«

»Kennen Sie sich aus?«

»Ein bisschen.«

»Nun, natürlich die Klassiker. Ich liebe Chopin. Aber ich versuche mich nebenher auch ein bisschen im Jazz, wenn Sie verstehen.«

»Jazz liegt mir mehr als Klassik.«

»Na dann ... Ein Freund von mir ist Bassist, ein anderer Schlagzeuger. Es macht Spaß, zusammen zu improvisieren. Da kommt Neues, Eigenes heraus. Das gefällt mir. Mit etwas Glück ergattern wir ab und an einen Auftritt in einem kleinen Club.«

»Wohnen Sie hier in Wien?«

»Inzwischen, ja. Eigentlich bin ich aus München ...«

»Ach, was für ein Zufall«, unterbrach er sie. »Ich lebe in München. Weshalb sind Sie ...?«

»Warum ich in Österreich gelandet bin, meinen Sie? Nun, die alte Geschichte, wenn Sie verstehen, was ich meine.«

»Ein Mann?«

Sie nickte.

Er rührte noch immer in seinem Kaffee. »Der, auf den Sie gewartet haben und den es eigentlich gar nicht gibt?«

»Sie sind wirklich schlau.« Sie lachte, doch in ihr Lachen schlich sich etwas, das er nicht zu fassen bekommen schien. Wehmut? Traurigkeit? Bitterkeit?

»Und Sie?«, fragte sie. »Was treiben Sie so, mal abgesehen davon, dass Sie in einem Wiener Museum fremde Frauen ansprechen?«

»Ich bin Literaturagent.«

Sie zog die Stirn in Falten.

»Ich verkaufe Bücher an Verlage«, erklärte er. »Suche aus den Unmengen an Autoren solche heraus, von denen ich glaube, sie hätten eine Chance auf dem Markt. Es ist eine kleine One-Man-Agentur. Ich bin mein eigener Chef.«

Sie trank einen Schluck Kaffee. »Was für Bücher mögen Sie?«

»Meine Leidenschaft sind Romane.«

»Eine besondere Sparte?«

»Nein. Ich mag zwar Krimis, weil die sich gut verkaufen. Aber es gibt auch wunderbare Familiengeschichten oder …«

»Liebesgeschichten?«

»Die auch, ja.«

»Waren Sie schon immer Agent?«

Er schüttelte den Kopf.

»Was haben Sie davor gemacht?«

»Ich war Buchhändler, hätte sogar mal Teilhaber des Ladens werden können, in dem ich gearbeitet habe.«

»Warum sind Sie's nicht geworden?«

»Ich hatte Lust auf Neues.«

»Das verstehe ich.«

»Als Buchhändler war ich häufig auf den großen Messen. Na ja, von daher hatte ich ein paar Kontakte, und irgendwann stand der Entschluss fest. Er drängte sich geradezu auf. Mein jetziger Job macht mich nicht reich, aber er macht mich zufrieden. Zufriedener als der davor. Ich bin unabhängiger.«

»Unabhängigkeit ist wesentlich. In vielerlei Hinsicht.«

»Da haben Sie recht.«

»Schreiben Sie selbst Romane?«

Jetzt lachte er. Sein Lachen war die Steigerung seines Lächelns. »Nein«, entgegnete er. »Das kann ich nicht. Ich erkenne nur, wenn etwas gut ist. Wie heißen Sie eigentlich?«

»Jule.« Sie streckte ihm wieder ihre kleine entschlossene Sommersprossenhand hin. »Und Sie?«

»Joachim. Aber alle nennen mich Jochen.«

»Ich werde Sie Jo nennen.«

»So hat mich noch niemand genannt.«

Sie zeigte ihre Zahnlücke. »Oh, ich mag es, wenn ich die Erste bin.«

»Jo …« Er ließ den Namen nachwirken. Es schien, als würde er ihn im Mund bewegen, wie ein Bonbon. »Ja, das gefällt mir«, sagte er schließlich. »Sehr sogar. Und es gefällt mir, dass unsere Vornamen mit demselben Buchstaben beginnen.«

»Eine Alliteration. So heißt das doch in Ihrem Fach, oder?«

»Ein Stilmittel, ja.«

»Milch macht müde Männer munter. Mit diesem Satz hat es uns meine Deutschlehrerin früher erklärt. Manche Dinge merkt man sich fürs Leben. Das ist auf der Festplatte da oben gespeichert.« Sie tippte sich an die Stirn. »Wie lange bleiben Sie in Wien, Jo?«

»In einer Stunde geht mein Zug. Ich habe hier zwei meiner Autoren getroffen und nebenher ein bisschen Urlaub gemacht. Heute wollte ich mir die verbleibende Zeit noch mit etwas Kunst vertreiben.«

»Irgendwie eigenartig.«

»Ich begreife nicht ganz.«

»Da wünschen wir uns alle immer, mehr Zeit zu haben, und dann wollen wir sie vertreiben.«

»So hab ich das noch nie gesehen, aber ja, da ist was dran. Das mit den Punkten und dem Bild vorhin war übrigens auch ein sehr guter Gedanke.«

»Irgendwie habe ich gespürt, dass Sie's verstehen. Ich sitze oft vor dieser Landschaft, wenn ich im Leben den Überblick verliere.«

»Haben Sie mit ihm auch dort gesessen? Ich meine den, der …?«

»Ich weiß schon, wen Sie meinen. Ja, habe ich. Aber wie ich bereits sagte: Er war ein Irrtum.«

»Ein Irrtum …« Er ließ das Wort nachwirken. »Das passiert wohl oft zwischen zwei Menschen.«

Sie nickte. »Zu oft.«

»Dieser Mann …«

»Den Mann, den ich glaubte zu kennen, gibt es nicht. Letztlich trauere ich um jemanden, der gar nicht existiert und im Grunde nie existiert hat. Verrückt, nicht wahr?«

»Stoff für einen Roman.« Er rückte mit dem Barhocker etwas von ihr ab und sah sie an. Als wollte er das ganze Bild sehen. Die ganze Frau.

»Ihre Augen haben die Farbe von Stachelbeeren«, sagte er schließlich.

»Mögen Sie Stachelbeeren?«

»Nein.«

Wieder schenkte sie ihm ihr Zahnlückenlachen. Normalerweise war sie weniger großzügig damit, doch diesem Mann hier gab sie es gern. Vielleicht weil sie spürte, dass er mehr davon wollte.

»Na, das ist mal ein echtes Kompliment!«, erwiderte sie.

»Entschuldigen Sie. Die Farbe, ich meinte die Farbe. Die mag ich. Dieses blasse durchscheinende Grün, mit Sprenkeln von Grau drin. Glauben Sie mir, ich rede nicht vom Geschmack.«

»Schon gut, ich glaube Ihnen. Stachelbeeren also. Das hat noch keiner zu mir gesagt. Aber ich mag es.«

»So wie ich meinen neuen Namen.«

»Dann haben wir schon mal zwei Dinge, die wir aneinander mögen. Das nenne ich eine ganz passable Basis nach einer guten halben Stunde.«

»Ich tue so was normalerweise nicht.«

»Was tun Sie nicht?«

»Fremde Frauen ansprechen und ihnen nach einer Stunde schon etwas über ihre Augen erzählen.«

»Und warum machen Sie bei mir eine Ausnahme?«

»Ich weiß es nicht.«

»Das lasse ich nicht gelten.«

»Vielleicht weil ... weil Sie irgendwie so beschädigt wirken.«

»Dieses Kompliment ist fast noch besser.« Es sollte flapsig klingen, aber der Ton verrutschte ihr.

Er bemerkte es sofort. Sie war auf der Hut. Wie ein Tier, das Gefahr wittert.

»Ich mag das Versehrte, müssen Sie wissen«, beeilte er sich zu sagen. »Das Glatte liegt mir nicht.«

Sie schwieg.

Er zählte die Sekunden ihres Schweigens. Es waren achtundzwanzig.

»Sind Sie verheiratet?«, fragte sie unvermittelt.

»Ja.«

»Lassen Sie mich raten. Mit einer glatten Frau?« Sie hatte ihren Ton wiedergefunden.

Er nickte. »Sie ist so ziemlich ohne Fehl und Tadel. Die perfekte Ehefrau eigentlich.«

»Eigentlich ist ein verräterisches Wort.«

»Ihre Beobachtungsgabe ist erstaunlich.«

»Sollte ich Sie jetzt fragen, ob Sie glücklich sind?«

»Ich weiß nicht.«

»Sind Sie's?«

»Ja und nein. Ich bin es, und ich bin es auch wieder nicht. Ehrlich gesagt bin ich gerade einigermaßen ratlos.«

»Warum?«

»Weil ich hier mit Ihnen sitze. Weil ich es mag. Und weil ich nicht weiß, ob ich nicht besser gleich gehen sollte.«

»Na ja, das müssen Sie ohnehin, wenn Sie Ihren Zug rechtzeitig erreichen wollen.«

»Sehe ich Sie wieder?«

Sie schaute in ihre leere Kaffeetasse. »Ich weiß nicht, ob das eine gute Idee ist.«

»Ich gebe zu, meine Ideen sind nicht immer die besten.« Er griff nach seinem Sakko, das er auf dem Barhocker neben sich abgelegt hatte. Ein dunkelbraunes Cordsakko, etwas abgewetzt an den Ärmeln. Er tastete es ab; sie sah auf seinen Hinterkopf, während er das tat. Er hatte dunkle Locken, die sich jedem Versuch von Frisur zu widersetzen schienen und ihm etwas Jungenhaftes verliehen.

Schließlich hatte er gefunden, was er suchte, holte ein Portemonnaie aus der Innentasche des Sakkos, legte sieben Euro auf den Tresen und reichte Jule eine Visitenkarte.

Sie warf einen Blick darauf und schob die Karte dann in den Ärmel ihres Pullovers.

»Wollen Sie mir Ihre Nummer auch verraten?«, fragte er.

Sie winkte einen jungen Mann herbei, der an der Kaffeemaschine stand. »Hätten Sie einen Stift für mich?«

Der Mann griff in die Brusttasche seiner Jacke, zog einen Kugelschreiber heraus und legte ihn auf den Tresen.

»Geben Sie mir Ihre Hand«, sagte Jule.

Verdutzt tat Jo, was sie verlangte. Eilig schrieb sie einige Zahlen darauf. Sie wählte die Innenseite, dort, wo die Finger wurzelten; eine geschlossene Hand würde die Ziffern verbergen. »Das ist meine Handynummer«, erklärte sie. »Nachmittags bin ich meist ganz gut zu erreichen. Am Abend sollten Sie besser nicht anrufen.«

»Weshalb nicht?«

»Das werde ich Ihnen nicht sagen.«

Er sah in seine Hand. »Hat irgendwie etwas Verschwörerisches. Wie in einem Kriminalfilm.«

Sie zeigte ihre Zahnlücke. Ihr lückenhaftes Lachen.

»Na ja«, sagte sie, »in den wirklich guten Thrillern kritzelt jemand eine Nummer auf einen Zettel, ein anderer lernt sie auswendig und schluckt den Zettel dann hinunter.«

»Sie kennen sich wirklich aus mit Filmen.«

»Ich gehe gern ins Kino, ja. Wie kommen Sie zum Bahnhof?«

»Am besten mit einem Taxi. Mein Gepäck habe ich unten an der Museumsgarderobe abgegeben.«

»Ich begleite Sie. Zur Garderobe, meine ich.«

Sie wirkten fast schon vertraut miteinander, als sie das Café verließen. Er ging voraus, hielt ihr die Tür auf. Sie deutete mit dem Kopf eine kleine Verbeugung an.

Sie waren inzwischen an der Garderobe angekommen. Die Frau hinter der Ausgabe nahm den Bon entgegen und begab sich auf die Suche. Nach kurzer Zeit kam sie mit einem schwarzen Wintermantel und einer Reisetasche zurück.

Jo zog den Mantel über sein Sakko und griff in die Taschen. »Oh, ich glaube, ich habe meine Handschuhe vergessen. Vorhin, als ich Sie traf, in der Ausstellung, da hatte ich sie noch. Ich habe sie vielleicht auf der Bank liegen lassen.«

»Ich gehe zurück und sehe nach.«

Er schaute auf die Uhr. »Mein Zug. Ich muss los.«

»Na, nun machen Sie schon, dass Sie wegkommen. Da draußen stehen jede Menge Taxis. Ich behalte Ihre Handschuhe einstweilen.« Sie lächelte. »Betrachten Sie es als eine Art Pfand«, fügte sie hinzu.

»Ein Pfand sollte eingelöst werden«, entgegnete er.

Er nahm seine Reisetasche in die linke Hand. Die rechte streckte er ihr entgegen.

»Auf Wiedersehen«, sagte er. »Und das meine ich wörtlich.«

»Wir werden sehen«, sagte sie und erwiderte den Druck seiner Hand.

Sie schaute ihm nach, als er Richtung Ausgang lief, und langsam verschwand das Lächeln aus ihrem Gesicht.

Er drehte sich nicht um. Unterließ ein letztes Winken. Das gefiel ihr. Alles andere hätte übertrieben gewirkt. Fast kitschig. Und Kitsch wäre hier unpassend gewesen.

Der Winterwind blähte seinen Mantel auf, als er durch die Drehtür nach draußen trat. Er brachte ein paar Schneeflocken mit, der Wind.

Jule blieb im Foyer des Museums stehen. Sie hatte mit dem Mann gerade mal eine Stunde verbracht, und doch hatten sie so etwas wie eine lose Abmachung getroffen. Das war mehr, als ihr Verstand ihr gestattete. Und doch war es zu wenig, um schon Furcht zu säen. Sie spürte den Grenzübertritt bereits, aber noch befand sie sich in schützendem Niemandsland. Noch konnte sie umkehren und so tun, als wäre nichts geschehen. Diese Stunde mit diesem Mann ausradieren, wie Worte auf einem Blatt Papier, die man besser nicht in die Welt setzen wollte, weil sie imstande wären, etwas ins Rollen zu bringen, das sich dann nicht mehr aufhalten ließe.

Jule ging langsam zurück in die Ausstellungsräume.

Seine Handschuhe lagen nach wie vor auf der Bank vor dem Klimt, als würden sie dort warten. Sie nahm sie an sich und strich mit ihren Fingern darüber. An einigen Stellen war das Leder rau und leicht rissig. Es fühlte sich kühl und warm zugleich an.

3

Der Versuch, die Augen zu öffnen, misslang. Lediglich ein schmaler Schlitz gewährte Jule Sicht. Eingeschränkte Sicht. Was sie sah, verwirrte sie. Eine hellgraue Wand. Ein an der Zimmerdecke hängender Fernseher. Ein hellbrauner Schrank mit zwei Türen.

Sie drehte den Kopf nach rechts. Er schmerzte.

Da war ein Fenster. Die Jalousie hatte jemand so eingestellt, dass die Sonne von draußen sie nicht blendete. Da war auch ein Ständer mit einer Infusionsflasche, die langsam Tropfen für Tropfen einer Flüssigkeit in einen Plastikschlauch entließ. Der Schlauch führte zu Jules Handrücken, in dem eine Kanüle steckte.

Wo war sie? Wie war sie hierhergekommen?

Sie versuchte, sich zu erinnern, doch die Erinnerungen blieben verschwommen. Wie hinter einer Milchglasscheibe.

Sie schloss die Augen wieder und schlief ein.

Sie musste lange geschlafen haben. Die Sonne schien nun nicht mehr durch die Jalousie.

Erneut suchte Jule die Erinnerungen. Diesmal öffnete sich die Milchglasscheibe. Nur einen Spaltbreit, aber immerhin. Die Erinnerungen offenbarten erste Konturen.

Da waren die Handschuhe. Die schwarzen Handschuhe, die sie im Februar aus dem Museum mit nach Hause genommen hatte. Sie hatte ein gutes Versteck dafür gefunden. Weit hinten in ihrem Kleiderschrank unter einem Haufen alter Socken. Da waren sie sicher. Vor ihm. Vor Mark. Mark, der eigentlich Markus hieß.

Die Visitenkarte hatte sie weggeworfen. Die Telefonnummer

darauf speicherte sie auf ihrem Handy. Nicht unter Kontakten, sondern in ihren Notizen. Sie verbarg die Nummer inmitten einer längst beglichenen Reiseabrechnung. Schrieb nur die Ziffern hin. Ohne Namen. Der Name wäre verräterisch.

Jo. Sie dachte den Namen oft. Dachte ihn insgeheim vor sich hin. Das Insgeheime war ihr bevorzugter Aufenthaltsort geworden. Sie musste auf der Hut sein, lavierte sie doch auf dünnem Eis, jederzeit in Gefahr, einzubrechen. Schon einige Male hatte sie es gespürt, vielmehr geahnt, das eiskalte Wasser, das da unten lauerte und sie zu verschlingen drohte. Erst kam das Klirren des berstenden Eises, dann folgte der Sog in die Tiefe.

Jetzt war sie ganz tief unten, das fühlte sie. Sie war auf dem Grund angekommen. Du darfst nicht strampeln und herumrudern, sondern musst warten, bis du die Kiesel am Flussbett spürst, dann kannst du dich an ihnen abstoßen, um wieder nach oben zu gelangen. Das hatten ihr die Jungs verraten, mit denen sie als kleines Mädchen in der Isar gebadet hatte. Die Jungs wussten, was zu tun war, um Oberwasser zu bekommen. Oberwasser. Ein Überlebenswort. Jule hatte den Satz mit den Kieseln mit in ihr Leben genommen. Ein Satz wie ein Rettungsring, der sie vor dem Ertrinken bewahrte. Bis jetzt. Letzte Nacht wäre sie fast ertrunken. Oder war es die Nacht davor gewesen?

Das Zeitgefühl, es war noch nicht zurück.

Stattdessen kamen jetzt Bilder. Immer mehr Bilder, die sich an das der Handschuhe und der Visitenkarte und der Telefonnummer ohne Namen anfügten. Bilder, die ihre Verstecke verließen.

Der Karmelitermarkt. Am frühen Nachmittag. Jule war als Erste da gewesen. Nach dem Anruf. Dem Anruf von Jo. Er sei in Wien, hatte er gesagt. Ob sie sich sehen könnten.

Sie wusste noch, dass sie sich gefreut hatte. Immer wieder hatte sie den Nachmittag im Museum in sich abgespielt. Hatte sich an den Mann erinnert, der sich zu ihr auf die Bank gesetzt hatte. An den ersten Satz, den er zu ihr gesagt hatte. An sein

Gesicht dabei, freundlich und ernst zugleich. An die Aufmerksamkeit, mit der er ihren Sätzen gefolgt war. An die Art, wie er sie angesehen hatte, neugierig, aber nicht aufdringlich. An seine dunklen Locken und seinen dunklen Wintermantel. An sein ausbleibendes Winken.

An all das hatte sie gedacht, und allen inneren Einwänden zum Trotz hatte ihr Herz zu klopfen begonnen.

Sie hatte das Handy mit in die Küche genommen und ihre Stimme gesenkt, weil Mark im Nebenzimmer sie nicht hören sollte. Danach hatte sie die schwarzen Handschuhe unter den alten Socken hervorgeholt und in den Rucksack gesteckt, den sie immer zum Einkaufen mitnahm. Sie müsse noch in der Innenstadt was besorgen, hatte sie zu Mark gesagt. Sie komme etwas später zurück. Während sie das sagte, band sie sich ein Tuch um die Haare. Ein hellgrünes mit weißen Tupfen. Dann war sie gegangen.

Sie fuhr nicht mit der Straßenbahn über den Donaukanal in den ersten Bezirk. Sie lief vielmehr die Malzgasse, in der ihre Wohnung lag, hinunter, bis sie zum Karmelitermarkt kam.

Der Platz schien unter den ersten Sonnenstrahlen dieses Märztages aufzuwachen. Die Budenbesitzer stellten wieder Blumen vor die Tür, an den Ständen wurden neben Kapuzinerkresse die frühen Erdäpfel des Jahres angeboten. Die Menschen hatten Schals und Mützen abgelegt. Saßen draußen vor den Buden auf Holzbänken. In den alten Häusern, die den Markt umstanden, waren die Fenster weit geöffnet, um die Räume nach den langen kalten Monaten durchzulüften. Manche Leute hatten ihre Daunendecken und Kissen auf die Simse gelegt. Aufbruch lag in der Luft. Der Frühling gab sich zuversichtlich. Er schien geradezu verschwenderisch im Austeilen von Zuversicht.

Auch Jule ließ sich davon anstecken. Sie meinte zu spüren, wie ihr in letzter Zeit so klammes Herz ein Lächeln probierte. Es wagte sich hinaus aus dem Insgeheimen, wo es sich verborgen gehalten hatte.

Sie suchte sich einen Platz in der Sonne und bestellte ein Sodawasser mit Zitrone. Soda-Zitron nannten die Österreicher das Getränk, und seine Frische passte zu dem Frühlingsgefühl, das den Tag für sich einnahm.

Die Handschuhe holte sie aus dem Rucksack und legte sie vor sich auf den Holztisch. So, dass die Daumen nach außen zeigten, der eine nach links, der andere nach rechts. Die Richtung, die dieses Treffen nehmen würde, war schließlich auch nicht klar.

Sein »Hallo« erschreckte sie. Sie fuhr herum und merkte, dass sie rot wurde.

»Das steht Ihnen«, sagte er und setzte sich ihr gegenüber.

»Die Röte?«, fragte sie.

Er lachte. »Die auch, ja. Aber nein, ich meinte das Kopftuch, das Sie tragen.«

»Ach, das. Es bändigt die Haare. Sie müssten wieder mal geschnitten werden.«

»Sie haben kastanienrotes Haar, oder?«

»Sie haben ein gutes Gedächtnis.«

»Ich habe oft an Sie gedacht.«

»Das war nicht vereinbart.«

»Hatten wir eine Vereinbarung?«

»Nur die, dass ich ein Pfand behalte – und Sie es irgendwann einlösen.« Sie schob ihm die Handschuhe über den Tisch. »Ich habe gut auf sie aufgepasst.«

Er strich über das Leder. »Haben Sie gar nicht an mich gedacht, während Sie auf die alten Dinger hier gut aufpassten?«

»Das habe ich nicht gesagt.« Sie trank einen Schluck von ihrem Soda-Zitron und sah ihn dabei an. Er war so, wie sie sich an ihn erinnert hatte, wenn sie seinen Namen gedacht hatte. Er trug auch heute ein leicht zerknittertes Jackett, diesmal ein dunkelblaues mit einem hellen Rollkragenpullover darunter, als traute er dem Frühling noch nicht ganz. Und doch war da etwas neu an ihm, anders als im Museum. Er wirkte entschiedener. Damals hatte er noch Ratlosigkeit eingestanden und laut darüber nachgedacht, ob es nicht besser wäre, gleich zu gehen. Jetzt saß er hier, und er sah aus, als hätte er eine Antwort gefunden, eine Richtung ausgelotet. Jules Herz folgte dieser Richtung klopfend; ihr Verstand bemühte sich um Bremsmanöver, die Jo mit seinem raumgreifenden Lächeln sabotierte.

»Sie sind schnell wieder hergekommen«, sagte sie. »Nach Wien, meine ich. Drei Wochen sind eine kurze Zeit.«

»Und doch sind sie mir lang erschienen. Damals hat es noch geschneit, und jetzt …«

»… zeigt sich der Frühling. Ja, Sie haben Glück mit dem Wetter. Es ist der erste warme Tag. Haben Sie diesmal auch wieder Termine in der Stadt?«

»Sagen wir mal so, ich habe sie entsprechend gelegt. Ich …«

Eine junge Frau trat an den Tisch. »Was wünschen Sie?«, fragte sie Jo.

»Eine Weinschorle, bitte.«

»Einen G'spritzten, meinen Sie?«

»Wenn man das hier so sagt, dann nehme ich den.«

Die Frau notierte etwas auf einem Block und verschwand.

Jo wandte sich wieder Jule zu. »Ich wollte Sie wiedersehen, wenn ich ehrlich bin.«

»Das ist allerdings ehrlich. Die Termine waren also eher vorgeschoben.«

»Wenn Sie so wollen.«

»Ich weiß noch nicht, ob ich das will.«

»Was ist mit Ihnen?« Er sah sie fragend an. Sein Blick verriet Sorge. Nicht Sorge um sich, sondern Sorge um sie.

»Ich weiß nicht«, erwiderte sie.

»Sie wissen gerade nicht viel, scheint mir. Im Gegensatz zu unserem ersten Zusammentreffen. Im Museum. Da wussten Sie mehr als ich.«

Sie legte ihre kleinen Sommersprossenhände auf den Tisch vor sich. Die Finger bewegten sich, als suchten sie einen Akkord, der ihr entfallen und auf keinem Notenblatt zu finden war.

»Ich bin mir nicht sicher, was ich von alldem halten soll«, sagte sie schließlich. »Ja, ich habe auch an Sie gedacht. Und, ja, ich wollte Sie auch wiedersehen. Aber …« Sie sprach nicht weiter. Stattdessen sah sie sich um, als wollte sie den Markt mit ihren Blicken abfotografieren. Sich vergewissern, dass der frühlingshafte Anschein durch nichts und niemanden eingetrübt wurde.

»Aber was?«, fragte er vorsichtig. »Sie wirken irgendwie … Wie soll ich sagen?«

»Angespannt?«

Er nickte.

Ihr Lächeln verunglückte. »Bin ich auch. Das hier … Es ist nicht ganz leicht für mich, müssen Sie wissen.«

»Mir geht es genauso.«

»Ich bin mir nicht sicher, ob es Ihnen so geht wie mir.«

»Na ja«, beeilte er sich zu sagen, »ich habe ebenfalls hin und her überlegt, ob ich überhaupt so bald wieder herkommen und Sie anrufen soll. Doch dann habe ich mir gesagt …«

Sie legte ihre linke Hand auf seine. Einen kurzen Moment nur, bevor sie die Hand nach einem hastigen Blick zur Seite abrupt zurückzog. Als hätte sie ein Insekt gestochen. »Ist schon in Ordnung«, sagte sie. »Ich freue mich, dass Sie hier sind. Sehr sogar.«

Seine Hand blieb auf dem Tisch liegen. Verlassen von ihrer. Er hatte lange schmale Finger. Solche, mit denen sich gut Klaviertasten greifen ließen. Sie hatte einen Blick dafür. Er trug keinen Ring, aber er hatte mal einen getragen. Das war an der helleren Hautfärbung rechts zu erkennen, dort, wo der Ring gesessen hatte. Im Museum hatte er ihr seine Hand gegeben, damit sie ihre Telefonnummer darauf schreiben konnte. War es die rechte oder linke gewesen? Sie wusste es nicht mehr. Zumindest war ihr kein Ring aufgefallen.

Die Kellnerin kam mit dem G'spritzten und fragte, ob sie gleich kassieren dürfe. Schichtwechsel.

Jo holte ein Portemonnaie aus der Innentasche seines Jacketts. Jule griff nach ihrem Rucksack.

»Nein, nein«, winkte er ab. »Lassen Sie mich das machen.« Er legte einen Zehneuroschein auf den Tisch und nickte. »Das stimmt so.«

Die junge Frau bedankte sich, steckte den Schein ein und wünschte noch einen sonnigen Tag.

Jule lächelte. Diesmal gelang ihr das Lächeln. »Das war großzügig. Das Trinkgeld, meine ich.«

Er lächelte zurück. Sein Lächeln wirkte wie eine Entschuldigung. »Ist wohl ein kleiner, später Protest gegen meinen recht sparsamen Vater«, sagte er. »Meine Mutter und ich haben uns früher immer ein bisschen geschämt, wenn wir mit ihm in einem Lokal waren. Sie hat dem Personal dann oft beim Hinausgehen noch heimlich etwas zugesteckt.«

»Mögen Sie Ihren Vater? Mal abgesehen von …«

»… seinem temporären Geiz? Ja, er war ein ganz wunderbarer Mensch. Klug, wach, neugierig, warmherzig. In allem großzügig, nur eben nicht unbedingt beim Geld.«

»War?«

»Meine Eltern leben beide nicht mehr.«

»Das tut mir leid. Wann …?«

»Ach, das ist schon einige Jahre her. Erst bekam meine Mutter Krebs, dann Metastasen, und dann ging alles ganz schnell. Und mein Vater ist ihr recht bald hinterhergestorben. Plötzlicher Herzstillstand. So nannten es die Ärzte. Ich nenne es gebrochenes Herz. Was vielleicht auf dasselbe hinauslief … Er hat sie sehr geliebt, und er wollte wohl ohne sie nicht sein.«

»Das ist traurig, und zugleich ist es schön. Das soll nicht heißen, dass …«

»Ich verstehe, was Sie sagen wollen«, unterbrach er sie. »Und, ja, Sie haben recht. Es ist schön, wenn sich zwei Menschen so nah sind, wie es meine Eltern waren.«

»Sie vermissen sie sehr. Zumindest hört es sich für mich so an.«

Er nickte. »Aber sie haben mir etwas hinterlassen. Einen Ort, an dem sie für mich noch lebendig sind.«

»Was für einen Ort?«

»Ein kleines Haus. In Südfrankreich. Sehr alt. Eigentlich schon ziemlich ramponiert. Mein Vater hat viel geflickt, aber wenig erneuert. Man müsste einiges machen, aber … Ich komme selten hin.«

»Das ist schade.« Sie fragte nicht nach dem Warum, weil sie merkte, dass sie damit eine wunde Stelle berühren würde. Sie wollte nichts aufreißen, sondern sie wollte, dass er weiterredete. Sie wollte mehr wissen von dem Mann, in dessen Blick sie jetzt Sehnsucht ausmachte. Eine Sehnsucht, die ihn verletzlich wirken ließ. Mit Verletzlichkeit kannte sie sich aus.

»Ja, das ist es«, erwiderte er, »denn jedes Mal, wenn ich dann doch da bin, fühle ich mich, na ja, irgendwie geborgen. Es ist ein Ort, an dem ich mit mir und bei mir sein kann und zugleich die Nähe meiner Eltern spüre. Ich habe viele, viele Sommer dort mit ihnen verbracht, oft mehrere Monate. Sie wollten später ganz in ihr Petit Paradis ziehen. Das haben sie immer gesagt. Nun, das Später wurde zu einem Nie, und das kleine Paradies lebt von Erinnerungen und wartet auf mich, der vermeintlich Wichtigeres zu tun hat oder sich einreden lässt, was wichtiger ist. Aber warum erzähle ich Ihnen das alles?«

»Vielleicht, weil ich frage. Und Ihnen zuhöre. Wohnt jemand dort? Ich meine, wenn Sie nicht da sind?«

Er schüttelte den Kopf. »Nein. Ein Freund von mir da unten und seine Frau sehen ab und an mal nach dem Rechten, lüften durch und machen das Nötigste im Garten, bevor die Garrigue alles übernimmt.«

»Die Garrigue?«

»Wildes Gestrüpp, das nach Süden duftet und im Laufe des Sommers immer trockener wird. Macchia, sagen die Italiener dazu.«

»Ach, das habe ich schon mal gehört.«

»Ja, die meisten kennen nur die italienische Bezeichnung. Doch die Franzosen mögen es nicht, wenn man ihre Garrigue Macchia nennt.«

»Sie sind eigen, die Franzosen, aber ich mag sie.«

»Kennen Sie Frankreich?«

»Ich war als junges Mädchen öfter dort. Schüleraustausch, na, Sie wissen schon … Das haben wir ja alle gemacht. Später haben wir dann mit der Abschlussklasse des Konservatoriums eine kleine Konzertreise nach Paris unternommen. Das war sehr aufregend für mich.«

»Sie sprechen also Französisch?«

Sie lachte und ließ sie ihn wieder sehen, ihre Zahnlücke. »Mein damaliger Freund war Franzose. Das ist die beste Art, eine Sprache zu lernen.«

»Der Freund …?«

»Den habe ich verloren. *Perdu* sozusagen. Aber seine Briefe habe ich noch. Und einige Rezepte seiner Großmutter. Die Frau hat sagenhaft gut gekocht.«

»Kochen Sie gern?«

»Nicht mehr. Es ist … Ach, das ist eine andere Geschichte.«

»Die Sie mir nicht erzählen wollen.«

Sie schüttelte den Kopf. »Es ist eine unschöne Geschichte.« Da war eine wunde Stelle bei ihr, das merkte er, und wie sie ließ auch er davon ab.

Er beugte sich vor, sodass ihre Gesichter nahe beieinander waren. Sie sah, dass er sich seit ein paar Tagen nicht rasiert hatte. Sie bemerkte kleine Fältchen, die verrieten, wie gern er lachte. Sie nahm einen leichten Geruch nach Seife wahr.

»Sie hatten übrigens recht mit dem Bild damals im Museum«, sagte er. »Ich habe viel darüber nachgedacht. Auch ich sehe in meinem Leben gerade viele Punkte und Kleckse, aber nicht das große Ganze.«

»Ich sollte jetzt wohl sagen: Dann halten Sie Abstand.«

»Und? Sagen Sie es?«

Sie schüttelte kaum merklich den Kopf, aber doch so, dass er es registrierte. Sie rückte auch nicht von ihm ab; ihr Gesicht blieb, wo es war.

»Abstand hilft oft, die Dinge klarer zu sehen«, sagte sie schließlich, »doch manchmal braucht man wohl Nähe, um nicht zu erstarren.«

»Wie ist es bei Ihnen gerade?«

»Es ist schwierig.«

»Inwiefern?«

»Betrachte ich mein momentanes Leben mit Abstand, bekomme ich Angst. Genauso geht es mir beim Gedanken an Nähe. Ich erwarte nicht, dass Sie das verstehen. Ich verstehe es ja selbst nicht.«

»Hört sich an, als seien Sie in einem Zustand, den man im Englischen *in between* nennt.«

Sie nickte und sah in den Himmel, der heute so blau und strahlend war. »Das bin ich wohl, ja.«

»Angst ist kein guter Begleiter.«

»Das stimmt. Sie lässt sich nur leider schwer abhängen. Es ist einfach zu viel passiert, müssen Sie wissen.«

»Vielleicht erzählen Sie mir irgendwann einmal davon.«

»Das könnte sein.«

Er schien zu spüren, dass es keinen Sinn hatte, weiter Antworten aus ihr herauszulocken. Sie entzog sich. Ließ ihn nicht in sich hineinblicken. Schließlich kannten sie sich noch kaum. Ihr war bewusst, dass er das ändern wollte. Er wollte sie, Jule, diese Frau, die so oft in Rätseln sprach, ergründen. Sie kennenlernen. Nicht zuletzt deswegen war er wieder nach Wien gekommen. Um herauszufinden, was sie selbst vergessen hatte: wer sie wirklich war.

Er schaute auf seine Armbanduhr. »Ich habe gleich noch einen Termin mit einem Autor«, sagte er. »Sehen wir uns heute Abend? Es gibt da ein kleines Lokal in der Nähe meines Hotels. Wir könnten essen gehen.«

Er hatte sich vorgewagt. Fast beiläufig und zugleich freimütig. Eine Absage riskierend. Jetzt war sie an der Reihe.

Sie holte tief Luft, die sie schließlich durch die leicht geöffneten Lippen wieder ausstieß. Während sie das tat, jonglierte sie in Gedanken bereits mit den Lügen, die sie würde aufbieten müssen, um das dünne Eis, auf dem sie sich bewegte, nicht herauszufordern. Sie spürte es bereits, das leise Knacken, das Klirren und Bersten ankündigte. Gleichzeitig ahnte sie, dass sie sich schon zu weit hinausgetraut hatte, um jetzt noch zurück ans sichere Ufer gelangen zu können.

Doch was hieß schon Sicherheit? War die nicht auch trügerisch, wie so vieles andere?

Sie wollte es doch auch. Sie wollte den Mann, der seine Frage gerade auf den Tisch zwischen sie beide gelegt hatte, wiedertreffen. Weil sie sein Lächeln mochte, seine Offenheit, seine Entschiedenheit und seine Verletzlichkeit. Weil sie ihn mochte. Drei Wochen lang hatte sie gefürchtet und gehofft, dass er sich meldet, um seine Handschuhe abzuholen. Die Furcht war kleinlaut geworden, als ihr Handy heute Morgen geklingelt hatte. Die Hoffnung hatte begonnen, den Takt vorzugeben. Mit Jo konnte Jule sein, was sie schon lange nicht mehr gewesen war. Sie spürte, dass es ihm ähnlich ging. Und nun saß er ihr gegenüber, in seinem leicht zerknitterten Jackett, und sie musste nur noch Ja sagen. Die Furcht in sich gänzlich zum Schweigen bringen.

Natürlich würde sie vorsichtig sein. Aufpassen, was sie tat. Ihre Schritte genau abwägen. Den Besuch bei einer Freundin erfinden. Da gab es Vera; die würde verstehen, worum es ging. Vera war die Einzige, mit der sie ab und an über ihre Angst vor dem Ertrinken sprach. Ihre Angst vor Mark. Niemals ging sie dabei ins Detail. Immer beließ sie es bei Andeutungen. Aber Vera fing diese Andeutungen auf und erklärte sich selbst den Rest. Das machte die Sache leichter.

»Gut«, sagte Jule jetzt und sah Jo dabei direkt an. Ihre Augen, die er mit der Farbe von Stachelbeeren verglichen hatte, suchten seine. Er erwiderte ihren Blick. Es war, als würden sie sich anfassen. Es war die Fortsetzung der kurzen Berührung ihrer Hände vorhin. Das fühlten beide, und beide schienen noch nicht genau zu wissen, was sie davon halten sollten. Zu unwägbar war das Terrain, auf das sie sich vorgewagt hatten. Anders noch als vor drei Wochen im Museum. Damals hatten sie nichts weiter als ihre Telefonnummern und damit eine Möglichkeit, die sie ergreifen konnten oder auch nicht. Jetzt hatten sie bereits eine Verabredung.

Er nannte ihr die Adresse des Lokals und sagte, er werde um halb acht dort auf sie warten. Dann stand er auf und gab ihr seine Hand. Er hielt die ihre etwas länger fest, als ob er das Nachdrückliche darin wieder spüren wollte.

»Ich werde da sein«, sagte sie. Und in dem Augenblick wünschte sie sich nichts mehr als das.

Sie war nicht da gewesen.

Sie stellte sich vor, wie er auf sie gewartet und dabei immer wieder auf die Uhr gesehen hatte. Erst freudig gespannt, dann unsicher, schließlich enttäuscht. Vielleicht hatte er noch versucht, sie anzurufen, oder ihr eine SMS geschickt. Ihr Handy befand sich in ihrem Rucksack, und der Rucksack lag zu Hause, dort, wo sie ihn hingeworfen hatte, nachdem sie vom Karmelitermarkt und ihrem anschließenden Spaziergang im Augarten zurückgekommen war. Ja, sie war nicht sofort in die Malzgasse gegangen. Sie hatte gewartet, bis es dämmerte, um sicher zu sein. Sicher vor Mark.

Sie war so vorsichtig gewesen. Und trotzdem …

Es klopfte an der Tür. Ohne eine Antwort abzuwarten, trat ein Arzt ins Zimmer, begleitet von einer Krankenschwester.

»Hallo«, sagte er. »Ich bin der Stationsarzt.« Seine Stimme klang weich und dunkel, mit einem syrischen Akzent. Jule kannte die Sprache; ein Schüler von ihr kam aus Aleppo.

»Wie geht es Ihnen?«, fragte der Arzt und setzte sich auf den Rand ihres Bettes.

»Ich weiß nicht«, erwiderte sie. »Mein Gesicht … ich kann nicht richtig sehen.«

»Haben Sie Schmerzen?«

Sie versuchte zu nicken. »Die Hand«, erklärte sie und deutete mit dem Kopf nach links. »Und die Brust, sie tut auch weh. Aber … Wo bin ich hier überhaupt?«

»Sie sind im AKH, im Allgemeinen Krankenhaus Wien«, erklärte der Mann mit dem syrischen Akzent. »Sie haben Blutergüsse und Schwellungen im Gesicht, vermutlich von Schlägen. Bei einem Treppensturz haben Sie sich das linke Handgelenk verstaucht. Es ist nicht gebrochen. Angebrochen ist aber eine Rippe, daher kommen die Schmerzen in der Brust. Außerdem haben Sie eine Gehirnerschütterung, keine sehr schwere, aber eine, die Kopfweh verursacht. Auch Gedächtnislücken sind bei so einem Befund ganz normal. Können Sie sich noch daran erinnern, wie Sie hierhergekommen sind?«

Die Milchglasscheibe schloss sich wieder. Jule schüttelte den Kopf.

»Eine Nachbarin von Ihnen hat einen dumpfen Knall gehört und Sie danach im Stiegenhaus gefunden. Sie hat sofort den Rettungsdienst angerufen. Die Sanitäter haben Sie dann ins Krankenhaus gebracht. Wir haben Sie untersucht und einige Röntgenaufnahmen gemacht.«

»Daran kann ich mich nicht erinnern.«

»Wissen Sie noch, wer Ihnen das angetan hat?« Er bemühte sich um Sachlichkeit, aber in seine Stimme mischte sich ein leichtes Zittern.

Sie schloss für einen kurzen Moment die Augen. Sie sah Mark. Sie sah seine Faust. Sie spürte die Wucht seiner Faust.

»Ja, das weiß ich«, sagte sie, nachdem sie die Augen wieder geöffnet hatte.

»Es ist Ihre Entscheidung, ob Sie Anzeige erstatten. Ich will

Sie da nicht beeinflussen. Denken Sie in Ruhe darüber nach. Ich jedenfalls werde einen entsprechenden Arztbericht schreiben.«

»Ich denke … Ich bin mir nicht sicher … Ich glaube, ich will keine Polizei.«

»Das wollen die meisten nicht.«

»Die meisten?«

»Sie sind nicht die erste Frau, die von einem Mann geschlagen wird. Viele kommen dann später wieder, mit neuen Verletzungen. Glauben Sie mir, so etwas hört nicht von allein auf. Ich will Ihnen keine Angst machen …«

»Die habe ich ohnehin«, unterbrach sie ihn und sah aus dem Augenwinkel den mitleidigen Blick der Krankenschwester, die wortlos neben dem Bett stand und etwas in der Krankenakte notierte.

Jule wollte kein Mitleid. Sie wollte plötzlich nur noch weg. Weg von hier. Weg von alldem.

»Wie lange muss ich hierbleiben?«, fragte sie.

»Sicher ein paar Tage«, erwiderte der Arzt.

»Darf ich auch früher raus?«

»Sie sind nicht im Gefängnis.«

»Das heißt, ich kann …?«

»Sie können gehen, wann immer Sie wollen. Aus ärztlicher Sicht rate ich Ihnen, noch etwas zu warten, aber wir entlassen Sie auch auf eigene Verantwortung.«

»Die Hand, Sie sagten das Gelenk sei verstaucht. Ich spiele Klavier, gebe Unterricht, verdiene damit mein Geld …«

»Das wird einige Wochen dauern«, erklärte er. »Vielleicht sogar Monate. Sie bekommen eine Bandage; mit der können Sie einiges tun, aber Klavierspielen? Nein, das muss warten.«

Ihr schossen Tränen in die zugeschwollenen Augen. Einen Moment lang konnte sie überhaupt nichts mehr sehen. Sie spürte nur die Hand des Mannes auf ihrem linken Arm. Eine beruhigende Geste, doch sie zuckte trotzdem zusammen.

Er ließ sofort von ihr ab. »Ich weiß, wie sich Schläge anfühlen«, sagte er. »Sie verletzen nicht nur den Körper, sondern auch die Seele. Es gibt einen alten deutschen Film, der heißt *Angst essen Seele auf*. Da steckt viel Wahrheit drin.«

Jule nickte. »Ja, Fassbinder. Der Film ist von Rainer Werner Fassbinder.«

»Denken Sie in aller Ruhe nach. Warten Sie, bis die Erinnerungen kommen. Ich gebe Ihnen die Schmerzmittel, die Sie brauchen. Bei Panikattacken sagen Sie mir Bescheid. Auch dagegen gibt es Medikamente. Die Infusion können wir abnehmen.« Er nickte der Krankenschwester zu, die sich sofort an der Kanüle in Jules Arm zu schaffen machte.

»Sie dürfen aufstehen«, fuhr der Arzt fort, »aber seien Sie vorsichtig. Einstweilen keine abrupten Bewegungen. Sollen wir jemanden anrufen? Damit Sie ein paar Sachen von zu Hause bekommen.«

»Danke, das kann ich selbst machen. Ich … Ich habe nur kein Handy. Das ist in der Wohnung geblieben.«

»Ich lasse Ihnen ein Telefon anschließen. Und noch etwas: Der Mann, der das getan hat, er hat hier auf der Station angerufen.«

Sie spürte, wie sich ihr Brustraum zusammenzog. »Wie …? Wer hat ihm gesagt, dass ich hier bin?«

»Er hat es wohl über die Rettungsleitstelle herausgefunden.«

»Was wollte er?«

»Er wollte Sie sehen.«

»Kommt er her?« Sie atmete schneller.

»Nein, nein. Beruhigen Sie sich. Ich habe ihm gesagt, dass Sie keinen Besuch bekommen dürfen.«

»Und das hat er geglaubt?«

»Ich musste sehr resolut werden.«

»Wie meinen Sie das?«

»Ich habe ihm gesagt, dass ich ansonsten die Polizei rufe. Ich denke, das hat er verstanden.«

Sie atmete hörbar aus. »Danke.«

»Ich komme später noch einmal und sehe nach Ihnen. Wir haben Sie in einem Einbettzimmer untergebracht, obwohl … Na ja, Sie wissen, wie die Lage in den Krankenhäusern ist. Vielleicht muss ich Ihnen morgen oder übermorgen noch jemanden ins Zimmer legen, aber einstweilen bleiben Sie für sich.«

»Wieso kümmern Sie sich so um mich?«

Er schwieg einen Moment. »Weil ich weiß, was da jemand angerichtet hat«, sagte er dann und erhob sich.

Sie schaute ihn fragend an.

»Jeder hat seine Geschichte«, erklärte er. Er machte der Krankenschwester ein Zeichen, ihm nach draußen zu folgen und dabei den Infusionsständer gleich mitzunehmen.

Nachdem er gegangen war, besah sich Jule ihre linke Hand. Kein Klavierspiel mehr. Viele Wochen lang. Jetzt ließ sie ihre Tränen ungehindert fließen. Irgendwann hörte sie sich selbst schluchzen. Laut schluchzen.

Was sollte nun werden? Wo sollte sie hin? Wovon sollte sie leben? Die Antworten auf all diese Fragen befanden sich irgendwo außerhalb dieses Krankenzimmers. Weit weg. Nicht sichtbar und nicht fassbar.

Sie setzte sich im Bett auf und spürte ihn wieder, diesen starken, stechenden Schmerz in der Brust. Ein Rippenbruch. So etwas dauerte. Ihre Mutter hatte sich auch mal zwei Rippen gebrochen. Sie war gestürzt, im Pflegeheim, kurz vor ihrem Tod. Sie hatte die Schmerzen im Gepäck, als sie ging.

Jule schlug die Bettdecke zurück und stellte die Füße auf den Boden. Dann richtete sie sich auf. Ihr war etwas schwindelig, aber sie stand. Langsam ging sie zum Fenster und sah durch die halb geöffneten Jalousien nach draußen. Es hatte zu regnen begonnen. Der Frühling von gestern war wieder gegangen. Hatte alles Blaue und Strahlende mitgenommen.

Ein Pfleger kam ins Zimmer, mit einem Telefon in der Hand. »Wie geht es Ihnen?«, fragte er, als würden sie sich bereits länger kennen.

»Ich stehe«, erwiderte sie. Ein leichter Stolz schwang in ihrer Stimme mit, als wollte sie damit den verquollenen, rot verweinten Augen etwas entgegensetzen.

»Das sehe ich«, erwiderte er. »Haben Sie starke Schmerzen?«

»Es ist auszuhalten.«

»Sie müssen nicht tapfer sein, bei all dem … ich meine das, was man Ihnen angetan hat.«

»Woher wissen Sie das?«

»Ich arbeite hier, und ich lese die Krankenakten.«

»Ja, ja, natürlich.«

»Ich bringe Ihnen nachher noch einige Tabletten, die Ihr Arzt verordnet hat. Aber jetzt lege ich Ihnen erst einmal eine Leitung …«

»… zurück in die Welt.« Sie versuchte zu lächeln, aber das misslang. Die Schwellungen verhinderten es.

»Überfordern Sie sich nicht«, sagte der Pfleger, hob den Hörer ab und hielt ihn sich ans Ohr. »Funktioniert«, erklärte er daraufhin. »Die Nummer, unter der man Sie hier erreichen kann, steht auf dem kleinen Schild am Apparat.«

Er nickte ihr zu und verschwand.

Jule ging zum Bett zurück und setzte sich. Der Gang zum Fenster hatte sie angestrengt.

Sie kannte Veras Festnetznummer auswendig. Sie hatte schon immer ein gutes Zahlengedächtnis gehabt.

Die Freundin war nach viermaligem Klingeln am Apparat. Jule erklärte ihr, dass etwas passiert und dass sie im Krankenhaus sei. Sie brauche ein paar Dinge von zu Hause. Sie zählte auf, was sie benötigte. Es war nicht wenig. Auch der Rucksack war dabei. Der Rucksack mit dem Handy. Sie bat Vera, nachzusehen, ob ihr Autoschlüssel und die Fahrzeugpapiere darin seien. »Das ist wichtig«, sagte sie. »Hörst du? Sehr wichtig! Mein Wagen steht am Augarten, du weißt schon, dort, wo ich ihn oft abstelle. Nimm das Auto und bring es hierher auf den Klinikparkplatz.«

Dann schärfte sie der Freundin ein, auf jeden Fall in die Wohnung zu gehen, wenn Mark nicht da wäre. Er habe heute Nachmittag einen wichtigen Termin mit einem Kunden im Burgenland, sagte sie. Den werde er nicht absagen. Seit Wochen schon redete er ständig von diesem neuen Auftrag.

Die Nachbarin nebenan besaß einen Reserveschlüssel für die Wohnung. Jule war sich sicher, dass sie es gewesen war, die den Rettungswagen gerufen hatte. Sie lebte mit einem Ohr im Stiegenhaus. Eine ältere Dame, die Jule hin und wieder auf einen Kaffee einlud. Die viel zu wissen schien, obwohl sie nicht viel sagte. An sie sollte Vera sich wenden.

Jule bemühte sich, ihre Stimme sachlich klingen zu lassen. Und bestimmt. So bestimmt, dass die Freundin nicht nachhakte. Vera war eine Frau, die eine Lage erfassen konnte, und diese Lage schien keine Fragen und schon gar keinen Widerspruch zu dulden.

Jules Kopfschmerzen verstärkten sich. »Ich lege jetzt auf«, sagte sie. Sie tat es, ohne sich zu verabschieden. Ihre Kräfte waren aufgebraucht. Sie würde sie sich gut einteilen müssen. Luft auf Vorrat holen, wie eine Taucherin unter Wasser.

Ich darf keine Fehler machen! Den Vorsatz nahm sie mit in ihren nächsten Schlaf. Und Jo. Den nahm sie ebenfalls mit. Sie würde ihn anrufen, sobald sie einen Plan hatte. Einen guten Plan. Einen wasserdichten Plan. Einen Plan, der Mark keine Chance ließe. Der kein Loch böte, durch das ihre Absichten durchsickern könnten. Sie musste diesem Mann entkommen. Dem Mann, der eine Täuschung war. Dem Mann, der ein anderer zu sein vorgegeben hatte. Dem Mann, den es nicht gab.

4

Vera war noch am selben Tag gegen Abend ins Krankenhaus gekommen, und sie hatte alles mitgebracht, was Jule ihr aufgetragen hatte. Sogar das Auto. Sie hatte sich bemüht, ihren Schreck zu verbergen, als sie ihre Freundin sah. Es gelang ihr nicht. Die Blutergüsse leuchteten dunkelrot. Die Schwellungen im Gesicht verfärbten sich bereits tiefblau.

»Ich weiß, ich schau furchtbar aus.« Jule sagte das fast entschuldigend, als wäre sie es, die Vera trösten müsste.

»Er ist …« Vera schüttelte den Kopf.

»… brutal. Ja, das ist er«, flüsterte Jule. Sie hob die linke Hand. »Mit dem Klavierspielen ist es auch erst mal vorbei. Er hat ganze Arbeit geleistet.«

»Du kannst nicht …«

»Ich weiß, was du sagen willst«, schnitt Jule ihr das Wort ab. »Ich kann nicht dort bleiben. Dort bei ihm. Daher auch die vielen Sachen, die du einpacken solltest.«

»Willst du erst mal zu mir ziehen? Ich könnte auf dem Sofa schlafen. Eine Zeit lang wird das gehen, bis wir eine andere Lösung gefunden haben.«

»Das wird nicht reichen, Vera.«

»Wie meinst du das?«

»Er kennt dich. Er wird mich finden.«

»Aber wo sollst du denn sonst hin? Du kannst dich schließlich nicht in Luft auflösen. Willst du zurück nach München?«

Jule schüttelte den Kopf. »Das ist nicht weit genug. Außerdem waren wir öfter gemeinsam dort. Er weiß auch da zu viel. Ich traue ihm zu, dass er hinfahren und mich suchen, meine Bekannten belästigen würde. Er hat sogar schon in der Klinik angerufen, wollte mich sehen.«

»O Gott!«

»Keine Sorge, die lassen ihn nicht zu mir.«

»Du musst die Polizei einschalten.«

»Jetzt fang du bitte nicht auch noch damit an. Der Arzt hier liegt mir damit bereits in den Ohren. Nein, Vera, das bringt nichts. Ich muss weg. Weit weg. Mich irgendwo verstecken.«

»Und wo soll das sein?«

»Ich habe eine Idee. Sie ist vage, aber sie könnte tragen.«

»Du sprichst in Rätseln.«

»Das ist wahrscheinlich auch besser so.«

»Wieso?«

»Niemand darf wissen … Selbst du nicht. Und außerdem ist noch nicht klar, ob es klappt.«

»Werde ich erfahren, was du vorhast?«

»Vorerst nicht. Versteh mich doch. Es ist zu gefährlich. *Er* ist zu gefährlich.«

»Aber …«

»Kein Aber! Bitte!« Ihre Stimme klang jetzt flehentlich. »Sieh mich an. Er hat ein Wrack aus mir gemacht. Der Arzt sagte, dass so etwas immer wieder vorkommt. Er hat Frauen gesehen, die …« Sie stockte und schluckte. »… die das nicht überlebt haben«, führte sie den Satz zu Ende. Leise und eindringlich. »Und, ja, er hat recht. Ich habe dir nie alles erzählt, vielleicht, weil ich es mir selbst nicht mal erzählen wollte.«

Sie dachte plötzlich daran, wie sie im Januar nach einem Streit mit Mark ihre Tasche gepackt hatte. Nachthemd, Zahnbürste, Socken, Unterwäsche. Hastig hatte sie alles hineingeworfen, während das Blut aus ihrer Nase tropfte und sich mit den Tränen, die ihr über die Wangen liefen, vermischte. Sie wollte weg. Zu Vera, in ein Hotel, egal wohin. Nur noch weg von diesem Mann, der ihr einst vorgegaukelt hatte, ein anderer zu sein. Sanft, liebevoll, mitfühlend. Keiner, der zuschlug, so wie jetzt. Jetzt, da sich seine Schläge mehrten und kleinste Anlässe reichten, um sie auszulösen. Als Jule den Reißverschluss zuzog, hörte sie, wie Mark, der in seiner Wut die Wohnung verlassen hatte, die Haustür aufsperrte und wie sich seine Schritte ihrem Zimmer näherten. Panisch schob sie die Tasche mit dem Fuß unter das Bett. Er betrat den Raum und kam direkt auf sie zu. Sie zitterte. »Ich hab uns Kuchen von Bäcker geholt, zur Versöhnung«, sagte er und strich ihr eine Haarsträhne aus der Stirn. »Kommst du in die Küche? Ich setze einen Kaffee auf.« Sie nickte. Später packte sie die Tasche wieder aus. Heimlich tat sie das, damit er nichts merkte. Sie hatte kapituliert. Vor ihm. Vor sich. Vor ihrer Angst

»Es ist kompliziert«, sagte sie jetzt zu Vera. »Doch ich weiß, dass du weißt, dass es nicht das erste Mal gewesen ist. Ein nächstes Mal aber darf es nicht mehr geben. Ich will nie wieder so aussehen und mich so fühlen wie jetzt.«

Vera nickte. »Hat es …? Hat es einen Anlass gegeben? Ich meine, ist irgendetwas vorgefallen, das ihn derart hat ausrasten lassen?«

»Für ihn gibt es immer einen Anlass, auch wenn nichts gewesen ist.« Sie blieb bewusst vage, ließ das, was geschehen war, im Ungefähren. Details würden nur neue Fragen provozieren, und sie wollte nicht noch mehr Fragen beantworten.

Vera nickte. Es was kein zustimmendes Nicken, sondern eines, das Resignation und Sorge gleichermaßen zeigte. »Du brauchst Hilfe«, sagte sie schließlich.

»Du hilfst mir schon«, erwiderte Jule.

»Das meine ich nicht.«

»Ich weiß, was du meinst, aber in der Hinsicht kann mir niemand helfen, glaub mir. Ich muss meine Verbindungen kappen, bevor ich sie irgendwann wieder neu knüpfe. Ich will nicht in einem dieser bewachten Frauenhäuser landen. Die sind gut, keine Frage, aber das ist nichts für mich. Ich käme mir vor wie im Knast, während draußen jemand nur darauf wartet, mir den nächsten Schlag zu verpassen. So eine Frau bin ich nicht. Ich brauche Luft zum Atmen, und damit meine ich nicht die Luft, die zurückkommt, wenn meine Rippen wieder zusammengewachsen sind. Es muss einen anderen Weg geben, und den kann ich nur ganz allein finden.« Es war eine lange Rede gewesen, und sie hatte Jule angestrengt.

»Ich hab Angst um dich«, erwiderte Vera.

»Die hab ich auch. Der Arzt hier hat den alten Fassbinder-Film zitiert. *Angst essen Seele auf.* Meine Seele darf nicht aufgefressen werden. Sie will überleben. *Ich* will überleben.«

Vera seufzte. »Wie lange wirst du noch im Krankenhaus bleiben?«

»So kurz wie möglich.«

»Was soll ich sagen, wenn Mark sich bei mir meldet?«

»Die Wahrheit. Dass du nichts weißt.«

»Verstehe. Werde ich von dir hören?«

»Irgendwann sicher, aber frag mich bitte nicht, wann das sein wird. Ich habe ja selbst keine Ahnung, was aus mir wird.«

»Brauchst du Geld?«

»Ich habe das, was meine Mutter mir hinterlassen hat, auf einem Extrakonto. Das werde ich wohl abräumen. Es ist nicht besonders viel, aber fürs Erste wird's reichen. War immer als so eine Art Notgroschen gedacht.«

»Gib Bescheid, wenn es eng wird, ja?«

Jule griff mit ihrer rechten Hand nach der ihrer Freundin. »Danke. Das werde ich vielleicht sogar tun.«

»Gibt es noch irgendetwas, das ich wissen sollte?«

So vieles, dachte Jule. Und am liebsten hätte sie von dem Mann erzählt, der gestern Abend vergeblich auf sie gewartet hatte. Den sie bald anrufen würde, weil er etwas besaß, das ihr Ausweg sein könnte.

»Nein, einstweilen nicht«, entgegnete sie stattdessen. »Das Ungewisse schützt mich in meiner jetzigen Lage am besten.«

Vera erhob sich. »Dann komme ich dich nun auch nicht mehr besuchen?«, fragte sie.

»Es wird besser sein. Ich bin ohnehin bald weg.«

»Kann ich dich umarmen?«

»Wenn du nicht zu fest zudrückst.«

Vera nahm Jule vorsichtig in die Arme. Einen Augenblick lang legte sie ihren Kopf in die Schulterbeuge der Freundin. »Ich bin schlecht im Abschiednehmen«, sagte sie, nachdem sie sich losgelöst hatte.

»Es ist ja nicht für immer«, erwiderte Jule.

»Aber für lange, wie es aussieht.«

»Nun hau schon ab.« Sie hob ihre linke Hand. Der das Klavierspiel nun versagt blieb. Das Winken tat weh.

Als Vera das Krankenzimmer verlassen hatte, stand Jule auf und ging zu der großen Reisetasche und dem Rucksack, den ihre Freundin dagelassen hatte. Sie sah nach, ob alles drin war, wonach sie gefragt hatte. Genügend Kleidung. Praktische Sachen. Auch solche für den Sommer waren dabei. Drei Hosen, vier Kleider, einige T-Shirts. Zwei Paar Schuhe, Sneaker und Sandalen. Ihre Lieblingsstrickjacke. Ein Anorak. Unterwäsche. Dazu Kosmetikartikel. Und ganz unten etwas, das in Geschenkpapier eingewickelt war. Ein Buch mit leeren Seiten. »Schreiben hilft«, hatte Vera hineingeschrieben.

Diese verfluchten Tränen, dachte Jule und wischte sich über ihre zugeschwollenen nassen Augen.

Sie fühlte sich wie in zwei Hälften geteilt. Da war die Frau, die schlagfertig und mutig und stark sein konnte, die kluge Dinge sagte und alles entschlossen anpackte. Die Frau aus dem Museum und die, die gerade eben ihrer Freundin Anweisungen gegeben hatte. Und dann war da die Frau, die schwach und unsicher und verzagt war, die sich einschüchtern ließ und vor lauter Angst keine Luft mehr bekam. Die Frau, die sich bis in dieses Krankenzimmer hatte prügeln lassen. Jule kannte die zwei Frauen nur zu gut. Zwei Frauen, die sich nicht vertrugen, weil sie unterschiedlicher nicht sein könnten. Wie durch eine hermetische Wand schienen sie getrennt. Es wurde Zeit, die Wand durchlässiger zu machen. Die beiden mussten sich ansehen, sich treffen, sich austauschen. Im Chemieunterricht war es einfach gewesen; eine semipermeable Membran zwischen zwei unterschiedlichen Flüssigkeiten ließ die eine mit der anderen in Kontakt treten. Die Wand in Jule, sie musste eine solche Membran werden.

Sie wartete bis zum späten Abend. Dann war die starke Frau in ihr bereit. Sie wählte die Telefonnummer, die sie ebenfalls auswendig kannte. Jos Nummer. Sie benutzte den Apparat des Krankenhauses, weil sie Angst hatte, Mark könnte sich auf irgendeine Weise die Daten ihres Handys beschaffen. Er war Journalist. Er kannte Leute, die mit solchen Dingen umzugehen wussten. Er hatte sogar mal von einem Spezialisten erzählt, der Handydaten auslas und nachverfolgte. Und Mark konnte überzeugend wirken, wenn er etwas erreichen wollte.

Jo meldete sich nicht sofort. Es klingelte etwa neun Mal. Als er endlich abnahm, klang er kühl, fast unwirsch.

»Ja, bitte?« Im Hintergrund hörte Jule Stimmen. Es wurde laut gesprochen und gelacht.

»Ich bin's«, flüsterte sie. »Jule.«

Einen Augenblick lang herrschte Schweigen. Da waren nur die Stimmen. Dazu das Aneinanderstoßen von Gläsern.

»Ich verstehe Sie nicht«, sagte er. »Einen Moment, ich gehe in ein anderes Zimmer.«

Eine Tür schlug zu. Es wurde still.

»Also, noch einmal. Wer ist da?«

»Jule.« Sie spürte einen Kloß im Hals. Die ängstliche Frau übernahm wieder die Regie.

»Wir haben Gäste. Was wollen Sie?«

Sie zuckte zusammen. Das schroff Abweisende in seinem Tonfall hatte nichts gemein mit dem Mann in ihren Erinnerungen. Es kam einer Ohrfeige gleich, und vor Ohrfeigen hatte sie Angst. Hatte sie sich womöglich in ihm getäuscht? Getäuscht wie schon einmal. Das »Wir« in seinem Satz tat weh, wie die Blutergüsse in ihrem Gesicht. Sie hatte auch einmal so ein

»Wir« besessen. Es war ein vermeintliches gewesen, ein brüchiges, das es nun nicht mehr gab. Nun war sie allein, und ihre einzige Chance bestand darin, den Mann am anderen Ende der Leitung von etwas zu überzeugen, das ihr plötzlich immer unrealistischer vorkam. Ihre großartige Idee, sie schien kleiner zu werden, je mehr sie sich ihr näherte. Eine Idee wie ein Scheinriese.

Sie holte tief Luft. Der Brustkorb schmerzte. »Ich will mich entschuldigen.«

»Ich habe zwei Stunden auf Sie gewartet«, erwiderte er. »Dann habe ich aufgegeben.«

»Das tut mir leid. Mir ist … Ich war verhindert. Haben Sie …? Haben Sie versucht, mich anzurufen, oder mir eine SMS geschickt?« Sie musste das fragen.

»Nein. So etwas tue ich nicht, wenn ich sitzen gelassen werde.«

Sie atmete aus. Erleichtert. Falls Mark in ihrem Rucksack nach dem Handy gesucht hatte, wäre da keine neue Nachricht von Jo angezeigt worden. Keine deutsche Rufnummer. Jos Anruf vom Vormittag hatte sie sofort danach gelöscht.

»Sie hätten Bescheid geben können«, sagte Jo in die entstandene Pause hinein. Sein Vorwurf war unüberhörbar.

»Nein.« Nun wurde sie mutiger. Sie hatte ein Ziel, und das musste sie erreichen. »Ich konnte nicht.«

»Was ist passiert?« Seine Stimme wurde eine Spur weicher. Er schob seinen Ärger weg, gab Jule eine Chance.

»Ich … Ich hatte einen Unfall. Jetzt liege ich im Krankenhaus. Daher auch die andere Nummer, von der aus ich anrufe. Als Sie auf mich gewartet haben, befand ich mich bereits hier. Ich war bewusstlos, ich …«

»Schon gut, schon gut … Hören Sie bitte auf, sich zu rechtfertigen. Ein Unfall … Daran hatte ich nicht gedacht. Ich glaubte …«

»… dass ich Sie einfach sitzen lasse?«

»Um ehrlich zu sein, ja. Aber das ist jetzt nicht mehr wichtig. Sind Sie schwer verletzt?«

»Ich habe einiges abgekriegt, doch es hätte schlimmer kommen können.«

»Was genau ist passiert?«

»Es war etwas …« Sie unterbrach sich und holte erneut tief Luft. »Ich brauche Ihre Hilfe«, sagte sie dann.

»Sie wollen nicht darüber reden?«

»Nein.«

»Was kann ich tun? Ich bin seit heute Nachmittag wieder in München, also weit weg von Ihnen. Ich wüsste nicht …«

»Sie haben mir doch von diesem Haus erzählt«, fiel sie ihm ins Wort. »Dem Haus Ihrer Eltern in Südfrankreich.«

»Ja, aber ich verstehe nicht ganz, worauf Sie hinauswollen.«

»Hören Sie mir zu. Ich muss hier weg. Weg aus Wien. Irgendwohin, wo mich niemand finden kann. Sie sagten, das Haus stehe leer. Könnte ich vielleicht … nun ja, eine Zeit lang dort untertauchen?«

»Verzeihen Sie, aber das klingt wie aus einem dieser Krimis, über die wir im Museum gesprochen haben. Sie wissen schon, die Sache mit den Zetteln, die man runterschluckt, nachdem man sich die Zahlen gemerkt hat …«

»Das war ein Witz damals, doch jetzt ist die Situation ernst.«

»Haben Sie etwas ausgefressen? Ist jemand hinter Ihnen her?«

»Antwort eins: Nein! Antwort zwei: Ja! Und jetzt bitte keine weiteren Fragen. Verstehen Sie mich bitte, ich kann nicht darüber reden.«

Am anderen Ende der Leitung war Schweigen.

»Sind Sie noch da?«, fragte sie vorsichtig.

»Ja, ja, aber verzeihen Sie, das hört sich an, als sei die Mafia hinter Ihnen her.«

»Das nicht gerade, aber ich mache wirklich keine Scherze. Ich muss fliehen, und ich weiß nicht, wohin. Bei Freunden hier und in Deutschland ist es mir nicht sicher genug. Ausreichend Geld, um mir irgendwo ein Zimmer zu nehmen, habe ich nicht. Das würde nur für eine kurze Zeit reichen.«

»Wie lange wollen Sie denn … nun ja, untertauchen?«

»Ich weiß nicht. Einige Wochen. Ein paar Monate vielleicht.«

Er pfiff durch die Zähne. Plötzlich wurden die Geräusche im Hintergrund wieder lauter. Jule hörte eine Stimme. Die ärgerliche Stimme einer Frau. »Ach, hier steckst du, Jochen. Was ist denn los? Alle warten auf dich mit dem Essen. Wer ist so wichtig, dass du ausgerechnet jetzt mit ihm telefonieren musst? Wieder einer deiner Autoren? Den kannst du auch morgen zurückrufen.«

»Ich brauche hier noch einen Augenblick«, erwiderte er. Sein Ton war scharf. »Fangt einfach ohne mich an. Ist doch kein Drama …«

»Ich finde es unhöflich unseren Gästen gegenüber.«

»Du meinst *deine* Gäste.«

»Jetzt hör bitte auf …«

»Hör du auf«, schnitt er ihr das Wort ab, »und lass mich allein.«

Es folgte das Knallen einer Tür. Danach Stille.

»Entschuldigen Sie«, sagte Jo. »Das war meine Frau.«

Die glatte Frau, dachte Jule. Sie sagte nichts.

»Wo waren wir?«, nahm er das Gespräch wieder auf.

»Ich habe Sie gefragt, ob ich im Haus Ihrer Eltern wohnen darf. Ich habe Ihnen gesagt, dass ich nichts angestellt habe, mich aber verstecken muss. Mehr kann und will ich nicht erzählen. Wir kennen uns schließlich kaum.«

»Da haben Sie recht. Wir kennen uns kaum, und Sie wollen … Ach, was soll's? Sie sind in Schwierigkeiten, und ich will Ihnen helfen. Also, ja, Sie können dort wohnen.«

Jule fühlte, wie sich etwas in ihrem Inneren löste. Als würde ein schwerer Stein, der sie mit seinem Gewicht zu Boden gedrückt hatte, auf einmal von ihr abfallen. Sie schluckte. Und dann begann sie zu weinen.

»Sind das Tränen?«, fragte er vorsichtig.

»Ja«, schluchzte sie. »Das werde ich Ihnen niemals vergessen.«

»Bei allzu viel Dankbarkeit werde ich verlegen«, entgegnete er. »Also hören Sie bitte auf zu weinen. Ich schicke Ihnen die Adresse des Hauses auf Ihr Handy …«

»Nein, nein. Kein Handy«, unterbrach sie ihn. »Das ist zu gefährlich. Rufen Sie mich morgen unter der Nummer an, die jetzt auf Ihrem Display angezeigt wird. Das ist mein Telefonanschluss hier im Krankenhaus. Ich werde mir dann alles aufschreiben, was ich wissen muss.«

»In Ordnung. Ich melde mich morgen Vormittag. Bis dahin habe ich auch mit meinen Freunden in Frankreich gesprochen. Sie wissen schon, das Paar, das sich um Haus und Garten dort unten kümmert.«

»Ja, ich erinnere mich an alles, was Sie mir erzählt haben.«

»Ich hatte mich gestern sehr auf den Abend mit Ihnen gefreut.«

»Das hatte ich auch.«

»Holen wir das nach?«

»Irgendwann. Vielleicht … Erst einmal ziehe ich nun in Ihr Haus ein.«

»Eine etwas ungewöhnliche Reihenfolge. Normalerweise fragt man an einem bestimmten Punkt der Geschichte: Gehen wir zu dir oder zu mir?«

»Unsere Geschichte ist nicht normal.«

»Damit haben Sie allerdings einen Punkt. Das ist sie von Beginn an nicht gewesen.«

Sie fühlte, wie ihre Kräfte nachließen. Das Gespräch hatte sie erschöpft. »Entschuldigen Sie, aber das Reden fällt mir schwer«, sagte sie. »Eine Rippe ist angeknackst. Da ist jeder Atemzug eine Herausforderung.«

»Ich verstehe. Wir hören uns dann morgen. Gute Nacht – und gute Besserung.«

Sie legten auf.

Jule sank auf ihr Kopfkissen. Sie zitterte am ganzen Körper. Die Erleichterung durchflutete sie wie eine große unkontrollierte Welle.

Jetzt hatte sie ein Ziel. Es gab Hunderte von Kilometern entfernt einen Ort, der sie aufnehmen, ein Haus, in dem sie Schutz finden würde. Sie dachte an die Kiesel am Boden der Isar; sie hatte die Kiesel erreicht, und sie hatte sich daran abgestoßen, so wie es ihr die Jungs damals geraten hatten. Es hatte funktioniert. Bis hierhin zumindest.

Das war mehr als nichts. Es war ein Anfang.

5

Sie steuerte die erstbeste Unterkunft im erstbesten Dorf an. Ein unbekanntes Dorf im Irgendwo. Nach über zehn Stunden hatte Jule die Autobahn hinter Chambéry verlassen, war bergauf und bergab gefahren, bis sie drei Kreisverkehre später in diesem Dorf ankam.

Ein paar Häuser mit verwahrlosten Vorgärten, in denen eine Handvoll Forsythien fast trotzig erste Blüten zeigten. Eine ehemalige *boulangerie,* deren Tür und Fenster mit Brettern vernagelt waren; nur der verwitterte Schriftzug an der Hauswand verwies darauf, dass es hier einmal Baguettes und Croissants gegeben hatte. Eine mit Graffiti beschmierte Bushaltestelle mit Wartehäuschen. Eine Tankstelle mit zwei verrosteten Zapfsäulen, bei denen zweifelhaft war, ob sie überhaupt noch Benzin abgaben. Eine Kirche, immerhin, und ein Friedhof, der ungefähr in demselben Zustand wie die Vorgärten war; um die Gräber derer, die hier lagen, schien sich niemand zu kümmern. Gegenüber ein verwittertes Schild *»Bed and Breakfast«*. Das »fast« hatte jemand übersprüht.

Jule fuhr durch ein Tor auf einen großen Parkplatz, auf dem nur ein ramponierter Lieferwagen stand. Sie schaltete den Motor ab, löste den Sicherheitsgurt und stieg aus.

Ihre Beine fühlten sich steif an, der linke Arm schmerzte. Sie trug eine Bandage um das verstauchte Handgelenk; auf einer Raststätte hatte sie zwei von den Tabletten, die der Arzt ihr mitgegeben hatte, geschluckt. Vor vier Stunden etwa hatte deren Wirkung begonnen nachzulassen, doch sie war weitergefahren. Einfach immer weiter, bis sie endlich die französische Grenze passiert hatte. Sie wollte in dem Land ankommen, das sie aufnehmen würde. Sie wollte dem Haus, das auf sie wartete, so nah wie möglich sein.

Sie ging auf den Eingang der Pension zu. »*Ouvert*« stand dort auf einem Zettel. Der Zettel war bereits vergilbt; trotzdem ließ er Jule hoffen. Die Tür klemmte ein bisschen, aber sie gab nach. Drinnen war es schummrig. Eine einzige Lampe beleuchtete einen Tresen, der als Rezeption diente. Ein aufgeschlagenes Schulheft lag dort, mit einem sehr kurzen Bleistift darin. Das volle Schlüsselbrett hinter dem Tresen verriet, dass kein Gast im Haus eingecheckt hatte.

Weiter hinten gab es einen offenen Raum mit einigen Tischen und Stühlen. Auf jedem Tisch standen weiße Plastikkörbchen, in denen gelbe und rote Plastikblumen steckten. Würde man hineinpusten, käme sicher eine Staubwolke heraus, dachte Jule.

Rechts von ihr quietschte eine Tür, und ein etwa fünfzehnjähriger Junge trat heraus. Mit akkuratem Mittelscheitel – und Pickeln an Stirn und Kinn. Ein Teenager, der sich mit Akne herumschlug und seine Unsicherheiten mit einem Kamm zu begradigen suchte.

Jule begrüßte ihn auf Französisch und fragte, ob ein Zimmer frei sei, doch der Junge hob die Hände, um zu zeigen, dass er sie nicht verstand.

Sie versuchte es mit Englisch.

Das funktionierte etwas besser, aber nicht gut. Er fragte, ob sie vielleicht Holländisch spreche oder Flämisch.

Jule schüttelte bedauernd den Kopf, woraufhin er etwas in die offene Tür rief, aus der er gekommen war.

Kurz darauf erschien eine Frau, wahrscheinlich die Mutter des Jungen. Sie war groß und stämmig, hatte blondierte, strähnige Haare und trug eine lange Strickjacke über einer Kittelschürze. Sie nickte Jule freundlich zu.

»Wir kommen aus Flandern«, erklärte sie. »Mein Sohn versteht kein Französisch, und mein Mann und ich sprechen es nur ein wenig.«

»Aber Sie haben eine Pension in Frankreich …«

»Wir haben dieses Haus erst letzte Woche von den Vorbesitzern übernommen. Es stand wohl längere Zeit zum Verkauf. Entschuldigen Sie, aber hier ist alles noch nicht auf Gäste eingerichtet.« Sie deutete auf das volle Schlüsselbrett.

»Ich sehe«, erwiderte Jule. »Hätten Sie vielleicht trotzdem ein Zimmer für mich? Ich bin bereits den ganzen Tag unterwegs und auch nicht anspruchsvoll.«

»Ja, natürlich. Ich gebe Ihnen unser größtes Gästezimmer, oben unterm Dach.«

»Was kostet das?«

Die Frau nannte einen lächerlich kleinen Preis. »Inklusive Frühstück«, fügte sie hinzu, als müsste sie sich für die niedrige Summe noch rechtfertigen.

»Ich nehme es«, erwiderte Jule. »Ich hole nur schnell mein Gepäck aus dem Auto.«

Die Frau zeigte auf Jules Bandage an der linken Hand. »Mein Sohn hilft Ihnen.« Sie sagte etwas auf Flämisch zu dem Jungen, der daraufhin sofort zum Eingang lief und Jule die Tür aufhielt.

Als sie zurückkamen, schrieb die Frau mit dem Bleistift ein paar Zahlen in das Schulheft und holte einen der Schlüssel vom Brett.

»Bekomme ich bei Ihnen vielleicht auch eine Kleinigkeit zu essen?«, fragte Jule. »Das Dorf sieht nicht so aus, als gäbe es dort ein Restaurant.«

»Nein, hier ist gar nichts. Wir haben diese Pension übernommen, weil sie nahe an der Autobahn liegt und wir mit Durchreisenden wie Ihnen gerechnet haben. Und, ja, ich mache Ihnen etwas zu essen. *Steak frites,* mögen Sie das?«

Jule nickte. »Ich mag alles, was meinen Magen füllt.«

»Wann kommen Sie runter?«

»In etwa einer Stunde. Ist das okay?«

»Ja, ja, das ist in Ordnung. Ich wünsche Ihnen einen angenehmen Aufenthalt.«

Eine Floskel, über die Jule lächelte. In diesem Haus gab es wenig, das angenehm war. Und trotzdem war sie dieser stämmigen Frau in Kittelschürze und Strickjacke auf eine gewisse Art dankbar. Sie hatte ein Bett für sie, und sie bot ihr etwas zu essen an.

Der Junge ging mit Jules Reisetasche voran. Vor einer engen steilen Treppe knipste er das Licht an. Die Stufen knarrten bei jedem Schritt. Vom ersten Stock führte eine weitere Stiege nach oben. Dort angekommen, schloss der Junge eine Tür am Ende eines spärlich beleuchteten Gangs auf.

»*Please!*« Er stellte die Tasche auf dem Boden ab und nickte Jule ernst zu, mit einer leichten Verbeugung, was seinen akkuraten Mittelscheitel noch deutlicher sichtbar werden ließ.

Nachdem er gegangen war, sah sie sich um. Das Zimmer war geräumig. Auf dem Boden lag ein verschlissener blauer Teppich, der an den Rändern bereits ausfranste. Zwei dicke Polstersessel standen mitten im Raum. In die Wand rechts neben der Tür war die Attrappe eines Kamins eingebaut. Darauf ein weiteres dieser weißen Körbchen mit roten und gelben Plastikblumen.

Auf dem Bett lag eine rosa Tagesdecke. Jule schlug sie auf. Das Bettzeug darunter roch, als ob es bereits vor langer Zeit aufgezogen worden wäre. Auf den beiden Kopfkissen lag jeweils ein Fruchtbonbon, eingewickelt in Zellophan.

Vor der eingeschalteten Nachttischlampe tanzten Staubteilchen in der abgestandenen Luft. Das Fenster gegenüber dem unechten Kamin ließ sich erst durch kräftiges Ziehen öffnen. Klare Kälte strömte herein.

Jule sah hinaus in die nahende Nacht und atmete einige Male tief durch. Unwillkürlich stöhnte sie auf. Die gebrochene Rippe schmerzte.

Es werde einige Wochen dauern, hatte der Arzt mit dem syrischen Akzent gesagt.

Drei Tage nachdem Vera die Reisetasche gebracht und das Auto auf dem Klinikparkplatz abgestellt hatte.

Zwei Tage nachdem Jo angerufen und die Adresse und Telefonnummer seiner Freunde in Südfrankreich durchgegeben hatte. Nicolas und Sophie hießen sie, und sie wüssten Bescheid, sagte er. Würden Jule erwarten und ihr das Haus zeigen.

»Höre ich von Ihnen?«, fragte er, nachdem Jule sich alles notiert hatte.

»Sicher.«

»Wann?«

»Zu gegebener Zeit.«

»Könnten Sie das präzisieren?«

»Nein.«

»Sie bleiben mir ein Rätsel.«

»Glauben Sie mir, ich bin mir selbst das größte Rätsel.«

»Wann verlassen Sie das Krankenhaus?«

»Bald.«

»Sind Sie danach auf Ihrem Handy erreichbar?«

»Nein. Ich werde die SIM-Karte herausnehmen und wegwerfen. In Frankreich besorge ich mir dann eine Prepaidkarte.«

»Deren Nummer Sie mir hoffentlich mitteilen. Ich sollte die Frau, die ihre Spuren verwischt und die sich in meinem Haus vor irgendetwas oder irgendjemandem versteckt, erreichen können.«

»Ich melde mich bei Ihnen. Versprochen! Niemals werde ich vergessen, was Sie für mich getan haben.«

»Das haben Sie gestern bereits gesagt.«

»Ich kann es nicht oft genug sagen.«

»Fahren Sie mit dem Auto? Ohne ist man da unten ziemlich aufgeschmissen.«

»Ja, ja, ich nehme meinen Wagen. Eine Freundin hat ihn mir hierher ins Krankenhaus gebracht. Er wartet unten auf dem Parkplatz.«

»Hört sich alles konspirativ an, aber egal ... Ich wünsche Ihnen Glück, Jule. Werden Sie schnell wieder gesund, und grüßen Sie mir mein Haus. Ich glaube, Sie werden es mögen.«

»Ich mag es bereits jetzt – weil es mich aufnimmt.«

»Passen Sie auf sich auf.«

»Ich versuche es.«

Als der Arzt zwei Tage später kam, war er allein. Ohne eine Krankenschwester mit der Krankenakte. Er zog sich einen Stuhl heran und setzte sich neben Jules Bett.

»Ich denke, Sie wollen uns demnächst verlassen«, sagte er.

Sie sah ihn erstaunt an. »Woher wissen Sie das?«

»Werden Sie zu ihm zurückkehren?« Eine Gegenfrage als Antwort.

»Nein.«

»Ich will nicht indiskret sein, aber …«

»… Sie wollen wissen, wo ich hingehe«, unterbrach sie ihn. »In kein Frauenhaus, wenn Sie das meinen. Ich werde verschwinden.«

»Man verschwindet nicht einfach so.«

»Es ist eine Flucht, wenn Sie so wollen.«

Er nickte langsam. »Manchmal ist Flucht die einzige Möglichkeit, die einem bleibt.«

»Kennen Sie sich aus mit Flucht?«

Er nickte wieder. »Sie sind meine Patientin. Ich sollte Ihnen nicht von mir erzählen.«

»Ich möchte einfach nur verstehen …«

»Also gut. Ich musste Syrien verlassen. Es wurde zu gefährlich für meine Familie und mich. Ich wusste, dass man hinter mir her war.«

Seine rechte Hand begann zu zittern. Er suchte sie mit der linken zu beruhigen.

»Ich konnte damals keine Nacht mehr schlafen. Da war ständig diese Angst. Angst um meine Frau und meine Kinder. Angst um mich. Ich spürte am eigenen Körper, wie es ist, wenn einem die Angst die Seele auffrisst.«

»Der Filmtitel, von dem Sie neulich gesprochen haben …«

»Ja, es steckt so viel Wahres in dem Satz. Irgendwann hielt meine Seele das nicht mehr aus. Ich musste einfach handeln. Der Angst etwas entgegensetzen. Als Erstes schleuste ich meine Familie ins Ausland. Wir hatten Geld; das machte es einfacher.

Ich bin dann kurz darauf über Nacht weg, unter der Plane eines Lieferwagens in die Türkei, von da aus weiter, bis ich hier in Wien meine Frau und Kinder wiedertraf.«

Er hatte leise gesprochen. Seine Augen waren halb geschlossen gewesen, während er redete. Jetzt öffnete er sie. »Man riskiert einiges bei einer Flucht«, sagte er, »aber man riskiert oft mehr, wenn man bleibt.«

»Trotzdem waren Sie sehr mutig.«

»Das sind Sie auch.«

Sie schüttelte den Kopf. »Was mir passiert ist, ist nichts im Vergleich zu dem, was Sie erlebt haben.«

»Sagen Sie das nicht. Ich habe schon Frauen gesehen, die von ihren Männern totgeschlagen wurden.«

Jule schluckte. »Ich hatte immer gehofft …«

»… dass er sich ändert? Dass sich das nicht wiederholt? Es war nicht das erste Mal, habe ich recht?«

Sie nickte.

»Dann ist es gut, wenn Sie gehen. Wenn schon nicht zur Polizei, dann wenigstens irgendwohin, wo er Sie nicht findet. Diese Typen sind oft wie besessen von dem Gedanken, sich zu rächen. Ihr Stolz verträgt es nicht, wenn sie verlassen werden.«

»Ich habe eine Adresse, von der keiner weiß. Ich selbst bin noch nie dort gewesen. Jemand, den ich kaum kenne, hat sie mir gegeben. Das Haus ist weit weg. Im Ausland. Ich werde da bleiben, bis … ach, ich weiß es noch nicht. Ich weiß ehrlich gestanden fast gar nichts.«

»Das müssen Sie auch nicht. Wie kommen Sie dorthin?«

»Mit dem Auto.«

»Das wird nicht ganz leicht.« Er zeigte auf ihr Handgelenk.

»Ich halte einiges aus.«

Ein Lächeln flog über sein Gesicht. »Ich werde Ihnen eine feste Bandage anpassen lassen und Ihnen starke Schmerzmittel mitgeben, von denen Sie regelmäßig alle vier Stunden zwei einnehmen sollten, aber bitte nicht mehr, weil Sie ja Auto fahren.

Zudem schreibe ich einen Arztbericht, in dem ich genau aufführe, was man Ihnen angetan hat. Bewahren Sie den Brief sorgfältig auf; man weiß nie, ob Sie ihn vielleicht noch mal brauchen. Und versprechen Sie mir, wo immer Sie dann auch sind, in spätestens zwei, drei Wochen bei einem Arzt vorbeizuschauen, damit er sich Ihre Hand ansieht.«

»Ich verspreche es.«

»Dann mache ich jetzt Ihre Entlassungspapiere fertig. Heute Nachmittag kommt jemand wegen der Bandage, und morgen nach der Visite können Sie aufbrechen.«

»Sie sind so … so gut zu mir.«

»Ich bin Ihr Arzt.«

»Nicht alle Ärzte sind gut.«

Er seufzte. »Da war eine große Wut in mir, als ich gesehen habe, wie Sie hier ankamen. Wehrlose Menschen zu schlagen, ist etwas, das ich aus tiefstem Herzen verabscheue.«

»Hat er … hat mein Freund, der nicht mehr mein Freund ist … hat er …?«

»Ob er sich noch mal hier gemeldet hat?«

Sie nickte.

»Ja, das hat er. Kleinmütig diesmal, doch meine Antwort ist dieselbe geblieben. Die Drohung mit der Polizei hält ihn einstweilen ab, doch er wird nicht aufhören, Ihnen nachzustellen. Deshalb ist es richtig, dass Sie die Stadt verlassen – und ein Ziel haben.«

»Ein recht vages Ziel allerdings. Es ist eine Flucht mit vielen Unbekannten.«

»Das ist eine Flucht immer. Selbst wenn das, was man verlässt, noch so grauenvoll ist – es ist vertraut. Das Fremde dagegen ist unwägbar. Nicht selten aber wird man belohnt, wenn man den Schritt wagt. Die Dichterin Hilde Domin hat ihre Erfahrungen nach der Flucht vor dem Faschismus mit einem wunderbaren Satz beschrieben: ›Ich setzte den Fuß in die Luft, und sie trug.‹ Auch ich habe diese Erfahrung gemacht.«

»Ich danke Ihnen, dass Sie so offen waren.«

Er stand auf. »Sie haben etwas in mir ausgelöst. Und mir war klar, dass Sie verstehen würden, was ich Ihnen sagen wollte.«

»Das habe ich.«

Er gab ihr die Hand. Die, die vorhin gezittert hatte. Es war eine weiche, warme Hand. »Sie werden wieder Klavier spielen können«, sagte er. »Und Sie werden die Angst besiegen. Verlieren Sie nur Ihre Zuversicht nicht. Sie ist eine gute Lebensgefährtin.«

»Ein Schutzengel?«

Er lächelte. »So was in der Art, ja.«

Er schloss die Tür leise, als er ging.

Am nächsten Morgen erhielt Jule ihre Entlassungspapiere, die Bandage und jede Menge Schmerztabletten. Sie würden für den nächsten Monat reichen. Den Arztbrief legte Jule unten in die Reisetasche. Die Bandage streifte sie über ihr linkes Handgelenk. Sie bewegte die Finger. Es würde irgendwie gehen mit dem Autofahren. Es musste gehen.

Danach schrieb sie alle wichtigen Telefonnummern, Adressen, Erinnerungen aus ihrem Smartphone in das Buch, das Vera ihr geschenkt hatte. Als sie damit fertig war, loggte sie sich in Ihren Mail-Account ein und tippte eine Nachricht an die Leiterin der Musikschule, in der sie unterrichtete. Sie schrieb, dass sie vorerst nicht mehr kommen könne. Eine dringende Familienangelegenheit zwinge sie dazu, ins Ausland zu reisen. Wie lange sie fort sein werde, wisse sie noch nicht. Es könnten Monate werden. Sie bat darum, eine Ersatz-Lehrkraft für sie zu suchen. Da sie keinen festen Vertrag hatte, konnte sie das einfach so tun.

Auch ihren »beiden Jungs« schrieb sie; so nannte sie die zwei Musiker, mit denen sie ab und an kleine Sessions in Jazzclubs spielte, den Bassisten und den Schlagzeuger. *»Ihr müsst jetzt ohne mich auskommen. Fragt nicht, was los ist. Nur so viel: Ich muss einfach weg, und zwar sehr schnell. Irgendwann melde ich* *mich wieder, versprochen. Wann das sein wird, weiß ich selbst nicht. Bis dahin. Habt es gut und trefft immer die richtigen Töne. Eure Jule«*

Nachdem sie beide Mails abgeschickt hatte, öffnete sie das Handy an der Seite und entfernte die Chipkarte. Sie schnitt sie mit einer Nagelschere, die sie in ihren Kosmetiksachen gefunden hatte, durch, wickelte die Teile in etwas Toilettenpapier und warf sie in den Mülleimer neben ihrem Bett. Von nun an war sie nicht mehr erreichbar. Für niemanden. Erst in Frankreich würde sie sich eine Prepaidkarte kaufen, die eine neue Nummer hätte. Eine neue Nummer in einem neuen Leben. Eine Nummer mit französischer Vorwahl.

Nachdem sie sich von den Schwestern und Pflegern der Station verabschiedet hatte, fuhr sie mit dem Fahrstuhl ins Erdgeschoss. Sie sah sich um, als sie aus dem Haupteingang des Krankenhauses trat. Natürlich würde Mark hier nicht irgendwo hinter einem Baum stehen und ihr auflauern. Er wusste schließlich nicht, dass sie heute entlassen worden war. Trotzdem beschleunigte Jule ihren Schritt, als sie zum Parkplatz lief. Angst war etwas, dem mit dem Verstand nicht beizukommen war.

Vera hatte ihr erklärt, wo ihr Auto stand. Jule fand es sofort, öffnete den Kofferraum, warf ihre Reisetasche hinein und die Heckklappe mit einem lauten Knall zu. Als sie endlich auf dem Fahrersitz saß, die bandagierte Hand auf den Lenker legte und den Motor anließ, atmete sie hörbar aus.

»Na, dann los«, sagte sie zu sich.

Zunächst fuhr sie in den sechsten Bezirk, zu einer Filiale ihrer Bank. Das, was sie dort erledigen wollte, war schnell abgewickelt. Sie ließ sich das Geld ihrer Mutter, das sie auf einem Sonderkonto angelegt hatte, auf ihr Girokonto überweisen. Etwas mehr als dreizehntausend Euro. Ihre eiserne Reserve, falls es mit dem Unterrichten und den Auftritten irgendwann eng werden würde. Jetzt war es eng. Kein Klavierspielen mehr. Fürs Erste. Das Danach schien wie ein unbelichteter Film.

Jule blieb noch eine Weile am geöffneten Fenster stehen, als wollte sie ihre Gedanken hinauslassen, wie die Staubpartikel aus diesem Zimmer. Das Dorf da draußen war jetzt nicht mehr als eine Ahnung. Die Dunkelheit hatte die Konturen der Häuser weitgehend verschluckt. Hinter weniger als einer Handvoll Fenster brannte Licht. Ein Hauch von Leben in einer kalten Märznacht.

Nach einigen Minuten wandte sie sich ihrer Reisetasche zu, die der Junge mit dem Mittelscheitel vorhin auf dem Boden abgestellt hatte. Sie zog den Reißverschluss auf. Ein Nachthemd hatte sie obenauf gelegt, daneben den Beutel mit ihren Kosmetiksachen. Sie klemmte sich beides unter den Arm und ging damit ins angrenzende Badezimmer. Während sie noch nach dem Lichtschalter tastete, stolperte sie über eine kleine Stufe.

»Verdammt«, schimpfte sie. »Nicht, dass ich mir hier noch den Knöchel verstauche.«

Unwillkürlich hielt sie inne. Sie begann mit sich selbst zu reden. Das tun Menschen, wenn sie einsam sind. Oder wenn sie Angst haben. Sie fühlte eine Melange aus beidem. Eine einsame Angst.

Die Neonröhre über dem Waschbeckenspiegel flackerte. Daneben hing eine Föhn-Vorrichtung mit variablem Schlauch, wie es sie häufig in Hotels gab. Hier hatte irgendjemand das Ding mal herausgerissen, und niemand hatte es danach repariert oder ausgetauscht. Es gab nur noch vor, das tun zu können, wozu es bestimmt war.

Außerdem gab es eine Duschkabine aus Plastik, in deren Seiten Düsen montiert waren. Ein horizontaler Jacuzzi. Vorsichtig drehte Jule den Hahn auf. Die Düsen begannen zu rauschen, aber es trat kein Wasser heraus. Aus dem Duschkopf an der Decke tröpfelte ein kümmerliches Rinnsal in die Bodenwanne.

Jule seufzte. Die Dusche war genauso wenig zu gebrauchen wie der Föhn. Wenigstens das Wasser am Waschbecken lief, auch wenn es nur lauwarm herauskam.

Sie wusch sich Hände und Gesicht. Der Spiegel zeigte ihr ein müdes graues Bild ihrer selbst. Die Schwellung unter den Augen war noch immer sichtbar; in das tiefe Blau der Flecken mischte sich jetzt Grün. Jule tupfte ein Puder-Make-up darüber, das ihr Vera eingepackt hatte. Danach bürstete sie ihre Haare, die inzwischen strähnig und fettig geworden waren.

Erst jetzt merkte sie, wie groß ihr Hunger war. Auf der Fahrt hatte sie bis auf eine Flasche lauwarmes Wasser nichts zu sich genommen.

Als sie wenig später die steile Treppe wieder hinunterstieg, nahm sie den Geruch von Frittiertem wahr.

Die Frau mit der Kittelschürze kam aus einer Schwingtür, hinter der Jule die Küche vermutete. Sie lächelte, wischte sich die Hände an der Schürze ab und zeigte auf die Tische mit den verstaubten Plastikblumen. »Setzen Sie sich, wo immer Sie mögen«, sagte sie.

Jule wählte einen Platz am Fenster, obwohl es draußen nichts zu sehen gab. »Haben Sie eine kleine Karaffe Rotwein?«, fragte sie.

Die Frau schüttelte den Kopf. »Leider gibt es keinen offenen Wein. Wir sind noch nicht dazu gekommen, welchen einzukaufen.«

»Dann nehme ich ein Wasser.«

»Warten Sie.« Sie überlegte. »Ich glaube, mein Mann sagte, dass die Vorgänger uns etwas Wein dagelassen haben. Ich sehe mal im Keller nach.«

Sie entfernte sich schnell. Nach etwa drei Minuten kam sie mit einer Flasche zurück. »Die hier habe ich gefunden. Möchten Sie davon probieren?« Sie drehte die Flasche so, dass man das Etikett sehen konnte.

Châteauneuf-du-Pape, las Jule und eine Jahreszahl, die bereits lange zurücklag. Sie nickte.

Die Frau holte ein Glas und einen Korkenzieher. Sie hatte Mühe, die Flasche zu öffnen. Als es ihr schließlich gelang, atmete sie erleichtert aus. Sie schenkte das Glas halb voll.

Jule nahm einen Schluck. »Der ist ausgezeichnet«, sagte sie und erhielt ein weiteres Lächeln.

»Ihr Essen kommt auch gleich«, erwiderte die Frau und wandte sich wieder Richtung Küche.

Der Wein war wirklich gut. Ein Restposten aus einer anderen Zeit, der hier und heute unverhofft wärmte und Trost spendete. Jule würde jedoch nur ein, zwei Gläser davon trinken. Wegen der starken Schmerzmittel und weil ihr Kopf Klarheit von ihr forderte. Klarheit in einer Situation, die so vieles, wenn nicht gar alles im Unklaren ließ.

Die Pommes frites, die kurz darauf vor ihr standen, waren sehr heiß und sehr fettig; dazu gab es ein Töpfchen Mayonnaise, drei Salatblätter und eine kleine geviertelte Tomate. Das Steak erwies sich als dünn und zäh und sehnig. Jule hatte Mühe, es zu schneiden. Ihr Handgelenk schmerzte unter der Bandage.

Als Dessert brachte die Frau aus Flandern eine Apfeltarte. Wohl eines dieser Fertigprodukte, die sich im Ofen schnell aufbacken ließen.

»Ich danke Ihnen«, sagte Jule, nachdem sie aufgegessen hatte.

»Das war alles, was ich auf die Schnelle machen konnte«, erwiderte die Wirtin. Ihre Hände steckten nun in der Kittelschürze.

»Es war mehr, als ich zu hoffen gewagt hatte.«

»Eigentlich wollten wir gar nicht öffnen, bevor wir nicht alles etwas … na ja, hergerichtet haben. Aber dann haben wir den Zettel draußen an der Tür einfach hängen lassen und nicht abgesperrt. Wenn ich ehrlich bin, hatte ich noch keinen Gast erwartet.«

»Manchmal geschieht Unerwartetes«, erwiderte Jule.

Im Grunde ist das Leben an sich eine Kette von etwas, was man nicht erwartet, dachte sie. Hatte sie denn vor einer Woche erwartet, heute mit gerade mal ein paar Habseligkeiten in einem gottverlassenen Dorf irgendwo in Frankreich zu sitzen, mit nichts weiter als einer Adresse und der Telefonnummer von zwei Menschen, die sie noch nie gesehen hatte?

»Wohin fahren Sie morgen?«, fragte die Frau. Als könnte sie Jules Gedanken lesen.

»In den Süden.«

»Noch ein weiter Weg.«

»Nicht so weit wie der, den ich hinter mir habe.«

»Wann möchten Sie frühstücken?«

»Ist sieben Uhr zu früh?«

»Nein, nein, das passt.«

»Kann ich jetzt schon zahlen?«

»Ja, natürlich. Aber bitte in bar. Wir haben noch keine Maschine, um abzurechnen.« Sie hob entschuldigend die Schultern.

Jule holte ihr Portemonnaie aus der Tasche und hielt der Frau zwei Scheine hin. »Das stimmt so«, sagte sie.

»Oh, vielen Dank. Wollen Sie die Flasche mit aufs Zimmer nehmen?« Sie zeigte auf den Wein.

Jule schüttelte den Kopf. »Danke, ich habe genug. Aber er war wirklich wunderbar.«

»Das freut mich.« Die Frau begann, den Tisch abzuräumen. »Ich wünsche Ihnen eine gute Nacht«, sagte sie.

Jule stand auf. »Das wünsche ich Ihnen auch«, entgegnete sie. Dann stieg sie die knarrende steile Treppe nach oben. In ihrem Zimmer schloss sie die Tür hinter sich ab, zog sich sofort aus und schlüpfte in ihr Nachthemd. Die Bandage löste sie von ihrem Handgelenk und legte sie neben ihre Uhr auf den Nachttisch. Anschließend schluckte sie zwei weitere Schmerztabletten.

Das noch immer geöffnete Fenster schloss sie; die Luft im Raum war nun frisch und kühl.

Sie kroch unter die klamme Bettdecke und zog sie bis zum Hals hoch. Normalerweise hätte sie jetzt in ihrem Smartphone nachgesehen, ob ihr jemand geschrieben hatte. Sie hätte ein paar Nachrichten gelesen und selbst ein paar verfasst, aber das Handy war stumm geschaltet. Die Schnipsel der SIM-Karte lagen im

Mülleimer eines Wiener Krankenhauses. Das Band zwischen ihr und dem Leben, das hinter ihr lag, war durchtrennt.

Morgen würde sie als Erstes in einem Ort unten im Süden anhalten, etwas zu essen einkaufen und sich eine neue Karte besorgen. Morgen ... Ein Wort, das noch keine Gestalt hatte. Sie hatte ihren Fuß in die Luft gesetzt, wie die Dichterin, die der syrische Arzt zitiert hatte. Würde auch sie von der Luft getragen werden?

Sie strich über ihr verstauchtes Handgelenk. Bewegte die Finger, die einst mühelos über die Tasten ihres Klaviers gelaufen und gesprungen waren. Ihr Klavier. An dem sie Tag für Tag gesessen hatte. Das zu ihr gehörte wie ein Teil ihres Körpers. Das sie die Welt um sich herum so oft hatte vergessen lassen. Eine Welt, die immer bedrohlicher geworden war. Sie hatte ihr Klavier zurückgelassen. Zurücklassen müssen. Nun stand es allein dort und schwieg. Ein Waisenkind, das zu spielen aufgehört hatte.

Was würde Mark ...?

Jule spürte, wie ihr Atem schneller ging. Allein der Gedanke an den Mann, den sie ihren Freund genannt hatte, schnürte ihr den Hals zu. Sie fühlte, dass ihr Körper sich mit Schweiß überzog. Sie zitterte und keuchte. Ihr Herz raste. Die Angst, sie zeigte sich plötzlich mit nie gekannter Wucht. Einem Faustschlag gleich, wie der, der sie zu Fall gebracht hatte. Im Krankenhaus war sie noch abgeschottet gewesen, aufgehoben in einem geschützten Raum. Mit einem Notknopf neben dem Bett. Jetzt gab es keinen Notknopf mehr, den sie drücken könnte. Jetzt war sie allein. Völlig allein mit der Angst.

Ich darf nicht an ihn denken, sagte sie sich. Sie sagte es laut. Ein Mal, zwei Mal ... zehn Mal, zwanzig Mal ... Wie ein Mantra wiederholte sie diesen einen Satz.

Ich darf nicht an ihn denken.

Langsam beruhigte sich ihr Atem wieder. Der Schweiß versiegte in ihrem Nachthemd. Ihr Herz fand in seinen normalen Rhythmus zurück.

Sie hatte nie viel davon gehalten, Dinge zu verdrängen. Nun musste sie genau das tun. Verdrängung als Überlebensstrategie. Wegschieben, was mehr schmerzte als ein Handgelenk und ein paar Blutergüsse und eine Rippe. Einstweilen.

Mutig hatte der Arzt sie genannt und ihr Zuversicht als Begleiterin gewünscht. Und nun lag sie hier und zitterte allein bei dem Gedanken an einen Namen. Und doch, dieser Arzt schien gewusst zu haben, was er sagte. Sie mochte sich nicht ausmalen, welche Panikattacken ihn auf seiner Flucht überfallen hatten. Sie war nicht allein – obwohl sie so allein war.

Sie knipste die Nachttischlampe aus und wartete auf den Schlaf.

Ob er kam, der Schlaf, vermochte sie nicht zu sagen. Es war vielmehr ein Halbwachzustand, der ihr wirre Traumfetzen hinwarf und sie dann wieder hochfahren ließ.

Irgendwann wurde die späte Nacht zum frühen Morgen.

Draußen begann es zu dämmern.

Jule stand auf und trat ans Fenster. Der Himmel zeigte erste Wolken. Hellgraue Wolken, die versprachen, bald weiß zu werden. Das Dorf bekam seine Konturen zurück. Auf gewisse Weise war sogar das tröstlich.

Sie wusch sich schnell mit dem lauwarmen Wasser am Waschbecken und packte ihre wenigen Sachen wieder in die Reisetasche. Dann setzte sie sich in einen der Polstersessel und wartete darauf, dass es sieben Uhr wurde.

Ihr Blick wanderte vom Kamin durch die geöffnete Badezimmertür hin zur Duschkabine und dem Föhnschlauch an der Wand. Ein Raum voller Attrappen. Lauter Dinge, die nur so taten, als ob. Bloßes Blendwerk.

Es war wohl kein Zufall, dass sie auf ihrer Reise ins Unbekannte in genau diesem Zimmer gelandet war. Sieh genau hin, schien es ihr zu sagen. Vertrau nicht dem Schein.

Jule nahm das als Aufforderung, als Wegzehrung. Dann nahm sie ihre Tasche und ging.

Vom Kirchturm im Dorf schlug es sieben Mal.

6

Die Straße war eng und schmal und steil. Voller nicht einsehbarer Kurven. Rechts ein teils eingebrochenes Mäuerchen, links ein tiefer Graben ohne Befestigung. Jule schaltete zwei Gänge herunter, vorsichtig auf möglichen Gegenverkehr achtend. Einige Häuser lagen in der Landschaft, als hätte sie irgendjemand irgendwann ohne erkennbaren Plan in den Hang gestreut. Hier und da sah man einen Sonnenschirm zwischen Olivenhainen und Weinterrassen.

Sie kam an zwei großen schwarzen Müllcontainern vorbei, aus denen Plastiksäcke mit Plastikflaschen herausquollen. Gegenüber lag ein altes steinernes Waschhaus, das zu einer Art Bibliothek umfunktioniert worden war. Dort, wo man früher die Wäsche gescheuert, geschrubbt und ausgewrungen hatte, standen nun gebrauchte Bücher zum Mitnehmen. Ein handgeschriebenes Schild forderte jeden auf, sich zu bedienen und ausgelesene Lektüre dazulassen. Eine grau-schwarze Katze strich zwischen den Büchern herum; sie machte einen Buckel und ging in Deckung, als sie Jules Auto erspähte.

Das Navi meldete nur noch fünfzig Meter bis zum Ziel. Der Mann, der sich Nicolas nannte, hatte ihr vor einer guten Stunde gesagt, dass er dort auf sie warten werde.

Bei Bollène hatte sie die Autobahn verlassen, die sich seit Lyon *Autoroute du Soleil* nannte. Eine Straße, die die Sonne im Namen trug. Eine Straße ins Licht. Jule hatte auch darin ein Zeichen gesehen.

Bollène war eine kleine Stadt mit einigen Geschäften, die erst am späten Nachmittag wieder öffneten. Also war sie dort ein bisschen herumgelaufen und hatte einen Kaffee getrunken. Später dann hatte sie die nötigsten Lebensmittel, Kaffee und einige

Flaschen Wasser besorgt. In einem Mobilfunkladen kaufte sie eine Prepaidkarte für ihr Handy. Zurück in ihrem Auto rief sie die Nummer an, die Jo ihr gegeben hatte.

Nicolas nahm nach fünfmaligem Klingeln ab. Er schien ihren Anruf erwartet zu haben. Seine Stimme klang rau. Die Stimme von jemandem, der viel rauchte.

Jule stellte sich vor. Mit Vor- und Nachnamen. Jule Kröger.

»Ich weiß, ich weiß«, entgegnete er. »Jochen hat mir Bescheid gegeben.« Und dann nannte er ihr die genaue Adresse des Hauses und fügte hinzu, sie solle anrufen, falls sie sich verfahre. Das komme schon mal vor, wenn man sich nicht auskenne, und auf die Navis sei nicht immer Verlass. Er nehme sein Handy mit.

Sie hatte sich nicht verfahren. Sie war nur noch fünfzig Meter von ihrem Ziel entfernt.

Das Erste, was Jule sah, war ein Tor. Die schweren Gittertüren waren weit geöffnet. Dahinter wartete eine kurze Allee aus Zypressen. Wie zur Begrüßung standen die schlanken hohen Bäume links und rechts der Auffahrt Spalier. Am Ende lag ein kleines Haus aus hellem Sandstein. Es hatte ein flaches Dach aus rotbraunen Ziegeln und hellblaue Fensterläden, die im ersten Stock noch geschlossen, unten bereits offen waren.

Vor dem Haus befand sich ein gekiester Platz, auf dem ein alter weißer Lieferwagen stand. Ein Wagen mit Beulen und Schrammen.

Jule stellte ihr Auto direkt daneben ab und blickte nach oben. Hinter dem Parkplatz ragte eine schroffe rote Felswand empor, auf deren Kuppe Kiefern wuchsen.

Sie stieg aus und ging auf das Haus zu.

In dem Moment wurde auch schon die Tür geöffnet. Ein Mann in blauer Arbeitskleidung trat heraus und streckte ihr seine rechte Hand entgegen. »*Bienvenue*«, sagte er. »Ich bin Nicolas.«

Sie hatten beide einen festen Händedruck.

Das, was seine Stimme am Telefon bereits verraten hatte, bestätigte sich. Er roch stark nach Tabak. Sein Alter schätzte Jule auf Anfang fünfzig. Er war nicht besonders groß, aber kräftig. Seine kurzen schwarzen Haare begannen an Oberkopf und Stirn bereits auszudünnen. Dunkle Augen konkurrierten mit dicken Brauen um Aufmerksamkeit; die Augen hatten etwas Warmes, die Brauen etwas Wildes.

»Hattest du eine gute Fahrt?«, fragte er.

Sie lächelte. Er hatte sie geduzt. Eine Freundin seines Freundes. So sah er das. Es hätte ihn wohl überrascht, wenn er erfahren hätte, dass Jule und Jo sich siezten.

»Es war ziemlich anstrengend, wenn ich ehrlich bin«, entgegnete sie.

»Was ist passiert?« Er deutete auf die Bandage.

»Ein Unfall.«

»Sicher nicht leicht, damit so lange zu fahren.«

Sie nickte.

»Ich bringe dir dein Gepäck rein.« Er ging zu ihrem Kofferraum. »Ist das alles?«, fragte er, als er ihre Reisetasche und zwei Tüten mit Lebensmitteln sah.

»Ja, ich bin … na ja … Ich musste recht hastig aufbrechen«, beeilte sie sich zu sagen. »Da hab ich nur das Nötigste mitnehmen können.«

»Weißt du schon, wie lange du bleiben willst?«

Sie schüttelte den Kopf.

»Das Haus wurde länger nicht bewohnt«, erklärte er. »Nachdem Jochen uns angerufen hat, haben Sophie, also meine Frau, und ich hier schon mal etwas gelüftet und durchgeputzt, ein Bett bezogen und ein paar defekte Glühlampen ausgewechselt.«

»Danke, das ist sehr nett von euch.« Das Du fühlte sich ganz selbstverständlich an.

Sie betraten das Haus und standen in einer Diele. »Hier rechts geht's in die Garage«, sagte Nicolas und zeigte auf eine Tür. »Da drin steht aber lauter altes Gerümpel. Es hat schon sehr lange niemand mehr aufgeräumt. Für dein Auto ist in dem Durcheinander leider kein Platz.«

»Das macht nichts. Ich parke einfach draußen.«

Er wies auf eine Treppe aus groben Steinen, die in den ersten Stock führte. »Da oben ist dein Schlafzimmer. Ich zeige es dir später«, sagte er und ließ ihre Reisetasche auf der untersten Stufe stehen.

Dann ging er voran in einen großen Wohnraum. Ein graues Sofa und drei Sessel standen vor einem niedrigen Holztisch, auf dem Stumpen in zwei silbernen Kerzenleuchtern weiße Wachsspuren hinterlassen hatten. Unter der Sitzgruppe lag ein grob gewebter heller Teppich. Vor einem Kamin war etwas Holz gestapelt. Daneben sah Jule eine geschlossene Tür.

»Ein weiteres Schlafzimmer«, sagte Nicolas, der ihren Blick auffing. »Da übernachtet Jochen, wenn er hier ist.«

Er wandte sich nach links. Dort befand sich eine offene Küche mit einem großen Esstisch, um den sich sechs Stühle versammelten.

Er stellte ihre Einkaufstüten auf dem Boden ab. »Ich habe den Kühlschrank wieder eingeschaltet«, erklärte er. »Der Herd funktioniert mit Gas. Falls die Flasche irgendwann leer ist, ruf mich an; dann tausche ich sie aus. Töpfe, Pfannen, Auflaufformen, Besteck und was man sonst noch so alles braucht, findest du in den Schubladen. Teller, Tassen, Schüsseln und Gläser stehen dort.« Er zeigte auf ein offenes Regal. »Jochens Eltern hatten immer viele Gäste; deshalb ist von allem ausreichend da. Der Wein hier ist ein Begrüßungsgeschenk von Sophie und mir.« Er wies auf drei Flaschen neben dem steinernen Waschbecken unter einem Fenster. »Sind aus eigenem Anbau.«

»Ihr macht Wein?«

»Ein bisschen was für den Hausgebrauch.«

»Danke, das ist wirklich sehr ...« Sie suchte nach dem passenden Wort und entschied sich schließlich für »lieb«. Der Empfang an diesem, ihrem Fluchtort war so herzlich, dass ihr ganz warm wurde. Das Gefühl der einsamen Angst, das sie gestern Nacht im Irgendwo gepackt hatte, ließ nach.

»Du wirst Sophie sicher bald kennenlernen«, fuhr der Mann mit der rauen Stimme fort. »Sie ist schon ein bisschen neugierig, was für eine Freundin von Jochen in dieses Haus zieht.«

Freundin … Als solche hatte Jo sie wohl angekündigt. Dabei waren sie beide mitnichten das, was man Freunde nennt. Sie waren noch nicht einmal Bekannte. Sie waren bislang nichts weiter als zwei Menschen, die sich zwei Mal begegnet waren und sich hatten wiedersehen wollen.

Nicolas schob nun eine gläserne Schiebetür beiseite und trat hinaus auf eine geräumige überdachte Terrasse. Auch hier befand sich ein langer Tisch, umgeben von acht Stühlen. Darüber hingen drei schwarze Pendellampen, wie sie früher in Lagerhallen benutzt wurden. Vier Sessel und ein Sofa aus Holz standen auf der anderen Seite der Terrasse. »Dazu gehören noch Polster«, sagte Nicolas. »Die haben wir im Winter in der Garage verstaut, damit sie nicht feucht werden. Aber ich denke, du kannst sie jetzt herausholen. Das Wetter wird von Tag zu Tag wärmer.«

Jule sah sich um. Links wurde die Terrasse von einem kleinen Rasenstück begrenzt, auf dem ein ausladender knorriger Olivenbaum stand. Darunter befand sich eine Bank aus grauem, verwittertem Stein. Die Terrasse selbst war von Maulbeerbäumen, Lorbeer und Oleander umgeben.

»Komm, ich zeige dir noch den Pool.« Neben dem Haus führte eine Treppe etwa zehn Stufen nach unten. Dort lag ein mittelgroßes leeres Becken, geformt wie eine Schüssel, in die der Wind im Herbst und Winter zahllose Blätter geweht hatte.

Jule staunte. »Ein Pool?«

»Ja, aber er ist seit Jahren nicht benutzt worden. Wenn du willst, besorge ich ein paar Leute, die ihn gemeinsam mit mir reinigen und wieder auffüllen. Die Sommer hier sind extrem heiß. Da ist es nicht schlecht, so ein Ding zu haben.«

»Ich will keine Umstände machen«, erwiderte sie. »Ich weiß ja noch gar nicht, ob ich bis zum Sommer bleibe, und ... na ja, so etwas ist sicher teuer, und ich ...«

Er winkte ab. »Keine Sorge, ich frage Freunde von mir. Die tun mir gern einen Gefallen. Und vielleicht kommt Jochen ja auch mal wieder her, nun, da du hier bist, und er freut sich sicher, wenn Wasser im alten Pool seiner Eltern ist. Da unter dem Baum stehen noch drei Sonnenliegen. Die putzen wir gleich mit, wenn wir das Becken sauber machen.«

»Ich weiß gar nicht, was ich sagen soll.«

Kurz erschien ein Lächeln auf seinem Gesicht. »Wir machen das gern. Ich bin ja selbst froh, dass dieses Haus endlich wieder bewohnt wird. Komm, ich zeige dir noch das Zimmer, in dem du schlafen wirst.«

Sie folgte ihm über die Terrasse, durch Küche und Wohnraum die steinerne Treppe hinauf in den ersten Stock.

»Es gibt oben nur ein Zimmer und ein kleines Bad.« Er öffnete zwei Türen. »Unten ist ein zweites größeres Badezimmer. Das kannst du natürlich auch benutzen, aber ich dachte mir ...«

»Schon gut«, unterbrach sie ihn beim Blick in einen weißblau gekachelten Raum mit grobem Steinfußboden. »Dies hier ist völlig ausreichend.«

»Hinter dem Schlafzimmer liegt noch eine Kammer«, erklärte er. »Als kleiner Junge hatte Jochen dort jede Menge Spielsachen untergebracht. Jetzt wird es als eine Art begehbarer Kleiderschrank benutzt. Mit vielen Regalen, einer langen Stange, Bügeln und Haken. Aber du hast ...«, er deutete auf ihre Reisetasche.

»... eh nicht viel dabei«, ergänzte sie. Auch sie lächelte jetzt. Ein schüchternes Lächeln, das sie gleich wieder einkassierte. Dann trat sie zum Fenster und öffnete es. Sie entriegelte die noch geschlossenen hellblauen Holzläden und stieß sie auf.

Sie sah die Weinberge, durch die sie vorhin gefahren war, dazwischen silbrig grüne Olivenbäume und dunkle Zypressen. Ein paar versprenkelte rotbraune Hausdächer tupften sich ins Bild. »Mein Gott, ist das schön«, entfuhr es ihr.

»Ja, die Aussicht von hier oben hat was«, erwiderte er. »Bald wird auch der Wein wieder austreiben. Dann werden die Stöcke hellgrün.«

»War das hier mal das Kinderzimmer? Wegen der Spielsachen, meine ich …«

Er nickte. »Später wurde es dann zum Gästezimmer umfunktioniert.«

Ein Doppelbett aus Eisen. Zwei hölzerne Nachttischchen, die in demselben blassen Blau gestrichen waren wie die Fensterläden. Ein Schreibtisch mit einem einfachen Holzstuhl, beide ebenfalls blau. Eine Leselampe. Blassgelbe Wände, an denen in einer Reihe mehrere kleine Aquarelle hingen, die Strandszenen und Fischerboote am Meer zeigten. Neben dem Fenster ein alter Waschtisch, Keramikschüssel und -kanne mit gelb-blauen Fayencemustern. In der Kanne ein getrockneter Lavendelstrauß.

»Jetzt hast du alles gesehen«, sagte Nicolas. »Das Zimmer von Jochen unten war damals das seiner Eltern. Darin gibt es jede Menge Bücher. Falls du Lust hast zu lesen.«

»Ich habe schon auf der Fahrt hierher eine Bücher-Sammelstelle gesehen.«

»Ach ja, das ehemalige Waschhaus. Damit haben ein paar Leute aus der Gegend vor einigen Jahren angefangen. Mittlerweile wird das auch gern von Touristen benutzt. Jochen zieht es allerdings vor, seine geliebten Bücher hier zu sammeln.« Er lächelte wieder. »So, ich werde dann mal gehen.« Er wandte sich zur Treppe und stieg nach unten.

An der Haustür überreichte er ihr den Schlüssel. »Falls irgendetwas ist oder du Fragen hast, ruf mich an. Wir wohnen nicht weit von hier. Sozusagen gegenüber, auf der anderen Seite der Cèze.«

Sie nickte. »Das tue ich bestimmt.«

»Ach ja, das nächste Dorf mit Einkaufsmöglichkeiten heißt

Goudargues. Es liegt gut drei Kilometer entfernt. Runter auf die Hauptstraße, von der du gekommen bist, und dort rechts ab. Kurz nach einem großen Supermarkt und einer kleinen Tankstelle hältst du dich links. Es ist nicht zu verfehlen. Im Dorf findest du einige Läden mit einem besseren Angebot als im *hypermarché,* und jeden Mittwoch ist Markt. Da oben auf dem Hügel, hinter dem Wald«, er zeigte auf die Felswand, »gibt es auch ein Dorf, jedoch ohne Geschäfte. Es ist aber ein schöner Spaziergang.«

Sie nahm den Schlüssel. »Ach, würdest du mir eine Zigarette dalassen?«

»Eine?« Er griff in seine Hosentasche und zog ein Päckchen hervor. Es steckten noch fünf oder sechs Zigaretten darin. Er reichte ihr das ganze Päckchen. »Ist nie schlecht, einen kleinen Vorrat zu haben«, sagte er.

»Danke«, entgegnete sie. »Danke für alles.«

Er nickte. »Ich melde mich wegen des Pools«, sagte er noch. Dann ging er zu seinem Auto.

Sie sah ihm nach. Sah, wie der Lieferwagen in der kleinen Zypressenallee verschwand.

Sie war jetzt allein.

Am Himmel zeigten sich Abendwolken, von der bereits tief stehenden Sonne leicht rosa eingefärbt. Die rote Felswand fuhr ein letztes Leuchten auf. Die Kiefern oben auf der Kuppe lagen bereits im Schatten. Irgendwo rief ein Käuzchen. Ansonsten herrschte Stille.

Bald würde es dunkel werden. Im April waren die Tage noch kurz.

7

Jule schloss die Haustür hinter sich ab und schaltete drinnen das Licht an. Sie packte ihre Einkaufstüten aus.

Von der Baguette schnitt sie sich gleich etwas ab und legte Schinken darauf. Sie aß im Stehen. Das frische Brot knackte, der Schinken schmeckte leicht salzig, durchzogen von fein süßlichem Fett. Es kam ihr vor, als hätte sie schon lange nicht mehr so etwas Gutes gegessen.

Die Anspannung der letzten Monate und Jahre, das Gefühl, einzubrechen und zu ertrinken, das alles hatte sich wie Mehltau über ihre Sinne gelegt und immer weniger Empfindungen zugelassen. Übrig geblieben war nur die Angst einer mutlosen Frau, die ihre mutige Zwillingsschwester kaum mehr wahrnahm.

Ja, sie hatte sich damals im Museum mit großem Abstand vor das Gemälde gesetzt, um das Ganze nicht nur auf dem Bild, sondern auch in sich zu erfassen. Sie hatte den Zwilling in sich mit Jo plaudern lassen, und für einige Momente hatte sich das verzagte Ich zurückgezogen und ihre Sinne wieder zum Leben erweckt. Hatte die andere, die frühere Jule auferstehen lassen. Doch das war nur von kurzer Dauer gewesen. Bereits auf dem Weg vom Museum nach Hause hatte der Zustand der Betäubung wieder von ihr Besitz ergriffen. Sie fühlte sich wie eine Gefangene auf Freigang, die zurück hinter Gitter musste. Sie hatte an dem Nachmittag im Museum auf den Mann gewartet, der ihr die Freiheit nahm, der ihr die Flügel stutzte und die Sinne trübte. Sie hatte ihn treffen wollen. Auf neutralem Boden. Um etwas zu beenden. Etwas, das es wahrscheinlich nie gegeben hatte. Ein letzter, ein waghalsiger Versuch, mit ihm zu reden. Danach wollte sie sich entscheiden. Entscheiden zu gehen.

»Sie warten auf jemanden, den es nicht gibt.« Das hatte der

andere Mann gesagt. Der Mann, der stattdessen ins Museum gekommen war und sich neben sie gesetzt hatte. Der Mann, in dessen Küche sie nun stand, mit einem Stück Baguette in der Hand.

Früher, da habe sie gern gekocht, hatte sie Jo auf dem Karmelitermarkt erzählt. Und dann hatte sie, als er nachfragte, von einer unschönen Geschichte gesprochen. Hatte abgewiegelt, weil der Schmerz in ihr verschlossen war. Luftdicht verschlossen, sodass nichts nach außen dringen konnte.

Jetzt öffnete sie die Erinnerung. Ein Stück weit nur, doch genug, um hineinsehen zu können. Sein Name erschien. Mark. Der Name, der sie in der letzten Nacht hatte panisch werden lassen. Hier, in diesem Haus, in dieser Küche, wagte sie es erneut. Auch nun beschleunigte sich ihr Atem, aber der rasende Herzschlag, die Schweißausbrüche, sie blieben aus. Vorsichtig tastete Jule sich in den Tunnel der Vergangenheit.

Da war dieses Essen gewesen. Ungefähr ein Jahr war das her. Mark hatte seinen Chef und dessen Frau eingeladen. Sattler hießen die. Leute, die sich für etwas Besseres hielten, weil sie im ersten Bezirk wohnten. Der Name war bei Jule und Mark oft gefallen. Herr Sattler ließ seine Leute Überstunden machen, war mal gönnerhaft, mal cholerisch. Jetzt drohten im Unternehmen Kündigungen, und Mark glaubte, mit einem Abendessen zu viert seinen eigenen Rausschmiss abwenden zu können.

Einen Versuch sei es vielleicht wert, hatte Jule gesagt. Obwohl da Zweifel in ihr waren. Sie verabscheute jede Art von Anbiederei. Eigentlich.

»Du kochst doch so gut. Mach es für mich.« Er schmeichelte ihr.

Da gab sie klein bei.

Und sie kochte gut an diesem Abend. Sehr gut sogar. Sie wollte es ihm und seinem Chef und dessen Frau zeigen. Sie hatte Mark gebeten, vorher nachzufragen, ob die Gäste Vegetarier seien, und da er das verneint hatte, machte sie eine Lammkeule nach einem Rezept der Großmutter ihres ehemaligen französischen Freundes. Als Vorspeise gab es Muscheln in Pastis und zum Dessert einen warmen Schokoladenkuchen. Sie deckte den Tisch mit dem alten Meißener Porzellan ihrer Eltern, und sie legte Klaviermusik von Chopin auf. Nichts Schweres, sondern leichte Etüden. Sie liebte diese Musik. Kannte jede Note.

Es begann damit, dass Herr Sattler sie bat, das Geklimper doch etwas leiser zu stellen. Er verdünnte den teuren Wein, den Jule besorgt hatte, mit Mineralwasser. Seine Frau trug ein derart aufdringliches Parfum, dass der Duft des Essens davon völlig verdrängt wurde. Dann erklärte sie, Muscheln seien die Müllschlucker der Meere, und als das Lamm auf den Tisch kam, sagte sie, sie esse keine Babys. Der Schokoladenkuchen war ihr zu mächtig; wer nehme denn heutzutage noch so viele Kalorien zu sich.

Jule schluckte. Sie schluckte vieles herunter. Sie schluckte es für Mark herunter, der sich noch immer Mühe gab, seinem Chef und dessen Frau zu gefallen. Er lachte über Witze, die keine waren, nur weil es deren Witze waren. Er pflichtete ihnen bei, obwohl er es anders, besser wusste.

Irgendwann konnte Jule nicht mehr an sich halten. Es brach aus ihr heraus. Sie konnte scharf sein, richtig scharf. Das hatte sie von ihrer Mutter. Wenn sie so war, wurde es eisig. Mit kühler Stimme servierte sie den Gästen ihr Resümee des Abends. Erklärte ihnen, dass sie von Essen und Trinken und Musik keine Ahnung hätten. Dass sie keinen Geschmack und keinen Stil und keinen Anstand hätten.

Es herrschte Schweigen am Tisch. Endlich Schweigen nach dem grotesken Schmierentheater. Jule fühlte sich befreit, nachdem sie alles ausgesprochen hatte. Sie glaubte fest, Mark würde sich genauso fühlen. Sie hatte ihm aus der Zwangsjacke herausgeholfen, in die er sich selbst gesteckt hatte. So oft hatten sie schließlich über Banausen gesprochen, und nun saßen genau solche an ihrem Tisch. Nach diesem Essen wäre es eine Erleichterung für ihn, nicht ängstlich abzuwarten, ob man ihn hinauswarf, sondern seinem Vorgesetzten die Kündigung hinzulegen. Einem Vorgesetzten, der sich selbst entlarvt hatte. Der es nicht wert war, dass man vor ihm buckelte.

Hatte Mark nicht stets behauptet, er hasse jede Art von Kriecherei? Jetzt musste er das nicht mehr. Er könnte sich einen neuen Job suchen. Mit geradem Rückgrat. Ihm würde das nicht schwerfallen; er war schließlich gut in dem, was er tat. Allein die Einladung war ein Fehler gewesen. Nun würde er das begreifen und ihr, Jule, dankbar sein, dass sie die Dinge beim Namen genannt hatte.

So sah sie das.

Er sah das anders.

»Denen haben wir es aber gezeigt«, sagte sie, nachdem ihre Gäste überstürzt aufgebrochen waren. Sie lachte.

Er lachte nicht. Stattdessen atmete er schwer. Dann schlug er ihr mit der flachen Hand ins Gesicht.

Sie sah ihn entsetzt an, die Hand an der Wange. Die Wange brannte. »Bist du wahnsinnig?«, brachte sie hervor.

»Wer ist hier wahnsinnig?«, schrie er. Stieß sie zur Seite, rannte ins Wohnzimmer und riss mit einem Zug am Tischtuch Teller und Schüsseln zu Boden.

Das Geschirr ihrer Eltern zerbrach. In ihr zerbrach etwas anderes. Das, von dem sie geglaubt hatte, es würde sie und ihn verbinden – es lag in Scherben.

Ohne sich zu rühren, starrte sie auf den Boden.

»Ich dachte, du bist stolz auf mich, weil …«, stammelte sie.

»Stolz?«, schrie er. »Stolz auf dich?«

»Ich habe mir Mühe gegeben. Ich habe alles schön gemacht. Ich habe etwas Gutes gekocht. Für dich! Um dir einen Gefallen zu tun. Und dann haben diese Idioten uns beleidigt. Dich und mich.«

»Mir ist scheißegal, was du gekocht hat. Denen hat's nicht geschmeckt, und du warst es, die sie beleidigt hat. Du ganz allein!«

»Wo ist nur deine Würde geblieben?«

Er griff nach ihrem Arm. So fest, dass sie laut aufstöhnte. Er zog sie in die Küche. Dorthin, wo sich schmutzige Töpfe, Pfannen, Schüsseln, Kochlöffel und Rührbesen auftürmten. Er packte sie mit der anderen Hand an den Haaren und stieß ihren Kopf ins Waschbecken.

»Dort ist meine Würde«, schnaubte er. »Im Abfluss. Du hast sie weggespült mit deinem arroganten Rumgetue.«

Jule sah das weiße Porzellan des Beckens vor sich. Sie fühlte etwas Warmes an der Stirn. Das Weiß bekam rote Sprenkel. Blut. Ihr Blut.

»Lass mich los!«, flehte sie. »Bitte!«

Er hielt sich noch einige Sekunden fest. Sekunden, die ihr vorkamen wie Stunden. Dann ließ er mit einem Ruck von ihr ab, verließ die Küche und schlug die Tür hinter sich zu.

Sie fasste sich an die Stirn. Ihre Hand färbte sich rot. Sie griff nach einem auf der Arbeitsfläche neben dem Spülbecken liegenden Geschirrtuch und hielt es an ihren Kopf. Ihr wurde schwindelig. Sie schloss kurz die Augen, mit dem Rücken am Becken. Ganz langsam ließ sie sich zu Boden gleiten.

Wie lange sie dort gesessen hatte, wusste sie später nicht mehr. Auf diesem kalten Küchenboden begann in ihr etwas abzusterben. Schmerz und Scham sickerten in sie ein und säten die ersten Keime der Ohnmacht.

Irgendwann stoppte die Blutung. Jule erhob sich und warf das fleckige Handtuch ins Waschbecken. Gegen ihre Gewohnheit ließ sie das schmutzige Geschirr einfach stehen. Gewohnheiten waren etwas aus einem anderen Leben, so schien es ihr. Einem Leben, vor dem in dieser Nacht der Vorhang gefallen war.

Sie drehte das Licht ab und schlich durch den dunklen Flur ins Wohnzimmer. Dort brannte noch eine Stehlampe.

Jule atmete hörbar aus. Mark war zu Bett gegangen. Sie war allein. CD-Player und Verstärker gaben ein leises Rauschen von sich. Nachdem sie beides ausgeschaltet hatte, wurde es still. Sie strich über Chopins Etüden in ihrer Hand, streichelte, was ihr so lieb war; dann legte sie die CD in die Hülle und stellte sie zurück ins Regal.

Sie breitete eine auf dem Sofa liegende Wolldecke aus. Sie würde die Nacht hier schlafen. Sie würde es zumindest versuchen. Das Letzte, was sie sah, bevor sie auch die Stehlampe ausknipste, waren das zerknüllte Tischtuch und die Porzellanscherben neben dem Esstisch. Weiß-blaues Zwiebelmuster. Meißen. Erinnerungen an festlich gedeckte Tafeln. Jetzt zerbrochene Vergangenheit.

Das Kleid, das sie heute Abend getragen hatte, behielt sie an. Wie die Strumpfhose. Nur die Schuhe zog sie aus, bevor sie sich auf das Sofa unter die Wolldecke legte.

Ein wenig schlief sie wohl in den folgenden Stunden. Dazwischen ließen unzusammenhängende Träume sie immer wieder aufschrecken.

Als es draußen hell wurde, vernahm sie Geräusche aus der Küche. Sie blieb liegen, bis sie verstummten. Kurz darauf wurde die Haustür geöffnet und wieder zugeworfen. Mark hatte die Wohnung verlassen.

Erst danach stand Jule auf, zog Kleid und Strumpfhose aus und ging ins Bad. Sie duschte sehr heiß und sehr lange. Im Spiegel sah sie die inzwischen verkrustete Stelle an ihrer Stirn. Sie klebte ein Pflaster darüber und versuchte, ihre Haare so zu kämmen, dass man es nicht sah. Es gelang ihr nicht. Das weiße Pflaster schimmerte hindurch. Verdammt, fluchte sie, zog Jeans und Pullover an und ging in die Küche.

Mark hatte alles abgewaschen und weggeräumt. Das blutige Handtuch war nicht mehr da.

Jule machte sich einen Kaffee. Normalerweise frühstückte sie ausgiebig. Doch heute war nichts normal. Sie verspürte keinen Appetit.

Den Kaffee trank sie im Stehen.

Danach ging sie ins Wohnzimmer und raffte das Tischtuch

samt zerbrochenem Porzellan zusammen. Sie verknotete das Tuch und verließ damit die Wohnung. Im Hinterhof warf sie alles in eine Mülltonne und machte sich anschließend auf den Weg zur Musikschule, in der sie unterrichtete.

Einer ihrer Schüler fragte sie, wobei sie sich denn verletzt habe, und zeigte auf ihre Stirn.

Sie spürte, wie sie rot wurde. Sie sei gegen die scharfe Kante einer offenen Schranktür gestoßen, sagte sie dann.

Es war ihre erste Lüge. Viele weitere sollten folgen.

Mark brachte ihr an diesem Abend einen großen Strauß roter Rosen mit. Es tue ihm leid, das mit der Ohrfeige und so, sagte er.

Sie nickte und stellte die Blumen wortlos in eine Vase.

Was gab es auch noch zu sagen? Sie war erleichtert, dass es vorbei war. Dass er anscheinend bereute, was er getan hatte. Ein Ausrutscher, redete sie sich ein. Und doch – das Gefühl, das sie in der letzten Nacht beschlichen hatte, es wollte nicht wieder aus ihrem Innersten verschwinden. Die Keime der Ohnmacht begannen Triebe auszubilden. Vorerst zarte Triebe, die in sich bereits den Kern der Angst trugen.

Von dem Tag an kochte Jule nicht mehr, zumindest kein aufwendiges Essen. Allenfalls ein paar Nudeln oder ein Fertiggericht. Einige Male bat Mark sie noch, mal wieder etwas Schönes zu machen. So nannte er das – etwas Schönes. Sie wiegelte dann ab, indem sie Ausreden erfand, und irgendwann hörte er auf, sie darum zu bitten.

Er verlor seinen Job, den er ohnehin verloren hätte. Dass seine Kündigung bereits fertig getippt in der Unterschriftenmappe der Sekretärin seines Chefs gelegen hatte, als der mit seiner Frau zum Essen gekommen war, erfuhr Mark erst Wochen später. Durch einen Zufall. Es sind oft die Zufälle, die Irrwege und Sackgassen ausleuchten.

Er bekam zunächst Arbeitslosengeld. Dann bekam er wieder Jobs. Als Freelancer. Kleine Aufträge von kleinen Firmen, die jemanden brauchten, der ihnen Texte für ihre Werbebroschüren entwarf. Den Leuten etwas verkaufen, darin war er gut. Manchmal schrieb er auch Artikel für Zeitschriften. Es hatte sich herumgesprochen, dass er jetzt frei arbeitete. Er verdiente nicht mehr so viel Geld wie früher, aber es reichte.

Jule glaubte, das würde ihn zufriedener machen. Zufriedener als mit diesem Sattler als Chef. Doch sie sollte sich täuschen. Die Rolle der Zufriedenheit, sie war in Marks Leben nicht besetzt. Stets hatte er mehr gewollt, als er bekam. Anfangs hatte Jule sich das als Streben nach Höherem schöngedacht. Schließlich liebte sie diesen Mann mit den großen Träumen. Doch schleichend war die Farbe aus dem Bild gewichen. Ihrem Bild von ihm. Stattdessen erahnte sie immer mehr einen Menschen, der mit sich und der Welt haderte. Der an sich selbst scheiterte – und jemanden suchte, den er für all das schuldig sprechen konnte. Nichts lag da näher, als sie zur Schuldigen zu erklären. Sie hatte das lange nicht sehen wollen. Und das, was man nicht sieht, ist das, was man zu spät erkennt.

Die Ohrfeige hatte sie sehen lassen, erstmals wirklich sehen lassen. Die Ohrfeige, sie war ein Auftakt gewesen. Der Eröffnungsakkord in einem langen Requiem. Was von dem Moment an allmählich starb, war nicht weniger als ihre Liebe zu ihm. Trotzdem blieb da Hoffnung. Eine Hoffnung, die von zunehmend bitterer Erkenntnis ein ums andere Mal niedergerungen worden war.

»Sie warten auf jemanden, den es nicht gibt.«

Ein Fremder hatte erfasst, was sie trotz allem noch immer nicht wahrhaben wollte – obwohl sie es doch zugleich schmerzlich spürte.

Ein Fremder, in dessen Haus sie nun stand.

Jule aß das Schinkenbrot auf.

Anschließend räumte sie die anderen Einkäufe in den Kühlschrank. Milch, Butter, Käse, Eier. Brot, Honig, Marmelade und Kaffee legte sie auf die Arbeitsfläche neben dem Herd. Sie hatte die nötigsten Dinge fürs Frühstück besorgt. Ein ausgiebiges Frühstück.

Sie überlegte, welcher Tag heute war. Das Krankenhaus, der Aufbruch, die Flucht, die Fahrt, all das hatte ihr das Zeitgefühl geraubt.

Jo und sie auf dem Karmelitermarkt. Das war ein Dienstag gewesen. Mittwoch war sie in der Klinik aufgewacht. Fünf Tage später hatte sie sich ins Auto gesetzt und die Nacht im Irgendwo verbracht.

Heute war wieder Dienstag. Die hinter ihr liegende Woche erschien ihr wie eine Ewigkeit. Nichts war mehr, wie es gewesen war. Im Zeitraffer hatte sich zerlegt, was sie ihr Leben genannt hatte.

Alles fällt und wird wieder gebaut. Das hatte sie mal irgendwo gehört oder gelesen. Der Gedanke beruhigte sie in diesem Augenblick. Sie würde Neues bauen, nachdem Altes zerfallen war. Hier ging es nicht um Wiederaufbau. Die Pfeiler, die ihr Leben bislang getragen hatten, hatten sich als hohl und brüchig erwiesen und waren schließlich eingestürzt. Auch sie nichts weiter als Attrappen.

In einer Schublade fand Jule, was sie suchte. Einen Korkenzieher. Sie öffnete eine der Weinflaschen, die Nicolas ihr hingestellt hatte. Ihr Handgelenk tat weh. Sie entfernte die Bandage. Der Druck ließ etwas nach, der Schmerz blieb. Sie würde noch mindestens zwei Tabletten brauchen.

Sie holte ein Glas aus dem Küchenregal und goss sich ein. Dann griff sie nach dem Päckchen mit den Zigaretten und nach einem neben dem Herd liegenden Feuerzeug.

Sie zog die große Schiebetür auf und trat auf die Terrasse hinaus.

Sie trank einen Schluck von dem Rotwein. Er schmeckte ihr. Viel kantiger und direkter als der vom Vorabend. Kein Schmeichler, sondern einer, der zur Sache kam.

Sie zündete sich eine Zigarette an und nahm einen tiefen Zug.

Sie hatte sehr lange nicht mehr geraucht. Sie hatte so vieles sehr lange nicht mehr getan.

Es war ruhig. Und dunkel. Der Himmel zeigte noch keine Sterne. Das Einzige, was glomm wie ein Glühwürmchen, war die Zigarette.

Die Luft fühlte sich kühl an, und trotzdem hatte sie dem Winter bereits Adieu gesagt.

Morgen war Mittwoch. Markttag im Dorf, hatte Nicolas gesagt. Sie würde zeitig aufstehen und nach dem Frühstück rüberfahren. Sie freute sich darauf. Auch das hatte sie sehr lange nicht mehr getan. Sich gefreut.

Sie rauchte die Zigarette zu Ende und trank das Glas Wein leer. Dann ging sie zurück ins Haus, verriegelte die Schiebetür und schaltete im Erdgeschoss alle Lichter aus. Auf dem Weg nach oben nahm sie ihre Handtasche mit. Sie schloss die Fensterläden, setzte sich an den kleinen Schreibtisch und holte ihr Handy hervor.

Sie besaß nun eine französische Rufnummer. Eine Nummer, die sie hüten musste. Wie ein Geheimnis, das sie nur wenigen verraten würde.

Sie schrieb eine SMS an Jo.

»Bin angekommen. Schön ist es hier, in Ihrem Haus. Danke! Jule.«

Drei Minuten später kam seine Antwort.

»Ich wusste, dass Sie es mögen. Und nun hören Sie auf, sich zu bedanken. Was immer passiert ist – ich bin froh, dass Sie jetzt sind, wo Sie sind. Jo.«

Sie lächelte.

Dann stand sie auf und packte ihre Sachen aus. Vera hatte wirklich an alles gedacht. Nur ein Bikini fehlte. Woher hätte die Freundin auch wissen sollen, dass Jule jetzt in einem Haus mit Pool lebte.

Das leere Buch legte sie auf den Schreibtisch und daneben einen Bleistift. Sie schaute auf Veras Widmung. »Schreiben hilft.«

Ja, das würde sie tun. Sie würde sich helfen. Ihre Gedanken zu Papier bringen. So, wie sie aus ihr herauskamen. Ohne irgendeine Ordnung. Es gab keine Ordnung mehr. Es gab nur noch ein Leben, das so unbeschrieben war wie die Seiten in diesem Buch. Sie würde es mit Inhalt füllen, ihr neues Leben. Sie hatte Mark verlassen. Sie hatte es bis in ein Haus geschafft, von dem sie vor Kurzem noch nicht einmal gewusst hatte, dass es existierte. Sie hatte ihren Fuß in die Luft gesetzt. Ob die Luft sie tragen würde, wusste sie noch nicht. Das Wissen, dass sie es getan hatte, musste einstweilen genügen.

Sie öffnete das Buch. Die erste leere Seite sah sie an. Sie sah zurück. Dann griff sie nach dem Stift. »Meine Flucht«, schrieb sie. Und darunter: »Französisches Tagebuch.« Es war ein Anfang.

Anschließend ging sie ins Badezimmer, um zu duschen. Sie wollte ihn abwaschen, den Geruch des Krankenhauses, der letzten Nacht und der langen Fahrt.

In diesem Haus gab es keine Attrappen, sondern heißes Wasser, einen echten Kamin und vielleicht sogar irgendwo einen funktionierenden Föhn.

Sie zog ihr Nachthemd über, bürstete die Haare und nahm zwei Schmerztabletten aus der Dose, die der syrische Arzt ihr mitgegeben hatte.

Als sie sich ins Bett legte, atmete sie tief durch. Da war der Duft nach frischer Wäsche. Sie nahm ihn mit in den Schlaf.

8

Sie schlief bis acht Uhr durch. Es war die Sonne, die sie weckte. Auffordernd schien sie durch die Ritzen der blauen Fensterläden und warf helle Streifen auf die gelben Wände.

Jule brauchte nicht lange, um aufzustehen. Barfuß lief sie zum Fenster und stieß die Läden auf. Über den Weinbergen lag noch leichter Nebel, aus dem einige Zypressen herauswuchsen wie dunkle Zeigefinger. Darüber spannte sich bereits blauer Himmel. Keine Wolke hinderte die Sonne daran, diesen Tag aufzuwärmen.

Nachdem sie sich angezogen hatte, ging Jule hinunter in die Küche, um Frühstück zu machen. Es dauerte eine Weile, bis sie alles, was sie dafür brauchte, gefunden hatte. Sie freute sich, als sie eine alte italienische Espressomaschine entdeckte. So eine, die sich per Hand aufschrauben und auf dem Herd dann das eingefüllte Wasser durch Druck nach oben steigen ließ. Die Milch machte sie in einem etwas zerbeulten Kochtopf heiß und goss sie anschließend zum Kaffee. Die Baguette war inzwischen weich geworden, also schob sie das Brot kurz in den Backofen, der erst nach mehrmaligen Versuchen fauchend Gasflammen zeigte.

Schließlich setzte sie sich an den Esstisch zu den fünf leeren Stühlen, trank ihren ersten Milchkaffee und aß die nun wieder knusprige Baguette mit Honig, Marmelade und Käse. Ihr Blick ging durch die Glastür auf die Terrasse hinaus. Rasen und Bäume trugen noch Tautropfen. Auch die Möbel schienen darauf zu warten, dass ihnen die Wärme des Tages die Feuchtigkeit der Nacht wegtrocknete.

Nachdem sie fertig war, stellte Jule Becher und Teller ins Waschbecken. Eine Spülmaschine gab es nicht, aber das störte sie nicht. Es erinnerte sie an die Küche in ihrer ersten Wohnung, nachdem sie von zu Hause ausgezogen war. Damals hatte sie auch alles von Hand spülen müssen.

Als sie kurz darauf die Haustür hinter sich zuzog, schien die Sonne bereits mit voller Kraft. Es war warm im Auto. Der Winter hatte hier endgültig den Rückzug angetreten.

Ihr Handgelenk schmerzte, als sie das Lenkrad betätigte, um zu wenden. Die beiden letzten Tage hatten ihm zugesetzt. Jule zog die Bandage fester, fuhr langsam durch die Zypressenallee und danach die kurvenreiche kleine Straße hinab, wiederum froh, dass ihr kein Wagen entgegenkam. Sie hielt sich an Nicolas' Beschreibungen. Bald tauchten der große Supermarkt und die kleine Tankstelle links auf. Kurz dahinter bog sie ab.

Eine Brücke führte über die Cèze. Ein Fluss, dem der Winter viel Wasser hinterlassen hatte, das da und dort zwischen großen aufstehenden Steinen wild aufschäumte. Bunte Schilder wiesen auf Camping und Canoeing hin. Jetzt war alles geschlossen. Die Schlagbäume hatten sich vor Monaten ein letztes Mal gesenkt. Doch nicht mehr lange, und sie würden sich wieder heben.

Ein Lavendelfeld lag links in der Morgensonne; heruntergeschnittene borstige Kugeln in Reih und Glied. Eine Armee von Igeln. Auf den Sommer wartend, der Duft und Farbe verhieß.

Auf der rechten Straßenseite blinkte ein grünes Kreuz. Etwas zurückgesetzt hinter einem Vorplatz sah Jule eine *pharmacie.* Sie dachte an ihre Schmerzmittel und daran, dass sie bald zu einem Arzt gehen müsste. Die Tabletten würden noch etwa drei Wochen reichen, wenn sie sparsam war. Das war nicht mehr lange.

Sie kam nun ins Dorf. »Goudargues« stand auf dem weißen, rot umrandeten Ortsschild. Die kleine Hauptstraße führte rechts an einem Kanal vorbei, von dem gleich zu Beginn links ein Seitenarm abzweigte. Ein Ort, der mit Wasser spielte. Schmiedeeiserne Fußgängerbrücken ließen die Leute schnell die Seiten wechseln. Drüben lagen Cafés und Restaurants unter Platanen, die im Sommer Schatten spenden würden. Noch streckten die Bäume ihre gestutzten nackten Äste in die Luft, ihre bizarren Formen spiegelten sich im Wasser des Kanals. Schon im Mai würde sich an ihnen zartes Grün zeigen.

Alles hier schien sich auf Neubeginn auszurichten. Wie ich, durchfuhr es Jule, und der Gedanke verlieh ihr für einen Moment eine Leichtigkeit, die sie sehr lange nicht mehr gespürt hatte. Die Schwere, die ihr die Luft genommen hatte, die Luft zum Leben, diese Schwere hob sich. Es kam ihr vor, als würde eine unsichtbare Hand Gewichte von einer Waage in ihrem Inneren nehmen. Die Schale, auf der Schmerz und Kummer lagen, löste sich vom Boden. Ein wenig nur, doch dieses Wenige reichte, um Jule Freiheit ahnen zu lassen. Die Ahnung ließ sie unwillkürlich lächeln.

Jetzt sah sie die Marktstände, die sich über die Brücken, auf der anderen Seite des Kanals und am Ende über einen kleinen Platz verteilten. Menschen mit Körben und Taschen überquerten die Straße oder standen in Grüppchen auf dem Trottoir und redeten miteinander. Es wurde viel gestikuliert. Dort, wo sie herkam, war man sparsamer mit Gesten, hier im Süden dagegen gab man sich damit verschwenderisch. Früher, da hatte auch Jule die großen Gesten gemocht, hatte Gesagtes mit den Händen untermalt. Bis Mark es ihr …

Nein, sie wollte jetzt nicht an ihn denken.

Sie lenkte das Auto nach rechts auf einen großen Parkplatz, der um diese Zeit bereits fast voll besetzt war. Sie schaltete den Motor ab und trat hinaus in eine Welt, die von nun an die ihre werden sollte.

Sie ließ sich Zeit. Schlenderte zwischen den Ständen umher, besah sich das Angebot, fing Satzfetzen der Sprache auf, die sie einst so geliebt hatte wie den jungen Mann, der sie gesprochen hatte. Von dessen Großmutter die Rezepte stammten, die … Das Heft mit den handgeschriebenen Notizen lag noch in der

Wiener Wohnung. Sie könnte Vera bitten, ob … Nein, sie durfte der Freundin nicht verraten, wo sie war. Nur wegen einer Sammlung von Rezepten. Das Risiko war zu hoch.

Bei einer jungen Frau kaufte sie schließlich Ziegenkäse. Er hieß *pélardon*, lernte sie. Der sei typisch für die Gegend, erklärte die Frau und ließ sie davon probieren. Es gebe ihn in allen Reifegraden. Jule ließ sich vier Stück einpacken.

»Machen Sie hier Urlaub?«, fragte die Frau, während sie das Wechselgeld abzählte.

»Nicht wirklich«, entgegnete Jule.

»Ist ja eigentlich auch noch etwas früh für einen Urlaub. Die meisten Touristen kommen erst später. Ostern startet hier langsam die Saison.«

»Ich bleibe wohl ein bisschen länger«, erklärte Jule. »So genau weiß ich das noch nicht.«

»Dann sehen wir uns vielleicht öfter. Mein Käse wird Ihnen schmecken. Ich habe viele Stammkunden.« Sie lachte.

Jule nahm das Wechselgeld und eine kleine Tüte mit dem Käse entgegen. »Könnten Sie mir vielleicht verraten, wo ich hier gutes Gemüse bekomme?«

»Am besten in dem kleinen Laden kurz vor der Kirche. Die Qualität dort ist oft besser als auf dem Markt. Butter und Milch finden Sie bei meinem Kollegen hier gegenüber. Der hat auch ein paar mehr Käsesorten als ich. Bei mir gibt's nur *pélardons*. Aber der ist der beste.« Sie lachte wieder. »Da vorn«, ihr Finger zeigte in Richtung einer der Fußgängerbrücken, »ist ein Stand mit guten Oliven, Kapern und Mandeln. Die haben auch wunderbares Öl, ich meine, wenn Sie es etwas kräftiger und kratziger im Geschmack mögen.«

Jule nickte.

»Brot können Sie heute auf dem Markt kaufen. Ansonsten empfehle ich Ihnen die *boulangerie* in der Hauptstraße. Sie hat mittwochs geschlossen, aber ich finde sie besser als die andere hier im Dorf.«

»Was ist mit dem Metzger dort?« Jule deutete auf einen Stand in der Nähe.

Die junge Frau schüttelte den Kopf. »Die *boucherie* am Kanal ist besser. Da gibt's nicht nur gutes Fleisch, sondern auch ordentlichen Schinken und feine Terrinen.«

»Wie sieht's mit Fisch aus?«

»Den bekommen Sie nur einmal in der Woche hier auf dem Markt. Die Qualität ist nicht so wie auf dem großen Wochenmarkt in Uzès, aber dafür müssen Sie auch keine halbe Stunde fahren. Wenn Sie früh genug da sind, kriegen Sie eine passable Dorade oder frische Sardinen. Jetzt gibt's sogar noch Miesmuscheln. Mögen Sie Muscheln?«

»Aber ja. Ich danke Ihnen für die Tipps. Sie haben mir sehr geholfen.«

»Ach, das mache ich gern. Es ist ja gar nicht so leicht, sich zurechtzufinden, wenn man irgendwo fremd ist.«

Fremd. Ja, das war sie wirklich. Noch. Doch das würde sich ändern. Sie würde das ändern. Gestern Abend hatte sie bereits damit begonnen. Sie nickte. »Da haben Sie recht.«

»Sie sprechen gut Französisch. Das macht es leichter.«

»Ja, ich war früher mal längere Zeit in Paris.«

»Und in der Provence? Sind Sie schon mal hier gewesen?«

Jule schüttelte den Kopf. »Nein, es ist mein erstes Mal.«

»Na, dann haben Sie viel zu entdecken.« Sie sah zur nächsten Kundin, die sich hinter Jule angestellt hatte. »Einen schönen Tag noch. Und bis nächste Woche.« Mit einem letzten Lachen verabschiedete sie sich.

Jule fand die Stände, die ihr die junge Frau genannt hatte. Sie kaufte Butter, Joghurt, Crème fraîche und drei weitere Käsesorten, Nussbrot, zwei frische Baguettes und eine Zitronentarte, probierte am Olivenstand diverse Sorten und entschied sich schließlich für die kleinen schwarzen aus Nyons. Das entsprechende Öl nahm sie ebenfalls mit sowie frischen Knoblauch und einen Beutel Mandeln. Der Fischhändler hatte noch Miesmuscheln in der Auslage, von denen sie sich ein Kilo einpacken ließ.

Sie brachte ihre Einkäufe ins Auto und ging danach noch einmal zurück. In der *boucherie* begrüßte sie ein junger dunkelhäutiger Mann mit fast schwarzen Augen. Jule fragte, ob er ihr irgendetwas besonders empfehlen könnte.

»Ich habe heute frische *boudin noir*«, erwiderte er. »Mit Kartoffeln ist das ein Gedicht. Natürlich nur, wenn Sie so etwas mögen. Ist schließlich nicht jedermanns Sache.«

Sie lächelte. »Doch, doch. Packen Sie mir etwas davon ein. Fleisch nehme ich vielleicht beim nächsten Mal mit. Ich weiß gar nicht, ob es in dem Haus, in das ich gestern eingezogen bin, eine Tiefkühltruhe gibt.«

»Die haben hier fast alle«, erwiderte er, während er ein Stück von der Blutwurstrolle abschnitt und auf die Waage legte. »Schon allein wegen der vielen Eiswürfel, die man im Sommer braucht. Wo wohnen Sie denn?«

»Auf der anderen Seite der Nationalstraße. Am Hang.«

»Aha. Sehr schön da oben. Man hat einen freien Blick – und seine Ruhe.«

»Das stimmt. Mir gefällt es dort auch.« Sie zeigte auf eine Entenleberterrine. »Davon können Sie mir ebenfalls ein Stück mitgeben. Und von Ihrem Landschinken sechs Scheiben, bitte.«

Routiniert schnitt und wog er alles ab, kassierte und wünschte ihr eine gute Zeit im neuen Zuhause.

Wieder draußen wandte Jule sich nach links. Sie fand den Gemüseladen, von dem die junge Käseverkäuferin gesprochen hatte.

Zwei weitere Kundinnen standen an der Kasse und unterhielten sich mit der Besitzerin. Neugierig sahen sie zu Jule und nickten kurz, als die den Blick erwiderte. Sie nahm sich einen der ineinandergestapelten roten Plastikkörbe neben dem Eingang und begann ihn zu füllen. Kartoffeln, Zwiebeln, Karotten, Sellerie, Lauch, Spinat, einige Äpfel und Birnen. Sie kaufte anders ein als das ganze letzte Jahr in Wien. Sie kaufte ein mit der Lust, wieder zu kochen. Für sich – allein.

In einer Ecke entdeckte sie eine kleine Auswahl an Weinen aus der Gegend. Sie suchte sich drei Flaschen Weißen aus.

An der Kasse stellte sie den inzwischen schweren Korb auf den Tresen. Sie sah zu einer Sammlung säuberlich sortierter Gläschen in einem Regal.

Die Besitzerin fing ihren Blick auf. »Verschiedene Pasten«, sagte sie. »Ich empfehle Ihnen die aus Anchovis – und die *brandade*. Ein Püree aus Stockfisch. Schmeckt auf gerösteten Baguettescheiben.«

Jule legte zwei Gläschen in ihren Korb.

Die Frau begann Gemüse und Obst abzuwiegen, die Beträge in ihre Kasse einzugeben und alle Einkäufe in eine Sperrholzkiste zu packen.

»Gute Wahl.« Sie nickte anerkennend, als sie auf die Etiketten der Weinflaschen sah. Zum Schluss legte sie noch einen Strauß Petersilie dazu. »Ist ein Geschenk«, sagte sie und nannte dann die Endsumme.

»Sind Sie mit dem Auto hier?«, fragte sie.

Jule nickte.

»Wo haben Sie denn geparkt?«

»Auf dem großen Parkplatz auf der anderen Seite des Kanals.«

»Das ist zu weit. Ich weiß ja nicht, was Sie da an Ihrer Hand haben, aber damit sollten Sie sicher keine schwere Kiste tragen.«

»Und wie …?«

»Ich helfe Ihnen«, unterbrach die Frau sie. »Drei Minuten kommt mein Laden auch mal ohne mich aus.«

Jule merkte, dass sie rot wurde. »Danke«, murmelte sie und folgte der Frau, die sich bereits die Kiste geschnappt hatte und damit zum Ausgang ging.

»Wie ist das denn passiert?« Sie deutete mit dem Kopf auf Jules Bandage, während sie zügig Richtung Kanal lief und im Vorbeigehen einige Marktverkäufer grüßte.

»Ach, ich bin gefallen«, entgegnete Jule. Keine Lüge. Und doch nur die halbe Wahrheit.

»Ist es gebrochen?«

»Nein, nein. Nur böse verstaucht.«

»Oh, so was kann dauern. Mein Mann hat sich mal einen Fuß verstaucht. Er ist wochenlang herumgehumpelt.«

»Sie machen mir Mut.«

Die Frau lachte. »Das wird schon wieder. Man muss sich nur Zeit geben. Die Dinge kommen und gehen. Im Sommer denken Sie wahrscheinlich nicht mehr dran. Bleiben Sie länger hier in der Gegend?«

Jule nickte. »Wahrscheinlich ja.«

Auf dem Parkplatz angekommen, half die Ladenbesitzerin Jule noch, die Kiste in den Kofferraum zu schieben.

»Ich weiß gar nicht, wie ich Ihnen danken soll«, sagte Jule.

»Kommen Sie einfach wieder mal vorbei.«

»Das werde ich.«

»Einen schönen Tag noch.« Sie sah zum Himmel. »Sie haben Glück. Die Sonne soll erst mal bleiben.«

»Sie haben Glück.« Jule nahm diesen Satz mit. Fuhr mit ihm zurück über die Brücke, auf die Nationalstraße und schließlich die Kurven hinauf zu dem Haus, das sich bereits ein bisschen wie ihres anzufühlen begann.

Ja, sie hatte Glück. Nicht nur wegen der Sonne, die jetzt auf die Terrasse und die Maulbeerbäume schien. Sie hatte Glück, weil sie entkommen war und weil sie, ohne zu wissen, was sie erwarten würde, einen Ort gefunden hatte, der sie aufnahm. Hier gab es Menschen, die unbelastet und unbefangen mit ihr redeten. Die Käseverkäuferin. Der Metzger. Die Besitzerin des Gemüseladens. Und Nicolas. Sie alle sahen eine Frau aus Deutschland, die eine Bandage am linken Handgelenk trug. Eine Frau, die nun hier lebte und die sie aufnahmen. Jede und jeder auf ihre und seine Art.

Jule musste drei Mal zwischen Auto und Küche hin und her

laufen, bis sie alle Einkäufe hineingetragen hatte. Es machte ihr Freude, die Sachen auszupacken. Es war ein bisschen wie früher, wenn sie vom Markt zurückkehrte. Vom Karmelitermarkt. In der Zeit, als sie nach Wien gekommen war. In der Zeit, bevor Mark begonnen hatte, ihre Welt zu zerschlagen.

9

Das Klingeln des Handys riss sie aus ihren Gedanken. Es klang beunruhigend laut. Wie ein Eindringling, der sich ihr aufdrängte, ihr etwas zumutete. Und plötzlich war sie wieder da, die Angst.

Zitternd holte sie das Telefon aus ihrer Tasche und sah aufs Display. Eine Nummer aus Deutschland. Sie setzte die Ziffern zusammen. Jos Nummer.

Die Angst zog sich zurück.

»Hallo«, meldete sie sich. Ihre Stimme zitterte noch.

»Rufe ich ungelegen an?«, fragte Jo. »Sie wirken so … so atemlos.«

»Nein, nein«, beeilte sie sich zu sagen. »Ich habe nur nicht mit einem Anruf gerechnet. Die neue Nummer … na ja, die kennen bislang nicht viele. Genau genommen nur Nicolas und Sie.«

»Geht es Ihnen gut?«

Sie nickte, und dann fiel ihr ein, dass er sie ja nicht sehen konnte. »Ja«, sagte sie schnell. »Ja doch, mir geht es gut. Im Vergleich zu letzter Woche sogar ziemlich gut.«

»Haben Sie noch Schmerzen? Ich meine, im Krankenhaus sagten Sie, Sie hätten einiges abbekommen bei Ihrem … Sie nannten es Unfall. Nicolas erzählte mir, Sie würden eine Bandage tragen.«

»Sie haben mit Nicolas gesprochen?«

»Ja, heute früh. Ich wollte wissen, ob alles okay ist. Im Haus – und mit Ihnen.«

»Das mit der Hand wird schon werden. Die Besitzerin eines Gemüseladens hier im Dorf sagte mir eben, die Dinge kommen und gehen. Damit hat sie wohl recht. Ich baue jetzt darauf, dass meine Dinge gehen …« Sie schwieg einen Moment. »… und bessere kommen«, sagte sie dann.

Sekunden vergingen, in denen keiner von ihnen etwas sagte. Es waren nicht wenige Sekunden, vielleicht zehn oder fünfzehn. Sekunden, die sich mit Mutmaßungen zu füllen schienen. Kundschafter auf unbekanntem Gelände, die das, was war, erst noch erfassen mussten.

Es war Jo, der das Schweigen schließlich mit einer simplen Frage durchbrach. »Sie waren schon einkaufen?«

»Ja. Es war Markt, und da dachte ich mir …«

»Mittwochmorgen, stimmt … Ich bin schon lange nicht mehr dort gewesen.«

»Sie klingen irgendwie sehnsüchtig.«

Er lachte kurz auf. »Das bin ich wohl auch. Jetzt, da ich Sie dort weiß, wo ich gern wäre.«

»Weshalb sind Sie so selten …?«

»… in dem Haus meiner Eltern? Ach, das ist eine lange Geschichte.«

»Eine komplizierte?«

»Das auch, ja. Gerade scheint sie sich ihrem Höhepunkt zu nähern.« Er seufzte.

»Sie klingen erschöpft.«

»Da haben Sie recht. Ich bin erschöpft. Auf eine Art auch desillusioniert, aber was rede ich da? Es geht hier nicht um mich.«

»Doch, doch, es geht auch um Sie. Unsere Wege haben sich in diesem Museum gekreuzt, und nun sitze ich in Ihrem Haus in der Provence. Will heißen, dass sich da zwei Geschichten ineinander … wie soll ich sagen? … verweben, ja, das ist es. Wie zwei Fäden.«

»Obwohl weder ich Ihre noch Sie meine Geschichte kennen.«

»Das lässt sich ändern.«

»Wann?«

»Irgendwann einmal.«

»Sie haben stets etwas Vages.«

»Mag sein. Doch wie dem auch sei, es tut gerade nichts zur Sache, wann unsere Geschichten sich offenbaren. Im Übrigen legt man so was wie Lebensbeichten eher nicht am Telefon ab.«

»Das stimmt. Ich würde Sie auch viel lieber sehen. Doch so bald wird daraus wohl nichts. Ich muss noch einiges in Ordnung bringen.«

»Wir haben Zeit, Jo. Unsere Geschichten laufen uns nicht davon. Im Gegenteil, sie erzählen sich derweil weiter. Auch ich muss vieles aufräumen in mir.«

»Ich mag es, wenn Sie mich beim Namen nennen. Dem Namen, den Sie mir gegeben haben.«

»Jo ...« Sie ließ die Silbe lang ausklingen.

»Haben Sie Pläne dort unten?«, fragte er, nachdem ihr »Jo ...« nur noch wie eine Ahnung im Raum schwebte.

»Noch nicht«, erwiderte sie. »Zunächst einmal werde ich mir einen Arzt suchen, der sich meine Hand ansieht. Und dann schau ich, wie lange mein Geld reicht. Irgendwann werde ich wohl einen Job brauchen. Ehrlich gestanden weiß ich das alles noch nicht. Das Einzige, was ich ziemlich sicher weiß, ist, dass ich so bald nicht nach Wien zurückkehren werde.«

»Und heute? Haben Sie Pläne für heute?«

»Ich werde mich ein bisschen in die Sonne setzen. Es ist schon recht warm hier. Und dann werde ich mir etwas kochen.«

»Sie kochen wieder?«

Sie lachte. »Das haben Sie sich gemerkt? Dass ich damit aufgehört hatte?«

»Eine unschöne Geschichte, so sagten Sie.«

»Noch eine Geschichte ... Wir müssen sehen, dass wir nicht den Überblick verlieren.«

Jetzt lachte er auch. »Was gibt es denn?«

»Miesmuscheln in Weißwein. Ich habe mir außerdem *boudin noir* gekauft, die mache ich mir vielleicht morgen. Dann noch Spinat für einen Auflauf, und ... na ja, so einiges.«

»Klingt nach großer Küche.«

»Ach was, das sind Aufwärmübungen. Wie beim Klavierspielen. Damit die Finger wieder begreifen, was zu tun ist.«

»Was ist überhaupt damit? Ich meine, mit dem Klavierspielen.«

»Das geht im Moment nicht, mit dem kaputten Handgelenk. Ich weiß noch nicht, wann ich wieder spielen kann. Außerdem habe ich hier ja kein Klavier. Meins steht in Wien, und da wird es wohl auch bleiben.«

»Vermissen Sie es?«

»Mehr als alles andere. Das Spiel hat mich stets zu mir selbst geführt.« Sie überlegte. »Wie ein Geländer, das den Weg zum Herzen kennt«, sagte sie dann. »Selbst in größter Dunkelheit.«

»Sie sind so … so zweiseitig.«

Sie verstand sofort. »Das bin ich, ja. Es gefällt mir, dass Sie das sehen.«

»Ich unterhalte mich gern mit Ihnen. Das war von Anfang an so. Wollen wir ab und an telefonieren?«

»Sie wissen ja jetzt, wie und wo Sie mich erreichen können. Beim nächsten Mal erschrecke ich auch nicht, wenn mein Handy klingelt. Ich freue mich, wenn Sie anrufen.«

»Und ich freue mich, dass mein Haus Ihnen gibt, was Sie gebraucht haben.«

»Das tut es. Mehr noch, es schenkt mir etwas, das mir abhandengekommen war.«

»Was ist das?«

»Hier lerne ich, wieder Schönheit zu sehen. Ich war fahrlässig. Fahrlässig mit mir selbst. Das verstellt einem den Blick.«

»Sie haben ein Talent für gute Sätze.«

»Da sind Sie ja Fachmann.«

Sie stellte sich vor, dass er lächelte. Wie damals im Museum. Wie letzte Woche auf dem Karmelitermarkt.

»Dann rufe ich Sie bald wieder an«, sagte er.

»Um gute Sätze zu hören?«

»Nicht nur deshalb.«

»Wenn das so ist … Bis dann, Jo.« Sie legte auf.

Sie blieb noch eine Weile mit dem Handy in der Hand in der Küche stehen. Ließ das Gespräch in sich nachklingen. Es war zu früh, Jo einen Freund zu nennen, aber das, was sie von Beginn an gespürt hatte, wuchs in ihr. Sie suchte ein Wort dafür. Rührte sich nicht, bis sie es gefunden hatte. Seelennähe. Das war es, ja. Seelennähe.

Schließlich begann sie, ihre Einkäufe einzuräumen. Anschließend ging sie in die Garage, die jetzt keine Garage mehr war.

Nicolas hatte recht gehabt. Dort war alles ohne jegliche Ordnung abgestellt worden, was im restlichen Haus überflüssig oder im Weg war. Verrostete Farbdosen, Mittel gegen Ameisen und Mücken, Kartons mit Werkzeug und Kabeln, alte Elektrogeräte, ein Rasenmäher, Säcke mit Erde, Sand und Dünger, ein Fahrrad ohne Luft in den Reifen, zwei Paar Bergstiefel, Federballschläger, eine Kiste mit Boulekugeln, ein Stapel Zeitschriften, durch die Feuchtigkeit aufgequollen, grüne Flipflops, Blumenkübel aus Terrakotta in verschiedenen Größen, einige angeschlagen, ein gelber Gartenschlauch, Getränkekisten mit leeren Plastikflaschen. Es gab hier, wie der Metzger im Dorf vermutet hatte, tatsächlich eine Tiefkühltruhe und eine Waschmaschine, auf der eine Tüte mit Resten von verklumptem Waschpulver lag. Und daneben, in einer Ecke an die Wand gelehnt – gab es ein Gewehr. Ein altes Ding mit einem langen Lauf.

Jule streifte die Waffe nur mit einem kurzen Blick.

Dann sah sie sich weiter um und entdeckte schließlich, was sie suchte: die Polster für die Gartenmöbel. Sie klemmte sich vier davon unter den Arm und verließ den Raum wieder. Bald würde sie ein bisschen aufräumen, doch heute war kein Tag, um in einer Garage Ordnung zu schaffen.

Auf der Terrasse verteilte sie drei Polster auf Sofa, Sessel und Stuhl. Mit dem vierten ging sie die Steintreppe hinunter zum Pool. Sie schob eine der Sonnenliegen an den Rand des leeren Beckens, legte das Polster darauf und setzte sich.

Ein leichter Wind trieb die braunen trockenen Blätter am hellgrünen schmutzigen Beckenboden sacht vor sich her. Die Blätter antworteten mit dem leisen Knistern verwelkten Laubs. Ein letzter Tanz. Schon bald würde Nicolas mit seinen Freunden herkommen und alle Hinterlassenschaften des Winters entfernen.

Am hinteren Ende des Pools stand eine riesige Zypresse, deren Krone das Dach des Hauses weit überragte. Sie warf einen langen kerzengeraden Schatten, der sich wie eine Diagonale über das Becken zog. Am Rand wuchsen Rosmarinbüsche, die mit winzigen hellblauen Blüten den Frühling ankündigten. Daneben struppige Lavendelsträucher, deren beste Zeit erst noch kommen würde. Auch hier unten gab es üppige Oleanderbüsche; welche Farbe ihre Blüten haben würden, verrieten sie einstweilen nicht. Ein Baum streckte seine kahlen knöchernen Äste in den Himmel; ohne die Form seiner Blätter zu sehen, vermochte Jule nicht zu sagen, was es für einer war.

Sie würde warten, bis sich ihr alles nach und nach offenbarte. Das würde Zeit brauchen, doch Zeit hatte sie ja jetzt zur Genüge.

Sie lehnte sich in das inzwischen sonnenwarme Polster zurück und schloss die Augen.

Wie lange sie geschlafen hatte, wusste sie hinterher nicht. Sie trug keine Uhr, und ihr Handy lag noch oben in der Küche. Die Sonne war jedenfalls ein gutes Stück weitergewandert, und die Zypresse richtete ihren Schatten nun auf Jules Liege.

Sie spürte, dass sie Hunger hatte.

Eine Viertelstunde später hatte sie alle Miesmuscheln ins Waschbecken geschüttet. Sie ließ Wasser hineinlaufen und beobachtete, wie die schwarzen Panzer sich schlossen und dabei klackernde Geräusche von sich gaben.

Jule putzte Karotten, Sellerie und Lauch und schnitt alles in kleine Würfel. Zwei Stängel Petersilie hackte sie grob. Dann sortierte sie schadhafte Muscheln aus. Die übrigen gab sie in ein großes Sieb, das sie nach einigem Suchen in einer der Schubladen gefunden hatte.

Der Weißwein war inzwischen kühl geworden. Jule entkorkte die Flasche, goss sich ein Glas ein und nahm einen Schluck. Der Wein war gut; in ihm steckte bereits der Geschmack von Sommer. Ein Vorbote. Ein Vorfreudemacher. Wie all die Pflanzen da draußen im Garten.

Das Kochen war nun eine Sache von Minuten. Nachdem sie das Gemüse in etwas Olivenöl angedünstet hatte, gab Jule Wein und Muscheln in den Topf, legte einen Deckel darauf und wartete. Sie schnitt ein paar Scheiben von der frischen Baguette ab und trug sie zusammen mit ihrem Weinglas und einer leeren Schüssel auf die Terrasse. Die fertigen Muscheln nahm sie im Topf mit nach draußen.

Unter Zuhilfenahme einer leeren Schale holte sie das Fleisch aus den dampfenden Muscheln. Die hier waren kleiner und schmeckten besser als die, die zu Hause auf dem Markt angeboten wurden.

Sie hatte keine mehr angerührt seit jenem Abend, an dem Mark das erste Mal zugeschlagen hatte. Dass sie jetzt hier auf dieser Terrasse in der Sonne saß und ganz allein Muscheln aß, kam ihr wie eine Befreiung vor. Sie hatte sich selbst befreit. Endlich. Hatte sich den Schlüssel für die Flucht aus dem Käfig besorgt, in dem sie seit der Nacht vor einem Jahr gesessen hatte. Monatelang unfähig, sich zu bewegen, weil die Hoffnung ein ums andere Mal die Angst vor dem nächsten Schlag niedergerungen hatte.

Es wird wieder gut, hatte sie sich eingeredet. Sie wollte das glauben. So wie sie glauben wollte, dass Mark in Wahrheit der Mann war, in den sie sich verliebt hatte. Ihr Glaube hatte Sprünge bekommen, Haarrisse zunächst, die sie weghoffte. Aber irgendwann hatte der Kitt des Hoffens nicht mehr gehalten. Die Ohrfeigen hatten sich multipliziert – und zugleich die Lügen, die sie erfand, um fragenden Blicken ihre blauen Flecken zu erklären. Und doch war sie geblieben. Hatte sich eingeredet, sie könne schließlich jederzeit gehen. Diese verdammte Hoffnung, sie hatte bis zum Schluss geflackert, wie eine Kerze, die nicht ausgehen wollte. Jule hatte nicht die Kraft aufgebracht, einfach das letzte bisschen Flamme auszupusten.

Dabei hatte sie geahnt, was geschehen würde. Mehr als geahnt. Gewusst hatte sie es, als sie mit Jo auf dem Karmelitermarkt saß und kurz ihre Hand auf seine legte. Aus dem Augenwinkel hatte sie das Fahrrad gesehen. Marks Fahrrad. Und ihn, Mark, mit seiner hellgrünen Jacke, die sie ihm einst zum Geburtstag geschenkt hatte. Es war nur der Bruchteil einer Sekunde gewesen. Es hätte eine Täuschung sein können, aber es war keine. Danach geschah, was sie sich selbst noch immer versagte zu erinnern.

Ich muss es aufschreiben, dachte sie. Worte für all das finden. Sie dachte an Veras Buch, das oben auf dem Tisch vor dem Fenster lag und Raum bot für das, was geschehen war und jetzt hier geschah.

Sie dachte an Vera.

Als sie die Nummer der Freundin in ihr Handy tippte, stand die Schüssel mit den leeren Muschelschalen vor ihr.

10

Es läutete sieben Mal, bis Vera sich meldete. Sie nannte ihren vollen Namen. Die Stimme hatte etwas Fragendes, Abwartendes, Zögerliches.

»Ich bin's«, sagte Jule.

»Jule?«

»Ja.«

»Von wo aus rufst du an? Moment mal, das ist eine französische Vorwahl. Bist du etwa in Frankreich?«

»Ja.«

»Magst du mir sagen, wo …?«

»Nein.«

»Du hast recht.« Vera schluckte.

Jule spürte, dass die Freundin etwas verbarg. »Was ist los?«, fragte sie.

»Na ja, es ist besser so. Ich meine, es ist besser, dass ich nicht weiß, wo du bist. Damals im Krankenhaus hab ich nicht verstanden, warum du mir nichts sagen wolltest, aber jetzt …« Sie sprach nicht weiter.

Jule setzte sich aufrecht hin, den Blick auf die Schüssel mit den Muschelschalen gerichtet. »Bitte sag mir, was passiert ist«, sagte sie leise.

»Er war hier.«

»Mark?«

»Ja. Zunächst hat er angerufen. Immer und immer wieder. Aber ich kenne ja seine Nummer und bin nicht drangegangen.«

»Und dann?«

»Daraufhin hat er mir SMS geschickt. Ein regelrechtes Bombardement war das. Bitten, Flehen, Drohen.«

»Hast du ihm geantwortet?«

»Natürlich nicht. Ich habe seine Nummer gesperrt. Tja, und eines Morgens stand er plötzlich vor meiner Tür. Ich dachte, es sei ein Paketbote, und hab geöffnet. Das war ein Fehler.«

Jules Atem wurde flacher, ihr Herz begann zu rasen. »Was hat er dir angetan?«, presste sie hervor.

»Er hat den Fuß in meine Tür gestellt, mich zur Seite geschubst und ist in meine Wohnung gestürmt. Er schrie die ganze Zeit: ›Wo ist sie?‹«

»Um Gottes willen. Er hat dich hoffentlich nicht …«

»Nein, nein«, unterbrach Vera sie, »er hat mich nicht angegriffen. Dazu ist es nicht gekommen, weil ich abgehauen bin.«

»Wohin?«

»Ich bin ins Treppenhaus gelaufen, eine Etage runter, und hab bei einem Nachbarn Sturm geklingelt. Ich kenne den ganz gut. Ein netter Typ. Groß, durchtrainiert, viele Tattoos. Ich glaube, ich hab ziemlich wirres Zeug geredet. Ich war völlig panisch. Aber irgendwie hat er mich verstanden und sofort reagiert.«

»Was hat er getan?«

»Er hat sein Handy geholt und die Polizei verständigt. Dann ist er mit mir rauf, um Mark aufzuhalten.«

»Und?«

»Na ja, Mark hat sich etwas beruhigt, als er meinen Nachbarn gesehen hat. Hat abgewiegelt und versucht, sich rauszureden. Wir haben ihn hingehalten, indem wir ihm Fragen gestellt haben. Seit wann er nichts mehr von dir gehört habe und wie er darauf komme, du seist bei mir. Lauter so Zeug. Er hat sich um Sachlichkeit bemüht, aber da war etwas in ihm, das …«

»… lauernd wirkte?«

»Ja, genau. Seine Augen waren kalt und voller Wut. Ich hab gemerkt, dass er mir kein Wort geglaubt hat. Nach etwa zehn Minuten kamen endlich die Polizisten. Es waren zwei. Eine Frau und ein Mann. Die haben alles aufgenommen. Ich konnte allein mit der Frau sprechen und habe ihr erklärt, was vorgefallen ist. Sie hat mich gefragt, ob ich Anzeige erstatten will.«

»Und was hast du gesagt?«

»Ich habe eingewilligt, Jule.«

Vera wartete einen Moment, doch als nichts mehr kam, fuhr sie fort. »Später bin ich dann aufs Präsidium und habe dort noch einmal die ganze Sache zu Protokoll gegeben.«

»Und Mark?«

»Den haben sie auch vernommen. Er hat sich wohl ganz reumütig gegeben. Hat ihnen erzählt, er habe sich riesige Sorgen um dich gemacht. Im Krankenhaus hätten sie ihm nichts mehr gesagt, und da habe er nur mal nachsehen wollen, ob du bei mir untergekommen bist. Die von der Polizei sagten, sie würden so ein Theater kennen. Die Männer drehen durch, schlagen ihre Frauen, und hinterher tun sie so, als ob sie alles bereuen würden, und schwören, das sei ein Ausrutscher gewesen. So etwas kommt wohl häufiger vor.«

Jule zitterte. »Dieser verfluchte …«

»… brutale Schläger. Das hast du im Krankenhaus gesagt, und das wissen wir beide. Du hättest viel früher … Aber lassen wir das. Ich verstehe, dass du keine Anzeige erstattet hast. Und ich verstehe, dass du abgehauen bist und mir nicht gesagt hast, wohin. Ich weiß nicht, was ich verraten hätte, wenn er mich körperlich angegriffen hätte. Der Kerl ist völlig durchgeknallt.«

»Das ist er, ja.« Jule spürte, wie ihre Augen sich mit Tränen füllten.

»Meine Güte, was musst du bloß durchgemacht haben«, sagte Vera. Als ob sie die Tränen sehen könnte. »Ich hab ja immer geahnt, dass da etwas nicht stimmt zwischen euch, aber dann hab ich gedacht, es ist besser, dich zu nichts zu drängen. Du würdest schon kommen, wenn du Hilfe brauchst …«

»Das bin ich ja auch.«

»Aber da hatte er dich schon …«

»… krankenhausreif geschlagen. Ein ziemlich treffendes Wort, wenn man sich's genau überlegt.« Sie wischte sich mit dem Handrücken über die Augen. »Es lag an mir, Vera. Ich habe es so weit kommen lassen. Das war ein Fehler, und ich schwöre, dass ich den nie wieder mache. Aber du, du hast mir sehr wohl geholfen. Du bist in unsere Wohnung gegangen, hast meine Sachen gepackt und mein Auto geholt. Allein hätte ich das niemals geschafft. Und …«, sie überlegte, »… und es ist absolut richtig, dass du ihn nun angezeigt hast.«

»Wegen Hausfriedensbruch und Nötigung, ja. Seine Chancen stehen nicht gut, sagten mir die Leute von der Polizei. Immerhin habe ich einen glaubwürdigen Zeugen. Und auf diese Weise ist auch deine Geschichte schon mal aktenkundig. Wenigstens indirekt.«

Jule holte eine der Muschelschalen aus der Schüssel und ließ sie zwischen Daumen und Zeigefinger auf- und zuklappen. »Ich bin so froh, nicht mehr in Wien zu sein.«

»Hast du es gut dort, wo du bist?«

»Mehr als gut. Ich hätte nicht zu hoffen gewagt, so etwas zu finden.«

»Magst du mir sagen, was du gefunden hast?«

»Ich habe ein ganzes Haus für mich allein in einer Umgebung, in der man normalerweise Urlaub macht.«

»Aber wie bist du …? Wem gehört das Haus? Hast du es gemietet? Du hast doch gar nicht so viel Geld, um länger …«

»Es kostet mich nichts. Es war unbewohnt, und ich habe davon erfahren.«

»Du machst mich neugierig.«

»Ich weiß, aber das muss genügen. Es ist eine verrückte Geschichte, Vera, die ich dir irgendwann sicher erzählen werde. Und es kommt bestimmt auch der Zeitpunkt, zu dem ich dir verraten kann, wo genau ich bin.«

»Du fehlst mir.«

»Du mir auch.«

»Wirst du lange dortbleiben?«

»Ich denke schon. Ich bin zwar gerade erst angekommen, aber ich mag es. Es ist der richtige Ort, um mir darüber klar zu werden, wo ich herkomme, wo ich stehe und wo ich hinwill. Wenn man so einen Platz angeboten bekommt, sollte man ihn nicht so bald wieder verlassen. Ich spüre, dass ich hier neu anfangen kann. Frag mich jetzt nicht, was ich anfangen werde. Das weiß ich nämlich noch nicht.«

»Dann frage ich dich, was du heute gemacht hast.«

»Ich war einkaufen in einem kleinen Dorf in der Nähe, habe die ersten netten Menschen kennengelernt und in der Sonne gelegen. Ich habe mir eben eine große Portion Miesmuscheln gekocht und sitze nun mit einem Glas Weißwein auf einer Terrasse unter Maulbeerbäumen. Es gibt auch Oleander- und Lorbeerbüsche und einen ziemlich alten Olivenbaum. Ich hab sogar einen Pool mit einer großen Zypresse daneben.«

»Du hast einen Pool?«

»Ja. Er muss zwar noch gereinigt werden, aber der Typ, der sich ums Haus kümmert, hat sich angeboten, das zu machen.«

»Oliven, Zypressen und Pool … Hört sich nach Süden an.«

»Ja, es ist im Süden. So viel kann ich verraten. Es ist fast unwirklich. Wenn nicht geschehen wäre, was geschehen ist, könnte man das hier für Urlaub halten.«

»Versuch, es auch so zu sehen.«

»Das tue ich. Eine Zeit lang wird mein Geld noch reichen, und danach wird man sehen. Nur … mein Klavier fehlt mir.«

»Wie geht es deinem Handgelenk?«

»Nicht besonders. Die lange Fahrt war anstrengend, und die Schmerzen sind noch immer heftig, wenn die Wirkung der Tabletten nachlässt. Ich muss mir bald einen Arzt suchen.«

»Kann ich noch irgendetwas für dich tun?«

»Du hast genug getan, Vera. Ich möchte nur, dass du auf dich aufpasst. Mark …«

»Mach dir da keine Sorgen. Er hat bereits die Auflage bekommen, sich mir und meiner Wohnung nicht mehr zu nähern. Ich denke, daran wird er sich halten. Die Polizei macht ihm Angst, das habe ich gemerkt.«

Jule seufzte. »Ich begreife noch immer nicht, wie es so weit kommen konnte. Ich begreife mich nicht.«

»Hör auf, Jule. Selbstvorwürfe bringen dich nicht weiter.«

»Es sind weniger Vorwürfe, sondern vielmehr Fragen, die ich mir stelle und auf die ich Antworten finden will.«

»Viel Nachdenken also …«

»Ja. Dein Buch … ich habe mich sehr darüber gefreut. Ich werde alles aufschreiben. Vielleicht hilft mir das, zu verstehen.«

»So war's gedacht.«

»Es gibt so einiges in meinem Leben, das mich da hingeschubst hat, wo ich nun bin. Der frühe Tod meines Vaters. Die komplizierte Beziehung zu meiner Mutter. Die übertriebene Liebe zu Mark.«

»Du hast nie viel rausgelassen. Über deine Eltern zum Beispiel. Außer einigen Andeutungen hier und da.«

»Das ist wahr. Manches wollte ich mir wohl selbst nicht eingestehen, weil es zu wehtat. Viele Wunden habe ich in meinem Leben nur notdürftig versorgt, indem ich einfach ein Pflaster draufgeklebt habe. Mark war auch so ein Pflaster. Darunter allerdings hat sich einiges entzündet. Ich hab das ignoriert, hab nicht hingesehen, bis es fast zu spät war. Ich denke, ich habe wohl erst realisiert, was ist, als ich im Krankenhaus wieder zu mir kam.«

Kurz streifte sie der Gedanke an den Tag im Museum. Wie schlüssig hatte sie Jo erklärt, dass man nichts mehr erkenne, wenn man zu nah vor einem Bild stehe. Sie hatte von sich selbst gesprochen. Davon, dass sie nicht wahrnahm, was sie doch direkt vor Augen hatte. Und er, Jo, hatte ihr angesehen, was sie selbst noch nicht in der Lage war zu sehen. Deshalb hatte er sie angesprochen. Deshalb hatte er sich zu ihr gesetzt. Und deshalb saß sie jetzt hier.

»Hört sich an, als würde uns der Gesprächsstoff nicht so bald ausgehen«, sagte Vera in das entstandene Schweigen hinein.

»Ich hätte dich gern hier«, erwiderte Jule. »Hier bei mir. Doch bis es so weit ist, habe ich dein Buch.«

»Lass uns immer wieder telefonieren, ja?«

»Natürlich. Deine Stimme auf dieser Terrasse – das ist schön. Ein bisschen kommt es mir so vor, als seist du hier, neben mir.«

»Ich erreiche dich also von jetzt an unter deiner neuen französischen Nummer.«

»Ja, ich habe mir eine Prepaidkarte besorgt.«

»Gut, dass ich wieder eine Verbindung zu dir habe und weiß, dass du anscheinend viel Glück hattest. Bei allem Unglück ... Und nun trink ein Glas Wein für mich mit.«

»Das werde ich tun, versprochen.«

»Und, bitte, mach dir keine Sorgen wegen Mark. Denk dran, er ist weit weg. Du hast alles richtig gemacht. Er wird dich nicht finden. Niemand weiß, wo du bist. Nicht einmal ich.«

»Ja, du hast recht.«

»Bis bald, meine Liebe.«

»Bis bald, Vera.«

Jule blieb draußen sitzen, bis die Sonne hinter den Bäumen verschwand und der späte Nachmittag sich in den frühen Abend verabschiedete.

Die letzten Worte ihrer Freundin hallten lange nach, wie ein Akkord, den man hält. »Er wird dich nicht finden.« Jule wiederholte den Satz immer und immer wieder und spürte zugleich, dass ihre Angst sich in Stellung brachte, um ihn anzugreifen, diesen Satz. Eine Angst, die zunahm wie die Ameisen, die inzwischen über den Tisch krabbelten und Kurs auf Muschelschalen und Brotkrümel nahmen. Eine Armee von Ameisen.

Jule stand auf und räumte die Essensreste ab. Sie trug alles in die Küche, schüttete die Muschelschalen in einen Plastiksack und schnürte diesen oben zu. Anschließend zog sie sich ihre Strickjacke über und trug den Sack zum großen Müllcontainer die Straße hinunter.

Auf dem Weg zurück kam ihr die grau-schwarze Katze entgegen. Die am Vortag in dem alten Waschhaus zwischen den abgelegten Büchern herumgestrolcht war. Sie schlich an der gegenüberliegenden Mauer entlang, die Frau in der Strickjacke dabei im Blick behaltend. Bevor Jule in die Zypressenallee einbog, schaute sie über die Schulter zurück. Die Katze hatte sich in die Toreinfahrt gesetzt und sah ihr nach.

Im Haus spülte Jule das Geschirr ab und verstaute das Brot so, dass es für Ameisen unerreichbar war.

Sie goss sich noch ein Glas Wein ein und griff nach Nicolas' Packung mit den Zigaretten. Dann ging sie zurück auf die Terrasse und setzte sich in einen der Sessel.

Sie mochte Rituale. Jetzt hatte sie ein neues. Ein Glas Wein und eine Zigarette und dabei zusehen, wie sich die Nacht anschlich.

Doch heute war anders als gestern. Die Angst, sie lauerte im Hintergrund. Das Gespräch mit Vera hatte sie zurückgebracht. Mark. Es gab ihn noch, auch wenn er über tausend Kilometer weit weg war. Er hatte ihre Freundin bedroht, weil er sie, Jule, hatte finden wollen. Aufspüren, wie ein Tier, das eine Fährte aufnimmt. Etwas in ihr ahnte, dass er nicht aufgeben würde, und diese Ahnung lieferte ihrer Angst Nahrung.

Sie sah sich um. Da waren die nun dunklen Maulbeerbäume, der Schatten des großen Olivenbaums auf dem Rasen, dahinter die Felswand. Von fern war das Knattern eines Motorrads zu hören. Ansonsten Stille. Eine Stille, in der die Angst wachsen konnte.

Jule nahm einen tiefen Zug aus der Zigarette und wickelte sich fester in ihre Strickjacke. Der Tag, er war so unbeschwert gewesen. Die Nacht, sie schien die Geister zurückbringen zu wollen.

»Ich darf das nicht zulassen«, sagte Jule laut. Sie rief es in die Dunkelheit hinein.

Die Pflaster fielen ihr wieder ein, von denen sie vorhin am Telefon gesprochen hatte. Die Lebenswunden, die sie immer nur notdürftig versorgt hatte, weil es ja hatte weitergehen müssen. Irgendwie. Es wurde Zeit, sich anzuschauen, was da zugeklebt worden war.

»Niemand weiß, wo du bist.« Vera hatte recht. Hier und heute war sie sicher. Vera wusste nichts von Jo. Jo wusste nichts von Mark. Und Mark wusste nur, dass die Polizei ein Auge auf ihn hatte. Was sollte ihr, Jule, also jetzt in diesem Moment geschehen?

Nichts, nichts konnte geschehen. Sie durfte nur der Angst nicht das Feld überlassen, sondern musste sie mit nüchternen Überlegungen einhegen. Hier ging es einzig um Fakten, und die Fakten sprachen dagegen, dass Mark sie fand. Einstweilen war das so. Es wäre erst anders, wenn die Fakten die Lage drehten.

Hätte. Wäre. Würde. Könnte. Nein, sie wollte diese Vokabeln nicht einsickern lassen in ihre Gedanken. Der Konjunktiv, er ließ einen den Mut verlieren, weil er sich im Geflecht der Möglichkeiten verlor und Eventualitäten auffuhr, die nichts mit dem zu tun hatten, was wirklich war.

Jule stand auf und ging zurück ins Haus. Die großen Schiebetüren verschloss sie fest, bevor sie die Treppen nach oben stieg. Kurz streifte ihr Blick die geschlossene Tür, die vom Wohnraum abging. Sie hatte sie bislang nicht geöffnet. Jos Zimmer lag dahinter, hatte Nicolas gesagt. Ein Zimmer mit vielen Büchern. Morgen, dachte sie. Morgen werde ich mir dort etwas zu lesen suchen. Aber vorher würde sie Jo fragen, ob es ihm auch recht sei. Sie wollte nicht einfach eine Grenze überschreiten.

Mit Grenzüberschreitungen kannte sie sich aus. Schlaglichter leuchteten Erinnerungen aus. Ihr verwüstetes Zimmer in Wien. Die Schubladen aufgerissen, Kleider, Unterwäsche, Notenblätter auf dem Boden. Mark hatte alles durchsucht, weil er etwas finden wollte, das es nicht gab. Sie hatte ihn nicht betrogen. Nie hatte sie das getan. Bis zum Schluss nicht. Selbst ihre Hand auf Jos Hand war kein Betrug gewesen. Sie hatte lediglich Menschen getroffen. Frauen wie Männer. Mit Männern hatte sie Musik gemacht, in den kleinen Clubs der Stadt, und oft waren sie danach noch zusammen auf ein Bier gegangen. Manchmal war es spät geworden. Jule mochte das Miteinander, sie liebte »ihre Jungs«, die den Jazz genauso liebten wie sie. Die zwei, sie waren für Mark zur fixen Idee geworden. Sein Verdacht befeuerte seine Wahnvorstellungen. Sein Eindringen in ihre Privatsphäre ließ Jule starr vor Schock inmitten des Chaos sitzen. Diesmal bekam sie blaue Flecken an den Oberarmen. Er hatte sie geschüttelt. Er hatte Antworten aus ihr herausschütteln wollen, die sie ihm nicht geben konnte. Für diese blauen Flecken musste sie noch nicht einmal lügen; sie ließen sich verbergen, unter einem langärmeligen Pullover.

Veras Buch lag, wo sie es gestern Abend abgelegt hatte.

Jule setzte sich an den Tisch vor dem Fenster, nahm den Bleistift und begann zu schreiben.

11

Die Erinnerungen an ihren Vater waren spärlich. Jule sah sich auf alten Fotos neben einem Mann mit vollem, dunklem Haar und melancholischem Blick, der mit großem Ernst auf die Dinge sah, die ihn umgaben. Sie wusste noch, dass sie diesen Mann alles fragen konnte und dass er geduldig Antworten gab.

Ein Strandspaziergang. In Andalusien. Am Kap Trafalgar. Vor dem berühmten Leuchtturm. Sie verbrachten damals ihren Urlaub dort in der Nähe. Einen der wenigen gemeinsamen Familienurlaube. Jule war fünf. Ein fünfjähriges Mädchen an der Hand des Vaters.

»Papa, warum heißen Leuchttürme so?«

»Weil sie in der Nacht leuchten, damit die Schiffe draußen auf dem Meer wissen, wo sie sind, und immer den Weg nach Hause finden.«

»Wie Straßenlaternen für Menschen?«

»Ja, so ungefähr. Aber Straßenlaternen gibt es viele und Leuchttürme vergleichsweise wenige.«

»Es gibt ja auch weniger Schiffe als Menschen.«

»Da hast du recht, mein Spatz. Aber bei beiden geht es um Orientierung. Seinen Standort zu kennen und zu wissen, was das Ziel ist, das ist vielleicht das Wichtigste im Leben.«

Er nannte sie »Spatz«, und er erklärte ihr die Welt. Und sie stellte sich ihre Welt zusammen. Alles, was ihr begegnete, durchlief seine Erzählung, bevor sie es in den Setzkasten einordnete, der ihr Leben werden sollte. So bekamen die Dinge ihren Platz. Den behielten sie, bis an einem Dienstagmorgen im September vor vielen, vielen Jahren binnen Sekunden alles anders wurde. Der Setzkasten wurde durchgeschüttelt, und was vermeintlich sicher stand, fiel heraus und verlor sich in jäh einsetzender Dunkelheit.

Es war die Klassenlehrerin, die der siebenjährigen Tochter mitteilte, dass ihr Vater bei einem Autounfall verunglückt war. Bei einem Überholmanöver hatte er die Geschwindigkeit eines Lkw falsch eingeschätzt; er war auf der Stelle tot gewesen. Von dem Tag an ging Jule ohne seine Hand durchs Leben. Auf seiner rechten Hand, die, an der er sie stets gehalten hatte, hatte sich ein Leberfleck befunden. Ein ziemlich großer. Sie mochte diesen Fleck, weil er ihr Orientierung zu bieten schien, wie die Leuchttürme. Ein Punkt, immer da. Und dann war er weg. Der Punkt. Ihr Vater auch.

Wer blieb, war ihre Mutter. Die Unnahbare. Die Geigerin. Einst vom Publikum umjubelt, von ihrem Mann auf Händen getragen. Bis sie schwanger wurde. Ungewollt. Ein Unfall. Vor dem tödlichen Unfall, der sie zur Witwe machte. Der Vater, der ein Kind herbeigesehnt hatte, hatte alles für seine kleine Tochter getan. Seinen Beruf als Restaurator gab er auf, während seine Frau sich feiern ließ. Und dann hatte er sich davongemacht. So sah Jules Mutter das. Sie verzieh es ihm nie, dass er sich zu Tode gefahren hatte. Sie, die Künstlerin, die plötzlich ein Kind durchbringen musste, das sie nie hatte haben wollen. Der Traum von der großen Karriere, er war geplatzt. Am Ende gab sie private Geigenstunden, und weil sie davon nicht leben konnten, arbeitete sie als Verkäuferin in einem Musikgeschäft. Es war ein angesehener Laden mit angesehener Kundschaft. Doch für sie war es eine Demütigung.

Sie trauerte nicht um ihren Mann, sie trauerte um sich selbst. Er hatte ihr das Leben genommen.

»Über ihn wird nicht mehr gesprochen«, sagte sie damals zu ihrer Tochter.

Jules Augen füllten sich mit Tränen. »Warum nicht? Papa fehlt mir, er hat mir Leuchttürme erklärt, und er …«

»Schluss damit«, unterbrach die Mutter sie. Ihre Stimme war wie eine Ohrfeige.

Jule schluchzte, und weil sie nicht aufhören konnte, schickte ihre Mutter sie zu Bett. »Dein Vater ist weg, und er kommt nicht wieder. Du wirst ihn vergessen, wenn du nicht mehr von ihm redest.« Mit diesen Worten schloss sie die Tür zum Kinderzimmer.

Von dem Tag an wurde Jule still. Das aufgeweckte neugierige Mädchen, das an der Hand des Vaters durchs Leben gegangen war, schien mit ihm gestorben zu sein. Sie verbat sich selbst die Gedanken an ihn. Schloss ihn in sich an einem Ort ein, wo er unauffindbar wurde. Wenn sie andere Kinder mit ihren Vätern sah, fühlte sie etwas, das wehtat und das sie nicht benennen konnte. Ihr Vater hätte gewusst, dass es Einsamkeit war, doch er war nicht mehr da, um ihr die Welt zu erklären.

Da war nur die Mutter, die ihre kleine Tochter nun in ihre Fußstapfen zwang. »Wegen dir musste ich alles aufgeben, aber jetzt wirst *du* Geige lernen«, erklärte sie. »Das wird dir deine Trauermiene schon austreiben.« Doch Jule schüttelte stumm den Kopf. Verweigerte die Geige der Mutter. Verlangte trotzig ein Klavier. In der Hoffnung, so davonzukommen. Aber es half nichts. Sie bekam ein Klavier. Ein teures Instrument, auf Raten. Um es abzuzahlen, machte die Mutter Überstunden. Sie engagierte die besten Lehrer für ihre Tochter und kontrollierte alles, was diese taten. Zum Üben sperrte sie Jule ein.

»Disziplin!« Dieses Wort gab den Takt vor. Wie das Metronom auf dem Klavier. Jule fügte sich. Biss die Zähne zusammen, in manchen Nächten so sehr, dass ihr am Morgen der Kiefer wehtat. Doch sie machte weiter. Und sie machte Fortschritte. Wenn ihre Mutter nickte, wusste sie, dass sie gut gespielt hatte. Sehr gut sogar. Doch mehr als ein Nicken gab es nicht.

Irgendwann geschah das Unerwartete. Jule begann, ihr Klavier zu lieben. Weil sie ihren ungarischen Klavierlehrer liebte. Victor. Da war sie sechzehn. Es wurde eine unglückliche Liebe. Sechs Jahre waren sie ein Paar. Ein Paar, das am Ende viel stritt, weil da andere Klavierschülerinnen waren, von denen Victor sich bewundern – und lieben ließ. Eines Tages nahm er einfach seine Notenblätter und verschwand. Jule erfuhr nie, was aus ihm geworden war.

Sie meldete sich auf dem Konservatorium an. Ihre Mutter zahlte. Über die Beziehung mit dem jungen französischen Cellisten, den Jule bei einer Reise nach Paris kennenlernte, sah sie hinweg. Zu belanglos schien ihr, was sich da als Liebe ausgab. »Fernbeziehungen haben keine Zukunft«, blieb ihr einziger Kommentar.

Und, ja, es stimmte sogar. Die Gefühle der zwei verloren sich eines Tages. Es gab keine bösen Worte; es gab nur die Erkenntnis, dass ihrer beider Leben sich ausschlossen. Der eine spielte in Kopenhagen, die andere in Mailand; in ihren stets gepackten Koffern war am Ende kein Platz mehr füreinander. Jule blieb von diesem Mann die Rezeptsammlung seiner Großmutter – und die Erfahrung, dass sie zum Glück ein gewisses Talent hatte.

Es war eine gute Zeit mit ihm gewesen. Eine Zeit, in der sie spürte, dass sie stark war. Und ausgelassen. Und mutig. Und unvernünftig. Und noch so vieles mehr. Mit ihm zog Jule durch Pariser Bars, verbrachte ganze Nächte in Jazzlokalen, kochte in seiner winzigen Küche Ratatouille und Schnecken und *coq au vin* und trank Rotwein aus dem Süden. Diese Liebe gab Jule etwas mit. Eine Art Proviant für die Zukunft.

Erst kürzlich, im Museum, bei ihrem ersten Treffen mit Jo, hatte sie gespürt, dass noch etwas da war von diesem Proviant. Ein paar Krümel, aber immerhin …

Sie legte den Stift zur Seite und sah in die schwarze Nacht vor ihrem Fenster. Luc. Er hatte Luc geheißen.

»Danke, Luc«, sagte sie laut, bevor sie tief Luft holte.

Was danach kam, war so dunkel wie die Welt da draußen. Jule versuchte, es zu fassen, doch es hatte etwas Schemenhaftes. Wie die riesige Zypresse am Pool, deren Umrisse sich noch versteckten. Doch plötzlich kroch der Mond hinter den Wolken hervor und leuchtete den Baum aus.

Im selben Moment zeigten sich auch Jules Erinnerungen.

Ihre Mutter war krank geworden, und Jule war wieder zu ihr gezogen. Zu der Zeit war sie Mitte dreißig. Sie sagte Konzertreisen ab, fing an, sich mit Musikstunden Geld zu verdienen. An Karriere war nicht mehr zu denken. Die Geschichte wiederholt sich, dachte sie, wenn sie sich abends in ihrem früheren Kinderzimmer ins Bett legte und die Zähne zusammenbiss. Bestraft meine Mutter mich nun für das, was ich ihr angetan habe?, fragte sie sich wieder und wieder, wenn sie keinen Schlaf fand.

»Nein, es war nicht meine Schuld!«, rief sie jetzt dem Mond und der Zypresse zu, bevor sie den Satz zu Papier brachte. Darunter schrieb sie: »Ich bin nicht schuld daran, geboren worden zu sein.«

Die Worte standen da, direkt vor ihr, und zum ersten Mal spürte sie Erleichterung. Als hätte sie sich gerade einen tonnenschweren Stein von der Seele geschoben – und mit ihm die Bitterkeit eines Schuldgefühls, das sie ein Leben lang mit sich herumgetragen hatte.

Sie verschränkte die Hände im Nacken und lehnte sich zurück. Ihre Hände hielten sie. Sie war bereit für den Schluss der Geschichte.

Ihre Mutter vergaß Noten, sie vergaß, sich zu waschen, irgendwann vergaß sie, wer sie war.

Alzheimer, diagnostizierten die Ärzte. Besserung ausgeschlossen, Heilung ohnehin. Es könne dauern, bis es zu Ende sei. Bei Jules Mutter dauerte es mehr als sechs Jahre.

Jule brachte sie in ein Pflegeheim und besuchte sie dort einmal in der Woche. Dann hörten sie zusammen Musik. Die Musik erkannte die Mutter immer noch, ihre Tochter nicht mehr.

Nachdem sie gestorben war, räumte Jule das Zimmer im Pflegeheim aus und organisierte das Urnenbegräbnis auf dem Münchner Waldfriedhof. All die Verwerfungen, Verletzungen,

Versehrtheiten – letztlich blieb davon ein Häufchen Asche in einem Topf.

Sie schüttelte alten Freunden und ehemaligen Kollegen ihrer Mutter die Hand und trank mit einigen am Ende noch Schnaps in einem Lokal in der Nähe des Friedhofs. Es waren Menschen, die Jule seit Langem kannten, als Tochter einer Frau, die es niemandem wirklich leicht gemacht hatte. Das wussten hier alle. Dem Mädchen, das Jule auf gewisse Art geblieben war, klopfte man jetzt auf die Schulter oder tätschelte den Arm. Nun ist es vorbei, sollte das heißen, und genau so verstand Jule es auch, wenn man ihr einen weiteren Schnaps nachschenkte. Prost und Trost.

In einem Hinterzimmer des Lokals stand ein verstaubtes Klavier, und irgendwer hatte den Einfall, Jule solle zum Abschluss doch etwas spielen. Sie wählte einen Wiener Walzer. Einen Gassenhauer. Wissend, dass ihre Mutter Beschwingtes stets als banal abgekanzelt hatte. Doch die konnte nun keine Einwände mehr erheben. Die hochgezogenen Augenbrauen, der zu einer Geraden zusammengepresste Mund – selbst stummem Tadel hatte sie eine Schärfe verliehen, die jeden Widerstand hatte kapitulieren lassen. Damit war es jetzt vorbei. Fast lustvoll schlug Jule auf die Tasten des verstimmten Instruments; die Trauergäste klopften mit den Füßen den Takt mit. Danach schlug sie den Deckel zu, nahm den Applaus entgegen und verabschiedete sich mit einem Gefühl der Erleichterung.

Der Katzenjammer überfiel sie einige Wochen später. Da erst realisierte sie, wie allein sie war. Allein mit einem Klavier, ein paar losen Bekannten und einer ungewissen Zukunft. Das Korsett, in das ihre Mutter sie seit dem Tod des Vaters geschnürt hatte, war zwar gelöst, doch statt Freiheit empfand Jule plötzlich Leere.

Sie lebte noch eine Zeit lang in der Wohnung ihrer Mutter, bis sie dem Vermieter die Kündigung schickte und einen Entrümpler bestellte. Ein Mann fürs Grobe, der das meiste mitnahm. Das meiste war ohnehin wertlos. Ihre Mutter hatte Jule nicht viel hinterlassen. Etwas Geld auf dem Konto. Den Schmuck, den ihr Mann ihr geschenkt und den sie bei ihren großen Auftritten einst getragen hatte. Ein Familien-Fotoalbum. Und das Meißener Porzellan, das einige Jahre später in Scherben liegen sollte, auf dem Fußboden einer Wiener Altbauwohnung in der Malzgasse.

Doch bevor das passierte, bevor die Teller und Schüsseln zu Bruch gingen, stand Jule an einem warmen Frühsommertag in einem blau gestreiften Kleid an einer Münchner Kinokasse und bemerkte erst dort, dass sie ihr Portemonnaie vergessen hatte. Der Mann hinter ihr in der Schlange beobachtete, wie sie hektisch in ihrer Handtasche suchte und schließlich resigniert mit den Schultern zuckte. Er schob sie sanft zur Seite und kaufte zwei Karten – eine für sich und eine für sie. Er hatte eine leise Stimme und einen österreichischen Akzent. Sie mochte beides auf Anhieb, die Stimme und den Akzent.

Es war kein lustiger Film, den sie sich ansahen. Im Gegenteil: Es war sogar ein ziemlich trauriger Film. Vielleicht weinte Jule deswegen danach. Möglicherweise weinte sie aber auch um sich selbst, weil sie gerade nicht wusste, wohin mit sich und ihrem Leben.

Der Mann jedenfalls nahm sie in den Arm. Kurze Zeit später nahm er sie mit nach Wien.

Der Mann hieß Markus, aber er nannte sich Mark.

Ein neues Leben in einer neuen Stadt mit einem neuen Mann – in alldem lag ein Versprechen, und sie wollte es nur zu gern glauben. Sie warf ein Tuch über das Bild ihrer Vergangenheit, verhängte es, um es ihren Blicken zu entziehen.

Erst jetzt, in dieser französischen Nacht, hatte sie sich getraut, das Tuch wegzuziehen. Was sie sah, tat weh und gut zugleich.

Sie sah ihn wieder. Klar und deutlich. Den einzigen Menschen, der sie jemals geliebt hatte. Wirklich geliebt. Er hatte sie früh verlassen, doch etwas von ihm war geblieben. Heute hatte er sich gezeigt. Hatte sich herausgewagt aus dem Winkel in Jules Inneren, wohin das Diktat der Mutter ihn seinerzeit verbannt hatte. Er, über den nicht mehr gesprochen werden durfte, hatte zu ihr gesprochen. Zu der sechsundvierzigjährigen Frau, die sie inzwischen geworden war.

Orientierung. Um die ging es, und die hatte sie verloren. Fast meinte sie die Stimme des Vaters zu hören.

»Seinen Standort zu kennen und zu wissen, was das Ziel ist, das ist vielleicht das Wichtigste im Leben.«

Ihr Setzkasten von einst, der Setzkasten des kleinen Mädchens, das sie gewesen war – er bekam wieder Konturen. Sie würde erneut beginnen, die Dinge an ihren Platz zu stellen. Ihr Vater, an den sie sich nie hatte erinnern dürfen und wollen, legte ihr nun seinen Kompass hin.

Hier saß sie, mitten in der Nacht, in einem Haus im Süden.

»Ich will leben«, sagte sie leise.

Ihr Standort war klar, ihr Ziel auch. Und der Leuchtturm? Er würde schon irgendwann in den Weiten ihres Lebensmeeres auftauchen.

Ein ungekanntes Gefühl schien ihr einen Mantel um die Schultern zu legen. Es war warm, dieses Gefühl. Es war Zuversicht.

Die Zuversicht nahm sie mit ins Bett.

Im Traum sah sie den Leberfleck auf der Hand ihres Vaters.

12

Das Vibrieren ihres Handys auf dem Nachttisch weckte sie aus einem Traum, in dem sie die Hand ihres Vaters hielt. Es war bereits nach zehn Uhr.

Jule richtete sich im Bett auf und nahm das Gespräch an. »Hallo?« Ihre Stimme war noch nicht wach.

»Salut, hier ist Nicolas. Habe ich dich geweckt?«

»Salut. Ja, entschuldige. Normalerweise schlafe ich nicht so lange, aber …«

»Du brauchst dich nicht zu entschuldigen. Du kannst tun und lassen, was du willst.«

»Das ist ein neues Lebensgefühl für mich. Ich bin noch nicht daran gewöhnt.«

»Na ja, ich sage nur, was ist.«

»Was kann ich denn für dich tun?«

»Ich will etwas für dich tun. Passt es dir, wenn ich heute mit drei Freunden vorbeikomme, um den Pool sauber zu machen?«

»O ja, sehr gern. Ich habe gestern schon da unten in der Sonne gelegen.«

»Dann sind wir so gegen 14 Uhr da. Und …«

»Ja?«

»Wir bringen Sophie mit. Sie will dich unbedingt kennenlernen. Das konnte ich ihr nicht ausreden.«

»Warum auch?«

»Na ja, ich dachte, du brauchst vielleicht erst mal deine Ruhe.«

»Ruhe hab ich hier genug. Nein, ich freue mich auf euch.«

»Also gut. Bis später.«

»Bis später.« Sie drückte das Gespräch weg und lief zum Fenster. Wieder dieser wie blank geputzte blaue Himmel, an dem die Sonne sich langsam warmlief.

Anschließend ging Jule ins Bad. Dort spritzte sie sich kaltes Wasser ins Gesicht und betrachtete sich im Spiegel. Die grüne Färbung unter ihrem Auge war nach wie vor deutlich zu sehen.

Sie streifte die Bandage ab und bewegte vorsichtig ihr Handgelenk. Der Schmerz meldete sich, weniger als gestern, aber dennoch beharrlich. Ein Ziehen und Stechen, das ihren Arm hinaufzog. Jule schluckte nur eine Tablette statt zwei.

Rasch zog sie Jeans und Pullover an und lief die Treppe hinunter. Heute nahm sie ihren Milchkaffee und eine Baguette mit Butter und Marmelade mit hinaus auf die Terrasse. Sie suchte sich einen sonnigen Platz und beobachtete einen kleinen schwarzen Vogel, der die Blätter des Maulbeerbaums zum Rascheln brachte. Möglicherweise suchte er einen geeigneten Ort für sein Nest.

Auch so jemand, dachte Jule. Sie sah sich um. Sie hatte ihr Nest wohl gefunden.

Ihre Gedanken wanderten zurück in die vergangene Nacht. Mehr als zwanzig Seiten hatte sie eng beschrieben.

Woher hatte Vera nur gewusst, dass ihr ein Tagebuch derart helfen würde? Vera, die so vieles zu wissen schien. Die beste Freundin, die Jule hatte finden können. Beharrlich in ihrer Zugewandtheit, ohne dabei zu vertraulich zu werden. Sie besaß ein feines Gespür für das, was war. Vom ersten Moment an war da etwas zwischen ihnen, das zarte Fäden spann.

Zwei Frauen in einem Kaffeehaus, beide ein Buch lesend.

»Man trifft nicht mehr viele Leute, die sich mit etwas anderem beschäftigen als mit ihrem Smartphone«, sagte Vera.

Jule lachte. »Dann steigern wir hier gerade die Quote«, erwiderte sie.

So begann ihre Freundschaft.

Und nun dieses Buch. Aufforderung und Rettung zugleich.

Nachdem sie ihren Kaffee ausgetrunken hatte, griff sie nach dem Handy. Sie schrieb eine SMS. An Jo.

»Guten Morgen. Erlauben Sie mir, dass ich mir Lektüre aus Ihrem Zimmer hole?«

Nach drei Minuten kam seine Antwort.

»Ebenfalls einen guten Morgen, liebe Hausbesetzerin. Es rührt mich, dass Sie fragen.«

»So bin ich.«

»Ich bekomme langsam eine leise Ahnung, wie Sie sind. Und, ja, natürlich dürfen Sie sich an meinen Büchern bedienen. Es gibt einige Klassiker, deutsche und französische Romane und natürlich auch eine stattliche Sammlung an Krimis, falls Sie die mögen.«

»Ab und an, ja, durchaus.«

»Also dann, greifen Sie zu.«

»Das werde ich tun, danke. Ich wünsche Ihnen einen schönen Tag.«

»Ich hoffe mal, Ihr Wunsch erfüllt sich.«

»Klingt zweifelnd.«

»Ich hause gerade im Zweifel. Insofern haben Sie einen Punkt. Ist Ihrer schön? Ich meine, Ihr Tag …«

»Er beginnt mit Sonne und Kaffee auf der Terrasse.«

»Das ist schön, würde ich behaupten.«

»Ich widerspreche nicht.«

»Das wiederum verbuche ich als Punkt für mich.«

»Dann haben wir nun Punkte-Gleichstand. Bis bald, Jo.«

»Bis bald, Jule.«

Sie lächelte. Mit ihm konnte sie fast unbeschwert sein. Die Frau aus dem Museum, die Pingpong mit Worten spielte. Die Sätze parierte wie Bälle, die ihr zuflogen. Sie mochte diese Frau.

Auf dem Weg ins Haus nahm sie Kaffeetasse und Teller mit und stellte beides neben dem Spülbecken in der Küche ab. Dann durchquerte sie den Wohnraum und öffnete die Tür zu dem Zimmer, das sie bislang nicht betreten hatte.

Ein leicht angestaubter Geruch kam ihr entgegen. Hier war lange niemand drin gewesen. Sie ging zum Fenster, öffnete es und stieß die geschlossenen Läden zur Seite. Augenblicklich flutete das Sonnenlicht in den Raum, warf sich auf feine Netze, die Spinnen den Winter über gesponnen hatten. Möglicherweise hatten sie auch das ganze letzte Jahr Zeit dafür gehabt. Hatte Jo erwähnt, wann er das letzte Mal hier gewesen war? Jule konnte sich nicht erinnern.

Sie sah sich um. Da waren ein Kleiderschrank und ein Doppelbett mit einer hellblauen Tagesdecke und einigen blau-weiß gestreiften Kissen darauf. Daneben zwei Nachttischchen mit je einer Leselampe. Auf dem einen Tischchen ein altmodischer Wecker zum Aufziehen, mit großen Zeigern und einer kleinen Glocke; die Uhr war bei Viertel nach sechs stehen geblieben. An der gelb gestrichenen Wand über dem Bett hing ein gerahmtes Plakat, das eine Ausstellung ankündigte, die vor über zehn Jahren in Antibes gezeigt worden war. Picassos Keramiken.

In einer Zimmerecke stand ein blau bemaltes niedriges Schränkchen mit zwei Lautsprecherboxen und einem CD-Player darauf. Jule bückte sich, um die Türen zu öffnen; der Anblick ließ ihr Herz höherschlagen: eine Sammlung von mindestens fünfzig CDs. Sie überflog die Titel. Keine Klassik, aber dafür viel Jazz. Guter Jazz. Miles Davis, Keith Jarrett, Wolfgang Haffner, Lars Danielsson. Sie würde Musik hören können in diesem Haus. Auch wenn sie selbst noch nicht spielen konnte – ihr Leben bekäme seine Klänge zurück. Das war mehr, als sie zu hoffen gewagt hatte. Ein unerwartetes Geschenk, nachdem so vieles verloren gegangen war.

Sie erhob sich. Gegenüber vom Bett befand sich ein riesiges Regal, das bis zur Decke mit Büchern gefüllt war. Was heißt gefüllt? Gestopft voll war es. Auf den unteren Reihen lagen die Bände teilweise übereinandergeschichtet.

Schnell erkannte Jule, dass die vermeintliche Unordnung durchaus Ordnung aufwies. Das Chaos war nur auf den ersten Blick ein solches. Die Titel waren sortiert. Nach Genres, nach Autoren. Sie legte den Kopf schief und las die Titel auf den Buchrücken. Schnell hatte sie drei Romane gefunden. Von einer französischen Schriftstellerin, die Vera irgendwann mal erwähnt hatte, von einer Amerikanerin, die sie kannte und mochte, und von einem ihr unbekannten Autor, der Krimis schrieb, die in der Gegend spielten, in der sie sich gerade aufhielt.

Jule legte die Bücher auf dem Schreibtisch ab, der auch hier vor dem Fenster stand, allerdings deutlich größer war als ihrer im ersten Stock. Ein Block für Notizen lag dort und ein Netzkabel, das zu einer Steckdose am Boden führte. Eine alte Lampe mit grünem Glasschirm und einer kleinen Kette, an der sie sich an- und ausschalten ließ, stand neben einem gelb-blauen Fayence-Gefäß, in dem diverse Stifte steckten, unter anderem ein teuer aussehender Füllfederhalter. Daneben ein Tintenfass.

Links fiel Jules Blick auf drei gerahmte Fotos. Ein Schwarz-Weiß-Bild, auf dem drei Personen zu sehen waren – ein Mann, eine Frau, ein etwa sechsjähriger Junge. Der Mann trug eine ausgebeulte Hose und einen groben Wollpulli, die Frau ein Kleid mit großen Blumen und eine Strickjacke, der Kleine eine Jeans mit hochgekrempelten Hosenbeinen. Sie standen vor einem Haus, das Jule sofort als das erkannte, in dem sie nun wohnte. Sie lachten denjenigen an, der auf den Auslöser der Kamera gedrückt hatte. Es war ein strahlendes Bild, obwohl es bereits ein wenig verblichen war. Das Bild einer glücklichen Familie. Vater, Mutter, Kind. Jule spürte, wie sich ihr Herz zusammenzog; ihr schien, als würde es frösteln. Ein Gefühl plötzlich überfrierender Nässe, das sich in ihrem Brustraum ausbreitete.

Ein weiteres Foto zeigte zwei Jungs im Teenageralter. Beide mit dunklen Locken, einer einen Kopf größer als der andere. An den dichten Augenbrauen erkannte Jule in dem Kleineren Nicolas, der andere war zweifelsohne Jo, der nun keine Jeans mehr trug, sondern wie sein Freund Cordhose und T-Shirt. Sie legten einander den Arm auf die Schultern und sahen ernst in die Kamera, so wie Jugendliche schauen, die realisiert haben, dass nicht alles auf dieser Welt zum Lachen ist. Ein gutes Team, so schien es, zur Freundschaft entschlossen.

Das dritte Bild war jüngeren Datums. Jo und eine Frau. Er wirkte leicht abwesend, als wäre sein Blick auf irgendeinen fernen Ort gerichtet. Sie dagegen lachte einen an. Ein vollendetes Lachen. Jule betrachtete die Frau. Sie war schön. Makellos schön. Hohe Wangenknochen, leicht schräg gestellte Augen, kleine Nase. Die dunklen Haare trug sie aus der Stirn zu einem straffen Knoten im Nacken gebunden. Sie war perfekt geschminkt, so dezent, dass es kaum auffiel. Ihre Haut hatte einen zarten Braunton. In ihren zierlichen Ohren steckten weiße Perlen. Um den Hals trug sie ein locker gebundenes Tuch in einem kräftigen Blau. Alles an ihr wirkte beiläufig, doch in keiner Weise nachlässig. Unaufdringlichkeit, gekonnt inszeniert.

Bei ihrem ersten Treffen im Museum hatte Jule gemutmaßt, Jo sei mit einer glatten Frau verheiratet. So hatte sie sich ausgedrückt, nachdem er ihr gestanden hatte, das Glatte liege ihm nicht. »Ich mag das Versehrte«, hatte er gesagt und in Jule etwas Beschädigtes gesehen. Sie hatte sich ertappt gefühlt, glaubte, er habe entdeckt, was sie so unbedingt zu verbergen versuchte. Jetzt verstand sie, dass er etwas ganz anderes gemeint hatte. Es war kein Blick in die Seele ihrer blauen Flecken gewesen; er hatte vielmehr zum Ausdruck bringen wollen, dass Makellosigkeit das Zeug hatte, die Dinge zwischen zwei Menschen glatt zu schleifen, bis nichts mehr übrig blieb außer einem gut polierten Nebeneinander. Jos Blick auf diesem Foto verriet es: Er hatte diese Frau, die ganz sicher seine Frau war, innerlich bereits verlassen.

Jule sah noch einmal von dem lachenden kleinen Jungen über den ernsten Jugendlichen bis hin zu dem abwesenden erwachsenen Mann. Fährten eines Lebens.

Sie spürte, dass sie mehr von ihm erfahren wollte. Wissen wollte, wie diese Bilder zusammenhingen. Das Dazwischen, Davor, Dahinter begreifen wollte.

Einstweilen nahm sie die drei Bücher, verließ das Zimmer und schloss leise die Tür.

Ihre Uhr zeigte inzwischen kurz nach zwölf. Ihr blieben noch knapp zwei Stunden, bis Nicolas und seine Freunde und seine Frau kämen.

Kurz überlegte sie, ob sie die Garage aufräumen sollte, doch dann verwarf sie den Gedanken sofort wieder. Ihr Handgelenk brauchte noch Schonung.

Zudem war da das untrügliche Gefühl, fast in so etwas wie Urlaub hineingeraten zu sein. Sie hatte diese Reise als Flucht angetreten, doch alles hier schien dazu angetan, ihr anderes vorzugeben. Aber das durfte nicht zur Falle werden. Es tat zweifelsfrei gut, wenn sich die Angst ab und an zurückzog, den Aggregatzustand wechselte, von fest zu flüssig sozusagen. Aber verflüchtigen sollte sie sich keineswegs. Dafür war es noch zu früh. Mark war noch da. Er würde alles daransetzen, sie zu finden. Der Einbruch bei Vera war nur das Vorspiel gewesen, das ahnte Jule. Der syrische Arzt hatte ja gesagt, dass Mark nicht nachlassen werde, ihr nachzustellen. Von Rache hatte er gesprochen und von verletztem Stolz. Er kannte sich aus mit solchen Männern. Mark war so ein Mann.

Sie brauchte also einen Warnmelder. Ihre Angst durfte nicht übermächtig werden, aber sie durfte sich auch nicht verführen lassen von Lavendelfeldern und Olivenhainen und Weinbergen, die Sicherheit säuselten, wo es keine Sicherheit gab.

»Gib acht auf alles, was dich umgibt, und sei wachsam, wenn dir etwas unheimlich ist.«

Wieder so ein Vater-Satz, der ihr plötzlich einfiel. Und ihr fiel noch etwas ein: Das Mädchen hatte den Satz zu ihrer Puppe gesagt, während sie die Kleine aufrecht in den Puppenwagen setzte, um sie auszuführen. Dabei hatte sie den Tonfall des Vaters imitiert und den Zeigefinger gehoben, so wie er es immer tat, wenn er eindrücklich wurde.

»Ich werde wachsam sein, Papa«, sagte sie nun. Zum ersten Mal seit Jahrzehnten sprach sie mit ihm. Nannte ihn Papa. Die Hand mit dem Leberfleck, sie war wieder da.

Jule sah die drei Bücher an und überlegte kurz. Dann nahm sie den Krimi und ging damit hinaus. Die verbleibende Zeit wollte sie in der Sonne sitzen und lesen.

13

Gegen 15 Uhr hörte Jule Nicolas' Lieferwagen. Das Geräusch eines Dieselmotors und das Knirschen des Kieses in der Auffahrt.

Sie legte ihr Buch zur Seite und verließ die Terrasse, um die Haustür zu öffnen.

Nicolas sprang aus dem Auto. Gleichzeitig verließen drei Männer die Ladefläche des Wagens und nahmen einiges an Ausrüstung mit. Eine Kabelrolle, ein Gerät mit einem dicken Schlauch, das aussah wie ein riesiger Staubsauger, einen Kanister mit einer gelblichen Flüssigkeit.

»*Salut*«, rief Nicolas. »Entschuldige, wir sind etwas spät.«

»*Salut*«, erwiderte Jule. »Das macht gar nichts. Ich habe eh nur gelesen.«

»Unsere Hündin hat gerade geworfen, und dabei wollten wir sie nicht allein lassen.« Er lachte. »Vier Welpen, und alle wirken den Umständen entsprechend fit. Jetzt ruhen sich die fünf erst mal aus.«

»Gratuliere. Was ist es für ein Hund?«

»Ein Mischling. Groß und schwarz und sehr verspielt. Du wirst sie sicher bald kennenlernen. Das hier sind übrigens Pierre, Jérôme und Guy.« Er zeigte auf die drei Männer, die Jule zunickten.

In dem Augenblick wurde die Tür der Beifahrerseite geöffnet, und eine kleine zierliche Frau mit roten Locken stieg aus. Sie trug einen dunkelblauen Wollrock und darüber einen weiten beigen Pullover. In der Hand hielt sie etwas, das in ein kariertes Küchentuch eingeschlagen war. Sie kam auf Jule zu und streckte ihr die freie Hand entgegen.

»*Salut,* ich bin Sophie«, sagte sie. Ihre Augen hatten ein fast unnatürliches Blau, das einen eigenwilligen Kontrast zu dem roten Haar bildete. Der Blick, mit dem sie Jule ansah, war aufmerksam und unverschlossen.

»Und ich bin Jule«, entgegnete die. »Ich freu mich, dass du heute mitgekommen bist.«

»Na ja, eine Freundin von Jochen. Da war ich natürlich neugierig. Er hat sich in letzter Zeit ja leider nur selten sehen lassen. Hier«, sie deutete auf das Paket in dem Küchentuch, »ich hab uns eine Tarte gebacken. Wir haben noch Lageräpfel vom letzten Herbst.«

»Oh, vielen Dank. Ich koche gleich Kaffee. Wollt ihr auch einen?«, fragte sie Nicolas.

Er winkte ab. »Nein, nein, wir machen uns sofort an die Arbeit. Wird ein bisschen Krach geben. Das Ding da«, er deutete auf das Gerät mit dem Schlauch, »macht einen ziemlichen Lärm.«

Jule und Sophie gingen zurück ins Haus, während die Männer die Ausrüstung zum Pool schleppten.

In der Küche suchte Jule eine passende Platte für den Kuchen.

»Dort«, half Sophie ihr und öffnete eine Schranktür. Sie holte auch gleich Teller und Tassen aus dem Regal und Besteck aus der Schublade.

»Du kennst dich aus«, sagte Jule, während sie Wasser und Kaffeepulver in die Maschine gab, sie dann fest zuschraubte und auf den Herd stellte.

»Na ja, ich war früher oft hier. Als Jochen allein kam. Ich habe sogar noch seine Eltern gekannt. Reizende Leute. Besonders die Mama. Sie hat übrigens auch toll backen können.«

Jule schluckte. Eine Mutter, die Kuchen backt. So eine hatte sie sich immer gewünscht. Doch ihre gab Gesellschaften und ließ sich das Essen liefern, das sie dann auf ihrem Meißener Porzellan servierte. Nachdem ihr Mann gestorben war, lud sie niemanden mehr ein. Und Kuchenbacken hielt sie für Zeitverschwendung.

Sophie schob ihre Tarte auf die Platte.

»Oh, die sieht wunderbar aus«, sagte Jule.

»Altes Familienrezept. Alle Franzosen haben eins. Die *tarte tatin* ist ja so was wie ein Nationalheiligtum. Ich trag die Sachen schon mal raus.« Sie wartete gar nicht erst eine Antwort ab, sondern ging auf die Terrasse hinaus. »Ich sehe, du lebst bereits hier draußen«, rief sie.

Jule nahm die Kaffeemaschine vom Herd, holte die Milch aus dem Kühlschrank und folgte Sophie. »Ja, ja«, erwiderte sie. »Die Sonne tut gut nach dem langen Winter.«

»Bald wird es hier so heiß, dass man sich nach etwas Schatten sehnt«, erklärte Sophie, schnitt die Tarte an und verteilte die Kuchenstücke auf zwei Teller. »Gut, dass die Männer den Pool wieder flottmachen. Das Ding lag jahrelang ausgetrocknet da.«

»Für mich ist das ein echter Luxus, so ein Pool.«

»Ach was«, winkte Sophie ab. »Hier haben fast alle einen. Anders hältst du es im Hochsommer auch kaum aus. Bei über dreißig Grad bist du froh über jedes Planschbecken.«

Jule goss Kaffee ein. »Milch und Zucker?«, fragte sie und zeigte auf ein Kännchen und eine kleine Schale.

Sophie nickte. »Danke, nur Milch bitte.« Sie nahm einen guten Schuss, rührte mit einem Löffel um und sah Jule dabei mit ihren hellblauen Augen an. »Bist du hingefallen?« Sie zeigte auf die Bandage.

»Ja. Ein Sturz.«

»Wie bist du gestürzt?«

»Mit dem Fahrrad.«

»Und das da?« Sie deutete auf die Schwellung und die Gelbfärbung unter dem Auge.

»Da …«, Jule zögerte, vielleicht einen Moment zu lang. »… da hab ich was mit dem Lenker abbekommen.«

»Verstehe.« Sophies Tonfall ließ erkennen, dass sie wirklich verstand. Sie verstand, dass sie nicht weiter nachfragen sollte.

Jule suchte nach etwas, um das Thema zu wechseln. Etwas Unverfänglichem. »Du kannst mir bestimmt einen Arzt nennen, der sich mein Handgelenk mal ansehen kann«, sagte sie schließlich.

Unten am Pool begann sich ein Motor warmzulaufen. Nicolas hatte recht gehabt; das Ding machte einen ziemlichen Lärm.

»Ja, ich kenne einen sehr guten Orthopäden«, entgegnete Sophie, etwas lauter jetzt. »Der hat mir schon öfter mit meinem Rücken geholfen. Die Arbeit im Weinberg, tja … Dafür müsstest du allerdings nach Uzès fahren. Ist etwa eine halbe Stunde entfernt. Es lohnt sich aber, nicht nur wegen des Arztes. Die Stadt ist wirklich sehr hübsch, mit vielen netten Läden und einem schönen Platz zum Sitzen. Besonders jetzt, wo es dort noch nicht so überlaufen ist.«

»Es kommen wohl viele Touristen im Sommer her.«

»*Oh là là* … allerdings. Einerseits freuen wir uns drüber, andererseits …«

»… nerven sie.« Jule lächelte. »Das ist in Wien und München nicht anders.«

»Du kommst aus Wien, sagte Nicolas.«

»Ich habe da gelebt«, erwiderte Jule. »Bis jetzt«, fügte sie hinzu. »Aufgewachsen bin ich in München.«

»Dort, wo Jochen herkommt.«

Jule nickte.

»Nicolas meinte, du wüsstest noch nicht, wie lange du bleiben willst.«

»Ja, ich weiß gerade vieles nicht. Vermutlich werde ich mich den Sommer über hier einnisten. Es gibt so einiges, worüber ich mir erst klar werden muss, und dies scheint der richtige Ort dafür zu sein.«

»Es ist gut, dass das Haus endlich wieder bewohnt wird. Es stand einfach schon zu lange leer. Ich freue mich jedenfalls, dass du da bist. Hast du schon ein bisschen die Gegend erkundet?«

»Ich war gestern einkaufen. In Goudargues.«

»Auf dem Markt?«

»Ja, und beim Metzger und im Gemüseladen.« Sie erzählte, was sie alles besorgt hatte.

Sophie lachte. »Das hört sich nach großem Hunger an.«

Jule nickte, nachdenklich jetzt. »Es macht mir Freude, wieder zu kochen.«

»Wieder?«

»Ich hab's länger nicht gemacht.«

»Keine Zeit?«

»Ja.«

»Was machst du so? Beruflich, meine ich.«

»Ich habe Klavierstunden gegeben – und manchmal auch Konzerte.«

»Oje. Da ist das mit deiner Hand …«

»… ein Unglück, ja. Der Arzt in Wien meinte, ich könne das mit dem Spielen wohl einige Monate vergessen. Aber hier gibt es ohnehin kein Klavier.«

»Vermisst du es? Das Spielen?«

Jule spürte, wie ihre Augen sich mit Tränen füllten. Sie versuchte, sie wegzublinzeln. Vergeblich. »Sehr«, flüsterte sie.

Sophie griff über den Tisch nach Jules Hand. »Das muss hart sein.«

Diese Frau benannte die Dinge. Erfasste Situationen blitzschnell und traf den Kern dessen, was war.

»Es tut gut, mit dir zu reden«, sagte Jule.

»Verstehe.« Wieder dieses Wort, das hier keine Floskel war.

Sie unterhielten sich einfach immer weiter. Streiften nun durch unverfänglichere Themen. Jule sprach von ihrer Zeit in Paris und ihrer Sammlung französischer Rezepte, Sophie von ihren Nachbarn und dem Weinanbau und davon, dass immer alle zusammenhalfen, wenn es etwas zu tun gab.

»Apropos Wein, magst du ein Glas?«, fragte Jule. »Ich habe einen Weißen und euren Roten.«

»Gern den Weißwein. Unseren kenne ich ja zur Genüge.«

Jule stand auf und kam mit zwei Gläsern und einer Flasche zurück. Sie schenkte ein, und die beiden Frauen stießen an.

»Auf eine bessere Zeit.« Sophie zog die Augenbrauen hoch.

Jule nickte. »Auf eine bessere Zeit«, wiederholte sie.

Damit war das Ungesagte gesagt. In den Raum gestellt, ohne eine weitere Frage.

Nach einer guten Stunde kamen die Männer auf die Terrasse. »Geschafft«, erklärte Nicolas. »Das Becken war ganz schön verdreckt. Aber nun ist alles wieder tipptopp. Das Wasser wird noch ein bisschen kalt sein. Ich hab zwar die Wärmepumpe angeworfen, aber die ist auch nicht mehr auf dem neuesten Stand. Den Rest erledigt dann die Sonne.« Er sah zum Himmel. »Ich denke, du kannst bald baden gehen.«

»Ich weiß gar nicht, wie ich euch danken soll.«

»Am besten mit einem Schluck Wein.« Er zeigte auf die Flasche.

Jule holte vier weitere Gläser aus der Küche und goss allen ein.

»Der ist ordentlich«, sagte Nicolas und steckte sich eine seiner filterlosen Zigaretten an. »Wo hast du den her?«

»Aus dem Gemüseladen in Goudargues.«

»Ah ja, die haben eine ganz passable Auswahl. Klein, aber okay.«

»Ich finde euren Roten auch sehr gut. Der, den du mir zur Begrüßung hingestellt hast.«

»Freut mich, dass er dir schmeckt, aber das ist ein ziemlich einfacher Landwein. Wenn du einen guten Überblick bekommen willst, was es hier in der weiteren Umgebung so gibt, musst du nach Orange fahren. Die Stadt ist nicht mehr das, was sie mal war, etwas runtergekommen für meinen Geschmack, aber die haben da einen exzellenten Weinladen. Jochen hat früher auch oft dort eingekauft. Wenn du willst, gebe ich dir die Adresse.«

»Gern, aber ich bin keine große Weinkennerin.«

Er lachte. »Hier wirst du eine.« Er leerte sein Glas in einem

Zug und stellte es zurück auf den Tisch. Die drei anderen Männer taten es ihm gleich.

»Wir sollten langsam zurückfahren«, erklärte Nicolas. »Nach den Hundebabys sehen.«

Sophie stand auf. »Ja, du hast recht. Die brauchen jetzt ein paar Streicheleinheiten, besonders die stolze Mama. Den restlichen Kuchen lasse ich dir hier«, sagte sie zu Jule. »Bring mir die Form und das Küchentuch einfach demnächst zurück.«

Demnächst. Das klang nach Fortsetzung. Nach weniger Alleinsein. Nach Aufgehobensein.

Die Luft, in die sie ihren Fuß gesetzt hatte, sie begann zu tragen. Jule fühlte sich plötzlich leicht wie schon lange nicht mehr. Es war nur ein winziger Moment, aber er war erfüllt von etwas, das ihr Leben in den letzten Jahren verlassen hatte. So etwas wie Geborgenheit.

14

Nachdem die fünf fort waren, nahm Jule ihr Weinglas und ging die Steintreppe hinunter zum Pool. Das Wasser glitzerte hellgrün in der späten Nachmittagssonne. Ein leichter Wind kräuselte die Oberfläche. Die verwelkten Blätter, die trockenen Zweige, sie waren verschwunden. Zwei Vögel saßen am Beckenrand und steckten ihre Schnäbel ins Nass. Immer wenn sie ein paar Tropfen genippt hatten, schüttelten sie ihre Köpfchen und schlugen kurz mit den Flügeln. Sie taten das fast synchron, als hätten sie diese Choreografie einstudiert.

Jule zog ihre Schuhe aus, setzte sich den Vögeln gegenüber und steckte ihre Füße ins Wasser. Es war kühl, aber schon nicht mehr kalt. Mit den Zehen zog sie kleine Kreise, und während sie das tat, begann ein Bild die Gegenwart zu überlagern.

Das Bild zeigte zwei paar Füße. In einem See. Dem Neusiedler See. Seine Füße und ihre Füße, miteinander spielend. Der erste Sommer, den sie miteinander verbrachten, sie beide, Mark und Jule. Es war ein unbeschwerter Sommer. Lang und heiß und voller überbordender Pläne, in denen sie beide die Hauptrollen besetzten. Jule fühlte sich wie befreit, das Leben schien seine Arme auszubreiten und sie aufzufangen. Die langen quälenden, von Krankheit gezeichneten Jahre lagen hinter ihr. Das strenge Regelwerk der Mutter, mit dem sie ihrer beider Dasein orchestriert hatte, ohnehin. Jetzt waren da nur noch sie und er. Ein frisch verliebtes Paar. Ein Glück, das Jule so unbedingt wollte, dass sie dabei das Vermeintliche in diesem Glück übersah.

Früh bereits hatte es sie gegeben, die kleinen harschen Bemerkungen, wenn sie etwas tat, das ihm missfiel. Lautes Lachen etwa und eifriges Gestikulieren. »Jetzt reiß dich mal zusammen«, sagte er dann. Oder: »Geht's auch eine Nummer kleiner?«

In solchen Momenten wurde sein Ton frostig. Sie nahm das nicht weiter ernst, lächelte das Eisige vielmehr weg. Erst in der Rückschau erkannte sie die Verletzungen und darin die Vorboten dessen, was kommen sollte.

Noch waren sie ein Paar, von dem jeder dachte, da hätten sich zwei gesucht und gefunden. Beide Anfang vierzig. Er Journalist. Sie Pianistin. Mit einer schäbig-charmanten Altbauwohnung in der Wiener Malzgasse.

Als sie ihn irgendwann nach früheren Freundinnen fragte, wiegelte er ab. Vorbei und vergessen. Bis sie beim Aufräumen im Bücherregal eine Kiste mit Fotos fand. Genauer genommen fiel die Kiste zu Boden, und Jule sah die Bilder. Unfreiwillig. Was sie sah, erschreckte sie. Eine Frau, der man den Kopf herausgeschnitten hatte. Dutzende Male. Die Frau am Strand, in den Bergen, auf einer Wiese. Am Küchentisch vor einer Tasse Kaffee, unter Freunden mit einem Glas Bier. Es schien stets dieselbe zu sein. Stets ohne Kopf. Auf einem Foto wölbte sich ihr Bauch, sie war schwanger, ohne Zweifel. Eine kopflose werdende Mutter.

Jule starrte die Bilder minutenlang an, und je länger sie das tat, umso mehr verirrten sich ihre Gefühle. Sie wusste nicht, wie sie das fassen sollte. War Mark womöglich gar nicht der, für den sie ihn hielt? Verbarg er etwas vor ihr, das sich hier in diesen zerschnittenen Aufnahmen offenbarte? Sie raffte die Fotos zusammen und warf sie zurück in die Kiste. Doch sie ließen sich nicht mehr wegräumen, vor ihrem inneren Auge blieben sie sichtbar. Das Vermeintliche zeigte erste Risse, der Aufruhr in ihr war nicht länger zu überhören. Laut wurde, was sie bis hierher weggelächelt hatte.

Ein paar Tage später fragte sie Mark, was es mit den Bildern auf sich hatte. Das war der Augenblick, in dem sie es zum ersten Mal vernahm. Sein Brüllen. Unkontrolliert, unbeherrscht, ungefiltert. Wie übersteuert. Seine sonst so leise Stimme wurde laut. Lautstark. Da war nicht mehr nur das verhohlen Frostige, da brach sich unverdünnter Hass Bahn. Hass auf sie, die ihm eine Frage gestellt hatte. Was ihr eigentlich einfalle, brüllte er. Was sie in seinen Sachen zu suchen habe.

Sie habe nichts gesucht, hielt sie dagegen. Die Kiste sei beim Staubwischen heruntergefallen.

Sein Ausbruch dauerte nicht lange. Nicht mehr als zwei Minuten. Als er sich wieder beruhigt hatte, nahm er sie in den Arm. »Verzeih mir«, sagte er. Er bettelte förmlich. Sie solle doch verstehen. Die Sache rege ihn noch immer auf. Eine Schlampe sei das gewesen, die Frau auf den Fotos, der er sein Herz geschenkt habe. Betrogen habe sie ihn und dann verlassen. Von einem Tag auf den anderen. Damals habe er in seinem Schmerz eine Schere genommen und ... na ja, ihr Gesicht, das habe er einfach nicht mehr ertragen.

Er fing an zu weinen, buhlte um ihr Verständnis. Schließlich tröstete Jule ihn. Danach schliefen sie miteinander, und er war so zärtlich zu ihr wie nie zuvor.

Sie versagte sich die Frage, weshalb er die Fotos aufbewahrt hatte. Stattdessen begann sie, sich unter Marks Bekannten umzuhören. Es war wie ein Zwang. Sie musste einfach Antworten finden. Vorsichtig tat sie das, als würde sie vermintes Gelände betreten. Ein Freund von ihm erzählte ihr schließlich, ja, da habe es mal eine Frau gegeben. Eine Nette sei das gewesen, immer lustig und gut drauf. Irgendwann sei sie schwanger geworden, und dann habe sie das Kind verloren, und Mark habe sie verloren. Sie sei über Nacht verschwunden. Lange habe die Beziehung aber ohnehin nicht gedauert. Etwas mehr als ein Jahr vielleicht. Leni sei ihr Name gewesen. Mehr wisse er auch nicht.

Nun wusste Jule, dass die Frau ohne Kopf Leni hieß. Später, als es zwischen ihr und Mark schlimmer und immer schlimmer wurde, lange nachdem das Meißener Porzellan ihrer Mutter zerbrochen war, musste sie oft an Leni denken.

Nimm dich in Acht, schien ihr der Körper auf den Bildern zuzurufen, dem ein Mann von Sinnen das Gesicht weggeschnitten hatte. Dieser Mann war nun ihr Mann, und er war wieder von Sinnen. »Schlampe«, so nannte er jetzt auch sie, wenn sie mit ihren Freunden einen gelungenen Auftritt feierte oder wenn sie ihm von einem begabten Schüler erzählte. Seine Eifersucht hinterließ Schneisen der Gewalt. Da waren nicht nur die Schläge, deren Zahl sich stetig erhöhte, da war zudem die rohe Wucht, mit der er das einforderte, von dem er glaubte, dass es ihm zustand. Er wollte den Beweis ihrer Treue. Als sie sich weigerte, mit ihm zu schlafen, weil sie seine als Zärtlichkeiten verbrämten Zugriffe nicht mehr ertrug, zwang er sie. Die zerrissenen Träger ihres BHs, mit denen er ihre Handgelenke an die Bettpfosten band, um zu bekommen, was er wollte, hinterließen mehr als rote Striemen. Die Halskette, die er ihr am nächsten Tag schenkte, um sich wieder mit ihr zu versöhnen, legte sie in eine Schublade. Sie zu tragen, hätte sein Flehen um Verzeihung erwidert.

Lenis Warnung, sie wurde eindringlich. Es ging nun nicht mehr um Verzeihen, es ging darum, den Ausgang zu finden. Die Notbremse. Im Januar dann hatte Jule zum ersten Mal ihre Tasche gepackt. Die Tasche, die sie unter das Bett schob, um sie später wieder auszuräumen. Den Kuchen zur Versöhnung, den Mark damals mitgebracht hatte, hatte sie nur mit Mühe heruntergewürgt.

Nach der Sache mit der Kette wollte sie reden. Ihm erklären, dass sie keine Zukunft mehr sehe für sich und ihn. Sie wollte das im Museum tun, weil da Menschen waren, die ihr Schutz boten. Die Reue, die ihn zum Kauf des Geschenks bewogen hatte, schien ihr für so ein Gespräch tragfähig. Aus Erfahrung wusste sie, dass sein Schuldbewusstsein den nächsten Ausbruch in aller Regel ausbremste, zumindest für einige Zeit. Doch er war nicht gekommen.

Stattdessen war Jo gekommen. Und sie hatte vorgegeben, die Frau zu sein, die sie in sich mochte, weil sie etwas an diesem Mann mochte, der sich da neben sie auf die Bank setzte und mit ihr den Klimt beguckte. Mal eben so hatte sie die Tonart gewechselt – von Moll zu Dur. Nahezu mühelos. Fast schon beschwingt hatte sie danach die schwarzen Handschuhe eingesteckt.

Doch dann hatte sie einen Fehler gemacht. Sie war zurück in die Malzgasse gegangen und hatte so getan, als sei alles wie immer. Dabei war nichts mehr wie immer. Die Dinge hatten sich verändert. Die Lage war eine andere geworden, seit sie unter ihren alten Socken ein Pfand aufbewahrte, das darauf wartete, eingelöst zu werden. Sie hatte auf Zeit gespielt, um den Moment abzuwarten, der günstig für den letzten Schritt schien. Doch die Zeit rächt sich, wenn man mit ihr spielt.

Als Mark in seiner hellgrünen Jacke auf seinem Fahrrad am Karmelitermarkt vorbeifuhr, hatte sie ihm das geliefert, was er ihr unzählige Male grundlos unterstellt hatte. Ihre Hand auf der eines anderen Mannes. Zwei Menschen. Miteinander. Beieinander. Sie wusste, was das bedeutete.

Nachdem Jo gegangen war, war sie noch lange durch das Viertel gelaufen. Den zweiten Bezirk, der ihr Zuhause geworden war. Sie hatte im Augarten auf einer Bank gesessen, zugesehen, wie alte Leute ihre Hunde Gassi führten, und darauf gewartet, dass es dämmerte.

Mark hatte eine Verabredung zu einem Interview, das hatte er ihr am Morgen gesagt. Das würde er nicht absagen, er hatte Wochen gebraucht, um den Termin zu bekommen. Sie wollte nach Hause, wenn er nicht mehr da wäre. Sie wollte sich umziehen für den Abend. Sie wollte Jo wiedersehen. Sie spürte, wie sehr sie sich freute auf diesen Mann. Die Freude war stärker als die Angst. Später würde sie dann Vera anrufen, um zu fragen, ob sie bei ihr schlafen könnte. Vera würde das verstehen, und sie würde ihr helfen. Helfen, sich endgültig von Mark zu trennen.

Als Jule die Treppen zur Wohnung hochstieg, war der Plan in ihr gefasst. Er schien so klar, der Plan, als habe jemand einen Vorhang beiseitegeschoben und ihr den Raum gezeigt, den sie nun betreten wollte. Einen neuen Raum. Einen Raum ohne Mark.

Sie holte den Schlüssel aus ihrem Rucksack. Es ging ihr gut, als sie ihn ins Schloss steckte. Schon bald wäre das hier vorbei.

Sie horchte. Hielt den Atem an. Drinnen war es still. Keine Musik. Kein Radio. Kein Fernseher. Sie atmete aus.

Sie legte ihren Rucksack auf den Hocker neben der Garderobe. Sie wollte gerade ihr Tuch abnehmen, das hellgrüne mit den weißen Tupfen, da roch sie ihn. Sie roch den Alkohol. Der Geruch nach Bier, das war sein Geruch. Bevor sie realisierte, was das bedeutete, sah sie ihn. Geräuschlos hatte er die Tür zum Wohnzimmer geöffnet. Mit zwei Schritten war er bei ihr. Sein Gesicht verriet ihr, was passieren würde. Es würde schlimmer sein als jemals zuvor, das wusste sie. Sie wusste, dass die Falle zugeschnappt war. Mit einer Hand tastete sie hinter sich, den Griff der Haustür suchend. Sie drückte ihn nach unten. Die Tür öffnete sich, doch es war zu spät.

Diesmal brüllte er nicht. Er gab kein einziges Wort von sich. Er fixierte sie mit seinem Blick. Ein mitleidloser, kalter Blick, zu allem entschlossen.

Der Blick war das Letzte, was sie sah. Sie schloss die Augen, als seine Faust sie traf. Bei fünf hörte sie auf, die Schläge zu zählen. Sie taumelte rückwärts ins Treppenhaus. Wimmernd jetzt. Ihn anflehend, aufzuhören. Dann ein letzter Schlag, heftiger als alle zuvor. Sie verlor das Gleichgewicht, bevor sie das Bewusstsein verlor.

Die Milchglasscheibe, hinter der alles verschwunden war und die sich im Krankenhaus lediglich ein kleines Stück geöffnet hatte, gab nun an diesem Pool im Süden den Blick frei. Das Friedliche des Ortes erlaubte es ihr, endlich das Gewesene anzusehen, es auszuleuchten in seiner Ungeheuerlichkeit.

Jule weinte, als sie ihre Füße aus dem Wasser zog, doch die Tränen hatten nichts Verzweifeltes mehr. Der Schmerz, der so lange in ihr gesteckt hatte wie ein zäher, fester Klumpen, begann sich zu lösen. Er konnte jetzt fließen.

Die Vögel am Beckenrand waren verschwunden. Die Sonne

schickte sich an, unterzugehen. Jule hatte eine gute Stunde hier gesessen. Jetzt stand sie auf, schlüpfte in ihre Schuhe und lief die Steintreppe hoch, zurück ins Haus.

An diesem Abend kochte sie Kartoffelpüree mit viel Butter, heißer Milch und Fleur de Sel. Dazu briet sie die Blutwurst mit Zwiebeln und Äpfeln. Sie trank ein Glas von Nicolas' und Sophies Rotwein. Das Essen und der Wein taten das, was die Sonne tagsüber so unermüdlich getan hatte – sie wärmten.

Auch heute zündete Jule sich noch eine Zigarette an, und für einen kurzen Moment kehrte sie in die Wiener Wohnung zurück. Mark hatte es gehasst, wenn sie rauchte, auch wenn das nur selten vorkam. Deshalb hatte sie sich abgewöhnt, was sie früher ab und an gern mal getan hatte. Jetzt genoss sie es wieder, dieses Gedankensammeln, während sie den Rauch langsam ausblies und beobachtete, wie er sich verflüchtigte.

Sie dachte an Sophie. An deren »Auf eine bessere Zeit!«. Sophie erinnerte sie an Vera. Zu wissen, wann man lieber keine Fragen mehr stellte, und zugleich ein Netz zu spannen, das Hilfe verhieß – das verband beide Frauen. Sie besaßen dieses Gespür für Dinge, die unausgesprochen in der Luft lagen.

Jule lächelte. Bereits jetzt wurde die Zeit besser. Ein Geräusch ließ sie zusammenzucken. Es war ein Rascheln, und es kam von einem der Lorbeerbüsche. Sie beugte sich vor, um besser sehen zu können. Ihre Augen, deren Farbe Jo mit der von Stachelbeeren verglichen hatte, trafen auf grüne Augen, die sie taxierten. Dann löste sich ein Schatten aus dem Busch. Die schwarz-graue Katze schlich an dem Oleander vorbei und setzte sich unter einen der Maulbeerbäume, Jule dabei stets im Blick behaltend.

Jule atmete erleichtert aus. »Hey, was machst du denn hier?« Sie flüsterte, um das Tier nicht zu erschrecken. »Willst du vielleicht wissen, wie es bei mir aussieht?«

Die Katze öffnete ihr Maul und ließ ein Miauen frei.

»Darf ich mich vorstellen? Ich bin Jule, und ich wohne jetzt in diesem Haus. Und du? Wer bist du?«

Ein erneutes Miauen. Dann hob die Katze den Kopf, als hätte sie etwas gehört. Eine Maus. Einen Vogel. Was auch immer. Mit einem Ruck stand sie auf und huschte in die Dunkelheit, aus der sie gekommen war.

»Du besuchst mich sicher bald wieder«, rief Jule ihr hinterher. Dann verließ sie die Terrasse, schaltete das Licht draußen aus und schloss die großen Schiebetüren.

Das Tagebuch schlug sie heute nicht auf. Die Erinnerungen, die sie am Pool hatte kommen lassen, hatten Zeit bis morgen. Sie wollte sie nicht mit in die Nacht nehmen. Das Düstere ließ sich besser im Hellen formulieren.

Jetzt stand ihr der Sinn nach anderem.

Sie ging in Jos Zimmer, schaltete den CD-Player ein und öffnete das blaue Schränkchen. Sie suchte ein Konzert von Keith Jarrett aus. Das *Paris Concert.* Nicht eines seiner besten, aber allein, dass er hier in Frankreich gespielt und Franzosen ihm applaudiert hatten, gab den Ausschlag für Jules Entscheidung. Es fühlte sich passend an.

Sie schob die CD in den Player und drehte den Lautstärkeregler hoch. Dann streifte sie die Bandage von ihrem Handgelenk, legte sich auf das Bett, den Kopf auf einem der weiß-blauen Kissen, und schloss die Augen.

Der Klang des Klaviers, er war wie Nach-Hause-Kommen nach einer langen entbehrungsreichen Reise. Jules Finger begannen das, was sie hörte, in leise Bewegungen zu übersetzen. Sie schienen Tasten zu finden, dort, wo sie lag.

Sie hörte das Instrument, sie hörte den Applaus des Publikums, sie hörte sich.

Das Zimmer wurde zur Bühne, und sie, Jule, hatte die Bühne wieder betreten.

15

Es war ein Zwischenfall, der vor das, was Jule am vergangenen Abend noch als ihre Bühne empfunden hatte, einen Vorhang des Zweifels schob und sie wieder in eine Dunkelheit hineinstieß, die sie meinte, bereits verlassen zu haben. Im Grunde war es ein kleiner Zwischenfall, aber groß genug, um ihr vorzuführen, dass ihr Leben an diesem Ort nach wie vor fragil war.

Es passierte am frühen Morgen, auf dem Parkplatz vor dem großen *hypermarché*. Normalerweise ging Jule hier nicht einkaufen, aber sie musste ihren Wagen an der kleinen Tankstelle wieder volltanken. Außerdem brauchte sie Waschmittel, Spültücher, Mineralwasser. Sachen, die es nur im Supermarkt gab. Sie wollte schnell alles erledigen, schob ihren Einkaufswagen zügig durch den Laden, wartete an der Kasse ungeduldig darauf, dass der Mann vor ihr mit einer Kiste voller Bierdosen davonfuhr, um ihre Einkäufe auf das Band legen zu können, das unablässig rollend auf neue Ware wartete. Jule zahlte bar und wünschte der Kassiererin im Weggehen noch einen schönen Tag. Sie mochte keine Supermärkte, und wenn sie in einem war, wollte sie ihn so bald wie möglich wieder verlassen.

An ihrem Auto angekommen, öffnete sie den Kofferraum und packte alles hinein. Sie freute sich auf die Stunden am Schreibtisch. Selbst schwere Erinnerungen wurden leichter, sobald Jule sie in Worte fasste. Und die Erinnerungen gestern waren sehr schwer gewesen. Die Leichtigkeit danach wollte sie mit an den Pool nehmen. Sie wollte in der Sonne liegen, lesen, vielleicht sogar zum ersten Mal ins Wasser gehen.

Nachdem sie die Heckklappe zugeworfen hatte, schob sie den Einkaufswagen dorthin zurück, wo die anderen standen. Sie versuchte noch, die Münze, die sie hatte hineinstecken müssen, wieder herauszubekommen, doch das Ding hatte sich verklemmt. Egal, von einer verlorenen Münze ließ sie sich den Tag nicht verderben.

Wieder hinter dem Steuer, startete sie den Motor und legte den Rückwärtsgang ein. Sie war bereits losgefahren, als sie im Rückspiegel sah, wie ein Einkaufswagen von rechts angeschossen kam, dahinter ein Kind.

Jule trat auf die Bremse, riss die Tür auf, sprang heraus und lief um das Auto herum. Ein etwa fünfjähriger Junge saß auf dem Boden und weinte. Der Einkaufswagen, den er vor sich hergeschoben hatte, war einige Meter weiter gerollt und dort zum Stehen gekommen.

Jule bückte sich, um den Kleinen zu beruhigen. Sie erkannte sofort, dass er wohl mit einem Schrecken davongekommen war. Trotzdem zitterte sie, nicht weniger als das Kind.

»Ist nicht schlimm«, versuchte sie ihn zu beruhigen. »Ich helfe dir beim Aufstehen.« Sie reichte dem Jungen ihre Hand, die er jedoch wegschlug. Sein Weinen steigerte sich nun zu einem Brüllen.

In dem Moment sah Jule, dass eine Frau, die einige Meter weiter mit einer anderen Frau gestanden und sich unterhalten hatte, mit großen Schritten näher kam.

»Was haben Sie mit meinem Kind gemacht?«, schrie sie Jule entgegen. Dabei stemmte sie die Hände in die Hüften.

»Er ist ... er ist mit dem Wagen einfach vor mein Auto gelaufen«, verteidigte Jule sich. »Aber machen Sie sich keine Sorgen, Madame. Es ist noch mal gut gegangen. Ich habe rechtzeitig gebremst.«

»Wie wär's, wenn Sie etwas besser aufpassen würden.«

»Ich konnte nichts machen. Ihr Sohn ist ...«

»Nun kommen Sie mir nur nicht mit irgendwelchen Rechtfertigungen. Ich höre schon, Sie sind nicht von hier. Touristin eben ... Die meinen immer, sie hätten eingebaute Vorfahrt.«

Die Frau griff nach der Hand des Jungen und zog ihn hoch. Er stellte augenblicklich das Brüllen ein und drängte sich an seine Mutter. Sie strich ihm kurz über den Kopf und sah Jule dabei feindselig an. »Na, was ist? Eine Entschuldigung wäre eigentlich fällig.«

»Es tut mir wirklich leid«, hielt Jule dagegen, »aber Sie ... na ja, Sie sollten vielleicht auch mehr auf Ihren Jungen achtgeben, damit so etwas nicht wieder passiert. Es ist nicht ungefährlich, wenn er hier mit einem Einkaufswagen über den Parkplatz läuft.«

»Das ist wirklich der Gipfel! Was fällt Ihnen ein, mir Ratschläge zu erteilen?«

»Ich wollte doch nur ...«

»Ist mir egal, was Sie wollen. Scheren Sie sich zum Teufel, Sie arrogante Person. Am besten wieder dorthin, wo Sie hergekommen sind. Solche wie Sie wollen wir hier nicht.« Sie drehte sich abrupt um und lief zurück zu der Frau, mit der sie geredet hatte. Dabei schüttelte sie unablässig den Kopf. Ihren jetzt wieder heulenden Sohn zog sie hinter sich her.

Jule schluckte und stieg in ihr Auto. Sie wollte nur noch weg. Weg von diesem Parkplatz. Zurück in ihr Haus. Die kleine kurvenreiche Straße nach oben fuhr sie noch langsamer als sonst. Die Einkäufe ließ sie vorerst im Kofferraum.

Auf der Terrasse ließ sie sich in einen Sessel fallen und griff nach der Schachtel mit den Zigaretten auf dem Tisch. Es war erst zehn Uhr, aber sie brauchte jetzt etwas, um sich zu beruhigen. Sie zündete sich eine Zigarette an. Ihre Hand zitterte.

»Solche wie Sie wollen wir hier nicht.« Der Satz dieser Frau hallte in ihr nach. Sie wollte ihn fortscheuchen, den Satz, doch er blieb beharrlich.

Jule begann zu weinen. Leise erst, dann immer lauter.

Was tue ich hier nur? Die Frage setzte sich neben den Satz der Frau, und beide zusammen schienen unablässig neue Tränen zu erzeugen und Jules Situation in ein völlig anderes Licht zu tauchen.

Sie saß in der Fremde. Weit weg von daheim. In dem Haus eines Mannes, den sie kaum kannte. Mit nicht mehr als ein paar Habseligkeiten und ihren letzten Ersparnissen. Ohne Job. Ohne Freunde. Ohne Klavier. Vera war in Wien, die Musikschule war in Wien, ihre Jungs waren in Wien … Alles, was ihr Leben ausgemacht hatte, hatte sie zurückgelassen. Ja, sie hatte schnell einen Plan gefasst, um zu fliehen. Aber war der Plan nicht vielleicht kopflos gewesen, nur getrieben von Angst und Panik? Hätte sie nicht vielleicht auch in Wien einen Weg gefunden, Mark hinter sich zu lassen und ganz neu anzufangen – dafür aber mit einem Netz aus Vertrautem? Wie sollte das alles hier weitergehen? Hatte sie dafür einen Plan? Sie war eben keine Touristin, wie die Frau vom Parkplatz gesagt hatte. Keine, die zwischen Olivenbäumen und Weinbergen und Lavendelfeldern Urlaub machte. Sie war eine Flüchtende. Eine, die so versehrt war, dass sie Schutz brauchte.

Jule zog an ihrer Zigarette und blies den Rauch aus.

Habe ich etwa Heimweh? Kann es sein, dass ich …?

Sie drückte die halb aufgerauchte Zigarette aus und wischte sich mit der Hand über ihr tränennasses Gesicht. Sie sah sich um. Sah den langen Tisch auf der Terrasse, auf dem noch ihre Kaffeeschale vom Frühstück heute Morgen stand. Sah ihre Sandalen, die sie an der Steintreppe, die hinunter zum Pool führte, abgestellt hatte. Sah das Buch, das sie gerade las, auf dem Sofa liegen. Ihre Spuren. Kleine Spuren, die ihr neues Leben hinterlassen hatte.

Sie erinnerte sich an das, was Vera ihr erzählt hatte. Ließ das Telefonat von vor zwei Tagen noch einmal Revue passieren. Dachte an Mark, der ihre Freundin bedrängt und bedroht hatte. An Mark, der sie so zusammengeschlagen hatte, dass sie hätte sterben können.

Glaubte sie wirklich, sie könnte dorthin zurück, wo dieser Mann nur darauf wartete, sie endgültig zu zerstören? Ja, es stimmte, sie vermisste ihre Schule. Ihre Schüler. Ihr Instrument.

Und sie vermisste Vera. Doch war das echtes Heimweh – oder war das nicht vielmehr vergiftete Sentimentalität? Mark würde sie niemals einfach ziehen lassen. Er war nicht jemand, mit dem sie reden könnte, um dann ein neues Kapitel aufzuschlagen. Ein Kapitel ohne ihn in der Stadt, die er seine nannte. Diese Stadt, die ihr Zuhause geworden war, sie war verbrannt. All die Erinnerungen, die sie hier in diesem Haus hatte hochkommen lassen, hatten es ihr mehr als deutlich gezeigt.

Sie weinte jetzt nicht mehr. Sie stand auf, ging zu der Steinbank unter dem Olivenbaum und setzte sich in die Sonne. Die Wärme trocknete die letzten Tränen weg. Jule schaute in den Himmel. Der Spruch dieser Dichterin fiel ihr wieder ein. Der, den der syrische Arzt zitiert hatte.

Womöglich hatte die Luft, in die sie ihren Fuß gesetzt hatte, ein paar Löcher. Luftlöcher, die es auszuhalten galt. Die ihr auch Turbulenzen bescherten. Die Frau vorhin, das war nur eine Mutter gewesen, die nicht imstande war, auf ihr Kind achtzugeben. Eine, die ihr eigenes Unvermögen auf solche wie Jule abwälzte. Ja, sie war hier noch fremd, aber dort, wo sie herkam, war sie in Gefahr.

Jule lehnte sich mit dem Rücken an den alten Baum, der vor langer Zeit an diesem Platz Wurzeln geschlagen hatte. Sie würde noch lange brauchen, bis sie Wurzeln schlagen würde. Richtige Wurzeln, die auch trugen. Bis dahin musste sie auf die Luft setzen. Ihr blieb nichts anderes übrig.

Nach etwa einer halben Stunde erhob sie sich, ging zu ihrem Auto zurück und trug die Einkäufe ins Haus.

Danach setzte sie sich nicht an den Schreibtisch, sondern machte sich daran, die Garage aufzuräumen. Sie warf Abgelaufenes in große Müllsäcke, die sie gleich die Straße runter zu den Containern brachte. Anschließend kehrte sie den Raum gründlich durch. Sie wischte Waschmaschine und Tiefkühlschrank aus und nahm beide Geräte in Betrieb. Die Waschmaschine füllte sie mit schmutziger Wäsche, gab das am Morgen gekaufte

Pulver hinein und ließ sie laufen. Einen alten Wäscheständer stellte sie draußen auf dem Rasen in der Sonne auf. Zum Schluss öffnete sie das große Doppeltor der Garage, um frische Luft hineinzulassen. Die Eisenvorrichtung am Tor klemmte, und Jule merkte, dass ihr Handgelenk mehr schmerzte als noch vorhin. Vielleicht hatte sie das mit dem Aufräumen etwas übertrieben, doch es hatte ihr geholfen. Geholfen dabei, das Haus wieder ein bisschen mehr zu ihrem zu machen.

Sie ging in die Küche, goss sich ein Glas Wasser ein und nahm zwei zusätzliche Tabletten.

Als sie mit allem fertig war und die frische Wäsche auf dem Ständer hing, nahm sie ihr Handy und wählte Veras Nummer.

Der Anrufbeantworter meldete sich, und Jule legte auf.

Kurz darauf rief die Freundin zurück. »Was gibt es?«, fragte sie.

»Kannst du reden?«

»Ja, ich habe gerade Mittagspause und sitze auf einer Bank am Ententeich im Stadtpark.«

»Ich meinte heute, so etwas wie Heimweh zu haben.«

»Und da erzähle ich dir vom Stadtpark, wo wir zwei so oft spazieren waren.«

»Konntest du ja nicht wissen. Aber ja, es kam plötzlich über mich, dieses Heimweh oder was immer es war, weil mich eine Frau auf dem Supermarktparkplatz beschimpft hat. Ihr Sohn ist mir vors Auto gelaufen …«

»O Gott!«

»Nein, nein, es ist nichts passiert. Ich konnte gerade noch bremsen. Aber die Mutter war außer sich, und dann hat sie gesagt, solche wie ich sollten sich dahin zurückscheren, wo sie hergekommen sind. Daraufhin hatte ich einen kleinen Zusammenbruch und habe mich gefragt, was ich hier eigentlich mache und ob es nicht völlig verrückt gewesen ist, dass …«

»Moment, Moment«, unterbrach Vera sie. »Das ist gar nicht verrückt gewesen. Auch wenn ich anfangs eine Riesenangst um dich hatte – es war das Beste, was du tun konntest.«

»Das hab ich mir vorhin auch gesagt, nachdem ich mich wieder etwas beruhigt hatte, aber da war plötzlich so ein Verlorenheitsgefühl in mir. Ich hab Sehnsucht gehabt, nach dir, nach …«

»Stopp, Jule. Es ist völlig normal, dass du Sehnsucht hast. Und es ist genauso normal, dass du dich heute verloren gefühlt hast. Schließlich hockst du nun irgendwo im Süden und weißt noch nicht wirklich, was werden soll. Ich weiß das auch nicht, aber eines weiß ich ganz bestimmt: Komm jetzt bitte nicht hierher zurück!«

»Das werde ich auch nicht, Vera. Wie gesagt, ich habe mich schon wieder beruhigt.«

»Du wolltest von mir also die Bestätigung?«

»Wenn du so willst, ja.«

»Die hast du nun bekommen. Du hast so viel geschafft, seit du im Krankenhaus aufgewacht bist. Ich gebe es ehrlich zu, ich hätte nicht die Kraft dazu gehabt, aber du hast das durchgezogen. Und bei unserem Gespräch vorgestern hatte ich den Eindruck, du hast es sehr gut getroffen, dort, wo du jetzt bist.«

»Das stimmt. Das habe ich wirklich.«

»Und du bist in Sicherheit. Dieser Kerl … er würde dich hier nicht in Ruhe lassen. Das habe ich inzwischen begriffen.«

»Ich weiß. Es tut gut, dass du das sagst.«

»Ich bin deine Freundin, und das werde ich immer bleiben. Egal, wie viele Kilometer zwischen uns liegen.«

»Was machen die Wiener Enten?«

»Ach, manche brüten hier in den Büschen, andere schwimmen im Teich und halten Ausschau nach einem neuen Partner. Es ist Frühling.«

»Hier fühlt es sich fast schon sommerlich an. Wir haben mittags über zwanzig Grad.«

»Was wirst du heute Nachmittag noch machen?«

»Ich habe gerade die Garage aufgeräumt, Müll weggeschafft und Wäsche gewaschen.«

»Hört sich an, als sei dein Entschluss, einstweilen zu bleiben, einigermaßen sicher.«

»Versprochen! Gleich lege ich mich an den Pool. Den haben ein paar Männer gestern gereinigt.«

»Beneidenswert. Also, wenn du mich fragst, ich finde einen Pool in Südfrankreich besser als einen Ententeich in Wien.«

Jule konnte wieder lachen. »Danke, dass du vorhin gleich zurückgerufen hast.«

»Jederzeit, Jule. Ich mach mich jetzt mal auf den Weg zurück ins Büro.«

»Eine Arbeit hätte ich auch gern irgendwann wieder.«

»Kurier du erst mal dein verstauchtes Handgelenk richtig aus. Und ich hab es dir angeboten – wenn du finanziell in Schwierigkeiten bist, gib mir Bescheid.«

»Mach ich, aber das Geld meiner Mutter reicht noch eine gute Weile. Dass ich hier umsonst wohnen kann, ist viel wert.«

»Das musst du mir irgendwann mal erzählen, wie du an ein Haus mit Pool gekommen bist, das dich nichts kostet.«

»Auch das verspreche ich dir.«

»Da bin ich neugierig. Mach's gut, meine Liebe. Meine Gedanken sind bei dir.«

»Und meine fliegen zu dir nach Wien.«

»Solange es nur deine Gedanken sind, bin ich einverstanden.«

Nachdem Jule aufgelegt hatte, nahm sie ihr Buch und ging damit hinunter ans Wasser. Sie schob eine der Liegen in die Sonne und legte sich darauf. Bevor sie anfangen konnte zu lesen, fielen ihr die Augen zu. Sie schlief ein und wachte erst wieder auf, als ihr Handy eine SMS anzeigte.

Sophie hatte ihr Name und Adresse des Orthopäden in Uzès geschickt. Zusammen mit einem Foto der vier Welpen. Vier schwarze Häufchen Hund, deren Blick auf die Welt noch ein blinder war.

Es geht weiter, dachte Jule. Und dabei fiel ihr Sophies Satz von gestern wieder ein. »Auf eine bessere Zeit!«

16

Drei Wochen später fuhr Jule am frühen Morgen nach Uzès. Sie hatte das mit dem Anruf beim Arzt etwas aufgeschoben; es drängte sie nicht hinaus aus ihrem Zufluchtsort. Doch dann waren ihre Tabletten irgendwann nahezu aufgebraucht. Die Schmerzen ließen zwar nach, aber ganz ohne Medikamente wäre sie aufgeschmissen gewesen. Die angebrochene Rippe machte nach wie vor Probleme. Auch die Bandage trug sie noch, zumindest beim Autofahren, beim Einkaufen und bei der Hausarbeit.

Es war inzwischen Mai geworden. Die Temperaturen stiegen jetzt bereits morgens auf weit über zwanzig Grad, als wollten sie sich mit Frühling gar nicht lange aufhalten. Einige Obstbäume im Garten waren bereits wieder verblüht. Ein Pfirsich-, ein Reineclauden- und ein Aprikosenbaum. Nicolas hatte Jule erklärt, welche Früchte da bald heranreifen würden. Von ihm hatte sie auch erfahren, dass an dem knorrigen Baum am Pool, der bei ihrer Ankunft noch kein einziges Blatt getragen hatte, Feigen wachsen würden. Jule freute sich bereits jetzt darauf, Kuchen zu backen und Marmelade zu kochen und die ersten Feigen mit Ziegenkäse zu probieren. Sie hatte auch einige der alten Terrakottatöpfe aus der Garage geschleppt und sie von Staub und Spinnweben befreit, bevor sie Kräuter einpflanzte, die sie auf die Terrasse stellte. Salbei, Minze, Basilikum, Estragon, Zitronenmelisse.

Bei der jungen Frau auf dem Wochenmarkt, der mit den *pélardons,* war Jule jetzt Stammkundin. Auch der Metzger und die Inhaberin des Gemüseladens begrüßten sie mittlerweile mit Namen. So wie die Verkäuferin in der *boulangerie,* wo Jule alle zwei Tage Baguette, *pain de campagne* und Croissants kaufte. Für sie war sie die Deutsche, die Nicolas und Sophie kannte, die wiederum jeder im Dorf kannte. Mit Blick auf die Bandage am Handgelenk half man Jule beim Einpacken und Tragen, und man vergaß nie, sich zu erkundigen, wie es ihr denn so ergehe, da oben in ihrem Haus.

Ihr Haus. Das schien es fast geworden zu sein. Ganz selbstverständlich hatte es ihr seine Gesellschaft angeboten, sich ihr angenähert – wie die schwarz-graue Katze, die natürlich wiedergekommen war und irgendwann begonnen hatte, um Jules Beine zu streichen. Jule hatte die Katze Pêche genannt, weil ihre Nase die Farbe eines Pfirsichs hatte und weil der Pfirsichbaum im Garten gerade blühte. Pêche besuchte Jule nun täglich, nicht zuletzt, weil sie wusste, dass immer etwas für sie abfiel, wenn Jule kochte. Am liebsten nagte sie Fischskelette ab. Sie tat das mit solcher Sorgfalt, als wollte sie Jule ihr präzise ausgeführtes Werk zum Geschenk anbieten. Es ließ sich nicht leugnen – Pêche hatte einen Hang zur Akribie. Weiches Fell hatte sie auch, und nach einigen Tagen erlaubte sie es Jule, sie zu streicheln. Hinter den Ohren hatte sie es besonders gern. Sie antwortete dann mit sattem Schnurren.

Jule hatte Jo von Pêche erzählt. Jo, der alle paar Tage anrief, um zu hören, wie es ihr ging. Sie begann, sich an diese Gespräche zu gewöhnen, so wie sie sich an die Katze gewöhnte. Sie gehörten nun zu ihrem Leben, die beiden.

Niemals fragte Jo mehr nach dem, was in Wien geschehen war. Vermutlich hatte Nicolas ihm von dem Fahrradunfall berichtet, diese, ihre, Lüge an den Freund weitergereicht. Doch natürlich war ein Sturz mit dem Rad kein Grund, fluchtartig die Stadt zu verlassen. Das wusste auch Jo.

Und trotzdem hielt er sich zurück. Er akzeptierte einfach, dass die Frau mit den Sommersprossenhänden und den Stachelbeeraugen jetzt sein Haus bewohnte. Er wollte auch nicht wissen, wie lange sie noch beabsichtigte zu bleiben. Er wollte lediglich mit ihr reden und sich von ihr schildern lassen, wie sie ihre Tage verbrachte. Aus der Ferne erkundete er eine noch immer Fremde, die ihm einerseits so vieles offenbarte und ihm andererseits Rätsel aufgab.

Jule zog ihn auf, wenn sie ihn doch mal der unverhohlenen Neugier überführte, aber das nahm er ihr nicht übel. Im Gegenteil. Von ihr ließ er sich gern überführen; sie zeigte ihm damit, dass er für sie inzwischen so viel mehr war als nur ein Mann, der ihr den Schlüssel zu seinem Haus gegeben hatte. Bei ihm konnte sie sein, wie sie war.

»Mit Ihnen bin ich endlich bei mir«, sagte sie ihm denn eines Abends auch, und er begriff sofort.

»Es ist schön, dass Sie das sagen«, erwiderte er. »Sie treffen damit genau das Gefühl, das auch ich mit Ihnen habe.«

Mit diesem Bekenntnis reichten sie einander die Hand. Nähe wurde fühlbar, trotz der Distanz, die zwischen ihnen lag.

Sie blieben einstweilen beim Sie. Als wollten sie sich beide das Du für später aufbewahren. Ein Später, von dem sie noch nicht genau wussten, wann es sein würde.

Wahrscheinlich irgendwann im August werde er kommen, sagte er Anfang Mai. Bis dahin müsse er noch vieles hinter sich bringen. Auch sie fragte nicht, was er denn damit meine, aber sie hörte an seiner Stimme, dass es da etwas gab, das ihn bedrückte. Sie dachte an das Foto auf seinem Schreibtisch, das von ihm und der schönen Frau. Ein gekonntes Lachen und ein verlassender Blick. Die Aufnahme eines Moments, mit dem etwas nicht stimmte. Als würde man beim Klavierspiel ein klitzekleines bisschen danebengreifen. Ein feiner Misston, gleichsam unüberhörbar.

Sie würden sich viel zu erzählen haben, Jo und Jule. Irgendwann im August. Sie beließ es in der Schwebe, ob sie dann noch hier sein würde. Nicht weil sie beabsichtigte abzureisen, schon gar nicht nach dem Vorfall auf dem Parkplatz damals. Nein, ihr gefiel das Schwebende inzwischen. Es war ein Raum, in dem alles möglich wurde. In diesem Raum wollte sie sein. In einer nicht so fernen Zeit im Sommer mit dem Mann, der ihr im Winter seine Handschuhe als Pfand hinterlassen hatte.

Einstweilen lotete sie sich selbst aus. Jeden Tag schrieb sie in Veras Buch. Schrieb Gedanken und Erinnerungen und Erlebnisse auf. Ihre Zwiegespräche mit Pêche fanden sich darin ebenso wie die Wunden, die Mark ihr zugefügt hatte. Sie sprang vom Vorgestern ins Heute und zurück, leuchtete nunmehr jeden Winkel ihres Lebens aus. Auch wenn der Lichtkegel dort hinfiel, wo das Gewesene kaum auszuhalten war – sie schonte sich nicht. Schonung hieße Verdrängung, und Verdrängung hatte sie dorthin geführt, wo sie am Ende hingeworfen worden war – auf den Absatz einer Treppe in einem Wiener Stiegenhaus.

Es musste sein, was sie da tat. Es war unerlässlich, das spürte sie. Mit jeder Seite, die sie vollschrieb, verstand sie mehr. Weil sie nichts ausließ, setzte sich das Bild auf nie gesehene Weise zusammen. Sie trat zurück, legte Papier und Stift zwischen sich und ihr Leben – und sah sich selbst.

Das, was sie im Museum über den Klimt gesagt hatte, erwies sich in der Rückbetrachtung als eine Art Orakel ihrer eigenen Geschichte.

Jule berichtete Vera von ihren Fortschritten beim Schreiben – und davon, wie sie hier durch die Tage trieb. Vera, die sie bestärkt hatte, zu bleiben, wo sie war. Es erleichterte Jule, zu hören, dass Mark sich nicht mehr bei der Freundin gemeldet hatte. Das Verfahren gegen ihn lief noch. Vera mutmaßte, er würde eine Geldstrafe bekommen. In Wien sei es mehr kalt als warm, sagte sie. Der Frühling lege immer wieder Pausen ein, dann fege ein eisiger Wind durch die Straßen. Jule erzählte von blühenden Bäumen und der Katze, die ihr zugelaufen sei.

»Ich habe jetzt Gesellschaft«, erklärte sie. »Pêche schaut mir beim Kochen zu und manchmal auch beim Schreiben.«

»Ich bin so froh, dass du es gut hast«, erwiderte Vera.

»Das habe ich wirklich, ja. Und ich habe keine Angst mehr, nach Hause zu kommen. Es ist niemand da, der mir auflauert und aus dem Nichts heraus Szenen macht.«

»Und sonst? Hast du sonst noch Angst?«

»Sie überfällt mich immer wieder, ja. Ich lasse Revue passieren, was geschehen ist, und dann ist die Angst da. Manchmal komme ich mir hier wie in einem Warteraum vor. Ich warte, weil ich ahne, dass das Ende noch aussteht.«

»Ich verstehe dich. Und trotzdem denke ich, dass es vorbei ist. Bei Mark wird sich die Zeit über das legen, was passiert ist. Er wird seine Strafe bezahlen, und dann wird er dich und mich noch einmal gehörig verfluchen, aber er wird aufhören, dir nachzuspionieren. Selbst so ein Kerl wie er wird einsehen, dass es keinen Sinn hat. Wo soll er auch ansetzen?«

»Ich würde dir gern glauben, aber die Angst sitzt tief. Da muss man ein ganzes Stück weit graben, um die wegzuschaufeln. Aber es geht voran. Schritt für Schritt. Seite für Seite. Dein Buch ist so etwas wie mein Werkzeug. Damit lege ich so einiges in mir frei.«

»Du machst wirklich große Fortschritte, Jule.«

»Das fühle ich auch. Manchmal gelingt es mir sogar, meine Dämonen auszutricksen.«

Sie schrieb jetzt immer tagsüber. Das war einer ihrer Tricks, und er wirkte. Meist saß sie nach dem Frühstück am Schreibtisch. Häufig ging sie danach schwimmen. Tauchte im sonnenwarmen Wasser ab, ließ sich auf dem Rücken liegend schaukeln, fühlte Schwerelosigkeit. Sie begann, dabei kleine Bewegungen mit dem verstauchten Handgelenk auszuführen, und merkte, dass ihr das guttat.

Noch zog sie ein T-Shirt an, wenn sie baden ging. In Uzès wollte sie sich einen Bikini kaufen.

Gegen ihre Gewohnheit war sie bereits um halb sieben aufgewacht. Der Termin beim Arzt war um neun. Sie würde etwas über eine halbe Stunde brauchen. Da sie sich in der Stadt nicht auskannte, plante sie einen Zeitpuffer ein.

Um acht Uhr fuhr sie durch das jetzt noch fast menschenleere Goudargues. Nur in der *boulangerie* standen die Leute Schlange. Alle anderen Läden hatten um diese Uhrzeit geschlossen. Die Stühle in den Bars am Kanal waren eng an die Tische geschoben und teils mit Ketten gesichert.

Nachdem sie das Dorf hinter sich gelassen hatte, kam Jule in eine ihr bislang unbekannte Gegend. Die schmale Straße vollführte einige Kurven. Kleine Waldstücke wechselten sich mit leichter Hügellandschaft ab. Oliven-, Wein- und Lavendelanbau auch hier. Die Weinstöcke hatten kräftig ausgetrieben. Die Lavendelreihen zeigten sich grüner als noch vor drei Wochen. Am Straßenrand blühten jetzt Wiesenblumen, vornehmlich Klatschmohn und wilde Margeriten, dazwischen Ginster. Ab und an passierte Jule winzige Weiler, meist mit Häusern, die dem ähnelten, in dem sie wohnte. Helle Sandsteine, aufeinandergeschichtet, flache rotbraune Ziegeldächer, hellblaue oder mattgrüne Fensterläden. Gärten drum herum. Obstbaumwiesen. Gehege für Hühner. Manchmal auch Ziegen. Fast immer irgendwo ein Hund. Ein Schulbus sammelte Kinder ein. Frauen in Kittelschürzen standen beieinander. Worüber redeten sie wohl? Die Männer? Die letzte Familienfeier? Die alten Eltern? Krankheiten? Hochzeiten? Todesfälle? Die Themen ähnelten sich, wo man auch war. Ein sich ständig drehendes Karussell, besetzt mit dem, was Menschen bewegte.

Jules Navi ließ sie einige Male abbiegen. Kurz vor Uzès fuhr sie durch eine Allee von Platanen. Links und rechts der Straße standen diese mächtigen Bäume, deren Stämme aussahen, als hätte sie jemand in Tarnanzüge gesteckt. Wie Säulen einer gotischen Kathedrale strebten sie himmelwärts. Ihre Kronen bildeten die Kuppel, noch in frühsommerlichem, frischem Grün, bald schon dunkel und staubig werdend, der Hitze des Südens trotzend.

Die Sonne stand um diese Tageszeit tief. Jule hielt eine Hand vor die Augen, um bei den flirrenden Schlagschatten, die Licht und Bäume erzeugten, sehen zu können. Die Platanen-Kathedrale konnte einen auf Abwege bringen, wenn man nicht achtgab.

Sophie hatte Jule die Adresse eines großen Parkplatzes gegeben, direkt an der Stadtmauer gelegen. Jule fand ihn ohne Probleme und stellte ihr Auto dort ab.

Die Praxis des Orthopäden befand sich ungefähr zehn Fußminuten entfernt. In einer Gasse, die von der Geschäftsstraße abzweigte, welche die Altstadt wie ein Ring umschloss. Hier wurden Rollläden hochgezogen, Lieferwagen luden frische Ware ab, Postkarten- und Zeitungsständer wurden vor die Tür gestellt. Später, dachte Jule, später werde ich mir die Läden anschauen.

Es war ein schmuckloses Haus, in dem der Arzt seine Räume hatte. Keiner dieser prächtigen Altbauten, sondern ein grauer Nachkriegsbau, der zwischen seinen hochherrschaftlichen Nachbarn ziemlich kläglich aussah. Statt kunstvoll verzierter schmiedeeiserner Balkone und sorgfältig getünchter Fassaden nur fleckiger Waschbeton und Graffiti auf einer direkt davor aufgebauten Bretterwand. Daneben wartete ein Betonmischer auf seinen Einsatz. Man hatte etwas mit dem schäbigen Haus vor, so zumindest der Anschein.

Jule betrat ein nach Reinigungsmitteln riechendes Treppenhaus und stieg in den ersten Stock, wo die Praxis lag. Eine Sprechstundenhilfe sah von ihrem Computer auf und fragte, ob sie einen Termin habe. Sie ließ sich Name, Geburtsdatum, Telefonnummer und Adresse geben.

Jule nannte Straße und Ort, wo sie derzeit wohnte. Die Wiener Malzgasse war Vergangenheit. Kurz durchfuhr sie der Gedanke, was eigentlich mit der Post geschah, die dort noch für sie ankam. Sie legte den Gedanken in sich ab und wandte sich der Frau zu, die ihr ein Klemmbrett mit einem Formular und einen Kugelschreiber hinschob.

»Unterzeichnen Sie bitte hier.« Sie zeigte auf ein Kästchen. »Damit erklären Sie sich einverstanden, dass wir Ihnen eine Rechnung zuschicken, die Sie privat bezahlen und dann mit Ihrer Krankenversicherung abrechnen können.«

Hoffentlich wird es nicht zu teuer, durchfuhr es Jule. Das Geld ihrer Mutter, es würde nicht ewig reichen.

»Sie können schon mal reingehen. Sie sind unsere erste Patientin heute. Das Sprechzimmer ist ganz hinten rechts.« Die Frau wies auf einen Gang, von dem ein paar hellgelb gestrichene Türen abgingen. Alle mit Schildern versehen. *»Salle d'attente«*, *»Toilettes«*, *»Laboratoire«*, *»Privé«*.

In dem Raum, den Jule betrat, standen eine Behandlungsliege, ein Schreibtisch und drei Stühle. An der Wand hing die postergroße Abbildung eines menschlichen Skeletts. Von zwei Listen lateinischer Ausdrücke links und rechts im Bild führten Striche hin zu den einzelnen Knochen. Es gab viel in einem Körper, das kaputtgehen konnte, dachte Jule.

»Bonjour, Madame.« Der Mann musste direkt hinter ihr in den Raum gekommen sein. Seine Stimme war sehr tief und sehr laut.

Leicht erschrocken fuhr sie herum und streckte ihm ihre Hand entgegen. Die rechte, die unversehrte Hand.

Er drückte einigermaßen fest zu. »Nehmen Sie Platz.« Er zeigte auf einen der beiden Stühle vor dem Schreibtisch und setzte sich auf den großen lederbezogenen Bürostuhl dahinter. »Was kann ich für Sie tun?«

»Ich hatte einen Unfall«, begann sie. »Genauer gesagt bin ich eine Treppe hinuntergestürzt und habe mir dabei eine Rippe angebrochen und das Handgelenk verstaucht. Eine Gehirnerschütterung hatte ich auch. Und einige Prellungen. Der Arzt im Krankenhaus riet mir bei der Entlassung, das noch mal anschauen zu lassen.«

»Wo und wann ist das Ganze passiert?«

»In Wien, vor ungefähr vier Wochen. Ich bin fünf Tage in der Klinik geblieben und danach losgefahren.«

»Losgefahren?« Er sah sie stirnrunzelnd an.

»Ja, hierher.«

»Und wie sind Sie von Wien in die Provence gekommen?«

»Mit dem Auto.«

»Sie hatten einen Fahrer?«

»Nein, ich bin selbst gefahren.«

»Na, das nenne ich unerschrocken. Bei all dem, was Sie mir da gerade aufgezählt haben. Hat man Ihnen einen Arztbericht mitgegeben?«

Sie nickte und zog das Kuvert des syrischen Arztes aus ihrer Tasche. »Hier.«

Der Mann hinter dem Schreibtisch nahm einige Röntgenbilder heraus und hielt sie gegen das Licht. Dann warf er einen Blick auf einen mehrere Seiten langen Brief. »*Mon Dieu,* das ist ja auf Deutsch«, schnaubte er und griff nach dem Telefonhörer. »Sylvie, kommst du bitte mal.«

Die Sprechstundenhilfe vom Empfang sah kurz darauf zur Tür herein.

Er hielt ihr das Schreiben entgegen. »Könntest du über das hier mal schnell ein Übersetzungsprogramm laufen lassen?«

Sie nickte und verschwand wieder.

Er stellte Jule inzwischen ein paar allgemeine Fragen. Ob sie außer Schmerzmitteln regelmäßig Medikamente nehme. Ob sie sich schon mal etwas gebrochen habe. Ob es Operationen gegeben habe. Solche Sachen.

Sie antwortete. Einsilbig.

Etwa fünf Minuten später brachte die Sprechstundenhilfe den Brief zurück und dazu einen Ausdruck mit der Übersetzung.

Der Arzt setzte eine Brille auf und begann zu lesen.

Jule beobachtete, wie sein Gesichtsausdruck sich veränderte. Von geschäftsmäßig hin zu betroffen.

»Da haben Sie ja einiges durchgemacht«, sagte er schließlich. Dabei rieb er sich das Kinn. »Ich schau mir Ihre Hand mal an und die Rippe ebenfalls. Ein neues Röntgenbild brauchen wir nicht. Die Bilder aus der Klinik, die der Kollege beigelegt hat, reichen.«

Er begann sie zu untersuchen, bewegte ihr Handgelenk in sämtliche Richtungen, fragte, ob das wehtue.

»Nicht mehr so sehr wie vor ein paar Tagen noch«, entgegnete sie. »Ich mache regelmäßig ein paar Übungen im Pool.«

»Wassergymnastik also. Das ist gut.«

Er wandte sich dann ihrem Brustkorb zu, ließ sie sich vor- und zurückbeugen und nach links und rechts drehen.

»Das sieht schon mal ganz ordentlich aus«, meinte er. »So ein Rippenbruch tut höllisch weh, wächst sich aber von allein wieder zurecht. Und was Ihre Hand betrifft, das Ding da«, er zeigte auf die Bandage, »sollten Sie von jetzt an nur noch tragen, wenn's unbedingt nötig ist. Ständige Schonhaltung ist nicht gut. Wichtig ist, dass Sie die Muskeln wieder aktivieren und Ihre Beweglichkeit trainieren. Sie spielen Klavier, steht in dem Bericht.«

»Ja.«

»Das können Sie bald wieder.«

Ihr Gesicht hellte sich auf. »Das ist ... Das ist wunderbar«, stammelte sie. Dann verdunkelte sich ihr Blick. »Ich hab nur leider kein Klavier mehr«, sagte sie.

»Verstehe. Der Kerl, der Ihnen das angetan hat, und Ihr Instrument sind in Wien geblieben. Und Sie wollen erst einmal in der Provence bleiben, weit weg von ihm? Liege ich da richtig?«

Sie nickte.

Wieder dieses Reiben am Kinn. »Ich hätte da eine Idee. Es gibt eine Musikschule hier in der Stadt. Den Direktor kenne ich ganz gut. Unsere Frauen spielen zusammen Golf. Nicht mein Ding, dieses Rennen über den Rasen, vielleicht auch weil ich immer wieder sehe, wie sich die Leute beim Herumfuchteln mit dem Schläger ihre Glieder verrenken. Aber egal ...«

Jule sah ihn erwartungsvoll an.

»Jedenfalls wurde mir der Mann vorgestellt«, fuhr er fort, »und wir kamen ins Gespräch, während wir auf unsere Frauen warteten. Ist ein ziemlicher Weinkenner, was wiederum mehr mein Ding ist. Wir haben uns ein bisschen angefreundet, treffen uns inzwischen regelmäßig auf dem Golfplatz und trinken eine Flasche zusammen. So eine Partie dauert ja. Also, ich könnte ihn fragen, ob Sie in seiner Schule üben dürften, wenn gerade niemand Klavierunterricht hat.«

»Das würden Sie für mich tun?«

»Na ja, ist das Mindeste, was ich tun kann. Bei Ihrer Hand und Ihren Rippen jedenfalls lässt sich nicht mehr viel machen. Da heißt es nur noch abwarten und immer schön bewegen. Wenn Sie wollen, gebe ich Ihnen ein Rezept für Physiotherapie mit, das beschleunigt die Sache sicher.«

»Beschleunigen klingt gut.«

Er lachte kurz auf. Das erste Mal. Es ließ ihn weicher wirken. »Sie bekommen von mir auch ein neues Rezept für Schmerztabletten«, sagte er. »Nicht mehr solche Hämmer wie die, die Sie bisher geschluckt haben. Die schlagen Ihnen irgendwann auf den Magen, und das verdirbt Ihnen den Appetit. Nehmen Sie auch nur etwas ein, wenn Sie wirklich starke Schmerzen haben. Manchmal hilft auch ein guter Rotwein.«

Jetzt lachte sie ebenfalls. »Davon habe ich genug im Haus.«

»Umso besser. Ich denke, Sie müssen nicht mehr herkommen. Es sei denn, Ihre Beschwerden nehmen wieder zu, wovon ich nicht ausgehe.« Er stand auf, ging zur Tür und hielt sie ihr auf. »Ich melde mich bei Ihnen wegen der Musikschule«, sagte er. »Das Rezept und die Verordnung bekommen Sie vorn. Von Sylvie. Die kennen Sie ja schon.« Er reichte ihr die Hand und drückte wieder fest zu. »*Au revoir, Madame.*«

»*Au revoir, Monsieur.*«

Fünf Minuten später stand Jule draußen vor der Bretterwand mit den Graffiti-Sprayereien. Hier in dieser Stadt gab es ein Klavier, auf dem sie bald würde spielen können.

Zwei Bauarbeiter ließen den Betonmischer neben ihr an. Sie lächelte ihnen zu. Sie lächelte der ganzen Welt zu.

17

Jule schlenderte gut zwei Stunden durch die Stadt. Ziellos. Sie hatte schließlich Zeit.

Sie musste daran denken, wie sie einmal zu Jo gesagt hatte, dass es eigentümlich sei, wenn die Leute sagten, sie wollten sich die Zeit vertreiben, wo sie doch stets beklagten, zu wenig davon zu haben. Denn auch er hatte das gesagt. Damals, im Museum.

Nein, dachte sie jetzt, sie wollte ihre Zeit nicht vertreiben, sondern sie vielmehr zum Bleiben bewegen. Sie füllen mit dem, was ihr begegnete. Auskosten, was kostbar war.

Sie lief über blank gescheuerte Pflastersteine, vorbei am Herzogspalast mit seinen zwei Türmen, der Tour Bermonde und der Tour de l'Horloge, wie sie dem Stadtplan auf ihrem Smartphone entnahm. Sie blickte nach oben: Einer der Türme umgab seine Glocke mit einem schmiedeeisernen Käfig, vermutlich, um sie vor dem Mistral zu schützen.

Jules damaliger französischer Freund Luc, der Cellist, hatte ihr von jenem Wind erzählt, der regelmäßig für drei bis vier Tage hier im Süden seinen Auftritt hatte. Heftig wehte er dann über das Land, rüttelte wütend an allem, was sich ihm in den Weg stellte. Dichter und Sänger hatten ihn beschrieben und besungen, weil er in sonnensatte Beschaulichkeit hineinblies, wild entschlossen, die Dinge durcheinanderzuwirbeln. Manchmal braucht es einen Sturm, um zu erfahren, was ihm standhält.

Jule dachte an den Sturm, der durch ihr Leben gefegt war. Sie hatte Blessuren davongetragen, aber sie hatte sich nicht umwerfen lassen. Sie stand. Noch immer.

Irgendwann kam sie zur Kathedrale Saint-Théodorit. Von dem Platz dort sah man hinunter in leicht wellige Landschaft, in der Olivenbäume, Pinien und Zypressen ihre so verschiedenen

Grüntöne setzten. Hier oben gab es einen weiteren Turm, einen besonders schönen, wie Jule fand. Die Tour Fenestrelle schraubte sich in sechs Geschossen in die Höhe, dabei stetig schmaler werdend. Rundum angebrachte Fenster ließen der Sonne Zutritt; die zierlichen Säulen, von denen sie getragen wurden, wirkten wie hineingehäkelt in das filigrane, leicht geneigte Bauwerk, dessen Spitze auf dem Dach sich eisern in den Himmel streckte.

Es war das Versehrte, das Schiefe und gleichsam ins Licht Strebende, das etwas in Jule berührte. Durchlässigkeit, ja, das war es. Die semipermeable Membran, an die sie in dem Wiener Krankenhauszimmer hatte denken müssen. Jene zwei so gegensätzlich scheinenden Frauen, die sie damals in sich wahrgenommen hatte, sie trafen und versöhnten sich hier und heute. Reichten einander die Hand. Lange noch betrachtete Jule den Turm, der ihr wie ein Spiegel ihrer selbst vorkam. Sie nahm sein Bild mit, als sie zurück in die Altstadt ging.

Hier war es inzwischen lebhaft geworden. Menschen mit Einkaufswagen begegneten ihr – und solche mit Kameras und suchendem Blick. Die ersten Urlauber legten ihre Spuren aus. Jule sah in Hinterhöfe und Geschäftsauslagen. Es gab Läden für Seifen und für Süßigkeiten, für Feinkost und für Fayencen, für Trödel und Tand. Flatterhafte Sommerkleider boten sich billig und bunt gleich stangenweise an. Säckchen mit *Herbes de Provence* und getrocknetem Lavendel baumelten neben Regalen, in denen sich getöpferte Schafe und Hühner zu Salatbesteck und Schüsseln aus Olivenholz gesellten.

Jule schaute, nahm manches in die Hand und legte es wieder weg. Am Ende kaufte sie einen hellgrünen Bikini, weil der so schön zu ihrem Pool passte, und Sonnenmilch mit hohem Lichtschutzfaktor. Mit der Inhaberin eines kleinen Ladens fachsimpelte sie über verschiedene Arten der *brandade*. Die aus Goudargues war längst aufgegessen. Sie nahm drei Gläser des Stockfischpürees mit und zusätzlich eines mit schwarzer *tapena-*

de. Irgendwann würde sie die Olivenpaste selbst herstellen; vielleicht könnte Sophie ihr einen Mixer leihen, denn in ihrer Küche hatte sie keinen gefunden.

Sie gönnte sich noch eine Schachtel mit Gebäck sowie eine Flasche Pastis. Dann schlenderte sie dorthin, wo sich fast alle Gassen der inneren Stadt trafen. Die Place aux Herbes war das Zentrum, das Herz dieses Ortes. Umgeben von uralten Arkaden, gekrönt von riesigen Platanen. Das Licht flirrte auch hier, wie bei der Allee vorhin, durch das noch lichte Laub hindurch. Das helle Grün verlieh dem Ort etwas Beschwingtes. Cafés und Restaurants umstanden den Platz, Tische und Stühle sprachen eine unverhohlene Einladung zum Hinsetzen aus.

Jule suchte sich einen Korbstuhl in der Sonne. Bei einem jungen Mann, der sofort herbeikam, bestellte sie einen Milchkaffee. Ob sie ein Croissant dazu wünsche, fragte der Kellner.

»Ja, gern«, entgegnete sie.

Sie sah zu dem Springbrunnen, der mitten auf dem Platz seine Wasserfontäne ausspie. Ein etwa fünfjähriges Mädchen zog ihre Sandalen aus und kletterte über die runde Mauer in das Becken. Die Kleine trug ein weißes Sommerkleid mit Spitzen am Saum, und sie hatte sichtlich Freude am plätschernden Wasser. Mit Händen und Füßen spritzte sie es in alle Richtungen. Sie drehte sich im Kreis, vollführte Pirouetten, hob und senkte die Arme. Ihre Bewegungen schienen einer geheimen Choreografie zu folgen. Ein Tanz war es, den sie da aufführte. Völlig in ihr frei improvisiertes Ballett versunken, ignorierte sie die Menschen, die sich um den Brunnen versammelten, um ihr zuzuschauen. Ein engelgleiches Wesen, das seine Bühne gefunden hatte.

Während Jule die Szene beobachtete, kamen ihr die langen Spaziergänge mit ihrem Vater wieder in den Sinn. Die, bei denen die Tochter ihren Setzkasten mit dem bestückte, was der Vater ihr an Antworten auf ihre nie abreißenden Fragen gab. Einmal jedoch war er stehen geblieben und hatte das Frage-und-Antwort-Spiel umgedreht.

»Was möchtest du einmal werden, mein Spatz?«

Sie hatte sich etwas Zeit genommen, als müsste sie zwischen verschiedenen Alternativen genau abwägen. Die Ernsthaftigkeit beim Nachdenken, die hatte sie vom Vater.

»Engel«, sagte sie schließlich. »Ich will ein Engel werden.«

Er lächelte. Er konnte so lächeln, dass sie niemals das Gefühl bekam, er mache sich über sie lustig. Er umarmte sie vielmehr mit seinem Lächeln.

»Warum denn das?«, fragte er.

»Weil ich dann den ganzen Himmel für mich habe, um zu spielen. Und weil es schön sein muss, wenn man Flügel hat, um überall hinzufliegen.«

»Das gefällt mir«, erwiderte er. »Unendlich viel Platz zum Spielen zu haben, ist etwas Wunderbares. Und wenn dir Flügel wachsen, dann bist du frei. Damit kann dir nichts und niemand mehr irgendetwas anhaben.«

Jetzt sah Jule das Mädchen in dem Brunnen, und sie sah sich als Mädchen an der Hand des Vaters. Ihr Wunsch von damals, er reichte in die Gegenwart dieses sonnigen Platzes hinein, wurde wieder greifbar. Sie würde ihn sich erfüllen. Genau genommen war sie bereits dabei.

Es schien einer ganz eigenen Logik zu folgen, dass ihr die Erinnerungen so weit weg von dem, was sie ein Zuhause genannt hatte, mehr und mehr die Richtung wiesen. Als würde sich ein Nebel lichten, der über ihrem Leben gelegen hatte. Sie hatte sich in diesem Leben verirrt, doch nun begannen die Schleier allmählich zu verschwinden, und das, was Jule erkannte, führte sie zu sich selbst.

Die Kleine in dem Brunnen blickte auf, schien jetzt erst die Umstehenden wahrzunehmen, von denen einige nach ihren Kameras gegriffen hatten. Sie kletterte über die Mauer und lief barfuß ihren Eltern entgegen, die etwas im Hintergrund auf sie warteten. Der Vater zog ihr die Sandalen wieder an; dann nahm er sie an die Hand. Zu dritt gingen sie über den Platz und verschwanden in einer der Gassen. Jule sah ihnen nach, bis sie verschwunden waren.

Das Klingeln ihres Handys holte sie aus ihren Gedanken. Sie schaute auf das Display. Eine unbekannte französische Nummer.

»Hallo?«

»Hallo, *Madame* Kröger. Hier ist *Docteur* Malgré.«

»Habe ich etwas vergessen?«

»Nein, nein. Ich habe meinen Bekannten, den Direktor der Musikschule, erreicht.«

»Das ging aber schnell.«

Er lachte. »Ich kann schnell sein, wenn ich will. Es gibt gute Nachrichten. Die haben immer mal wieder Freistunden. In denen können Sie dann auf dem Klavier dort spielen. Ich schicke Ihnen gleich per SMS den Kontakt. Der Mann heißt Fabien Delaud. Er freut sich auf Ihren Anruf. Mit ihm können Sie alles Weitere besprechen.«

»Wann …?«

»Sie meinen, wann Ihre Hand wieder voll einsatzfähig ist?«, unterbrach er sie.

»Ja.«

»Das merken Sie selbst am besten. Schonen Sie sich nicht, aber überanstrengen Sie sich auch nicht. Nach ein paar Stunden Physiotherapie sehen Sie schon klarer.«

»Okay, ich verspreche Ihnen, dass ich mich beobachten werde.«

»Versprechen Sie das nicht mir, sondern sich.«

»Vielen Dank für alles, *Monsieur*. Sie wissen gar nicht, wie viel mir das bedeutet.«

»Oh, ich habe eine leise Ahnung.« Er lachte erneut. »Die Nummer von *Monsieur* Delaud kommt gleich. Und bei mir kommt der nächste Patient. *Bonne après-midi, Madame.*«

»Danke, das wünsche ich Ihnen auch.«

Sie legte auf. Kurz darauf erhielt sie die SMS.

Sie würde den Schuldirektor anrufen, wenn sie wieder in ihrem Haus wäre. Doch vorher würde sie Sophie nach einer physiotherapeutischen Praxis fragen.

Sie aß das letzte Stückchen ihres Croissants, dann trank sie den inzwischen lauwarmen Kaffee aus und winkte den Kellner herbei, um zu zahlen. Sie gab ihm ein kleines Trinkgeld.

Das Geld, dachte sie. Es wurde beständig weniger. Die Lebensmittel, der Wein, der Bikini, das Benzin. Noch hatte sie genug Reserve, aber sie wollte nicht alles aufbrauchen. Schon bald würde sie sich nach einem Job umsehen müssen. Ein paar Stunden irgendwo. Auch da könnte ihr Sophie vielleicht helfen.

Auf dem Weg zum Parkplatz holte sie in einer Apotheke noch die neuen Schmerztabletten ab. Sie waren günstiger, als sie befürchtet hatte.

Sophie kam ihr zuvor. Kaum dass sie ihre Einkäufe ausgepackt hatte, klingelte das Telefon. Jule ging damit auf die Terrasse. Pêche erwartete sie dort bereits und strich sofort miauend um ihre Beine.

»*Salut.* Ich wollte mal hören, wie es dir geht. Hast du dich inzwischen gut eingelebt da oben im Haus?«

»Ja, danke. Es geht mir von Tag zu Tag besser.«

»So soll es sein.«

»Das ist übrigens Gedankenübertragung. Ich wollte dich heute auch anrufen. Ich bin vorhin bei deinem Orthopäden gewesen.«

»Und? Konnte er dir helfen?«

»Ja. Er hat mir ein Klavier besorgt.«

Sophie brach in Lachen aus. »Na, der hat ja Fähigkeiten, von denen ich bislang keine Ahnung hatte. Mir hat er immer nur meinen Rücken wieder repariert. Wie kommt er denn an ein Klavier?«

»Ein Freund von ihm leitet die Musikschule in Uzès, und den hat er gefragt, ob ich auf dem Klavier dort spielen darf. Ich habe schon die Nummer von dem Mann.«

»Das sind ja großartige Neuigkeiten, Jule. Ich freu mich so für dich. Und was ist mit deiner Hand?«

»Die wird wieder. Ich brauche nur noch etwas Physiotherapie. Sag, kennst du da jemanden in Goudargues?«

»Ja, klar. Bei denen bin ich Stammkundin mit meinem Rücken. Ist ein kleiner, etwas schäbiger Laden, aber die zwei, die das machen, wissen, was sie tun. Ich schicke dir die Nummer nachher. Und mach schnell Termine aus. Die sind immer ziemlich ausgebucht.«

»Das werde ich tun. Ich bin so glücklich, Sophie. Du hast mir sehr geholfen.«

»Na ja, dass mein Arzt noch mehr kann, als Knochen geradezurücken, das konnte selbst ich nicht wissen. Du, sag mal, anderes Thema. Hast du morgen Nachmittag Zeit?«

»Wenn ich hier etwas habe, dann Zeit.«

»Nicolas und ich wollen uns mit Nachbarn und Freunden im Garten treffen. Eine kleine Party sozusagen. Das Wetter passt, und wir haben Lust, die Grillsaison zu eröffnen. Magst du auch kommen?«

»O ja, sehr gern. Ich war schon ewig auf keiner Party.«

»Dann ist das abgemacht. Um fünfzehn Uhr zünden wir die Kohlen an.«

»Soll ich etwas mitbringen? Ich könnte eine Taboulé machen.«

»Perfekt! Die passt wunderbar zu den Lammbratwürsten, die Nicolas immer besorgt. Also bis morgen. Und denk an meine Kuchenform.«

»Die steht schon bereit.«

»*Salut,* Jule. Wir freuen uns auf dich.«

»*Salut,* Sophie. Und grüß Nicolas von mir.«

Jule bückte sich, um Pêche zu streicheln. »Das ist mein Tag heute«, sagte sie zu der Katze.

Die antwortete mit einem Schnurren.

»Warte, ich gebe dir ein paar von deinen Keksen.« Sie stand

auf, holte in der Küche die Tüte mit dem Trockenfutter, die sie nun seit einiger Zeit für Zwischenmahlzeiten bereithielt, und schüttete fünf Stücke heraus.

Pêche machte sich sofort mit der ihr eigenen Sorgfalt über die Kekse her. Niemals schlang sie etwas einfach so hinunter. Stets ging sie mit Bedacht ans Werk, und das nicht nur beim Essen. Von einer Katze ließ sich einiges lernen. Auch stete Umsicht und ein scharfer Blick gehörten dazu. Jule verbrachte ihre Zeit gern damit, Pêche zu beobachten. Die Anwesenheit des Tiers half ihr, sich weniger allein zu fühlen. Bereits einige Male hatte sie sich dabei ertappt, dass sie sich suchend umsah, sobald sie die Tür nach draußen öffnete. Vieles von dem, was sie erlebte, erzählte sie der Katze, die dann stets so wirkte, als würde sie aufmerksam zuhören. »Meine Zwiegespräche mit Pêche«, nannte sie das in ihrem Tagebuch; inzwischen war eine eigene Rubrik daraus entstanden.

Jule legte Pêche einen weiteren Keks hin und griff dann nach ihrem Handy. Sie wählte die Nummer des Schuldirektors.

Er nahm sofort ab. »Warten Sie einen Augenblick«, sagte er, noch bevor sie sich vorstellen konnte, und legte den Hörer ab. Im Hintergrund hörte sie eine Geige. Ausgerechnet. Das Instrument, das ihre Kindheit begleitet hatte. Das Instrument, das sie gehasst hatte, weil es ihr die Mutter genommen hatte, die sie nie hatte. Dass sie nicht Geige lernen wollte, war ein erster Schritt Richtung Abgrenzung gewesen.

Und erst jetzt, da sie den Direktor einer Musikschule am Telefon hatte und im Hintergrund jemand Geige spielte, fiel es ihr plötzlich ein. Eine Erinnerung wie ein Schlag. Es war der Vater gewesen, der Klaviermusik geliebt hatte. Die Abende auf seinem Schoß waren plötzlich wieder da. Die Abende, an denen ihre Mutter irgendwo auf der Welt anderen Menschen vorspielte. An jenen Abenden hatte der Vater mit der Tochter Stücke für Klavier gehört. Von Chopin und Schubert und Liszt und anderen. Wie hatte sie das nur vergessen können? Sie war dem Vater gefolgt, über den sie nicht mehr hatte sprechen dürfen. Instinktiv hatte das kleine Mädchen dafür gesorgt, dass er seine Stimme nicht gänzlich verlor.

Sie spürte, wie ihr ein Schauer über den Rücken lief und sich zugleich ein Kloß in ihrem Hals bildete.

»Ja, bitte?« Der Mann war wieder am Hörer.

Sie räusperte sich. Dann stellte sie sich vor.

»Ah ja, ich weiß, wer Sie sind«, erwiderte Fabien Delaud. »Patrick, also ich meine *Monsieur* Malgré, hat mir von Ihnen erzählt. Sie wollen also wieder Klavier üben.«

»Ja, ich hatte eine Pause, wegen eines Unfalls. Und es gibt hier, wo ich nun bin, kein Instrument, auf dem ich spielen könnte.«

»Da kann ich helfen. Ich habe gehört, Sie müssten Ihr Handgelenk noch eine Weile schonen.«

»Ja, das stimmt.«

»Ich schlage vor, dass wir folgendermaßen verbleiben: Sie rufen mich an, wenn Sie so weit sind, und dann treffen wir uns hier in der Schule. Ich zeige Ihnen alles, schaue mit Ihnen auf den Stundenplan und biete Ihnen feste Zeiten an, in denen unsere kleine Aula frei ist. Dort steht nämlich unser Flügel.«

»Okay, das ist ein guter Plan. Ich danke Ihnen für alles. Sie ahnen gar nicht, was für eine Freude Sie mir machen. Ich melde mich sicher bald bei Ihnen.«

»Tun Sie das. Musikfreunde müssen zusammenhalten, finde ich. Doch jetzt entschuldigen Sie mich, bitte. Ich muss auflegen. Da verlangt jemand nach meiner Aufmerksamkeit.«

»Ja natürlich. Ich höre schon. Eine Geige. Bis bald, *Monsieur*.«

»Au revoir, Madame.«

Jule sah zu Pêche, die sich ihre pfirsichfarbene Schnauze leckte. »Ich sag ja. Es läuft gut für mich. Da dreht sich was in meinem Leben. Und du, meine Kleine, du bist dabei.«

Zum zweiten Mal hatte sie heute der Vater in ihren Gedanken besucht. Es kam ihr mehr und mehr so vor, als ob sie vor vier Wochen nicht nur eine Reise in den Süden angetreten hätte, sondern zugleich eine zu sich selbst. Sie hatte ihren Erinnerungen die Erlaubnis gegeben, zu kommen. Und sie kamen. Eine nach der anderen …

Sie sah zu der Hausmauer, vor der sie saß. Sah, wie die Steine aufeinandergeschichtet waren. Sandsteine. Große und kleine, längliche und runde, hellere und dunklere. Irgendwer hatte all diese Steine sorgsam zusammengefügt, darauf bedacht, dass sich nirgendwo eine Lücke auftat. Altes Handwerk, in seiner Einmaligkeit ein Kunstwerk. Es gab in dieser Gegend viele Mauern wie diese und dennoch keine, die wie diese war. Jede war ein Unikat. Keine sah aus wie die andere, so wie keiner der Steine hier dem anderen glich. Und schlussendlich ergaben sie alle zusammen erst das große Ganze.

Es ist wie mit meinen Erinnerungen, dachte Jule. Sie stellten sich ein, legten sich vor ihr inneres Auge, und sie begann dann damit, diese Erinnerungen aufzuschichten, zu verarbeiten. Lücken ließ auch sie nicht zu, denn am Ende ging es um ihr Leben. Es sollte halten, ihr Leben. Es sollte nie wieder einstürzen. Ihr Vater half ihr dabei. Nach all den Jahrzehnten des Vergessens war er zurückgekehrt und brachte ihr die Steine mit, die sie für die Mauer ihres Lebenshauses brauchte.

Sie stand auf, ging in die Küche und sah sich ihre Vorräte an. Couscous, Tomaten, Gurken, Paprikaschoten. Knoblauch, Frühlingszwiebeln, Zitronen – von allem war noch genügend da. Zudem hatte sie vorgestern frische Minze gekauft. Die würde der Taboulé zusammen mit Kreuzkümmel eine gute Note verleihen. Morgen früh würde sie alles vorbereiten, damit es einige Stunden durchziehen könnte, bevor sie aufbrach.

Sie freute sich auf Sophie und Nicolas und darauf, deren Freunde kennenzulernen. Fast menschenscheu war sie im letzten Jahr geworden, hatte sich kaum noch jemandem zeigen wollen in ihrer Versehrtheit. Blaue Flecken ließen sich nicht immer unter Pulloverärmeln verstecken. Bei Jo dagegen hatte sie eine Ausnahme gemacht. Ihm hatte sie die Tür zu sich einen Spaltbreit geöffnet. Genug, um jetzt hier sein zu dürfen.

Sie spürte ein nie gekanntes Glück in sich, als sie ihren neuen grünen Bikini anzog und hinunter an den Pool lief. Die Sonne hatte sich bereits hinter die Zypresse zurückgezogen. Das Wasser war kühl – doch das machte nichts. Im Gegenteil, es war genau die Temperatur, die zu diesem Augenblick passte. Sie war so frisch wie das Glück.

18

Da draußen war jetzt Sommer. An manchen Tagen erreichten die Temperaturen dreißig Grad. Es kam, wie alle vorhergesagt hatten – man begann, den Schatten zu suchen. Markisen wurden ausgefahren und Sonnenschirme aufgespannt.

Jule wählte ein leichtes Kleid. Es gab ja nur vier zur Auswahl; sie entschied sich für ein dunkelblaues mit weißen Biesen an Kragen, Ärmeln und Saum. Es wirkte mädchenhaft; vielleicht hatte sie es deshalb schon lange nicht mehr getragen. Sie war zu Jeans und Pullover übergegangen. Eine Art Uniform, unter der ihre Weiblichkeit sich versteckt hatte. Vor ihm. Vor Mark.

Nachdenklich hatte sie die Kleider, die Vera ihr eingepackt hatte, betrachtet. Sie kamen ihr vor wie fast vergessene Zeugen einer anderen Welt. Einer Welt vor Mark. Einer Welt ohne Schläge.

Sie drehte sich vor dem Spiegel. Arme und Beine hatten einen leichten Braunton angenommen. Die Stunden am Pool hinterließen mehr Sommersprossen, als Jule ohnehin hatte. Sommersprossen statt blauer Flecken.

Sie bürstete ihre Haare, die inzwischen weit über die Schultern gewachsen waren, zwirbelte sie vom Nacken her hoch und steckte sie mit einer Kammspange fest. Ein paar Strähnen fielen heraus, aber das gefiel ihr so. Sie mochte diese leichte Unordnung auf dem Kopf.

Mittlerweile trug sie wieder etwas Lidschatten, Wimperntusche und einen rosenholzfarbenen Lippenstift. Hinter die Ohren tupfte sie zwei Tropfen Parfum. Kein Eau de Toilette, sondern echtes Parfum. Mitsouko. Ein alter Duft von Guerlain. Pfirsich, Jasmin, Vetiver, Patschuli. In einem orientalisch aussehenden Fläschchen. Ein Weihnachtsgeschenk von Vera im vergangenen Dezember. Mark hatte eine Szene gemacht. Wieder mal. Das Zeug rieche wie ein türkischer Harem und überhaupt – was wohl dahinterstecke, wenn eine Frau ihrer Freundin Parfum schenke. Was sollte Jule schon darauf antworten? Wortlos verließ sie das Zimmer, wusste sie doch, dass Worte wie Öl waren, das man ins Feuer goss. Ein Brandbeschleuniger, der binnen Sekunden alles in Flammen setzen konnte. Im Bad schraubte sie den Deckel von dem Flakon und hielt ihre Nase daran. Der Duft gefiel ihr. Getragen hatte sie ihn danach allerdings nie. Aus Furcht vor Mark. Sie legte das Fläschchen in eine ihrer Schubladen, zu ihrer Wäsche. Vera hatte es beim Packen wohl dort entdeckt und in die Reisetasche gesteckt.

Jetzt roch es in einem provenzalischen Badezimmer ein bisschen nach Orient.

Jule lächelte. Ihr Spiegelbild lächelte zurück.

Dann schlüpfte sie in ihre alten weißen Sandalen. Sie waren bereits ein wenig ausgetreten, aber ein, zwei Sommer würden sie schon noch überstehen.

In der Küche holte sie die fertige Taboulé aus dem Kühlschrank. Sie hatte ein paar Schnitze der Salzzitronen hineingegeben, die sie vor drei Wochen eingelegt hatte; das gab dem Gericht die typisch marokkanische Note. Sie schnitt noch einige Minzeblätter, die sie übrig gelassen hatte, in feine Streifen und verteilte sie auf der Taboulé. Anschließend spannte sie Folie über die Schüssel und legte sie zusammen mit Sophies Kuchenform in einen großen Korb, den sie kürzlich in der Garage entdeckt hatte und seitdem zum Einkaufen benutzte.

Pêche miaute auf der Terrasse. Jule schob die Tür ein Stück weit auf, stellte ein Schälchen mit Milch auf den Boden und legte drei Kekse dazu. »Du musst heute ohne mich auskommen«, sagte sie, kraulte die Katze noch einmal hinter den Ohren und schloss die Tür anschließend wieder. Sie hatten eine stille Übereinkunft, Pêche und sie. Das Innere des Hauses war für die Katze tabu. Selbst in die Küche wagte Pêche keinen Schritt. Sie hockte höchstens auf dem Sims des geöffneten Fensters und sah Jule von dort aus beim Kochen zu.

Fünf Minuten später saß Jule im Auto und fuhr die kurvenreiche Straße hinunter. In der Zwischenzeit hatte sie Übung darin, hupte kurz vor den besonders unübersichtlichen Stellen, und wenn ihr doch mal ein Auto entgegenkam, verständigte sie sich per Handzeichen mit Fahrer oder Fahrerin, wer von ihnen den Rückwärtsgang einlegte. Meist klappte das. Nur einmal hatte eine Frau sie als »dumme Urlauberin« beschimpft. Und ganz anders als damals noch auf dem Parkplatz vor dem Supermarkt war Jule in dem Moment trotzig geworden, hatte die Arme vor der Brust verschränkt und abgewartet. Am Ende hatte die Französin aufgegeben und ihren Wagen zurückgesetzt. Fluchend. Es war ein kleiner Sieg für Jule gewesen, aber einer, der sich groß anfühlte. Sie, für die das Wegducken zur Überlebensstrategie geworden war, hatte nicht klein beigegeben. Sie hatte sich gewehrt.

Heute hatte sie freie Fahrt. Unten angekommen überquerte sie die Nationalstraße. Auf der anderen Seite ging es auf einer Art Feldweg weiter. Sie kam an einigen Höfen vorbei, fuhr durch einen kleinen Wald und landete schließlich vor einem weit geöffneten Eisentor. Eine Hausnummer fehlte, ein Namensschild auch; der Postbote wusste wohl, wer hier lebte.

Jule schaltete einen Gang herunter und fuhr auf das Grundstück. Und dann sah sie es auch schon: ein Haus, ähnlich wie das von Jo, nur größer und mit grünen Fensterläden. Auf dem Hof Nicolas' Lieferwagen und ein paar weitere Autos, manche mit Beulen im Blech. Alle eingestaubt. Regen, der sie hätte sauber waschen können, hatte es seit Wochen nicht gegeben. Vor der Haustür wuchs ein riesiger Rosenstock, bislang ohne Knospen. Stattdessen standen die Pfingstrosen links und rechts davon in voller Blüte. Riesenhafte rosa Bälle, die ihre Köpfe im leichten Wind hin und her bewegten, als würden sie abwägen, wie lange ihre Pracht wohl noch halten würde.

Jule stieg aus dem Auto, öffnete den Kofferraum und nahm

den Korb heraus. Ein großer schwarzer Hund kam ihr entgegengesprungen, schwanzwedelnd, gefolgt von Sophie, die heute ebenfalls ein Kleid trug. Ein dunkelgrünes eng geschnittenes Kleid aus grobem Leinen, das Hüften und Dekolleté betonte. Es stand ihr.

Der Hund schnüffelte um Jules Beine und zeigte sichtlich Interesse am Inhalt ihres Korbs.

»Pompon, lass das«, schimpfte Sophie. Es war ein freundliches Schimpfen, aber es half.

»*Salut*«, begrüßte sie Jule. »Du siehst toll aus.«

»Danke, du auch.«

»Das hier ist übrigens Pompon, unsere stolze *maman.*« Sophie zeigte auf den Hund, der eine Hündin war. »Sie ist ganz verrückt nach ihren Kleinen. Du wirst die vier bald kennenlernen. Jetzt komm erst mal. Es sind schon alle im Garten.«

Jule folgte ihr rechts am Haus vorbei. Sophie öffnete ein Holzgatter und ließ zunächst Pompon und dann Jule hinein.

Auf einem großen Rasen, der eher eine Wiese war, stand ein langer Tisch, gedeckt mit Tellern, Gläsern, Karaffen, diversen Schüsseln und Platten. Drum herum gruppierten sich etwa zwanzig Plastikstühle, von denen gut die Hälfte bereits besetzt war. Beschattet wurde die Tafel von zwei großen Kastanien. Neben der am Haus gelegenen Terrasse streckte ein imposanter Olivenbaum seine Äste und Zweige in alle Himmelsrichtungen. An der Hauswand kletterte wilder Wein empor, der sich ehrgeizig dem ersten Stock näherte. Es gab noch einige angeschlagene Terrakottakübel, in denen Rosmarin, Salbei, Thymian und Lavendel wuchsen.

Der Grill war ein gemauertes Rechteck, auf dem ein großes Eisengitter lag. Gut zehn Männer umringten das Ding, viele rauchten, einige hielten ein Glas in der Hand, alle debattierten. Auf einem Klapptisch daneben standen bunte Plastikdosen, in denen unzählige Würste und jede Menge Fleischstücke darauf warteten, aufs Feuer gelegt zu werden.

Weiter hinten im Garten sah Jule ein Gehege hinter einem Drahtzaun.

»Da leben unsere Hühner«, erklärte Sophie. »Aber erst mal stelle ich dir unsere Gäste vor.« Sie wandte sich zunächst an die Gruppe von Männern, die Jule zunickten.

Nicolas wischte sich seine rechte Hand an der Hose ab und streckte sie Jule entgegen. »*Salut.* Wir freuen uns, dass du hier bist«, sagte er. »Ich hoffe, du hast ordentlich Hunger mitgebracht.«

»Das habe ich«, erwiderte sie. »Ich weiß gar nicht, wann ich das letzte Mal auf einer Grillparty gewesen bin.«

»Na ja, hier bei uns im Süden ist das so eine Art Breitensport.«

Sie lachte. »Dann werde ich mich mal sportlich zeigen, zumindest, was das Essen angeht.«

Er lachte ebenfalls, zog an seiner Zigarette, die er zwischen Daumen und Zeigefinger hielt, und nannte ihr dann die Namen der Männer, die Jule der Reihe nach die Hand gaben. Die drei, die bei der Reinigung des Pools geholfen hatten, waren auch darunter. Pierre, Jérôme und Guy.

»Und nun kommen die Frauen dran.« Sophie hakte sich bei ihr unter und führte sie zu dem langen Tisch. Dort ging das Namenskarussell weiter.

»Komm, setz dich zu mir«, sagte Sophie und wies auf einen leeren Stuhl. »Magst du vorweg einen Pastis?«

Jule nickte. »Aber bitte mit mehr Wasser als Alkohol. Ich muss ja später noch fahren.«

»Ach, das müssen alle«, winkte Sophie ab. »Samstagabend drücken die Gendarmen hier in der Regel ein Auge zu.«

Die Frauen am Tisch sahen Jule neugierig an.

»Das ist Jule, sie ist eine Freundin von Jochen«, erklärte die Gastgeberin. »Ihr erinnert euch vielleicht. Der Deutsche, dessen Eltern da drüben am Hang, in der Nähe von Cornillon, in den Siebzigerjahren ihr Haus gebaut haben. Er ist ein alter Freund von Nicolas. Die zwei haben schon als Kinder zusammen gespielt.«

»Ja, ja, ich weiß, wer Jochen ist«, meldete sich eine Frau, die Charlotte hieß. »Ein ziemlich charmanter Typ, der gern über Bücher redet. Früher war er öfter mal hier auf euren Festen, aber ich hab ihn länger nicht gesehen. Einmal hatte er seine Frau dabei. Nina war ihr Name, glaube ich. Bist du seine neue Freundin?« Sie schaute Jule an.

»Ich bin *eine* Freundin, aber nicht *seine* Freundin«, erwiderte Jule, und noch während sie das aussprach, wurde ihr klar, dass sie sich gerade zum ersten Mal eine Freundin von Jo genannt hatte. Eine Freundin des Mannes, dessen Stimme ihr inzwischen vertraut war. So vertraut wie die Stimme eines Freundes eben. »Er hat mir angeboten, eine Zeit lang in seinem Haus zu wohnen«, erklärte sie.

Charlotte nickte. »Diese Nina, die war schon etwas komisch. Würde mich nicht wundern, wenn Jochen ... aber lassen wir das. Woher kommst du denn?«

Jule erzählte, was sie stets erzählte. Sie sei in München aufgewachsen und habe die letzten Jahre in Wien gelebt. Sie wisse noch nicht, wie lange sie bleiben werde. Sie habe sich bereits gut hier eingelebt. Es sei ein wunderschöner Ort in einer wunderschönen Gegend.

Die Frauen hörten ihr zu, lobten Jule für ihr gutes Französisch, warfen Fragen ein und begannen irgendwann, auch von sich zu reden. Die meisten waren Nachbarinnen, zwei kamen aus Goudargues. Die Mehrheit war verheiratet oder zumindest fest liiert. Sie zeigten Richtung Terrasse, wo ihre Männer inzwischen die ersten Sachen auf den Grill legten. Man füllte die Pastisgläser nach, dazu wurden Oliven gegessen, mit *tapenade* bestrichene Baguettescheiben und gesalzene Mandeln.

Irgendwann brachten Nicolas und Guy die ersten Grillwürste und scharf gewürzte Steaks. Von da an gab es Wein. Einen kräftigen Rosé. Die Flaschen lagen in einem mit Eis gefüllten Holzbottich, und irgendwer machte immer gerade eine neue auf. Die Frauen reichten Salate herum. Aus Kartoffeln, Kapernfrüchten und Eiern, Radicchio, Sardellen und Nüssen, Reis, Tomaten und Kräutern. Selbst gemachte *aïoli* und *pistou* standen in großen Tonschalen auf dem Tisch, dazu gab es meterweise Baguette zum Tunken und Tränken. Jule bekam viel Anerkennung für ihre Taboulé, die auch wirklich gut passte zu den *merguez,* den Lammbratwürsten, die Nicolas ständig vom Grill nachlieferte.

Es wurde ein Nachmittag, der leicht war. Leicht in jeder nur denkbaren Hinsicht. An diesem Tisch gab es keine schweren Themen. Niemand wollte sich besonders hervortun, es war das Miteinandersein, das hier gefeiert wurde. Man prostete sich zu, lachte viel, fiel sich ungeniert ins Wort. Alle schienen gleichzeitig zu reden und sich gleichzeitig zuzuhören.

Jule spürte, dass sie rote Wangen bekam. Von der Sonne und dem Wein und dem Gefühl, Teil von etwas zu sein, das sie trug. Die Menschen hier nahmen sie an. Eine Freundin von Jochen, den man mochte und den man augenscheinlich vermisste. Doch statt seiner war nun sie da. Jule. Nina, seine Frau, die Frau von dem Bild auf seinem Schreibtisch, erwähnte an diesem Nachmittag niemand mehr.

Als der Abend hereinbrach, der Grill langsam auskühlte und *tarte au citron, baba au rhum* und *crème brulée* aufgegessen waren, brachen die ersten Gäste auf.

Eine der Frauen berührte Jule sacht am Arm. Sie hatte sich als Catherine vorgestellt, und sie kam aus Goudargues, wie Charlotte. Etwa ihr Alter, schätzte Jule. Schwarze Locken und Hände, die Arbeit verrieten.

»Würdest du mir das Rezept für deine Taboulé verraten?«, fragte Catherine.

»Natürlich«, entgegnete Jule.

»Ich würde sie gern nachmachen. In meinem Restaurant.«

»Ein Restaurant? In Goudargues?«

»Ja. Es ist ein ziemlich kleiner Laden. Ich habe ihn letztes Jahr erst eröffnet. Nachdem ich viele Jahre in allen möglichen Küchen gekocht habe, wollte ich etwas Eigenes ausprobieren. Das Geschäft läuft ganz gut, besonders jetzt im Sommer, wenn die Urlauber wieder da sind.«

»Gib mir doch deine Telefonnummer. Dann schicke dir das Rezept per SMS.«

Catherine kramte Block und Kugelschreiber aus ihrer Tasche. »Hier«, sagte sie und reichte Jule einen Zettel. »Und noch etwas. Ich habe vorhin gehört, dass du einen Job suchst.«

Jule nickte. »Ja. Zu Hause habe ich Klavierunterricht gegeben, aber das kann ich im Moment nicht. Und etwas Geld könnte ich gut gebrauchen.«

»Ich weiß ja nicht, ob das etwas für dich wäre, aber ich brauche jemanden, der in meinem Restaurant ein bisschen im Service aushilft. Von Mittwoch bis Samstag ein paar Stunden am Abend. Viele Gäste sind Deutsche, und ich wäre froh, wenn einer meiner Leute beim Übersetzen der Speisekarte und beim Bestellen helfen könnte. Die meisten sprechen nur ein paar Brocken Englisch, und ich denke, wenn die Ansprache deutsch wäre, würden sich meine Gäste gleich wohler fühlen.«

Jule konnte kaum fassen, was ihr da gerade widerfuhr. Die Frau bot ihr einen Job an. Damit hätten sich ihre Geldsorgen erst einmal erledigt, und das Erbe ihrer Mutter würde noch ein wenig länger reichen. »Das wäre wunderbar«, stammelte sie.

Catherine verzog ihren Mund zu einem breiten Lächeln. »Ich kann nicht besonders viel zahlen. So etwa fünfzehn Euro die Stunde, aber das kriegst du bei mir bar auf die Hand. Und dann kommt ja auch noch das Trinkgeld hinzu.«

Jule nickte. »Das ist völlig okay. Ich freu mich, dass du es mir überhaupt anbietest.«

»Sophie hat mir vorhin erzählt, dass du einen Unfall hattest und dir das Handgelenk verstaucht hast. Keine Sorge, du müsstest bei mir nicht groß Teller und Gläser schleppen. Das übernehmen dann die anderen. Mir geht es in erster Linie um die Kommunikation mit den Gästen.«

»Kommunizieren kann ich. Und von Essen und Kochen verstehe ich auch ein wenig.«

»Perfekt! Dann komm doch mal bei mir vorbei. Wir hatten jetzt eine Woche geschlossen, um alle etwas Luft zu holen vor der beginnenden Hochsaison. Passt es dir morgen?«

»Ich habe Zeit.«

»Abgemacht. Dann zeige ich dir das Restaurant und erkläre dir mein Konzept. Es ist kein typischer Touristenladen, musst du wissen. *Steak frites* oder Burger gibt's bei mir nicht. Ich habe nur eine sehr übersichtliche Karte, doch dafür wechselt sie wöchentlich. Klein, aber fein, hab ich mir gedacht.«

»Ich werde morgen vorbeikommen«, versprach Jule.

»Du kannst es nicht verfehlen. Es liegt am Seitenkanal, der vorn am Ortseingang abzweigt. Ist das letzte Haus dort. Ist sechzehn Uhr okay für dich?«

Jule nickte.

»Ich freu mich.« Catherine reichte ihr die Hand. Dann winkte sie in die Runde und verabschiedete sich.

Sophie kam angelaufen. »Hat sie dich gefragt? Wegen des Jobs?«

»Ja, woher weißt du …?«

»Catherine wollte vorhin von mir wissen, ob es unhöflich wäre, einfach so damit herauszuplatzen, aber sie hatte diese Idee mit einer deutschsprachigen Aushilfe, und da dachte ich mir …«

»Du hast völlig richtig gedacht«, unterbrach Jule sie. »Meine Ersparnisse reichen nicht ewig, und da kam dieses Angebot wie gerufen.«

»Na, dann stoßen wir jetzt darauf an.« Sophie füllte ihre Gläser nach. »Das Ganze hat noch einen weiteren Vorteil.«

Jule sah sie fragend an. »Welchen?«

»Na ja, du wirst jetzt wahrscheinlich den restlichen Sommer hier verbringen. Ich war mir nie ganz sicher, ob und wie lange du bleiben würdest. Nicolas übrigens auch nicht.«

Und Jo hatte sicher mit Nicolas darüber gesprochen, dachte

Jule. Jo, der vor August nicht käme und mit dem sie die Dinge gern in der Schwebe ließ.

Jetzt stieß sie ihr Glas an das von Sophie. »Auf den Sommer«, sagte sie. »Doch nun trinke ich keinen Schluck mehr, sonst darf ich wirklich nicht mehr Auto fahren.«

»Ich mach dir zum Abschied einen starken Kaffee«, erwiderte Sophie. »Komm mit in die Küche.« Sie tauschte mit den letzten Gästen noch Wangenküsse, dann zog sie Jule zur Terrasse und öffnete die Tür ins Haus.

Pompon sprang ihr entgegen. Sophie streichelte der Hündin den Kopf. »Ich hab sie vorhin reingebracht«, sagte sie. »Ich zeige dir jetzt ihre Babys.«

Sie ging in eine große Küche. Alles hier schien alt. Der große Herd mit einem riesigen Ofen, die Regale, vollgestellt mit Tassen und Tellern und Schüsseln, das Spülbecken aus grobem Stein, ein mehrgeschossiger Rost, in dem sich Töpfe und Pfannen in nahezu sämtlichen Größen stapelten.

Pompon stürmte zu einem Korb in einer Ecke und setzte sich schwanzklopfend davor. Auf einem karierten Kissen lagen vier schwarze Welpen.

Jule bückte sich. Einer der Kleinen robbte heran. Ein anderer kam hinterhergestolpert und fiel auf seinen Bruder. Pompon stupste die beiden mit ihrer Schnauze an.

»Die sind wirklich süß«, sagte Jule.

»Sag ich doch. Pompon ist völlig im Glück. Und wir auch.«

»Werdet ihr sie behalten?«

»Zwei von ihnen vielleicht. Die anderen beiden haben wir bereits Nachbarn versprochen. Deren Kinder wünschen sich einen Hund.«

»Ich streichle sie lieber nicht, oder?«

Sophie lachte. »Sehr klug von dir. Angucken ist okay, Anfassen wird von *maman* nicht so gern gesehen.« Sie hantierte am Herd mit einem Kessel, gab jede Menge Kaffeepulver in eine Kanne und goss wenig später heißes Wasser darauf. Dann stellte sie zwei Becher auf den ramponierten Holztisch in der Mitte des Raumes und legte zwei Löffel daneben.

»Du nimmst Milch, aber keinen Zucker, oder?«

Jule nickte.

Der Kaffee war wirklich stark, und er tat gut. Sie tranken ihn im Stehen.

»Soll ich dir beim Aufräumen helfen?«, fragte Jule.

»Ein entschiedenes Nein! Du schonst deine Hand noch ein bisschen und fährst nun nach Hause.«

Nicolas kam in die Küche. »Es riecht nach Kaffee«, sagte er und holte sich auch einen Becher aus einem der Regale. »War ein schönes Fest. Es sind kaum Würste übrig geblieben.« Er sah zu Pompon. »Na ja, zwei, drei fallen noch ab für dich.«

»Ich hab mich unheimlich wohlgefühlt bei euch heute«, sagte Jule und trank den letzten Schluck Kaffee.

Die zwei sahen sich an. Ohne Worte.

Bevor Jule ins Auto stieg, bekam auch sie Wangenküsschen.

Es war bereits dunkel, als sie durch ihre Zypressenallee fuhr. Im Haus wirkte alles so still nach dem Fortissimo der vergangenen Stunden. Das Stimmengewirr, das Wortgewitter, das Lachen klangen noch in ihr nach. Wie ein letzter Akkord bei einem Konzert.

Sie holte sich ein Glas Wasser aus der Küche und nahm es mit nach oben. Dort öffnete sie das Fenster, um den Sternenhimmel hereinzulassen, und ließ sich auf ihr Bett fallen.

Sie musste eingeschlafen sein, denn sie schreckte hoch, als ihr Handy eine SMS ankündigte. Von Jo.

»Einfach nur eine gute Nacht von mir.«

»Einfach nur?«

»Nun ja, es heißt, Sie hätten einen Ferienjob gefunden.«

»Das heißt wohl erst einmal, dass die Kommunikationskanäle funktionieren. Und, ja, ich habe hier so etwas wie Ferien, und bald habe ich einen Sommerjob. Insofern liegen Sie richtig.«

»Sie schlagen Wurzeln, scheint mir.«

»Es wurde Zeit.«

»Die Hochsaison geht bis September …«

»… und der August kommt vor September. Ja, Jo, es sieht so aus, als würden wir uns hier im Süden sehen.«

»Das ist ein schöner Nachtgedanke.«

»Mein Lächeln lässt sich schwer in Worte fassen.«

»Ich sehe es auch so.«

»Und nun schlafen Sie gut.«

»Bestimmt.«

Das Handy verstummte.

Jule atmete tief ein und ganz langsam wieder aus.

Die angebrochene Rippe tat kaum noch weh. Da war etwas zusammengewachsen.

19

Sie fand das Restaurant auf Anhieb. Es lag etwas abseits. Das letzte Haus in der Straße, am Seitenkanal. Wie Catherine gesagt hatte. Hier war Jule bei ihren Fahrten ins Dorf bislang nicht gewesen. Hier war es ruhiger.

Über dem Eingang des Lokals hing ein schlichtes Holzschild mit einem schlichten Namen: »Le Petit Bistro«. Die Läden waren geschlossen, in einem kleinen Glaskasten hing statt einer Speisekarte ein handgeschriebener Zettel, auf dem stand, man mache gerade eine Woche Ferien und öffne am kommenden Mittwoch wieder.

Jule suchte nach einer Klingel. Als sie keine fand, klopfte sie gegen die Fensterläden. Kurz darauf hörte sie drinnen Schritte, die sich der Tür näherten, dann einen Schlüssel, der zweimal im Schloss umgedreht wurde.

Catherine öffnete. »*Salut,* Jule«, sagte sie und reichte ihr die Hand. »Verzeih, dass hier noch alles so verrammelt ist. In drei Tagen sieht's wieder anders aus.«

»*Salut*. Na ja, du hast ja schließlich noch Urlaub. Ich hatte nur eine Klingel gesucht.«

»Ach, die wird ständig gesucht. Sie ist da hinten«, sie deutete auf einen kleinen Weg an der Seite des Hauses. »Da geht's auch ins Treppenhaus. Ich habe meine Wohnung über dem Restaurant. Aber nun komm erst einmal rein.«

Jule folgte ihr und sah sich um. Ein kleiner schlichter Raum mit fünf Holztischen, dazu Eisenstühle, auf denen Sitzkissen in Pastellfarben lagen. An den hellgrau gestrichenen Wänden hingen von schmalen Lichtleisten beleuchtete Schwarz-Weiß-Fotografien; Jule erkannte die Türme von Uzès und den platanengesäumten Kanal von Goudargues, es gab auch Aufnahmen von

Boule spielenden Männern und Eis essenden Kindern. Ein Provence-Bilderbuch. Hinter einem blank polierten Tresen mit integriertem Waschbecken befand sich die Bar; vor einer Spiegelwand standen Flaschen mit Pastis, Calvados, Pommeau, Cognac, Pineau, Campari, einigen Whisky- und Ginsorten. Das, was man vor und nach einem Essen eben so trank.

»Da hinten geht es in die Küche«, erklärte Catherine und zeigte auf eine geschlossene Schwingtür auf der linken Seite, »und hier in den Garten.« Sie stieß eine weitere Tür auf.

Jule betrat einen kopfsteingepflasterten Innenhof. Oleander und Lavendel in dicken Kübeln. Zusammengeklappte helle Sonnenschirme. Weitere fünf Tische.

»Jetzt im Sommer wollen die meisten Gäste draußen sitzen, aber wenn hier voll belegt ist, weichen die Leute auch nach drinnen aus. Wir sind fast immer ausgebucht.«

»Vier Tage in der Woche, sagtest du.«

Catherine nickte. »Ja, das reicht mir. Ich brauche die restliche Zeit, um den Kopf freizubekommen für neue Ideen. Es ist mein Anspruch, die Karte wöchentlich zu wechseln. Es gibt ein fünfgängiges Menü, das man auch auf drei Gänge zusammenkürzen kann.«

»Und à la carte?«

»Nein. Das schaffe ich nicht. Ich stehe allein am Herd, habe in der Küche nur einen jungen Mann, der mir hilft. Irgendwie mögen meine Gäste das auch. Es wird gegessen, was auf den Tisch kommt. Wie zu Hause bei ihrer Mutter …« Sie lachte. »Mein einziger Kompromiss ist, dass ich neben dem Fleischhauptgang ein vegetarisches Gericht anbiete. Die meisten entscheiden sich dann aber doch für das Fleisch.«

»Wie kochst du? Ich meine …«

»Ich weiß schon, was du meinst. Grundlage sind bei mir die Klassiker der französischen Küche. Ich mag die Terrinen, die Saucen, die lang geschmorten Braten. Aber natürlich experimentiere ich auch. Hier mal eine japanische Würzpaste, dort

Kräuter, die nicht an jeder Ecke wachsen, oder Gewürze, die aufmerken lassen. Ich liebe kleine Überraschungen. Man bekommt einen Teller, denkt sich, oh, das kenne ich, und merkt dann, dass da etwas drin ist, das man eben noch nie so geschmeckt hat. Entschuldige, ich rede zu viel.«

»Nein, überhaupt nicht. Mich interessiert das. Ich koche auch sehr gern.«

»Hab ich gemerkt. Waren das Salzzitronen in deiner Taboulé?«

»Ja.«

»Genau das meine ich. Da entdeckt der Gaumen Neues. Hast du das Rezept dabei?«

Jule nickte und holte einen Zettel aus ihrer Tasche. »Hier. Ich dachte, so ist es besser als per SMS. Die Mengen variiere ich immer ein bisschen. Manchmal gebe ich auch nur Gurke, Minze und Zitrone hinein. Das passt dann gut zu Fisch. Wichtig bei diesem Gericht ist, den Couscous nicht zu kochen. Da wird er zu weich. Die Zutaten haben genügend Flüssigkeit, den Rest erledigt die Zeit. Mindestens vier Stunden sollte alles durchziehen, danach ist die Hirse gar und bleibt trotzdem schön körnig.«

»Perfekt. Ich danke dir.« Catherine steckte den Zettel in die Tasche ihrer weiten weißen Leinenhose. Darüber trug sie ein tiefrotes ärmelloses Top. Ihre schwarzen Locken hatte sie diesmal mit einem Tuch zusammengebunden. Sie war ungeschminkt, bis auf einen Lippenstift, der mindestens so rot war wie ihr Oberteil.

»Und? Was sagst du zu alldem hier?« Sie sah Jule fragend an.

»Es ist ein sehr schönes Restaurant mit einem Konzept, das mir gefällt. Einziger Haken: Ich habe noch nie im Service gearbeitet.«

»Aber du warst schon öfter mal essen, oder? Wer Gast in einem Lokal war, weiß, wie man als Gast behandelt werden möchte. So einfach ist das, sage ich immer. Zugegeben, es gibt auch schwierige Leute, aber ich denke, mit denen kommst du klar.

Am besten wird man dann noch eine Spur freundlicher; das nimmt den meisten den Wind aus den Segeln. Wie ich gestern schon meinte, ich brauche eine sympathische Person, die die Sprache unserer Gäste spricht. Deutsch, das war immer unser Problem. Und dein Französisch ist ebenfalls tadellos.«

Gast in einem Lokal. Jule ließ den Satz in sich nachklingen. Das war sie bereits lange nicht mehr gewesen. In ihrer ersten, ihrer guten Zeit waren Mark und sie noch öfter essen gegangen; sie hatten Spaß daran gehabt, die Dinge auszukosten. Doch nachdem Jule das Kochen eingestellt hatte, waren auch die Restaurantbesuche weniger geworden. Irgendwann gab es keine mehr. Der Geschmack des Lebens, des Lebens mit ihm, er war bitter geworden. War es eine Laune des Schicksals, dass sie nun hier im Süden nicht nur die Lust am Kochen wiedergefunden hatte, sondern bald in einem Restaurant arbeiten würde? Sie überlegte. Nein, mit Schicksal hatte das nichts zu tun. Es war einzig sie selbst gewesen, die sich an den Ort geführt hatte, an dem sie jetzt war. Die Luft, in die sie ihren Fuß gesetzt hatte, trug sie inzwischen. Das Wagnis war geglückt. Bis hierhin.

»Trinkst du ein Glas Weißwein mit mir?«, fragte Catherine, ging, ohne eine Antwort abzuwarten, zum Tresen und öffnete einen Kühlschrank. »Ich hab noch einen herrlichen Sancerre offen. Ein Sauvignon am Nachmittag geht immer, finde ich.« Sie holte zwei Gläser aus einem Regal und schenkte sie zur Hälfte voll.

»Auf eine gute Zusammenarbeit«, sagte sie. »Ich glaube, ich hab's schon erwähnt – wir haben nur abends geöffnet. Ich schlage vor, du kommst immer gegen siebzehn Uhr. Dann wird die Speisekarte besprochen, und du hilfst ein bisschen bei der Vorbereitung. Servietten falten, Gläser und Besteck eindecken, Blumenvasen bestücken. Céline und Frédéric arbeiten ebenfalls im Service. Du lernst sie am Mittwoch kennen. Sie ist sehr lieb und sehr tüchtig, spricht aber nur Französisch, und er kann ordentlich was wegschaffen, bringt es jedoch lediglich auf ein bisschen

Schulenglisch. Neulich kündigte er einem deutschen Pärchen Taube an, und die waren ziemlich verblüfft, als sie einen Taschenkrebs bekamen.«

Jule lachte. »Haben sie …?«

»Sie haben's mit Humor genommen. Nicht gemeckert, sondern ihren Taschenkrebs genossen.« Sie trank einen großen Schluck Wein und schenkte sich noch etwas nach. »Sophie erzählte, du lebst da oben in Jochens Haus ganz allein.«

»Ja. Eine Katze ist mir zugelaufen, mit der unterhalte ich mich. Ansonsten bin ich viel im Pool, das tut auch meinem Handgelenk gut. Ich lese, höre Musik, schreibe, koche …«

»Du kochst nur für dich?«

»Ja, das macht mir Spaß. Es gibt eine gut ausgestattete Küche, ich probiere viel Neues aus und freu mich, wenn's schmeckt. Danach sitze ich auf der Terrasse und gucke in die Landschaft. Ich genüge mir derzeit völlig.«

»Hört sich an, als seist du ganz bei dir.«

Jule lächelte. »Nach langer Zeit endlich, ja.«

»Das ist wichtig. Im Grunde ist es das Wichtigste überhaupt. Ich war auch viele Jahre fremdbestimmt. Ständig musste ich mir von meinen Chefs vorschreiben lassen, was ich zu tun hatte. Ich hab viel gelernt, ohne Zweifel, aber irgendwann war ich es leid, von den Launen anderer abhängig zu sein. Und Köche können sehr launisch sein.«

»Du auch?«

Catherine zog die Augenbrauen hoch und richtete ihren Blick dabei nach oben. »Okay, ich bin streng in der Küche, pingelig, wenn's um die Sache geht. Aber ich brülle nicht herum. Brüllen schüchtert Menschen nur ein, und eingeschüchterte Menschen können ihr Potenzial nicht ausleben, weil sie ständig auf der Hut sind. Das frisst Energie, die ihnen woanders fehlt.«

Catherine redete vom Kochen, und doch schien es Jule, als ginge es auch um sie.

»Strenge billige ich mir zu«, fuhr Catherine fort. »Wer richtig gut sein will, muss streng sein. Das hat mit Disziplin zu tun und mit Sorgfalt.«

»Ich weiß, was du meinst«, erwiderte Jule. »Ich kann auch ziemlich streng sein.«

»Beim Kochen?«

»Nein, wenn's um Musik geht. In Deutschland und Österreich habe ich Klavier unterrichtet. Auch Konzerte habe ich gegeben. Auf dem Gebiet bin ich eine Perfektionistin. Die anderen haben es da nicht immer leicht mit mir.« Sie überlegte. »Ich mit mir allerdings auch nicht«, fügte sie dann hinzu.

»Es geht wohl hier wie dort letztlich immer darum, den richtigen Ton zu treffen«, entgegnete Catherine. »Ein falscher Akkord, ein falsches Gewürz, und alles ist dahin.«

Jule trank ihr Glas leer und stellte es ab.

Catherine stand auf. »Ich glaube, wir verstehen uns«, sagte sie und reichte Jule die Hand.

»Das scheint mir auch so.«

»Dann sehen wir uns hier in drei Tagen.«

Als Jule draußen auf der Straße stand, hörte sie, wie Läden und Tür hinter ihr geschlossen wurden.

Wieder ein neues Kapitel, sagte sie halblaut zu sich. Dann stieg sie in ihr Auto und startete den Motor.

Am Mittwoch war sie pünktlich um 17 Uhr im Restaurant. Diesmal waren Türen und Fenster weit geöffnet, im Glaskasten hing eine Speisekarte.

Catherine begrüßte sie eilig und stellte ihr Céline und Frédéric vor. »Die zwei erklären dir alles. Ich muss zurück an den Herd«, sagte sie und verschwand auch schon wieder durch die Schwingtür in die Küche.

Als Erstes bekam Jule eine hellgraue, frisch gebügelte Schürze, die sie sich um den Bauch binden sollte. Anschließend erklärte ihr Céline das Menü für diese Woche.

Jule lächelte, als sie sah, dass Catherine nach den *amuse-bou-*

ches Taboulé als Vorspeise auf der Karte hatte, dazu bot sie in Pastis marinierte Garnelen an. Es gab auf der Haut gebratenen Wolfsbarsch in Buttermilch-Lorbeer-Sauce und später geschmortes Kaninchen mit Kartoffel-Senf-Püree und Kapernöl. Der Käsegang bestand aus *pélardon* in drei Reifegraden und Nussbrot. Eine *tarte à la framboise* mit Mandelsorbet beschloss das Ganze.

Frédéric erläuterte Jule die Auswahl an Weinen, die Catherine zu ihrem Menü empfahl. »Falls jemand etwas anderes möchte, hol mich dazu. Später gehen wir zusammen mal die ganze Weinkarte durch, und ich sage dir, was du wissen musst. Am besten nimmst du die Karte mit nach Hause und prägst sie dir ein. Das hab ich anfangs auch so gemacht. Keine Angst, sie ist nicht sehr groß.«

Ab halb sieben kamen die ersten Gäste. Um acht waren alle Tische besetzt. Catherine hatte recht gehabt. Über die Hälfte waren Deutsche, die in der Gegend Urlaub machten.

Jule übersetzte die Speisekarte oder half aus, wenn jemandem eine Vokabel nicht geläufig war. Sie hielt ein bisschen Small Talk mit den Leuten. Woher kommen Sie? Wo wohnen Sie hier? Kennen Sie die Provence? Das kam gut an.

Um die Aperitifs, die geordert wurden, kümmerte sich Jule. Das Öffnen der Weinflaschen besorgte Frédéric, das Nachschenken übernahm wiederum Jule. Céline trug die Teller, die aus der Küche kamen, zu den Tischen und räumte sie gemeinsam mit Frédéric wieder ab.

Es war wie ein Musikstück, das leise und langsam begann und dann sein Tempo steigerte. Zwischen halb neun und neun war der Höhepunkt. Die Bewegungen wurden schneller, die Rufe aus der Küche lauter. Als endlich Tisch für Tisch die Desserts serviert wurden, kehrten mehr und mehr die leisen Töne zurück. Kaffee und Digestif setzten den Schlussakkord. Gegen halb elf verließen die letzten Gäste das Restaurant.

»Lief doch gut«, sagte Catherine, als sie mit ihrem Kollegen aus der Küche kam. Der junge Mann hieß Jean. Er war dünn und blass, und er hatte einen konzentrierten Blick. Beide, seine Chefin und er, hatten kleine Schweißperlen auf der Stirn und Flecken auf der Schürze.

Céline, Frédéric und Jule lachten.

»Ja«, sagte Frédéric. »Wir drei sind ein gutes Team. Ich bin offen gestanden sehr froh, dass ich nun nicht mehr auf Englisch herumstottern muss.«

»Keine Taschenkrebse mehr statt Tauben«, sagte Catherine.

Frédéric grinste. Rot wurde er trotzdem.

Jeder bekam noch einen Schluck Rotwein, und dann gab es den Lohn plus Trinkgeld.

Stolz steckte Jule die Scheine in die Tasche ihrer Jeans. Ihr erstes selbst verdientes Geld hier. Der Sommer wäre erst einmal gesichert.

»Was macht die Hand?«, fragte Catherine.

»Sie macht sich ganz gut«, erwiderte Jule.

»*Très bien.* Wer mag, nimmt sich noch Reste aus der Küche mit nach Hause. Viel ist heute nicht übrig geblieben, aber ein kleines Nachtessen für euch drei ist drin.«

Kurz bevor Jule ging, steckte ihr Frédéric die Weinkarte zu. »Denk nur dran, sie morgen wieder mitzubringen.«

Sie nickte, und dann machte sie sich auf den Weg. In einer Tüte drei Plastiktöpfe mit Garnelen und Kaninchen und Himbeertarte.

Zu Hause las sie heute kein Buch vor dem Schlafengehen. Stattdessen las sie über Pécharmant, Crozes Hermitage, Madiran, Côtes du Rhône, Grenache blanc, Roussanne, Muscadet, Blanquette und viele mehr. Ein Weinführer, den sie in Jos Zimmer gefunden hatte, half ihr dabei, sich einen Überblick zu verschaffen. Frédéric hatte recht gehabt, Catherines Karte war wirklich nicht besonders umfangreich; schon bald würde Jule alle Weine darauf kennen und den Gästen beschreiben können.

Gegen ein Uhr schlief sie ein und nahm Gläserklirren und Tellerklappern mit in ihre Träume.

Vier Tage später hatte sie ihre erste Woche im Restaurant hinter und drei freie Tage vor sich. Von da an wurde mehr und mehr zur Routine, was zunächst noch aufregend neu gewesen war. Das abendliche Musikstück, für das Jule anfangs Taktstock und Noten gebraucht hatte, spielte sie recht bald von ganz allein. Sie machte ihre Sache gut. Fanden Catherine, Frédéric und Céline. Sowie die Gäste, von denen einige wiederkamen, bis ihr Urlaub vorbei war.

Jule war nicht im Urlaub, und es war auch nichts vorbei. Im Gegenteil: Die Zeichen standen auf Fortsetzung dessen, was bislang gelungen war. Sie durfte bleiben. Das, was sich zu Beginn wie Ferien angefühlt hatte, wurde Alltag. Ein neuer Alltag, der den in Wien mehr und mehr verblassen ließ. Nie wieder hatte sie sich seit jenem Vormittag kurz nach ihrer Ankunft die Frage gestellt, was sie hier eigentlich wollte. Sie wusste, was sie wollte. Und genau das tat sie auch.

Jule hatte nun ihre Gewohnheiten, ihre festen und ihre freien Zeiten. Dreimal pro Woche ging sie vormittags zur Physiotherapie, ließ ihr Handgelenk bewegen und massieren und trainierte an den Nachmittagen zu Hause am und im Pool. An dem Tisch auf der Terrasse begann sie mit Fingerübungen. Sie spielte Tonleitern ohne Töne und kleine Stücke, die sie auswendig kannte. Pêche sah ihr interessiert zu, wenn sie den Tisch bearbeitete und dabei leise vor sich hin summte.

Nach vier Wochen sagte ihre Therapeutin, die Hand könne nun wieder voll belastet werden. Auch die Rippe bereitete immer weniger Probleme. Das Päckchen mit den Schmerztabletten räumte Jule in eine Schublade. Sie würde ab jetzt keine mehr brauchen.

Es war ein Montagvormittag, als sie eine der Sonnenliegen vom Pool unter den Feigenbaum schob. Der Baum trug nun dunkelgrüne Blätter und zeigte erste Fruchtansätze. Jule lehnte sich zurück und schloss kurz die Augen. Dann griff sie nach ihrem

Handy und wählte die Nummer in Uzès. Die Nummer von Fabian Delaud.

»Ist es so weit?«, fragte er, als sie ihren Namen genannt hatte.

»Ja, ich darf nun spielen.«

»Ich kann mir vorstellen, was das für Sie bedeutet.«

»Ich kann es kaum erwarten.«

»Dann lassen Sie uns keine Zeit verlieren. Kommen Sie doch morgen Mittag bei mir vorbei. Gegen zwölf Uhr? Ist das in Ordnung für Sie?«

»Ich werde da sein.«

Er nannte ihr die Adresse und sagte, dass sich sein Büro im ersten Stock befinde. »Wir sind ein kleines Haus. Verlaufen können Sie sich nicht.«

Er wünschte ihr noch einen schönen Tag. Und das hörte sich nicht nach einer Floskel an.

Jule schrieb eine SMS an Vera.

»Morgen ist es so weit. Das Klavier wartet auf mich.«

Die Freundin in Wien wusste von dem Gartenfest bei Sophie und Nicolas, von Catherines Restaurant, von dem Orthopäden und dem Schuldirektor in der nächstgelegenen Kleinstadt. Sie wusste noch immer nicht, wo Jule war. Aber sie wusste, dass es besser war, eben das nicht zu wissen. Es war sicherer.

Inzwischen hatte es eine Anhörung vor Gericht gegeben. Man hatte Vera nach Jules Aufenthaltsort gefragt, und sie hatte nicht lügen müssen. Ihre Unwissenheit schützte sie – und Jule. Auch Mark war dort gewesen. Seinen Hass hatte er nur mühsam unterdrückt. Seinen Hass auf Jule, die ihm das eingebrockt hatte. So sah er das. Der Richter sah das anders. Er sprach eine Warnung aus. Und verhängte einstweilen eine Geldstrafe. Es war ein hoher Betrag, einer, der Mark wehtun würde. Dem Mann, der ihr, Jule, so wehgetan hatte, dass sie hatte fliehen müssen. Diesmal hatten keine roten Rosen und keine Beteuerungen ihm geholfen. Sein Bestand an Halbherzigkeiten war aufgebraucht, sein falsches Spiel aufgedeckt. Jetzt musste er zahlen. Jule hatte eine Vorstellung von dem Hass, der sich tief in ihn hineingefressen hatte.

Sie sah auf. Sie sah das Haus mit seinen Mauersteinen, die alle anders und jeder für sich besonders war. Sie sah die Zypresse, die Tag für Tag ihre Schatten wandern ließ. Sie sah das Wasser im Pool, das kleine hellgrüne Wellen warf. Sie sah sich, die sich hier von alldem beschützt fühlte.

Das Handy zeigte eine neue Nachricht an.

»Das ist eine wunderbare Neuigkeit. Du machst alles richtig, Jule. Mach weiter so.«

Versprochen, dachte Jule. Sie versprach es sich selbst.

20

Die Schule lag ebenfalls in der Altstadt, aber ganz anders als der Betonbau, in dem *Docteur* Malgré seine Praxis hatte, war dies ein Gebäude, das schon einige Jahrhunderte hatte kommen und gehen sehen. Dicke Mauern umgaben einen großen Innenhof, der zu Open-Air-Veranstaltungen geradezu aufforderte. Einige Fenster standen offen und ließen Musik ins Freie. Jemand übte Violine, ein anderer Querflöte, auch ein Cembalo war zu hören.

Jule spürte, wie ihr Herz schneller zu schlagen begann. Der Herzschlag verband sich mit den altvertrauten Klängen. Die Schulen in München, in Wien, sie waren plötzlich wieder da. Wie in einem Bienenstock summte und tönte es aus einer Musikschule, eine Art Grundrauschen, das Jule nun schon seit Jahrzehnten begleitete und das in den letzten Monaten verstummt war. Sie hatte zwar sehr viele von Jos CDs gehört, aber das war nicht dasselbe gewesen. Das Unmittelbare hatte gefehlt, der Bienenstock in ihrem Inneren hatte wie ausgestorben gewirkt. Verlassen von allem, was ihr Leben bedeutet hatte.

Sie blieb einen Augenblick in dem Hof stehen, lauschte den Tönen nach, die die Luft um sie herum aufluden. Dann ging sie auf den Eingang zu, schob eine schwere Holztür auf und stieg eine breite Treppe hinauf in den ersten Stock. Sie fand das Büro von Fabian Delaud sofort und klopfte leise an.

»Ja bitte?«

Sie trat ein. Es war ein eher kleiner Raum, einer, der so gar nicht zu dem herrschaftlichen Äußeren des Hauses passen wollte. An den Wänden standen hohe mit Büchern und Partituren gefüllte Regale. An einer Pinnwand hingen Stundenpläne, daneben Bilder von Musikaufführungen, Klassenfotos, die Aufnahme einer Gruppe Erwachsener, wahrscheinlich das Lehrerkollegium. Ein Cello stand mitten im Raum, vor einem Notenständer.

Monsieur Delaud erhob sich hinter seinem Schreibtisch, auf dem unzählige Papiere unterschiedlich hohe Stapel bildeten. Er war ein großer, nicht ganz schlanker Mann. Seine grauen Haare zeigten sich nur noch als schmaler Kranz auf einem ansonsten kahlen Schädel. Das ließ ihn älter wirken, als er vermutlich war. Die dunklen Augen dagegen wirkten wach und korrigierten das Alter wieder nach unten. Vielleicht fünfzig, vielleicht aber auch schon sechzig Jahre.

»*Bonjour, Madame*«, sagte er mit der weichen Stimme, die sie bereits vom Telefon kannte. »Sie müssen Jule Kröger sein.«

Er zeigte auf ein kleines Sofa. »Setzen Sie sich doch. Möchten Sie ein Wasser?«

»Ja, gern.«

Er verließ kurz den Raum und kam mit einer Flasche und zwei Gläsern zurück. Dann nahm er auf einem Sessel ihr gegenüber Platz und schenkte ihnen beiden ein.

»Ist das Ihr Cello?«, fragte Jule.

Er lächelte. Das ließ ihn eindeutig jünger als sechzig aussehen. »Ja. Ich spiele darauf, seit ich denken kann. Deshalb habe ich es stets in meiner Nähe.«

»Ich kannte mal einen Cellisten. Auch ein Franzose übrigens.«

»Ah ja?« Er sah sie neugierig an.

»Wir haben uns in Paris kennengelernt«, erklärte Jule. »Besuchten zu der Zeit beide ein Konservatorium. Ist lange her.«

»Cello und Klavier können gut miteinander.«

»Aber einer muss sich unterordnen.«

Seine Lippen bewegten sich, als wollten sie abermals lächeln. »Meist ist es das Cello, das diesen Part übernimmt«, sagte er dann. »Ich habe ein bisschen gegoogelt. Sie haben in gar nicht so kleinen Häusern gespielt, hatten gute Kritiken.«

Sie nickte.

»Aber dann war irgendwann Schluss«, fuhr er fort. »Ihre Konzerte brachen ab, das heißt, es wurde nichts mehr über Sie geschrieben.«

»Meine Mutter ist damals krank geworden. Ich musste mich einige Jahre um sie kümmern. Da war's dann vorbei mit dem Herumreisen.«

»Das ist bedauerlich.«

»Ja, in der Zeit habe ich nur noch unterrichtet. Und nachdem meine Mutter gestorben war, fehlte mir die Kraft, um erneut durchzustarten. Ich habe weiter Stunden gegeben und in kleineren Clubs in Wien gespielt.«

»In Clubs?«

»Ich habe den Jazz entdeckt.«

»Interessant.«

»Na ja, es ist ein eigener Stil herausgekommen, wenn Sie so wollen. Oft nehme ich Anleihen bei den Klassikern, und dann beginne ich zu improvisieren, verknüpfe meine Interpretationen mit dem Gewohnten. Die Irritation liegt mir.«

»Klingt spannungsreich. Sie provozieren Brüche und schaffen damit etwas Eigenes.«

»Genau das ist es.« Der Mann verstand sie, obwohl er sie noch gar nicht hatte spielen hören.

»Dann dürfen wir uns hier in unserer Schule auf neue Töne freuen. Ihre Hand ist wieder völlig in Ordnung?«

»Ja, ich habe einige Wochen Physiotherapie hinter mir. Vielleicht sollte ich anfangs noch etwas vorsichtig sein, aber im Prinzip kann ich das Handgelenk wieder gut bewegen.«

Er stand auf, ging zu seinem Schreibtisch und kam mit einem Blatt Papier zurück. »Ich habe Ihnen hier den Stundenplan kopiert. Dort sehen Sie, wann die kleine Aula besetzt ist. Es gibt auch noch einen Übungsraum mit einem alten Klavier, aber unser Flügel passt besser zu Ihnen, glaube ich.«

Sie fühlte, dass sie rot wurde.

»Wieso …?«

»Nun, darüber haben wir uns gerade unterhalten«, unterbrach er sie. »Meist finden die Klavierstunden nachmittags statt, weil viele unserer Schüler morgens noch im Gymnasium sind.«

»Das ist gut. An drei Tagen arbeite ich nämlich ab siebzehn Uhr.«

»Ah ja? Was arbeiten Sie?«

»Ich helfe in einem kleinen Restaurant in Goudargues aus. Ein Ferienjob, der mir finanziell über den Sommer hilft.«

»Sie bleiben also länger hier in der Provence?«

»Ich kann's mir vorstellen, ja. Aber auch da setze ich aufs Improvisieren.«

»Brüche nicht nur in der Musik?«

Jetzt lächelte sie. »Erraten! Mein Handgelenk war zwar nur verstaucht, aber im übertragenen Sinne war es schon so etwas wie ein Bruch. Und nun sitze ich hier und schaue mal, was mein Leben und ich uns einfallen lassen.« Sie warf einen Blick auf den Stundenplan und steckte ihn dann in ihre Tasche.

»Kommen Sie«, sagte er. »Ich mache mit Ihnen einen kleinen Rundgang durch die Schule.«

Sie folgte ihm. Sah in diverse Unterrichtsräume und ins Lehrerzimmer. Wurde einigen Leuten vorgestellt, die ihr alle freundlich zunickten. Sie erfuhr, dass der Schlüssel für die Aula neben vielen anderen an einem Bord im Sekretariat hing. Und dann endlich führte Fabian Delaud sie dorthin, wo sich der Flügel befand. Er stand auf einer leicht erhöhten Bühne. Davor einige Stuhlreihen. Überall alter Parkettboden. Ein paar Strahler an der Decke. Sonst nichts. Neben dem Klavierhocker befand sich ein zweiter. »Für unsere Lehrerin«, erklärte der Direktor und schob ihn beiseite. »Und da hinter der Bühne geht eine Tür in einen Raum, in dem Sie Notenblätter für Klavier finden, falls Sie die brauchen.«

»Ganz bestimmt. Meine sind alle in Wien geblieben.«

»Ein überstürzter Aufbruch?«

»Kann man so sagen.«

»Wollen Sie mal?« Er klappte den Deckel des Flügels auf.

Sie setzte sich auf den Hocker. Bewegte kurz die Finger. Verharrte mit den Händen anschließend einige Sekunden bewegungslos über den Tasten, Millimeter nur, als wollte sie Fühlung aufnehmen mit der Energie von Schwarz und Weiß. Erst danach begann sie zu spielen

Zunächst ein paar Tonleitern, um die Finger aufzuwecken. Anschließend eine Etüde von Chopin, die sie auswendig kannte. Sie vergaß alles um sich herum. Vergaß die Schule, die Aula, den Mann, der ihr zuhörte.

Da waren nur noch sie und die Musik.

Sie kam nach Hause. An einem Ort so weit weg von zu Hause.

Als sie fertig war, klappte sie den Deckel zu und blieb noch einen Moment sitzen. Dass ihr Gesicht ganz nass war von den Tränen, die ihr über die Wangen flossen, merkte sie erst jetzt.

»Erstaunlich«, sagte Fabian Delaud und reichte ihr ein weißes Stofftaschentuch, das er aus seiner Jackentasche zog.

»Danke.« Sie wischte sich die Tränen ab und schnäuzte kräftig in das Taschentuch. »Verzeihen Sie, aber …«

»Keine Entschuldigungen.«

Sie blickte auf das Tuch, wusste nicht, wohin damit.

»Behalten Sie's«, sagte er. Dann zeigte er auf den Flügel. »Ich kenne die Etüde, die Sie gespielt haben, sehr gut. Alle hier kennen sie. Natürlich. Sie gehört zum Standardrepertoire jeder Schule. Aber so wie eben habe ich sie noch niemals gehört.« Er sah auf seine Armbanduhr. »Hätten Sie Lust, mit mir zu Mittag zu essen?« Er bemerkte ihr Zögern. »Ich lade Sie ein«, fügte er hinzu.

Nun nickte sie. »Sehr gern.«

Sie gingen zu Fuß. Das Restaurant lag nur einige Straßen entfernt. Von dort aus sah man die Tour Fenestrelle, jenen leicht schiefen und zugleich luftig-lichten Turm, in dem Jule vor einigen Wochen einen Spiegel ihrer selbst wahrgenommen hatte.

Jetzt warf sie ihm einen Blick zu, als wollte sie ihn grüßen. Danach trat sie durch die Tür, die Fabian Delaud ihr aufhielt.

Das Lokal befand sich in einem ehemaligen Stadtpalast. Hallenhohe stuckverzierte Decken – und eine schlicht-moderne Einrichtung, die den Zeitgeist hinzuholte. Brüche auch hier. Viele Tische waren bereits besetzt. Freundinnen. Geschäftsleute. Paare. Nur wenige Touristen.

Der Schuldirektor schien Stammgast zu sein. Er wurde mit Namen begrüßt und zu einem Platz geführt, über dem ein riesiger goldgerahmter Spiegel hing.

Es gab ein dreigängiges Mittagsmenü, simpel und zugleich fein. Das nahmen hier fast alle.

»Kennen Sie sich mit Weinen aus?«, fragte Fabian Delaud.

»Etwas besser, seit ich in einem Restaurant arbeite. Ich habe mich eingelesen – und eingetrunken.«

»Kennen Sie den Vacqueyras?«

Sie nickte.

»Aber bestimmt noch nicht als Rosé, oder?«

»Touché! Ich kannte bislang nur den Roten.«

»Wie die meisten. Dann lernen Sie jetzt etwas Neues kennen. Von einem Winzer, den ich sehr mag. Letztlich ist es beim Wein wie in der Musik. Die Trauben sind bekannt, aber die Töne, die man herausholt, variieren, je nachdem, wer sie spielt.«

Jule genoss das Essen. Den Wein. Die Gespräche. Sie fragte sich, was *Docteur* Malgré seinem Freund wohl über sie erzählt hatte, aber selbst wenn er mehr über sie wusste, als das Arztgeheimnis erlaubte, ließ er es sich nicht anmerken. Für ihn war sie eine Künstlerin, der er einen Gefallen tat und mit der er über das reden konnte, was sie beide verband.

Am Ende standen sie vor dem Restaurant und bedankten sich gegenseitig. Sie dafür, dass sie nun spielen durfte, er dafür, dass er sie nun öfter würde hören dürfen.

Sie gingen in unterschiedliche Richtungen davon.

Jule dachte an das Mädchen, das sie vor Wochen auf der Place aux Herbes im Brunnen hatte tanzen sehen. Sie dachte daran, dass sie ein Engel hatte werden wollen, als sie selbst noch ein Mädchen gewesen war. Und sie dachte daran, was ihr Vater daraufhin gesagt hatte – über die Flügel und die Freiheit. Jetzt spürte sie, was das wirklich hieß. Wie beflügelt – so sagte man doch, und so fühlte sie sich in diesem Moment.

Sie warf einen letzten Blick auf die Tour Fenestrelle. Der Turm kam ihr noch etwas schiefer vor. Vielleicht lag das am Wein, den sie getrunken hatte, vielleicht aber auch an den Flügeln, die ihr zu wachsen schienen.

Von diesem Tag an änderte sich ihr neues Leben ein weiteres Mal. Da waren nicht nur die Stunden mit Catherine und den anderen im Restaurant und die Stunden mit Pêche auf der Terrasse, nicht nur das Schreiben im Tagebuch und das Treiben im Pool – da waren nun auch die regelmäßigen Fahrten nach Uzès. Mit dem Stundenplan, den Fabian Delaud Jule mitgegeben hatte, arbeitete sie sich ihren eigenen Stundenplan aus. Sie verband ihre Abgeschiedenheit im Haus mit dem Trubel im Dorf und in der Stadt, sie bewegte sich zwischen all den Welten, aus der sich nun ihre Welt zusammensetzte.

Wenn sie in der kleinen Aula am Flügel saß, brachte sie ihre Welt zum Klingen. Verlieh dem Ausdruck, was sich in ihr regte. Es war, als ob sie das, was sie Tag für Tag in Veras Buch schrieb, hier in Töne übersetzte. Manches war so laut, dass die alten Mauern zu beben schienen, anderes so leise, dass man meinte, das Knarren des Parketts zu hören. Da war Mut neben Wehmut, Schmerz neben Scham, Unglück neben Glück. Nur Angst war da nicht, wenn sie spielte. Sie ahnte zwar, dass dieser tollwütige Affe, so sah und nannte sie ihre Angst inzwischen, irgendwo auf seinen Einsatz lauerte, doch sie trieb ihn zur Flucht, sobald ihre Finger die Tasten fanden. Sie improvisierte jetzt mehr denn je. Holte sich die Partituren der großen alten Komponisten und durchsetzte deren Stücke anschließend mit Jazzelementen.

Es kam vor, dass nicht nur der Direktor, sondern auch Lehrkräfte der Schule fragten, ob sie zuhören dürften, wenn sie sich den Schlüssel für die Aula abholte. Ab und an hatte sie nun also wieder Publikum, und der Applaus einer Handvoll Menschen berührte sie mehr als ein tosender Saal, wie sie ihn von früher kannte.

Als Fabian Delaud sie eines Tages bat, beim diesjährigen Sommerkonzert etwas vorzutragen, schien die Spannweite ihrer Flügel noch einmal zuzunehmen. Sie trug an jenem Abend ihr dunkelblaues Kleid mit den weißen Biesen, sie trug Mitsouko, und sie trug Schumann vor, dem sie Läufe beimischte, die ihre eigenen waren. Gängiges und Vertrautes löste sie mal eben auf, um es dann wieder einzufangen und mit dem zu verknüpfen, was so neu und so anders war. Das Stück, das sie spielte, war leise, der Beifall, den sie bekam, war laut. Die Leute wollten eine Zugabe, und sie entschied sich für *Stella by Starlight.* Auch diesen Jazzstandard interpretierte sie so, dass jede und jeder ihn wiedererkannte und dennoch etwas bislang Ungekanntes darin mitschwang. Sie spürte, dass da etwas war zwischen ihr und den Menschen, die ihr zuhörten. In Kritiken las man oft, jemand erreiche sein Publikum. Bei ihr war es an diesem Abend mehr – sie umarmte ihr Publikum.

Sie war die letzte Vortragende, nach einer ganzen Reihe aufgeregter Schüler und Schülerinnen, wie sie selbst einmal eine gewesen war. Fabian Delaud hatte sie als einen besonderen Gast der Schule angekündigt. Danach gab es noch Wein und Sandwiches und viele Fragen an sie. Sie stand da, in ihrem blauen Kleid, mit einem Glas in der Hand, und die Worte sprudelten nur so aus ihr heraus.

»Sie sind wieder in Ihrem Element.«

Sie drehte sich um und sah *Docteur* Malgré, den Orthopäden. Sie lächelte. »Ja, es tut gut, hier zu sein.«

»Es hat mir gefallen, was Sie gespielt haben, und als Ihr Arzt hat mir natürlich auch die Beweglichkeit Ihres Handgelenks gefallen. Ich würde das als vollkommene Heilung bezeichnen – in doppelter Hinsicht.«

»Das habe ich Ihnen zu verdanken.«

»Nun ja, es gehört sozusagen zu meiner Jobbeschreibung, Menschen zu heilen. Oder es zumindest zu versuchen. Darf ich Ihnen meine Frau vorstellen?« Er wies auf seine Begleiterin, die Jule die Hand schüttelte und sie zu ihrem Auftritt beglückwünschte. Jule lernte auch deren Golfpartnerin kennen, *Madame* Delaud, die Ehefrau des Schuldirektors.

Zwei Männer. Zwei Frauen. Zwei Paare.

So selbstverständliche Zweisamkeit.

Auch für Jule war es selbstverständlich gewesen, einen Mann an ihrer Seite zu haben. Sie und Mark hatten ihre Auftritte als Paar gehabt. Jetzt war sie ohne ihn. Sie war allein. Und dennoch fühlte sie sich weniger allein als je zuvor.

Es war ein Reigen von Händen, die sich ihr an diesem Abend entgegenstreckten, und sie nahm den sanften Druck all dieser Hände mit auf den Weg nach Hause.

Kurz nach Mitternacht saß sie endlich auf ihrer Terrasse, mit einem letzten Glas Wein und einer letzten Zigarette. Es war immer nur diese eine, die sie rauchte.

Die Luft war inzwischen so lau, dass Jule selbst um diese Zeit nicht fror. Der Sommer im Süden legte seine Hitze gleichermaßen über die Nächte, und dazu ließ er die Zikaden aufspielen. Ein Konzert auch hier.

»Es ist wohl zu spät zum Telefonieren, oder?«

Sie hatte diese SMS an Jo schnell abgeschickt. Aus einem Impuls heraus.

Drei Minuten später klingelte ihr Handy.

»Habe ich Sie geweckt?«, fragte sie.

»Nein, nein, ich habe noch gearbeitet.«

»Woran arbeiten Sie?«

»Ich lese ein Manuskript. Es geht darin um eine schwierige Beziehung, und irgendwie finde ich das gerade kompliziert.«

»Weil Sie selbst gerade …« Sie stockte. »Ich sollte das nicht sagen.«

»Sagen Sie es ruhig. Sie haben ein gutes Gespür für Dinge, und ich bin dankbar, dass Sie es haben. Durch Sie habe ich begriffen, dass man sich manches mit Abstand besehen sollte. Sie wissen schon, das, was Sie mir damals über den Klimt beigebracht haben. Das war ein Lehrstück in Sachen Leben.«

»Ja, daran habe ich auch oft denken müssen. Im Grunde habe ich erst hier wirklich erfahren, dass da etwas dran war. Mein eigener Abstand scheint jetzt ausreichend.«

»Klingt nach Erkenntnis.«

»Ach, das ist ein zu großes Wort. Sagen wir, ich sehe besser. Und Sie?«

»Ich habe noch immer meine blinden Flecken. Ich sollte ebenfalls bald nach Frankreich kommen.«

»Es war die Rede von August. Das wäre schon bald.«

»Vermutlich wird es gegen Ende des Monats werden.«

»Das sind ja nur noch gut vier Wochen.«

»Es wäre das dritte Mal, dass wir uns sehen.«

»Nun, wir haben ja schon einmal festgestellt, dass sich unsere Geschichte auf eher ungewöhnliche Weise aufrollt.«

»Was empfinden Sie bei dem Gedanken, dass ich Sie in Ihrem Haus besuche?«

»Streng genommen ist es Ihr Haus, das ich in Beschlag genommen habe. Die Frage also, wer hier Besucher oder Besucherin ist, lässt sich gar nicht so leicht beantworten.«

»Was antworten Sie?«

»Ich lebe gerade hier, und ich bin freudig gespannt, wenn Sie Ihr Leben auf die Reise in Ihr Elternhaus schicken.«

»Das heißt …«

»Ja, das heißt, dass ich mich darauf freue, nicht mehr nur am Telefon mit Ihnen zu reden. Und dass sich meine Gesellschaft hier dann nicht nur auf eine zugelaufene Katze beschränkt.«

»Wie geht es Pêche?«

»Oh, ihr geht es prächtig. Sie mag meine Küche, und sie mag mich. Vermutlich gibt es da sogar einen Zusammenhang.«

»Dann werden wir also demnächst zu dritt sein.«

»Das ist oft eine interessante Konstellation.«

»Ich freue mich auch auf Sie, Jule. Wenn ich ehrlich bin, zähle ich bereits die Tage. Ich will so vieles hinter mir lassen.«

»Das kenne ich gut. Das Erstaunliche daran ist: Erst wenn man es wirklich tut, passieren Dinge.«

»Dinge passieren, ja … Wir sind uns auch auf ganz eigene Weise passiert.« Er räusperte sich.

Sie spürte, dass er noch etwas sagen wollte, und sie ließ ihm Zeit.

»Was meinen Sie?«, begann er schließlich. »Sollten wir es nach all den Monaten nicht wagen, vom Sie zum Du zu wechseln? Jetzt, da uns schon so einiges passiert ist …«

»Auf Wagnisse lasse ich mich gern ein.«

»Das ist mir nicht entgangen.«

»Ihnen … verzeih, dir ist sehr vieles nicht entgangen.«

»Du bist ebenfalls sehr aufmerksam.«

Es fühlte sich noch fremd an, dieses Du. Und zugleich fühlte es sich gut an. Es passte zu diesem Abend.

»Ich habe übrigens heute in Uzès meinen ersten kleinen Auftritt gehabt«, sagte Jule.

»Und das verrätst du mir erst jetzt. Wo bist du denn aufgetreten?«

»In der Musikschule, von der ich dir vor einigen Wochen erzählt habe. Der Direktor dort hat mich gefragt, ob ich etwas vortragen möchte, und ich habe Ja gesagt.«

»Und?«

»Es war wunderbar, Jo. Das erste Mal nach so langer Zeit.«

»Du hast wirklich Talent.«

»Aber du hast mich doch noch gar nicht spielen gehört.«

»Ich meine dein Talent, aus dem Leben das Bestmögliche herauszuholen. Da kann man von dir lernen.«

Sie lachte. »Oh, oh, überschätze mich nicht. Ich lerne selbst noch. Und das heißt üben, üben, üben. Wie beim Klavierspielen. Bis da eine Tonfolge sitzt, braucht es Geduld. Nicht selten verhaut man sich, und dann muss man von vorn anfangen.«

»Das verstehe ich.«

»Du verstehst eine ganze Menge.«

»Wo bist du gerade?«

»Auf der Terrasse. Es ist noch immer so warm, dass die Zikaden singen.«

»Das setzt spontan Sehnsucht bei mir frei.«

»Dein Haus wartet auf dich.«

»Das ist ein gutes Schlusswort für heute.«

Nachdem sie aufgelegt hatten, blieb Jule noch eine Zeit lang sitzen. Ihre Gedanken warfen ihr den vergangenen Abend und das Gespräch eben immer wieder wie ein Echo zurück.

Sie lauschte dem Echo. Und es war kein einziger Misston zu vernehmen.

21

Es passierte an einem Samstagabend Anfang August.
Wie immer waren alle Plätze im Restaurant reserviert. Wie immer falteten Céline, Frédéric und Jule Servietten, legten Besteck bereit und stellten Gläser und Blumen auf die Tische. Wie immer trafen anschließend nach und nach die Gäste ein.

Jule erklärte die Speisekarte, gab Weinempfehlungen, nahm Bestellungen auf und trug diese in die Küche. Die ersten *amuse-bouches* standen dort schon bereit. Auf einer Schieferplatte hatte Catherine heute drei kleine Häppchen arrangiert. Ziegenfrischkäse mit Wassermelone, gebeizter Lachs mit Limettenschaum, angeeiste Entenleberterrine. Jule nahm sich zwei der Platten und ging damit durch die Schwingtür zurück ins Lokal. Zunächst servierte sie eine davon einem älteren Ehepaar, dann ging sie mit der anderen hinaus in den Garten.

Ihre Augen suchten den Tisch, der an der Reihe war. Und dann sah sie die beiden.

Die Sattlers. Marks ehemaliger Chef und seine Frau.

Binnen Sekunden war alles wieder da. Der Abend in Wien. Das Essen. Der Eklat. Die Ohrfeige. Das zerbrochene Porzellan. Das Blut im Spülbecken.

Für einen Moment war sie unfähig, sich zu bewegen. Stand einfach nur da, starrte in die Richtung des Tisches, an dem die beiden saßen.

Als sie realisierte, was hier gerade geschah, war es bereits zu spät. Die Frau hatte sie entdeckt; sie stieß ihren Mann an und deutete mit dem Kopf in Jules Richtung.

Jule ließ die Schieferplatte, die sie in der Hand hielt, sinken. Die Häppchen fielen zu Boden, doch das bemerkte sie kaum. Mit der leeren Platte machte sie kehrt und lief zurück ins Restaurant. Dort riss sie die Tür zur Toilette auf und warf sie hinter sich zu. Keuchend drehte sie den Schlüssel um. Das, was in ihrer Kehle nach oben drängte, erbrach sie in die Toilettenschüssel. Sie würgte, verschluckte sich, hustete. Auf ihrer Stirn bildete sich kalter Schweiß. Sie spürte, wie ihre Beine versagten. Ihr wurde schwarz vor Augen. Dann sackte sie zusammen.

Es war Céline, die an die Tür klopfte und nach ihr rief. »Jule? Bist du da drin? Was ist los?«

Erst langsam sickerten Klopfen und Rufen in Jules Bewusstsein ein. Wie in Zeitlupe setzten sich Erinnerungsteile zusammen, bis daraus ein vollständiges Bild wurde. Ihre Hand tastete über die Fußbodenfliesen hoch zur Tür. Sie bekam den Schlüssel zu fassen und drehte ihn um.

»Um Gottes willen, Jule.« Céline reichte ihr die Hand und zog sie hoch. »Du siehst ja furchtbar aus.« Sie führte Jule zu einem Stuhl, der neben dem Waschbecken stand. Den Korb darauf, in dem einige zusammengefaltete Frotteetücher lagen, stellte sie auf den Boden. Sie nahm eines der Handtücher, ließ kaltes Wasser darüberlaufen und legte es ihrer Kollegin auf die Stirn. Dann ging sie zurück zur Toilette, betätigte die Spülung und hob die Schieferplatte auf, die zu Boden gefallen war, bevor sie sich wieder Jule zuwandte.

»Was ist denn passiert?« Sie strich Jule ein paar feuchte Haarsträhnen aus dem Gesicht.

»Ich weiß auch nicht.« Das stimmte nicht, aber Jule wollte hier nicht ihre Geschichte erzählen. Sie wollte in Ruhe über alles nachdenken. »Mir ist plötzlich furchtbar übel geworden«, fuhr sie fort. »So etwas habe ich noch nie erlebt.«

»Vielleicht ein Magen-Darm-Virus. Das überfällt einen manchmal regelrecht. Geht es dir jetzt ein wenig besser?«

»Ja, ja. Ich glaube, es ist vorläufig alles draußen. Nur arbeiten kann und sollte ich, glaube ich, heute nicht mehr. Falls ich ansteckend bin …«

»Mach dir deswegen keine Sorgen«, unterbrach Céline sie.

»Das schaffen Frédéric und ich auch allein. Ich gebe Catherine Bescheid. Am besten, du kochst dir zu Hause einen Tee und legst dich erst einmal hin. Was meinst du? Kannst du Auto fahren?«

»Danke, es wird schon gehen«, sagte Jule hastig und stand auf. Sie hatte nur noch einen Gedanken. Allein sein. Weg von den Sattlers, die da draußen saßen und die Köpfe zusammensteckten. Zwei Menschen, die sie nicht leiden konnten und die …

Nein, nicht weiterdenken, hämmerte eine Stimme aus ihrem Unterbewusstsein ihr ein. Es war jetzt nicht die Zeit, um zu denken. Jetzt musste sie handeln. Sie musste fliehen. Wieder einmal. Gedanken hinderten sie nur an der Flucht.

Mit Célines Unterstützung schaffte sie es zum Seiteneingang des Restaurants. Auf dem Weg dorthin griff sie nach ihrer Handtasche, die sie unter dem Tresen abgelegt hatte. Dass ein paar Gäste ihr verwundert nachsahen, registrierte sie kaum.

Dann stand sie endlich auf der Straße. Sie spürte, dass sie wankte; der Boden unter ihren Füßen schien sich aufzutun. Die beiden, die nun im Garten aßen und tranken und tuschelten, hatten ihn weggezogen, den Boden. Mit kleinen Schritten tastete sie sich voran. Ab und an suchte ihre Hand Halt an einem Gartenzaun oder einer Hauswand.

Ihr Auto stand in einer Seitenstraße. Doch sie hatte Céline angelogen. Sie war außerstande, zu fahren. Ihr Atem ging nach wie vor schwer. Die Schweißperlen auf der Stirn erneuerten sich unablässig. Die Hitze tat ihr Übriges. Die Temperatur lag bestimmt noch immer weit über dreißig Grad. Normalerweise machte ihr das nichts aus, doch jetzt war nichts mehr normal.

Sie erreichte ein altes säulenumstandenes Wasserbecken. Die Säulen spendeten ein wenig Schatten. Ein steinerner Frosch spuckte frisches Wasser in das Becken. Jule hockte sich hin und spritzte sich das kühle Nass ins Gesicht. Blieb einen Moment auf den Knien und schaute dem Frosch zu, der ungerührt sein Wasserwerk verrichtete.

Dann erhob sie sich und taumelte weiter. Sie sah den großen Bouleplatz des Dorfes, auf dem sich am heutigen Samstag ein paar Gruppen trafen, um ihre Kugeln zu werfen und gegeneinander in Stellung zu bringen. Lautes Lachen und Rufen drangen zu Jule herüber. Einige Kinder kurvten auf Fahrrädern und Skateboards über den Platz. Eine alte Frau führte ihren alten Hund aus und nickte Jule zu. Ein Mann stand auf einer Leiter und schnitt verblühte Rosen ab, um den nachfolgenden Blüten Platz zu schaffen. Es waren hellgelbe Rosen, die über eine meterhohe Mauer krochen. Jetzt im Hochsommer hatten sie ihren großen Auftritt.

Das Leben, es ging einfach weiter, während sich Jule wie abgestorben fühlte. Als hätte jemand mit einem einzigen Schnitt durchtrennt, was sie monatelang aufgebaut hatte. Noch immer sah sie ihn, den Blick dieser Frau. Spürte die Sekunden, in denen sich Erkennen einstellte. Spürte die Angst, die nach allem griff, was in ihr leben wollte.

Der tollwütige Affe war zurück.

Sie bog nach rechts ab in eine Seitengasse. Sie konnte jetzt keine Menschen ertragen. An einem kleinen Platz kam sie zur Dorfkirche. Sie drückte gegen die schwere Eingangstür; sie war offen. Erleichtert betrat Jule das Innere. Die Tür schloss sich hinter ihr. Es wurde still. Sie war allein.

Sie setzte sich auf einen der Stühle. Erst hier bemerkte sie, dass sie noch immer ihre hellgraue Servierschürze trug. Sie band die Schleife auf, faltete sie Schürze sorgfältig und legte sie auf ihre Knie.

Es war warm in der Kirche, aber nicht so heiß wie draußen. Die dicken Mauern hielten die größte Hitze ab.

Jule sah nach oben zur Kuppel, die sich über einen schlichten, von Rundbögen umfassten Altar wölbte. Im Zentrum der Kuppel befand sich das Fresko einer Taube; sie breitete ihre Flügel aus, umgeben wurde sie von steinernen Blütenornamenten, die in symmetrisch angeordneten Dreierreihen auf sie zuliefen. Ein schmales Fenster ließ durch ein türkisfarbenes Mosaik gebrochenes Licht auf die hellen Marmorplatten am Boden fallen – und auf den mit weißen Leinentüchern gedeckten Altar. Darauf ein Heiligenbild, ein eher unauffälliges Kreuz, einige Kerzenhalter, davor ein schlichter Steinkübel mit einer Grünpflanze.

Es war eine Kirche, die mit wenigem auskam. Nichts Unnötiges lenkte vom Wesentlichen ab. Nahezu schmucklos dirigierte sie alles, was aufregte und aufwühlte, in die innere Einkehr. Dorthin, wo sich Wogen beruhigen konnten.

Jule war nicht religiös, und doch spürte sie, dass dieser Raum sie hier und jetzt aufnahm. Ja, mehr als das. Er hielt den tollwütigen Affen zurück, verschaffte ihr das so dringend benötigte Innehalten. Einstweilen zumindest.

Jules Atem wurde tiefer. Der Schwindel ließ nach. Als sie nach einer guten Viertelstunde aufstand, merkte sie, dass ihre Beine sie wieder trugen. Sie wankte nicht mehr. Die erste Schockwelle, sie war vorüber.

Nun konnte sie zu ihrem Auto gehen, es aufsperren, sich hineinsetzen, Handtasche und Schürze auf dem Beifahrersitz ablegen und den Motor starten. Sie tat das alles langsamer als sonst, auf Präzision bedacht. Das Gewohnte gab ihr den Anschein von Halt. Sie fuhr durch die vertrauten Straßen, über die Brücke, vorbei an Supermarkt und Tankstelle, ließ den Wagen die Kurven hinaufkriechen und endlich zwischen den Zypressen über den Kies auf das Haus zurollen. Sie legte den ersten Gang ein, zog den Zündschlüssel ab und stieg aus.

Alles schien wie immer. Und doch war es anders. Alles schien, wie es nicht war.

Die Angst erwartete sie bereits auf der Terrasse. Sie hockte neben Pêche und sah Jule dabei zu, wie sie die Katze streichelte und ihr ein paar Kekse hinlegte. Sie folgte ihr in die Küche, wo sich Jule ein Glas Rotwein einschenkte und nach der Schachtel mit den Zigaretten griff. Wissend, dass sie im Vorteil war, setzte sich die Angst neben Jule auf den Sessel und beobachtete sie dabei, wie sie den ersten Schluck trank und den Rauch in den Abendhimmel blies. Mit unverhohlener Häme demonstrierte die Angst, dass Entkommen zwecklos war.

Jule zwang sich, die Zigarette ruhig zu Ende zu rauchen und das Glas nicht in einem Zug auszutrinken. Sie konnte die Angst nur niederringen, wenn sie sich nicht in die Falle locken ließ. Wenn sie das tat, was sie normalerweise auch tat. Wenn sie an ihren Ritualen festhielt.

Doch es half nichts. Der tollwütige Affe sprang ihr ins Genick; sie konnte seine Krallen an ihrem Hals spüren. Der Moment in der Kirche, er war nur eine Atempause gewesen. Nötig, damit Jule es überhaupt nach Hause schaffte, doch inzwischen aufgebraucht wie der letzte Sauerstoff bei einem Tauchgang. Die Gedanken, die sie zunächst hatte wegdrängen können, sie fielen nun mit unverminderter Wucht über sie her. Alle Versuche, dieses Gedankengewitter in irgendwelche Bahnen zu lenken, waren vergeblich.

Die Rituale taugten zu nichts mehr; der Rahmen, den sie Jules Leben gegeben hatten, zerfiel. Sie verließ die Terrasse früher als sonst. Sie ging auch nicht noch einmal hinunter zum Pool, wie sie es eigentlich gerne tat. Sie ging vielmehr direkt ins Haus. Bevor sie die Schiebetür schloss, sah sie hinunter zu Pêche. Die Katze strich schnurrend um Jules Beine. Vehementer als gewöhnlich. Auch sie spürte, dass etwas anders war. Sie spürte die Anwesenheit der Angst.

Vielleicht kann eine Katze einen Affen vertreiben, dachte Jule. Sie bückte sich und streichelte Pêche über den Kopf.

»Magst du heute bei mir bleiben?«, fragte sie und klopfte neben sich auf den Boden, als wollte sie Pêche ein Zeichen geben, dass sie eintreten durfte.

Die Katze verstand und schlüpfte ins Haus.

Danach schloss Jule die Tür.

Pêche erkundete mit der ihr eigenen Akribie jeden Winkel, strich durch alle Räume im Erdgeschoss und machte sogar einen Abstecher in den ersten Stock, bevor sie sich schließlich auf einem Kissen, das ihr Jule vor den Kamin gelegt hatte, zusammenrollte und die Augen schloss.

Es war bereits nach 23 Uhr, als Jule Vera anrief.

»Schläfst du schon?«, fragte sie, nachdem die Freundin sich gemeldet hatte.

»Nein, nein, ich bin gerade erst heimgekommen«, erwiderte Vera. »Es ist eine dieser wunderbaren Sommernächte, und ich war noch mit einigen Leuten am Donaukanal und …« Sie unterbrach sich, vernahm erst jetzt Jules kurze schwere Atemzüge. »Ist etwas passiert?«

»Man hat mich entdeckt«, erwiderte Jule.

»Wer hat dich entdeckt?«

»Die Sattlers … Sie waren heute im Restaurant. Sie haben mich gesehen … sie …«

»Moment mal, wer sind die Sattlers?«

»Entschuldige. Ich bin völlig durcheinander. Wahrscheinlich hab ich dir damals gar nichts über sie erzählt. Ich hab ja ohnehin so wenig erzählt. Es ist schon über ein Jahr her. Es war kurz bevor Mark seinen Job verloren hat …« Und dann berichtete sie Vera alles, was an jenem Abend in Wien vorgefallen war. Sie ließ nichts aus, schilderte jedes Detail. Es war das erste Mal, dass sie überhaupt mit einem anderen Menschen darüber sprach. Bislang hatte sie lediglich sich und ihrem Tagebuch die Erinnerungen anvertraut.

Vera stellte keine Zwischenfragen, sondern hörte still zu. Als Jule fertig war, holte sie tief Luft. »Ich verstehe«, sagte sie dann.

»Ich wusste, dass du verstehen würdest«, entgegnete Jule. »Und trotzdem konnte ich bislang nicht darüber reden.«

»Auch das verstehe ich.«

»Aber ich hab's aufgeschrieben. Es steht in dem Buch, das du mir geschenkt hast.«

»Es ist so unfassbar, was er dir angetan hat, und ich weiß wohl noch immer nur einen Bruchteil dessen, was wirklich geschehen ist.«

»Ja«, sagte Jule. Es war nicht mehr als ein Flüstern.

»Mir fehlen die Worte, aber darum geht es auch nicht. Es geht darum, dass du Worte in dir dafür findest.«

»Es ging mir so gut, Vera. Die letzten Wochen schien mir alles zuzufliegen. Das Haus, die Leute hier, der Job im Restaurant, die Musikschule ... Ich konnte es kaum fassen, aber dann hab ich einfach die Arme ausgebreitet und es angenommen. Diese Ahnung, du weißt schon, die, von der ich gesprochen habe, nachdem du mir von Mark und der Polizei erzählt hast, ich habe sie weggeschoben. Ich wollte dir so unbedingt glauben, dass er mich hier niemals findet. Ich wollte es mir selbst glauben. Fast wäre es mir gelungen, doch jetzt ist alles wieder da. Ich habe eine Riesenangst.«

»Hat Mark überhaupt noch Kontakt zu seinem früheren Chef? Dieser Sattler war es doch, der ihm damals gekündigt hat, oder?«

»Ja, er hat ihn vor die Tür gesetzt. Personalabbau wegen gestiegener Kosten, hieß es. Doch ein paar Monate später hat Sattler wieder angerufen und Mark gefragt, ob er nicht eine Geschichte für ihn schreiben könnte. Als freier Autor. ›Schwamm drüber‹, hat er gesagt. ›Vergessen wir diesen unsäglichen Abend. War ja nicht deine Schuld, sondern die deiner Freundin.‹ So hat er sich ausgedrückt. Mark hat mir davon erzählt. Er war richtig froh, dass sein Ex-Chef ihm verziehen hatte und ihn wieder ins Boot holte. Mark kennt keinen Stolz, er kennt nur verletzte Eitelkeit.«

»Du glaubst also, dass Sattler und seine Frau jetzt ...«

»Ich glaube es nicht nur. Ich weiß es. Sie können mich nicht ausstehen. Sie wissen sicher, dass ich Mark verlassen habe und er verzweifelt nach mir sucht. Ich will mir gar nicht ausmalen, was er ihnen alles an Lügen aufgetischt hat. Er kann das ziemlich gut – sich als Opfer darstellen, um zu erreichen, was er will.«

»Sie wissen also nun, wo du arbeitest, aber nicht, wo du wohnst.«

»Das stimmt, aber es dürfte nicht schwer sein, das herauszufinden. Ich bin angewiesen auf das Geld, das ich dort verdiene, werde also meinen Job nicht einfach hinwerfen. Und selbst wenn ich die Arbeit aufgebe – das Dorf ist klein, man kennt mich inzwischen überall. Wenn Mark es drauf anlegt, wird er es herausbekommen.«

»Und wenn du zur Polizei gehst?«

»Das hat keinen Sinn. Die können nichts machen, bevor nicht etwas passiert ist. Die Sache in Wien reicht nicht. Auf einen bloßen Verdacht hin … Nein, ausgeschlossen.«

»Dann bleibt dir entweder nur, abzuwarten, ob er wirklich auftaucht, und das ist grauenhaft. Oder …«

»Oder?«

»… du packst deine Sachen und haust ab. Irgendwohin.«

Jule spürte, dass ihre Augen sich mit Tränen füllten. Sie schluckte. »Nein, Vera«, sagte sie dann, bemüht, ihrer Stimme Festigkeit zu geben. »Das werde ich nicht tun. Zum einen habe ich keine Ahnung, wie ich das bezahlen sollte, und dann … Ich kann nicht immer wieder weglaufen. Das ist kein Leben. Und ich will leben.«

Da war er wieder, der Satz, den sie sich in einer ihrer ersten Nächte hier als Leuchtturm auserkoren hatte, als ihr Vater in ihren Erinnerungen erschienen und von Orientierung gesprochen hatte. Ich will leben.

»Aber was willst du denn machen?«, warf Vera ein. »Einfach dortbleiben und hoffen, dass er nicht auftaucht?«

»Ich weiß es nicht. Noch nicht. Ich muss in Ruhe überlegen …«

»Du bist aber nicht ruhig.«

»Du hast recht, heute Abend bin ich aufgebracht. Aber das Gespräch mit dir hilft mir bereits, mich zu sortieren.«

Vera schwieg. »Bislang hast du das Richtige getan«, sagte sie schließlich langsam. Sie setzte ihre Worte mit Bedacht. »Du hast dich nicht beirren lassen. Bist aus Wien abgehauen an einen Ort, den nicht mal ich kenne. Als ich dich im Krankenhaus besuchte, dachte ich, du seist verrückt. Die Blutergüsse überall, das geschwollene Auge, die kaputte Hand … Du lagst da so zerschlagen vor mir, dass mir deine Pläne völlig irreal vorkamen. Und trotzdem schien es für dich keinen anderen Weg zu geben. Selbst diese Heimweh-Attacke kurz nach deiner Ankunft dort unten hast du ziemlich schnell überwunden. Am Ende solltest du in allem recht behalten.«

»Ja, und jetzt stehe ich wieder vor einer Entscheidung. Lass ich mich von der Angst treiben, oder gehe ich meinen Weg weiter?«

»Aber wie sieht er aus, der Weg?«

»Keine Ahnung. Wir drehen uns gerade im Kreis, Vera. Doch mir wird auch diesmal etwas einfallen, vertrau mir.«

»Vielleicht sollte ich das tun …«

»Komm mir nun nicht mit einem erneuten Aber. Ich muss es mir selbst gerade ständig verbieten, weil es alles einbremst, was eine Lösung sein könnte.«

»Okay, das sehe ich ein. Es ist ja auch schon spät, und nach Mitternacht sollte man vielleicht besser keine weitreichenden Entscheidungen mehr fällen. Was glaubst du, wirst du schlafen können?«

»Na ja, heute wird noch nichts geschehen. Ich bin also fürs Erste sicher. Außerdem habe ich Pêche zu mir ins Haus gelassen.«

»Deine Katze?«

»Ja. Sie liegt hier vor mir am Kamin und schläft. Irgendwie beruhigt mich ihre Anwesenheit.«

»Ein Lebewesen.«

»Du sagst es. Ein Wesen, das lebt. So wie ich leben will.«

»Bitte ruf mich an, wann immer dir danach ist. Ich werde mein Telefon stets eingeschaltet in meiner Nähe haben.«

»Danke, Vera. Du bist wirklich meine allerbeste Freundin. Auch wenn es sich vielleicht für dich nicht so anfühlt, du hast mir heute sehr geholfen. Und nun gute Nacht.«

»Gute Nacht. Gib auf dich acht.«

Nach dem Gespräch löschte Jule das Licht im Wohnzimmer, warf noch einen letzten Blick auf die schlafende Katze und stieg dann die Treppe hoch in den ersten Stock. Sie zog sich schnell aus und schlüpfte ins Bett.

Wider Erwarten schlief sie auf der Stelle ein. Es war wohl die Erschöpfung, die sie übermannte.

Gegen fünf Uhr morgens wurde sie wach. Das erste Tageslicht drang durch die Ritzen der Fensterläden.

Jule setzte sich im Bett auf. Vielleicht war es der Fetzen eines Traums, der ihr einen Plan zuwarf. Einen noch vagen Plan, der erst langsam Konturen annahm.

Sie dachte an das alte Gewehr. Das Gewehr in der Garage.

An diesem Morgen rief sie Nicolas an und fragte, ob er ihr beibringen könnte, mit dem Ding zu schießen.

»Warum? Ist irgendetwas passiert?« Er klang besorgt.

»Nein, nein«, wiegelte sie ab. »Da schleicht nur seit einigen Tagen ein Typ auf der Straße herum, wenn ich abends meinen Müll wegbringe. Ich hab ihn hier vorher noch nie gesehen. Er ist mir irgendwie unheimlich. Mit einer Waffe würde ich mich sicherer fühlen, so allein im Haus. Und da das Gewehr schon mal da ist, ist es vielleicht besser, ich könnte auch damit umgehen. Nur zur Abschreckung, meine ich …«

Er zögerte einen Moment. »Ich verstehe«, sagte er dann.

22

Nicolas war gekommen, und gemeinsam hatten sie geübt. Sie hatten auf Blechbüchsen geschossen, an einer alten Mauer hinten im Garten.

Danach hatten sie noch auf der Terrasse gesessen, Wein getrunken und über die Zeiten geredet, als Nicolas und Jo Kinder waren. Kleine Freunde, aus denen irgendwann große wurden. Auf dem Foto in Jos Zimmer sah Jule sie jedes Mal, wenn sie sich ein neues Buch zum Lesen holte oder wenn sie Musik hören wollte – zwei Teenager, einer groß, einer klein, die einander den Arm auf die Schultern legten und dabei ernst in die Welt blickten. Die Verbundenheit, sie war greifbar. Später dann hatten sie sich verloren, sicher unabsichtlich und auch nicht gänzlich, aber das enge Band zwischen ihnen, es wurde locker. Zwei Leben, zwei Frauen … Was blieb, war Wehmut. Nicolas hatte an dem Nachmittag auf der Terrasse angedeutet, was Jule selbst bis dahin nur hatte ahnen können. Egal, mit wem sie sprach, ob mit Nicolas oder Sophie oder den Leuten auf dem Gartenfest – sobald die Rede auf Nina kam, die schöne Frau von dem anderen Foto, flüchtete man sich nach vagen Hinweisen in Schweigen. Ein beredtes Schweigen, das Raum ließ für die Geschichten, die sich Jule und Jo bislang noch nicht erzählt hatten.

Nicolas und Jule hatten auch über das Haus gesprochen. Dieses Haus, das lange Zeit einfach dagestanden und gewartet hatte. Mit seinem leeren Pool, in dem keiner mehr schwamm. Mit seinen Pfirsichen und Feigen, die Jahr für Jahr irgendwann von den Bäumen fielen und am Boden vor sich hin gärten, weil niemand sie mehr aß. Mit seinen Töpfen und Pfannen, die einstaubten, weil in ihnen nichts mehr gerührt und gekocht wurde. Jule habe es wiederbelebt, sagte Nicolas an jenem Nachmittag, als sie das Schießen übten.

Doch nicht nur das Haus hatte sie zum Leben erweckt. Auch in sich selbst hatte sie hier wieder das Fühlen zugelassen. Es kam ihr vor, als ob lange vernachlässigte Muskeln langsam anfingen, sich zu rühren. Das Eis, das sie eingeschlossen hatte, schmolz von Tag zu Tag, als würde die Wärme des Sommers in ihren Körper einsickern und dort auch noch den letzten Bodenfrost vertreiben.

Das Leben ist schön, wenn man es lässt. Das hatte Jule vor einigen Tagen noch in ihr Buch geschrieben. Daran hatte sie erst zögerlich und dann immer fester zu glauben begonnen, weil dieser Ort ihr die schönen Erfahrungen nahezu verschwenderisch anbot.

Und dann waren plötzlich diese Sattlers im Restaurant aufgetaucht. Zwei Menschen, die von einer Sekunde auf die andere aufgeweckt hatten, was Jule so beharrlich zum Einschlafen gebracht hatte. Das Wissen, mit dem die beiden nun nach Wien fahren würden, hatte die Kraft einer Bombe, die Jules neues, schönes Leben mit einem einzigen Satz in eine Zeit zurücksprengen könnte, die sie hinter sich geglaubt hatte. Ein Satz, gesagt zu Mark. Ein Satz wie ein Zünder.

Bereits während des Gesprächs mit Vera hatte Jule begriffen, dass sie nicht weglaufen durfte. Sie hatte ihren Platz gefunden; der Leuchtturm, über den das kleine Mädchen mit seinem Vater gesprochen hatte, war bereits in Sichtweite. Wenn sie nun fliehen würde, war es, als würde sie ihren Kompass wegwerfen, um fortan in einem Meer voller Angst umherzutreiben. Ihr so nahes Ziel, es würde untergehen.

Keine Polizei konnte ihr helfen, sie war auf sich allein gestellt. Das wusste sie. Der Plan, den sie am Morgen danach gefasst hatte, barg viele Unsicherheiten. Auch das wusste sie. Trotzdem bot er ihr eine Möglichkeit, zu bleiben. Mit einem Gewehr würde sie die Angst in Schach halten können. Mal mehr, mal weniger. Das war nicht viel, doch das musste genügen.

Nachdem Nicolas mit seinem alten Lieferwagen davongefahren war, trug Jule die Flinte zurück ins Haus und überlegte, sie unter ihr Bett zu legen, verwarf den Gedanken aber sofort wieder. Die Garage war ein fensterloser, zentraler Raum, den man von überall schnell erreichen konnte. Schneller als das Schlafzimmer im ersten Stock.

Catherine rief am späten Nachmittag an, um zu fragen, wie es ihr gehe. Schon besser, erklärte Jule, und das war ja nicht einmal gelogen. Sie werde sich noch ein wenig schonen, sagte sie und versprach, am Mittwoch wie gewohnt im Restaurant zu sein. Und das war sie dann auch.

Sie nahm das Leben wieder auf. Das neue Leben, mit dem sie das alte besiegt hatte. Das war nicht leicht, und sie musste nach Strategien suchen, mit denen es gelang. Sie holte sich ihre Rituale zurück, steckte den Rahmen erneut fest, den sie in den letzten Monaten errichtet hatte. Sie fuhr zur Arbeit ins Restaurant und nach Uzès in die Musikschule. Sie ging auf dem Markt in Goudargues einkaufen, plauderte mit Händlern und Händlerinnen und kochte an ihren freien Tagen. Sie schwamm im Pool, lag unter dem Feigenbaum, an dem die ersten Früchte jetzt reif wurden, las Jos Bücher und schrieb in ihr Tagebuch.

Ab und an ertappte sie sich dabei, dass sie sich im Rückspiegel vergewisserte, ob ihr ein Auto folgte. Auch auf der Straße sah sie sich inzwischen häufiger um.

Eine Woche verging, eine zweite, eine dritte, und es geschah – nichts.

Nicolas hatte angerufen und gefragt, ob sie den fremden Typen auf der Straße noch einmal gesehen habe.

»Nein«, sagte sie. »Ich bin wohl etwas zu vorsichtig gewesen. Aber trotzdem danke, dass du mir das Schießen beigebracht hast. Ich fühle mich einfach besser mit einem Gewehr, das ich zur Not auch benutzen kann.«

»Da bin ich beruhigt«, erwiderte er.

Jule glaubte ihm, dass er ihr glaubte.

Sie blieb wachsam, und die Angst blieb präsent, doch saß sie ihr nun nicht mehr im Genick. Sie wurde zur steten Begleiterin. Einer, an deren lauernde Gegenwart Jule sich gewöhnte. Einer, mit der sie umzugehen lernte. Und je mehr Zeit verstrich, ohne dass etwas geschah, desto leichter schienen sie ihr wieder zu fallen, die Dinge des Lebens, das ihr so lieb geworden war.

Manchmal wurde sie sogar übermütig. Dann übernahm die Ausgelassenheit in ihr die Regie. Meist geschah das, wenn sie auf dem Rücken im Pool lag und in den blauen Himmel über sich schaute, diesen Himmel, in dessen Weite ein Versprechen zu liegen schien. In solchen Augenblicken versah sie ihre Geschichte mit einem guten Ende. Vielleicht wird Mark niemals kommen. Vielleicht ist er der Rache müde geworden. Vielleicht hat er sogar eine neue Freundin gefunden. Vielleicht, vielleicht, vielleicht …

Diese Gedanken hatten etwas Verführerisches. Sie hielten den tollwütigen Affen auf Abstand, ließen ihn in Jules Wahrnehmung kleiner werden, auf Unbedenklichkeitsgröße schrumpfen. Doch als fühlte er sich dadurch herausgefordert, startete er kurz darauf meist eine neue Attacke. Forderte sie zum Duell.

Manchmal waren es die Hasen, die in der Nacht Geräusche im Garten machten. Manchmal war es ein Kissen, das der Wind auf einem der Sessel draußen in eine andere Ecke geweht hatte. Manchmal hingen vermeintlich weniger Feigen am Baum. In solchen Momenten kam die Angst zurück. Waren es womöglich doch keine Hasen? War das Kissen verrutscht, weil da einer auf dem Sessel gesessen hatte? Hatte jemand von den Feigen gegessen?

Jule hatte mittlerweile eine gewisse Übung darin, den Schrecken, der augenblicklich in jeden Winkel ihres Körpers schoss, wieder zu vertreiben. Bleib ruhig, sagte sie sich dann. Denk erst mal nach. Es gibt sicher eine Erklärung. Und jedes Mal fand sie denn auch eine Erklärung, und die Angst trat wieder den Rückzug an.

Nur in Jules Träumen, da versagten alle Strategien. Da hatte die Angst noch immer machtvolle Auftritte. Träume hatten ihre eigene Dramaturgie. Sie ließen sich nicht erklären. Sie spulten ihren bildgewaltigen Film ab, bis zum erschöpften Erwachen.

Es war Mitte August, als Jo seine Ankunft ankündigte. Er werde am letzten Sonntag des Monats eintreffen, schrieb er. Gegen Spätnachmittag.

Jule spürte Erleichterung, als sie das las. Sie würde nicht mehr allein sein im Haus. Monatelang hatte sie es genossen, ihr Alleinsein, doch die Situation war nun eine andere. Nun gab es die Angst, die unvermittelt auftauchen konnte. Und es gab ein schussbereites Gewehr in der Garage – für den Fall, von dem sie hoffte, dass er niemals eintreten werde.

Vor allem spürte sie jedoch Freude. Freude auf einen Mann, den sie auf eine Weise kaum, auf eine andere inzwischen so gut kannte. Sie kannte seine Stimme, wusste, wie er seine Sätze anging und ausformulierte, horchte in die Pausen hinein, die er beim Reden gern machte. Und sie hatte die Gabe, ihn zum Lachen zu bringen.

Sie lachten viel, weil sie beide merkten, dass es sie verband. Das Lachen war eine Brücke, die sie sich gebaut hatten und auf der sie sich begegnen konnten. Auf dieser Brücke fanden sie zueinander, trotz der vielen Kilometer, die zwischen ihnen lagen. Trotz der Fremdheit, die nach wie vor da war.

Nicht selten schwiegen sie auch miteinander. In dieses Schweigen legten sich dann ihre unerzählten Geschichten.

Von Mark hatte Jule niemals gesprochen. Und sie wusste, dass auch Jo Dinge ausließ. Das waren die Leerräume, in die sie beide nie einen Schritt gesetzt hatten. Sie hatten lediglich Andeutungen gemacht, hier und da ein Fenster geöffnet, das sie sogleich wieder schlossen.

In Jules Freude auf Jo mischte sich gespannte Erwartung. Sie ahnte, dass es ihm ähnlich ging.

Sie wollte kochen, wenn er kam.

»*Bring Hunger mit*«, hatte sie ihm geschrieben.

»*Nichts lieber als das*«, hatte er geantwortet.

Bereits am Morgen zerlegte sie ein großes Huhn. In der *boucherie* von Goudargues hatte der Metzger ihr ein schwergewichtiges Exemplar von einem benachbarten Bauern besorgt. Jule wollte es mit Estragon, Senf, Zitronen, Knoblauch, Weißwein und Olivenöl zubereiten. Dazu sollte es ein Kartoffelgratin geben.

Sie hatte auch Käse auf dem Markt gekauft; die Feigen aus dem Garten waren inzwischen zuckersüß und die perfekte Zugabe.

Sophie hatte ihr vor Wochen bereits einen Mixer geschenkt, den sie nicht mehr brauchte. »Ich hab zwei«, hatte sie gesagt und einen davon Jule eingepackt. Seitdem stand immer ein Glas mit selbst gemachter *tapenade* im Kühlschrank. Heute bestrich Jule einen Blätterteig mit der Oliven-Sardellen-Paste und rollte ihn dann auf. Sie zerschnitt die Rolle in kleine Stücke, die sie auf ein Blech legte und in den Ofen schob. Das Gebäck sollte es zum Aperitif geben. Sie hatte Catherine einen Blanquette abkaufen wollen. Jule mochte diesen feinen frischen Sekt aus der Gegend um Limoux, der im Restaurant auf der Karte stand.

»Hast du etwas Besonderes vor?«, hatte Catherine gefragt.

Jule hatte genickt und gelächelt. Vielleicht war sie auch ein wenig rot geworden.

Daraufhin hatte Catherine ihr eine Flasche geschenkt.

Während Jule jetzt in der Küche alles vorbereitete, saß Pêche am offenen Fenster in der Sonne und sah ihr zu.

Die Katze war inzwischen ganz bei ihr eingezogen. Jule erzählte ihr alles, und Pêche lauschte, indem sie die Ohren hin und her klappte. Ihr gegenüber sprach Jule sogar von ihrer Angst; es war leicht, einem Tier etwas anzuvertrauen, über das man mit einem Menschen nur schwer reden konnte.

Heute ließ sich die Angst allerdings nur in der Ferne vermuten; sie versteckte sich hinter Schönwetterwolken.

»Der Affe hält sich zurück«, sagte Jule zu Pêche und gab ihr ein Stück Huhn. »Vielleicht weil er weiß, dass wir nachher Besuch bekommen. Bist du neugierig?«

Die Katze rieb sich an der Hand, die Jule ihr hinhielt.

»Ich werde dir verraten, wen wir heute erwarten.«

Und dann beschrieb Jule Jo, wie sie ihn in Erinnerung hatte.

Der Mann im Museum. Der Mann auf dem Karmelitermarkt. Ein großer schlanker Mann mit schwarzen Locken, der etwas abgewetzte, zerknitterte Sakkos trug. Er hatte schmale Finger, mit denen sich gut Klavier spielen ließe; dort, wo sein Ehering gesessen hatte, war eine helle Stelle geblieben. Manchmal hatte er etwas Verlegenes, dann wieder Entschiedenes. Sein Lächeln hatte Jule als raumgreifend empfunden. Sie erinnerte sich an die kleinen Fältchen, die verrieten, dass er oft lachte, und an seinen Geruch nach Seife, als ihre Gesichter sich fast berührt hatten. Die Farbe seiner Augen war ihr entfallen; nur den Blick aus diesen Augen, den sah sie noch vor sich. Er war neugierig gewesen, manchmal überrascht, immer erwartungsvoll.

Alles in allem blieb das Bild, das Jule von ihm zeichnete, jedoch schemenhaft. Eine Skizze, die mit wenigen Strichen auskommen musste. Zwei kurze Begegnungen vor Monaten – die konnten schließlich nicht mehr hinterlassen als Fragmente.

Sie rieb die Hühnerteile mit der Mischung aus Olivenöl, Knoblauch, Senf und Estragon ein und legte sie in einen Bräter. Sie überlegte und gab anschließend noch vier Zitronenscheiben dazu. Die Kartoffeln schälte sie und schnitt sie in hauchdünne Scheiben, die sie in einer ausgebutterten Auflaufform sorgfältig übereinanderschichtete. Darauf streute sie etwas grobes Salz. Darüber goss sie eine Mischung aus Sahne und Milch, in die sie Muskat und Pfeffer rieb.

Als sie in der Küche fertig war, lief sie in den ersten Stock und zog sich um. Sie wählte ein schlichtes ärmelloses Sommerkleid, das sie kürzlich in Uzès gekauft hatte, von ihrem selbst verdienten Geld. Das Kleid war weit geschnitten und hellgrün, wie ihr

Bikini. Sie mochte diese Farbe. Sie passte so schön zum Pool – und zu ihren Stachelbeeraugen passte sie auch.

Anschließend setzte sie sich mit einem Buch auf die Terrasse. Doch sie sah kaum in das Buch. Sie sah jetzt häufiger auf die Uhr.

Es wurde 14, 15, 16 Uhr …

Gegen halb fünf hörte sie das Geräusch von Autoreifen auf Kies. Sie spürte, dass ihr Herz schneller zu schlagen begann.

Ich habe ein Rendezvous, dachte sie. Eines mit etwas anderen Vorzeichen. Ein Rendezvous mit einem Mann, dessen Haus ich besser kenne als ihn.

Sie hatten schon oft darüber gesprochen, doch in dem Moment, als Jule die Tür öffnete, wurde es ihr erst richtig bewusst: Hier fädelte sich eine Geschichte auf, die sich den Gesetzen von Anfang und Ende widersetzte. Normalerweise frage man bei einem Rendezvous irgendwann: »Gehen wir zu dir oder zu mir?« Das hatte Jo gesagt, als sie ihn aus dem Krankenhaus angerufen hatte. Von einer ungewöhnlichen Reihenfolge hatte er gesprochen, als sie seinen Schlüssel haben wollte.

Es stimmte. Sie, Jule, war bereits da. Bei ihm. War vorausgegangen. Ohne ihn.

23

Er fuhr einen dunkelblauen Wagen. Einen Lancia, der in die Jahre gekommen war. Mit ein paar Blessuren. Ähnlich wie die Sakkos.

Der Mann, der ausstieg, hatte Ähnlichkeit mit dem Mann in Jules Erinnerung. Nur trug er jetzt eine helle Leinenhose und darüber ein weißes Hemd; dass beides zerknittert war, ließ sie lächeln. Sie hatte ein Wiedererkennungsmerkmal.

Er legte eine Hand auf die offene Autotür und sah zu Jule, die vor dem Eingang des Hauses stehen geblieben war.

Es schien, als wollten sie beide den Augenblick festhalten. Ihn ermessen, damit ihnen nichts von dem entging, was in ihm lag.

Jo war es, der sich schließlich vom Wagen löste und auf sie zuging.

»Du siehst so sommerlich aus«, sagte er.

»Es ist Sommer«, sagte sie.

Dann reichte sie ihm die Hand. Ihre Sommersprossenhand. Er hielt sie fest. Länger als üblich. Wie an jenem Tag im März, als sie sich auf dem Karmelitermarkt voneinander verabschiedet hatten. Ein weiteres Wiedererkennungsmerkmal.

Als er sie anschaute, sah sie, dass seine Augen graublau waren. »Ich habe es gewusst«, sagte er.

»Dass Sommer ist?«

Er lachte. »Das auch, ja. Aber nein. Ich habe gewusst, dass mein Haus dir steht.«

»Ja, wir passen gut zusammen, das Haus und ich. Komm doch herein. Oder willst du erst dein Gepäck …?«

»Nein, nein«, winkte er ab. »Das hole ich später.«

Er folgte ihr durch das Wohnzimmer auf die Terrasse und sah sich dabei um. »Meine Güte, tut es gut, wieder hier zu sein.«

»Nicolas sagte, es ist Jahre her, seit du das letzte Mal …«

»Ja, zu viele Jahre. Ich war so dumm.«

Sie lächelte. »Das Gefühl kenne ich.«

»Seelenverwandte also?« Er benutzte das Wort, das sie so häufig gedacht hatte, wenn sie miteinander telefoniert hatten. Ihr Wort. Er hatte ihr Wort zu seinem gemacht.

Sie nickte. »Wir werden uns von unseren Dummheiten erzählen.«

»Die Geschichten warten jetzt schon ziemlich lange …«

»… und sie waren recht geduldig.«

»Sagen wir mal, sie haben den Spannungsbogen aufgebaut.«

»Da bist du ja Fachmann.«

»In der Theorie schon, in der Praxis …« Er wiegte den Kopf hin und her.

»Auch das kenne ich. Diese Kluft zwischen Theorie und Praxis, meine ich. Die kann mitunter ein Abgrund sein.«

»Allerdings, ja …« Er wandte sich zur Treppe, die zum Pool hinunterführte. »Ich weiß gar nicht mehr, wann ich das letzte Mal Wasser im Becken gesehen habe. Ich glaube sogar, es war zu einer Zeit, als meine Eltern noch lebten. Ist jedenfalls eine Ewigkeit her.«

Dann mochte Nina wohl nicht schwimmen, dachte Jule.

»Ich schwimme jeden Tag«, sagte sie.

»Ab sofort hast du dabei Gesellschaft.«

»Was hältst du davon, wenn wir anstoßen? Darauf, dass du nun hier bist. Darauf, dass wir nun beide hier sind. Darauf, dass wir zusammen schwimmen werden. Ich habe einen Blanquette kalt gestellt.«

»Du hast gute Einfälle.«

Er setzte sich auf einen der Sessel. Sie lief in die Küche. Dort schob sie zunächst Huhn und Gratin in den Ofen. Anschließend holte sie die Flasche aus dem Kühlschrank, legte sie in einen Eiskühler, griff sich zwei Gläser und ging damit zurück auf die Terrasse.

Während er den Korken herausdrehte und ihnen danach einschenkte, stellte sie den Teller mit dem Blätterteiggebäck auf den Tisch und setzte sich ihm gegenüber.

Er nahm sich ein Stück vom Gebäck und kaute. »Die sind fantastisch. Selbst gemacht?«

Sie nickte. »Oliven aus Nyons, Sardellen aus Collioure.«

»Du kennst dich aus.«

»Ich mag gute Sachen und greife zu, wenn sie da sind.«

Er beugte sich vor und reichte ihr ein Glas. Das andere nahm er in seine Hand. »Darauf, dass wir ab jetzt eine Wohn- und Badegemeinschaft sind.«

Sie lachten. Dann stießen sie ihre Gläser aneinander.

Sie ließen sich Zeit, nun, da sie Zeit hatten.

Irgendwann stand Jule auf, um nach dem Huhn und dem Gratin zu schauen. Er nahm sein Glas mit und sah ihr dabei zu. Sie redeten über seine zweitägige Fahrt von München in den Süden, das Wetter in der Provence, den Garten, der zunehmend trockener wurde. Sie redeten sich warm.

Pêche schlich durch die Küche und beobachtete Jo aus noch sicherer Entfernung.

»Sie wird sich an dich gewöhnen«, sagte Jule.

»Ich bin zuversichtlich«, erwiderte er.

»Ich hab ihr von dir erzählt.«

»Ich frage jetzt nicht, was …«

»… weil ich es dir ohnehin nicht verraten würde. Es gibt Geheimnisse zwischen Katzen und Menschen. Pêche kann gut zuhören, und sie ist verschwiegen.«

»Zwei unschätzbare Eigenschaften. Magst du noch einen Schluck?«

»Ja, gern, aber nur einen kleinen. Es gibt später Wein.« Sie wischte sich die Hände an einem Küchentuch ab und hielt ihm ihr Glas hin.

Nachdem sie ausgetrunken hatten, verließ er die Küche und holte seine Sachen aus dem Auto.

Jule hörte ihn in seinem Zimmer. Es fühlte sich noch fremd an, nicht mehr allein zu sein. Da war nun jemand, der Geräusche machte, der in Besitz nahm, was ihm gehörte.

Ich habe dieses Haus ja lediglich geliehen. Von ihm. Dachte sie und wischte die aufkommenden Gedanken daran, was werden sollte, sofort wieder weg. Einstweilen war sie hier. Mit ihm. In der Gegenwart. Die Zukunft war kein Ort, den sie jetzt schon bewohnen wollte; dort standen bislang nur Ungewissheiten herum.

Sie deckte den Tisch auf der Terrasse. Stellte Teller und Gläser hin, holte eine Karaffe mit Wasser, erneuerte das inzwischen geschmolzene Eis im Kühler und ersetzte den Blanquette durch einen Weißwein. Sie schnitt frische Baguette auf, die sie früh am Morgen in der *boulangerie* in Goudargues geholt hatte, und legte die Scheiben in einen Brotkorb.

Danach holte sie die Hühnerteile aus dem Ofen und gab sie auf eine vorgewärmte Platte. Den Bratensatz löschte sie mit Wein ab, schlug anschließend kalte Butter hinein und schüttete zum Schluss frischen Estragon dazu. Die Sauce füllte sie in eine kleine Kanne.

Jo kam mit drei Flaschen Rotwein in die Küche. »Die habe ich uns mitgebracht«, sagte er. »Ein Gastgeschenk.«

»Oh, danke. Was sind das für Weine?«

»Aus dem Burgund. Ich dachte mir, aus Anlass unseres Wiedersehens …«

»… kann der Wein nicht gut genug sein.« Sie lachte. »Wir werden bald die erste Flasche trinken. Aber sag mal, fühlst du dich denn wie ein Gast?« Sie hatte ihm den Rücken zugedreht, als sie die Frage stellte.

»Ein bisschen schon, ja. Ich habe das Haus vernachlässigt, es sich selbst überlassen, bis du gekommen bist und …«

Jetzt wandte sie sich ihm zu.

»Es duftet nach Essen, auf der Terrasse stehen Töpfe mit neuen Kräutern, im Pool ist Wasser …«, fuhr er fort. »Ja, ich bin noch zu Gast, obwohl ich hier meine halbe Kindheit verbracht habe. Meine Mutter … sie hat übrigens auch viel und gern gekocht.«

»Sophie hat mir davon erzählt.«

»Ja, die zwei mochten sich. Sie haben nicht nur Rezepte ausgetauscht. Als meine Eltern noch lebten, waren Nicolas und Sophie öfter bei uns zu Besuch. Der Geruch nach Braten heute, der gedeckte Tisch draußen … So war es auch damals immer. Wenn ich es genau überlege, ist es einerseits das Gefühl, Gast zu sein, und andererseits eines von Nach-Hause-Kommen.«

»Ein ziemliches Gefühlskarussell, in dem du da gerade unterwegs bist.«

»Es geht rund in mir, da hast du recht.«

Sie ahnte, dass er damit mehr meinte, als er sagte.

Er half ihr, die Platte mit dem Huhn, die Sauce und das Kartoffelgratin nach draußen zu tragen.

Dort füllte sie beide Teller. Er goss den Weißwein ein.

»Das schmeckt einfach wunderbar«, sagte er, nachdem er probiert hatte. »Es schmeckt wie … wie Frankreich.«

»Na ja, ich denke, erst beim Einkaufen und Kochen und Essen kommt man an einem Ort richtig an.«

»Du jedenfalls scheinst angekommen zu sein. Das Gericht hier erinnert mich wirklich an die Küche meiner Mutter. Wenn sie in der Provence war, ist sie als Erstes auf den Markt nach Goudargues oder Uzès gefahren, und dann hat sie losgelegt. Bis … bis sie irgendwann nicht mehr konnte.«

Er schluckte. Er hatte wieder dieses Verletzliche im Blick.

»Der Krebs nimmt einem alles«, fuhr er fort. »Die Lust am Essen, die Lust am Leben und schließlich das Leben selbst. Als sie schon wusste, dass es mit ihr zu Ende ging, habe ich ihr gesagt, dass sie in unseren Erinnerungen weiterleben wird. Ich wollte sie trösten. Sie sah mich damals an und sagte, sie wolle nicht in uns weiterleben, sondern mit uns. Danach haben wir beide geweint.«

»Wann genau ist sie gestorben?«

»Vor acht Jahren. Mein Vater dann ein knappes Jahr später. Das habe ich dir schon mal erzählt, oder?«

»Ja.«

»Er hat es einfach nicht ausgehalten ohne sie.«

»Und du?«

»Nun, ich musste lernen, es ohne die zwei auszuhalten.«

»Du hast noch immer ihr Haus …«

»… dem du seine Seele wiedergegeben hast.«

»So ähnlich hat sich auch Nicolas ausgedrückt.«

»Was hat er gesagt?«

»Dass ich es wiederbelebt hätte.«

»Nicolas ist ein guter Freund, der wenig redet, aber vieles sieht.« Er legte seine Gabel ab und trank einen Schluck Wein. »Auch unsere Freundschaft habe ich vernachlässigt«, sagte er schließlich. »Du siehst, wir sind schon bei den Dummheiten angekommen, von denen du vorhin gesprochen hast.«

»Man hat immer für alles Gründe, und manche erkennt man oft erst hinterher als dumm. Da gibt es doch diesen Satz von Kierkegaard, ich habe ihn in einem deiner Bücher entdeckt. Verstehen kann man das Leben nur rückwärts, doch leben muss man es vorwärts.«

»Ach ja, Kierkegaard … Ein kluger Mann. Der Satz trifft es, das stimmt. Ich hatte ihn völlig vergessen. Wie so vieles …«

»Und ich hatte keine Ahnung, wie ich mein Leben rückwärts verstehen und vorwärts denken sollte, als ich hier vor fast fünf Monaten ankam.«

»Und jetzt?«

»Jetzt habe ich zumindest schon mal einiges verstanden und versuche, das mit dem Vorwärtsleben voranzubringen.«

»Es scheint zu gelingen.«

»Mal mehr, mal weniger.« Ein Schatten huschte über ihr Gesicht. »Wie oft bist du nach dem Tod deiner Eltern eigentlich hier gewesen?«, fragte sie dann.

»Ich war zwei Mal mit Nina da. Nina ist …«

»… deine Frau, das weiß ich inzwischen. Der Name fiel gelegentlich. Bei Nicolas und Sophie und ihren Bekannten. Aber die meisten haben dann schnell das Thema gewechselt.«

»Das erstaunt mich nicht. Nina hat sich in diesen Kreisen keine Freunde gemacht.«

»Nicolas meinte, sie sei nicht der Typ fürs Ländliche.«

Er lachte kurz auf. Es war ein anderes Lachen als das, das sie kannte. Eines, dem er Bitterkeit beimischte. »Das ist untertrieben. Nina hat eine regelrechte Aversion gegen das Landleben. Dieses Haus ist ihr zu einfach, zu bäuerlich, zu unzeitgemäß. Ich bin nach unseren zwei etwas missglückten Aufenthalten noch drei, vier Mal allein hergefahren, aber immer nur für kurze Zeit. Das letzte Mal vor etwa eineinhalb Jahren. Schließlich hab ich es ganz sein lassen.«

»Weshalb?«

»Weil ich auch in der Hinsicht dumm war. Statt mich danach auszurichten, was mich ausmacht, meine Wurzeln und meine Freundschaften zu pflegen, habe ich Nina nachgegeben und bin mit ihr überallhin gereist, nur nicht mehr hierher. Wir wohnten stattdessen in Luxushotels mit Infinitypools, die so viel beeindruckender sind als dieses kleine Becken da unten, in dem ich schon als Kind herumgeplanscht bin. Alles musste stilvoll sein, teuer, edel. Doch auf mich wirkte das Ganze irgendwann nur noch blutleer.«

»Ohne Leben …«

»Ja. Es fehlte das Krumme, das Schiefe, das Angeschlagene, all das, was das Haus hier hat … na ja, und es fehlte so was wie der Geschmack von deinem Huhn heute.«

»Damals im Museum habe ich deine Frau ›glatt‹ genannt …«

»… und hast bei mir damit Gänsehaut ausgelöst. Du hast auf der Stelle erfasst, was los ist.«

»Es war nichts weiter als eine Vermutung.«

»Aber die saß. Genauso wie die Sache mit den Punkten und Klecksen bei einem Bild, wenn man direkt davorsteht.«

»Du warst auch nicht schlecht.«

Er zog die Augenbrauen hoch.

Sie verstand die Frage. »Nun, du sagtest, ich warte auf jemanden, den es nicht gibt. Das war ziemlich hellsichtig.«

»Ich denke, du wirst das Rätsel auflösen.«

»Ich verspreche dir, wir kommen auch noch zu meinen Dummheiten. Später …«

»So oder so, es scheint, als hätten wir uns auf den ersten Blick erkannt. Auf dieser Bank, vor diesem Klimt.«

Sie nickte langsam. »Ja, da ist etwas gewesen. Von Beginn an.«

»Als ich danach im Zug saß, hatte ich nur noch einen Gedanken. Ich wollte dich wiedersehen.«

»Das ist dir ja auch gelungen. Du hast deine Handschuhe liegen lassen, und wir haben uns wiedergesehen. Drei Wochen danach auf dem Karmelitermarkt.«

»Es war ein merkwürdiges Treffen. So ganz anders als das erste und trotzdem … auf eine Art berührend.«

Sie sah ihn und sich auf diesem Wiener Platz sitzen. Sie sah ihre Hand auf seiner für diesen einen kurzen Moment.

Dann sah sie auf die leeren Teller. »Ich räume mal ab und hole den Käse«, sagte sie. »Es gibt Feigen dazu, aus dem Garten.«

»Trägt der alte Baum etwa noch?«

»Und wie der trägt. Und nicht nur er. Wir haben sogar Pfirsiche, Aprikosen und Reineclauden.«

Wir. Sie hatte »Wir« gesagt. Das erste Wir nach monatelangem Ich. Es war ganz absichtslos in ihr entstanden und dann einfach so herausgekommen.

Er schien es bemerkt zu haben. Er lächelte.

Sie räumte das schmutzige Geschirr ab und trug es in die Küche.

Nachdem sie das Brett mit dem Käse und die Schale mit den Feigen auf den Tisch gestellt hatte, setzte sie sich wieder.

Pêche hielt einige Meter Abstand. Sie saß unter einem der Maulbeerbäume und beobachtete die beiden.

24

»Was ist in den letzten Monaten geschehen?«

Jule hatte die Frage in sich Anlauf nehmen lassen. Sie wusste, dass sie damit die Schallmauer durchbrach. Nun legte sie die Frage schutzlos auf den Tisch.

Jo räusperte sich. »Viel«, sagte er schließlich. »Sehr viel. Ich weiß gar nicht, wo ich anfangen soll.«

»Einfach irgendwo.«

»Ich habe Nina verlassen.«

»Wann?«

»Das war kurz nachdem du mich aus dem Krankenhaus angerufen hast. Sie hatte an dem Abend Leute eingeladen. Ihre Leute. Wichtige Leute. Und dann hat sie sich furchtbar darüber aufgeregt, dass ich telefoniert habe. Das hast du ja mitbekommen. In der Nacht habe ich ihr gesagt, dass ich ausziehen und die Scheidung einreichen werde. Es war der berühmte Tropfen ...«

»Deinen Ehering«, Jule zeigte auf seine rechte Hand, wo inzwischen keine weiße Stelle mehr zu sehen war, »den hattest du schon abgenommen, als wir uns auf dem Karmelitermarkt getroffen haben.«

»Dir entgeht wirklich nichts. Ja, ich habe ihn immer seltener getragen. Das letzte Mal um den Jahreswechsel. Da waren Nina und ich noch einmal zwei Wochen zusammen auf den Malediven. Sie hatte eine Presseeinladung dorthin, und ich als ihr Ehemann habe sie begleitet. Was ich nicht hätte tun sollen.«

»Warum nicht?«

»Wir hatten uns nicht mehr viel zu sagen. Ihre Welt, die war einfach nicht mehr meine. Danach habe ich den Ring in meine Schreibtischschublade gelegt. Da lag er schon, als wir uns im Museum begegnet sind.«

»Hast du …?« Sie zögerte. »Hast du am Ende meinetwegen die Scheidung eingereicht?«

Er schüttelte den Kopf. »Nein – und ja. Es hatte nichts mit dir zu tun, aber auch mit dir. Du hast es ja selbst vorhin gesagt, da ist etwas gewesen zwischen uns. Ich habe plötzlich gemerkt, dass ich noch fühlen kann.«

»Und das konntest du mit ihr, mit Nina nicht mehr?«, tastete sie sich voran.

»Vielleicht habe ich es mit ihr nie wirklich gekonnt. Sie hat mich beeindruckt, vor vierzehn Jahren, als wir uns kennengelernt haben.«

»Magst du mir beschreiben, wie sie so ist? Ich meine mal abgesehen davon, dass sie das Landleben nicht mag, aber dafür teure Hotels.«

»Nina ist eine schöne und intelligente Frau. Sie hat Erfolg im Beruf …«

»Als was arbeitet sie?«

»Sie leitet die PR-Abteilung eines großen Kosmetikkonzerns, und das macht sie wohl richtig toll. Sie kann sich hervorragend präsentieren und gut reden. Sie ist selbstbewusst und stilsicher und eine tadellose Gastgeberin …«

»Wo ist das Aber?«

»… aber ich kam mir mit ihr zunehmend vor wie in einem Werbefilm. Wir lebten in einer eigenartig polierten Welt, wobei ›leben‹ das falsche Wort ist.«

»Welches wäre das richtige?«

»Du stellst gute Fragen.«

»Ich habe mit mir selbst lange genug geübt … Doch zurück zu dir und Nina …«

Er überlegte. »Wir gaben eher vor, etwas zu sein. Wie Schauspieler. Wobei ich zugeben muss, dass ich ein ziemlich mieser Schauspieler bin. Ich war in meiner Rolle nicht sehr publikumswirksam. Am Ende bekam ich nur noch schlechte Kritiken.«

»Von ihr?«

»Ja.«

»Was hat sie kritisiert?«

»Sie fand mich nachlässig und larmoyant.«

»Ich erfahre dich ganz anders.«

»Ich bin auch nicht so. In ihren Kategorien habe ich versagt, das schon. Ich habe nur halbherzig mitgemacht, und natürlich wirkte das auf sie nachlässig. Und wenn ich mir dann selbst leidtat, weil ich mich so verbiegen musste, kann man das durchaus als Larmoyanz abkanzeln. Aber ich war ihr gegenüber auch nicht zimperlich.«

»Inwiefern?«

»Manchmal habe ich sie vor Leuten, die ihr wichtig waren, bloßgestellt, einfach aus dem Bedürfnis heraus, ihre Fassade einzureißen. Ich mag Echtheit und Unverblümtheit, das Kantige ist mir lieber als das Geschliffene. Das habe ich dann mehr als deutlich klargemacht. Eine fast kindliche Demonstration. Eine weitere Dummheit …«

»Hört sich ausweglos an …«

»Das war es, ja. Es kam mir irgendwann vor wie einer dieser Kreisel, mit denen ich als kleiner Junge gespielt habe. Er dreht und dreht sich, und dann fängt er an zu eiern, und das war's dann. Wir kamen einfach nicht weiter.«

»An den Grundfesten eines Menschen kann man nicht rütteln, glaube ich inzwischen. Man denkt so oft, es könnte gehen, aber das ist ein Trugschluss.«

»Kennst du das auch?«

»Mehr, als mir lieb ist. Das Bild von dir und Nina auf deinem Schreibtisch, es nimmt schon vorweg, was du mir gerade erzählst.«

»Du beobachtest wirklich sehr genau. Das Foto wurde vor etwa drei Jahren aufgenommen. Auf einer Gartenparty bei Leuten, die mir nichts bedeuteten. Ihr ging es gut dort, sie fühlte sich wohl. Ich dagegen wollte nur weg.«

»Warum steht das Bild auf deinem Schreibtisch?«

»Ich habe es bei meinem letzten Besuch hier aufgestellt. Das war im Winter vor einem Jahr. Damals habe ich schon über vieles nachgedacht, und dieses Foto hat mir dabei geholfen. Es zeigt uns, wie wir sind. Oder besser waren …«

»Eine Art Mahnmal in einem Haus, das du liebst und sie hasst?«

Er nickte. »So könnte man es nennen, ja. Manchmal brauche ich so etwas, um klarer zu sehen. Weißt du, Nina mag das, was sie tut. Warum sollte sie etwas daran ändern? Sie bekommt Bestätigung von den Personen, mit denen sie sich umgibt. Da bin ich ein Störfaktor.«

»Die Rolle des Störfaktors ist ermüdend, stelle ich mir vor.«

»Ja, es kommt der Moment, in dem man sein Pulver verschossen hat. Man spürt, dass das Band, an das man einmal geglaubt hat, nur noch ein dünner Faden ist, der ständig im Begriff ist zu reißen.«

»Das ist traurig, weil so viel Vergeblichkeit darin liegt.«

Er nickte. »Es stimmt, erst kommt die Wut, danach die Traurigkeit, schließlich die Resignation.«

»Hat Nina das auch so gesehen?«

»Ich weiß es nicht. Verstanden hat sie es jedenfalls nicht. Genauso wenig, wie ich sie verstanden habe. Mir kommt es so vor, als hätten wir zwei Rahmen mit in unsere Ehe genommen, in die der oder die andere jeweils passen sollte. Für sie wie für mich war der Rahmen eine Fehlannahme.«

»Du warst es, der sie verlassen hat, sagtest du vorhin.«

»Ja, ich habe mir ein kleines Appartement gesucht und bin Ende Juni aus unserem Haus ausgezogen. Die Scheidung hatte ich schon im April eingereicht.«

»Wie hat sie das alles aufgenommen?«

Er überlegte. »Professionell, würde ich sagen«, meinte er schließlich. »Sie fand es folgerichtig, so hat sie sich ausgedrückt.«

»Das klingt sachlich.«

»So ist sie. Selbst in der größten Auseinandersetzung bleibt sie sachlich. Sie kann einem Vorhaltungen machen, recht scharfe Vorhaltungen sogar, doch niemals würde sie sich im Ton vergreifen.«

»Kein Rosenkrieg also?«

»Nein. Wir haben entschieden, einen gemeinsamen Anwalt zu nehmen. Sie behält das Haus, das eher eine Villa ist. Sie behält die ganzen Möbel und Bilder, die ohnehin sie gekauft hat. Ich will das alles sowieso nicht. Meine Bücher und meine Musik habe ich mitgenommen. Mehr nicht.«

»Hast du ihr von mir erzählt?«

»Nein, was hätte ich auch erzählen sollen? Dass ich zweimal eine Frau getroffen habe, die dann auf der Flucht war und der ich mein Haus in Frankreich einfach so überlassen habe? Sie hätte das nicht begriffen. Sie hätte mich für verrückt erklärt.«

Jule überlegte. »Verrückt ist eine gute Eigenschaft, finde ich«, sagte sie dann.

»Wie meinst du das?« Er sah sie neugierig an.

»Es ist doch wunderbar, wenn man die Dinge in seinem Leben immer wieder mal verrückt, sie an einen anderen Platz stellt. So verändert man Sichtweisen und bleibt in Bewegung.«

»Das mag ich an dir.«

»Dass ich verrückt bin?«

»Dass du solche Gedanken hast.«

»Oh, mein Repertoire an Gedanken ist recht ansehnlich. Da kommt was zusammen im Laufe eines Lebens.«

»Ich würde sie gern alle kennenlernen, deine Gedanken.«

»Sie sind manchmal schlauer als ich selbst.«

»Wir haben schon einmal über Erkenntnis gesprochen. Am Telefon, als ...«

»Ich erinnere mich, ja. Ich sagte damals, dass das ein großes Wort sei. Nun, ich denke, Erkenntnis kann ein ziemlicher Bummelzug sein. Bis die in einem ankommt, hat man mal eben sein Leben verpatzt.«

»Hast du ...?«

»Ob ich mein Leben verpatzt habe, möchtest du wissen? Eine Zeit lang schien es so, ja. Doch ich habe aufgeräumt in mir. Der Bummelzug, er ist eingetroffen.«

»Beim Aufräumen, hast du da Dinge verrückt?«

Sie lachte. »Ja. Vieles habe ich wiedergefunden, anderes weggeworfen. Ich habe mich sozusagen neu eingerichtet. Dein Haus hier war der perfekte Ort dafür. Verrückt, nicht wahr?«

»Irgendwie fügt sich alles … Das mit Nina und mir, ich habe es so übrigens noch niemandem erzählt. Eigentlich habe ich bislang nur mit dem Anwalt über die Trennung gesprochen.«

»Wie geht es dir jetzt? Ich meine, nach dem Umzug und mit der Aussicht darauf, bald geschieden zu sein.«

Er dachte nach. Bislang hatte sie sein Nachdenken lediglich in den Pausen gespürt. Sie hatte ihn nur gehört, nicht angesehen dabei. Jetzt kam sein Mienenspiel hinzu. Er legte die Stirn kurz in ganz kleine Falten, dann schloss er für einen winzigen Moment die Augen, bis zeitgleich mit dem Heben der Lider seine Antwort kam. »Ich fühle mich erleichtert«, sagte er. »Wie befreit. Allein, dass ich heute in dem Haus meiner Eltern bin, das du – ja, Nicolas hat es erkannt – wiederbelebt hast. Dass ich so verrückt war, dir die Schlüssel zu geben, und nun sehe, was du geschaffen hast …«

»Ich habe dir ein Huhn gekocht.«

Er lachte. »Ein Huhn, das den Geschmack von Zuhause hat. Ich hatte etwas weggeworfen, und du hast es mir zurückgegeben. Es tut so unendlich gut, hier zu sein.«

»Da geht es dir wie mir. Obwohl … nun ja … ich im Grunde der Gast bin, als den du dich vorhin bezeichnet hast.«

»Du bist viel mehr als das. Wenn meine Eltern dich von dort, wo sie jetzt sind, sehen könnten, würden sie sagen: Die Frau hat unseren Geist hier wieder einziehen lassen und ganz nebenbei unserem Jungen Orientierung gegeben.«

Jule sah auf. »Es ist eigenartig …«, sagte sie leise.

»Was ist eigenartig?«

»Orientierung. Ich habe oft daran denken müssen in der letzten Zeit. Mein Vater hat davon gesprochen, als ich klein war. Kurz darauf ist er gestorben. Erst vor einiger Zeit ist es mir wieder eingefallen. Seitdem …«

Sie stand abrupt auf. »Ich bringe den Käse in den Kühlschrank.«

Er sah sie überrascht an.

Sie schaute auf das Brett in ihren Händen, als suchte sie dort nach etwas, das sie sagen könnte. Sie fand nichts.

Er half ihr aus. »Ich hole uns einen Rotwein, und dann setzen wir uns unten an den Pool. Da habe ich schon als Junge im Sommer oft gelegen und in die Sterne gesehen. Manchmal bin ich dort sogar eingeschlafen, und meine Mutter hat mich am nächsten Morgen geweckt. Ihren kleinen Sternengucker, hat sie mich immer genannt.«

Jule atmete aus. Ohne es zu wissen, hatte er sie weggeholt aus der Vergangenheit. Ihr Vater, ihre Mutter, Mark … Das alles sollte in ihrem ersten gemeinsamen Abend keinen Platz finden. Es war zu schwer für das, was sich heute so leicht anfühlte.

»Dann begucken wir jetzt die Sterne«, sagte sie.

»Wenn sie sich zeigen …«

Sie trug das Brett mit dem Käse in die Küche. Sie nahm sich Zeit, die Käsestücke sorgfältig einzuwickeln und sie mit dem übrig gebliebenen Weißwein in den Kühlschrank zu legen. Sie ließ auch Wasser ins Spülbecken, um das schmutzige Geschirr darin einzuweichen.

Jo hatte inzwischen eine der von ihm mitgebrachten Flaschen entkorkt und war vorausgegangen.

Jule hängte die umherliegenden Geschirrtücher an die dafür vorgesehenen Haken und wischte mit einem nassen Lappen über den Herd und die Arbeitsflächen.

Dann zog sie ihr Kleid zurecht und stieg die Steinstufen hinunter zum Pool. Pêche folgte ihr.

Er hatte zwei Sonnenliegen zusammengerückt, dazwischen

ein Tischchen gestellt, darauf zwei Gläser und die Flasche. Er hatte versteckte Strahler eingeschaltet, mit denen einzelne Bäume und Sträucher beleuchtet wurden. Jetzt zeichneten die Zypresse, der Feigenbaum, die Oleanderbüsche ihre Konturen in den inzwischen dunklen Himmel und spiegelten sich im Wasser, das fast ohne jede Regung im Becken lag. Kein Wind bewegte die Luft, die nach reifen Früchten und verdorrten Zweigen roch. Lavendel, Thymian, Rosmarin waren trocken geworden und verströmten einen Duft, dem sich die Hitze des Südens eingebrannt hatte. Dazu lieferten die Zikaden in den Olivenbäumen ihr ewig gleiches Konzert, als würden sie nicht müde, den Sommer zu bezirzen.

Jule war barfuß. Die Steine unter ihren Füßen waren warm. Warm wie diese Nacht.

Jo saß bereits auf einer der Liegen.

Sie setzte sich auf die andere.

»Das mit den Lichtern ist wunderschön«, staunte sie. »Ich habe gar nicht gewusst, dass man die Bäume beleuchten kann.«

»Na ja, es hat Vorteile, wenn einem ein Haus gehört. Man weiß, wo die Schalter versteckt sind. Mein Vater hat die Strahler damals angebracht, damit er mit meiner Mutter auch hier unten am Pool sitzen konnte, wenn es dunkel geworden war. Manchmal sind die beiden nachts schwimmen gegangen. Ich habe das Plätschern des Wassers dann oben in meinem Bett gehört. Ich liebte das Geräusch. Es klang nach Glück.«

»Eine gute Gutenachtmusik.«

»Die beste, die man sich vorstellen kann.« Er schenkte den Rotwein ein und reichte ihr ein Glas.

»*Oh là là*, ist der gut«, sagte sie, nachdem sie probiert hatte.

»Ein Nuits-Saint-Georges«, erklärte er.

»Schön, dass er die Nacht im Namen trägt.«

»Dass du ein Talent für Sätze hast …«

»… hast du mir schon mal gesagt, ja.« Sie lachte. »Mittlerweile habe ich auch ein Talent zum Weintrinken.«

»Das bleibt in dieser Gegend nicht aus. Man tut einfach, was alle tun.«

Jule umfasste das große Glas mit beiden Händen und schwenkte den Wein darin leise hin und her. »Du hattest eine schöne Kindheit«, sagte sie schließlich. Sie merkte, dass ihre Augen sich mit Tränen füllten.

Er nickte. »Die Sommer hier in der Provence, sie waren die beste Zeit meines Lebens. Nur habe ich das damals noch nicht erkannt. Kierkegaard hat recht, wenn er sagt, dass man das Leben nur rückwärts versteht.«

Er sah sie an. Er sah ihre Tränen. Er unterließ es, sie nach ihrer Kindheit zu fragen.

Sie sagten nun beide nichts mehr. Sie konnten es auch hier und heute – miteinander schweigen. Sie hatten es gut in ihrem Schweigen, in das nur die Zikaden hineinzirpten. Nach all den vielen Worten schöpften sie nun die Wortlosigkeit aus.

Jule entspannte sich. Jo drängte sie nicht, von sich zu erzählen. Er spürte, dass sie Raum und Zeit brauchte, um ihren Andeutungen ihre Geschichte folgen zu lassen. Und sie spürte Dankbarkeit.

»Sie sind da«, sagte er irgendwann.

Sie sah ihn fragend an.

»Die Sterne«, antwortete er.

Er stand auf, ging um die Ecke zur vorderen Hauswand und knipste die Lichter aus.

Und dann taten sie das, was er als Junge so oft getan hatte. Sie schauten in den Himmel, der jetzt wiederum seine Lichter angeknipst hatte. Sie entdeckten sogar die Milchstraße, die ihre bleiche Bahn durch all das Funkeln zog. Dabei fühlten sie sich klein und groß zugleich. Aber vor allem fühlten sie wohl, dass sie sich nicht getäuscht hatten. Die Frau und der Mann, die auf einer Bank gesessen und ein Bild angesehen hatten, saßen nun an einem Pool im Süden und sahen in die Sterne. Das war der Fortgang einer anderen Geschichte. Keiner Geschichte, die sie mitgebracht hatten, sondern einer, die im Begriff stand, ihre gemeinsame zu werden.

Als die Zikaden in den Olivenbäumen aufhörten zu singen, weil selbst die Nächte im Süden einen Hauch von Kühle bringen, stiegen Jule und Jo die Steintreppe hoch, zurück auf die Terrasse.

Sie fröstelte. Er holte ihre Strickjacke aus dem Wohnzimmer und legte sie ihr um die Schultern.

Das war der Moment, in dem die Angst verschwand. Ganz plötzlich war sie weg. Der tollwütige Affe hatte sich davongemacht. Es gab ihn nicht mehr.

Jule ließ das Gefühl, das in ihr aufstieg, staunend zu. Erlösung, ja, das war es. Zum ersten Mal seit Monaten, seit Jahren war sie völlig frei von Angst.

Sie lehnte sich zurück. »Morgen … morgen werde ich dir von mir erzählen«, sagte sie.

»Wir haben keine Eile«, erwiderte er.

Sie tranken ein letztes Glas Wein, als sie ein Rascheln weiter hinten hörten. Dort, wo die Felswand aufragte. Dort, wo der Garten in Macchia überging.

Jule lachte. »Das wird Pêche sein. Sie versucht nachts immer, Mäuse zu fangen, und dann schreckt sie die Mäuse auf und geht leer aus.«

Sie hatten nicht bemerkt, dass Pêche bereits vor einer Stunde im Haus verschwunden war.

Gegen ein Uhr schlossen sie die Terrassentür hinter sich.

Sie nahmen sich kurz in den Arm. Eine fast flüchtige Berührung, die sie mit einem Lächeln entließen.

Sie verabredeten sich für den nächsten Morgen zum Schwimmen.

Dann wünschten sie sich eine gute Nacht.

25

Sie gehen am nächsten Morgen nicht schwimmen.

Um vier Uhr steht Jule barfuß in Nachthemd und Strickjacke auf dem kalten Steinboden im Flur. Mit dem rechten Fuß stößt sie die Tür zum Wohnraum auf, das Gewehr im Anschlag.

Sie ist ruhig. Fast unnatürlich ruhig. Als seien ihre Gedanken narkotisiert. Ausgeschaltet, damit sie keinen Laut von sich geben. Der Film, der unzählige Male in ihrem Inneren abgelaufen ist, ist mit einem Schlag Wirklichkeit. Der tollwütige Affe setzt zum Sprung an, fletscht die Zähne, um zuzubeißen. Ein Albtraum, aus dem es kein Erwachen gibt.

Da ist Jo, in einem gestreiften Schlafanzug, die schwarzen Locken vom Schlaf zerzaust, am Boden liegend, sich den linken Arm haltend.

Und da ist er, Mark, mit seinem Geruch nach Bier, in der rechten Hand ein Messer, die Hand zur Faust geballt.

Jetzt wachen sie plötzlich auf, Jules Gedanken. Wie Schlaglichter drängen sie in ihr Bewusstsein. Zeigen ihr, wie ihre Welt zusammenbricht. Jo und Jule, die Sterne, die Milchstraße, das Lachen, das Reden, das Schweigen … Alles stürzt ein, um nie wieder aufzustehen. Ein Sturz in eine endlose Nacht. Kein Morgen mehr.

Ihr Atem geht nun schneller. Ihr Herz schlägt bis zum Hals. Trommelt gegen die Gedanken an. Schreit: Nein, das darf nicht geschehen. Ihr Leben soll nicht sterben.

Jule fixiert die Faust. Sie weiß um die Wucht dieser Faust. Sie muss der Faust zuvorkommen. Und dem Messer.

Mark fixiert den Mann, der vor ihm liegt. Jule kennt Marks

Augen. Mitleidlose, kalte Augen. Augen voller Hass. Es ist der Augenblick, bevor sich der Hass entlädt. Ein winziger Augenblick, kaum länger als ein Atemzug.

»Halt«, ruft Jule in genau diesen Augenblick hinein. Ihre Stimme scheint den Raum zu durchschneiden. Sie hat nicht gewusst, dass ihre Stimme so klingen kann. Scharf. Wie eine frisch gewetzte Klinge.

Beide Männer sehen zu ihr.

Und dann plötzlich ist da ein Lachen. Marks Lachen. Ein hämisches Lachen.

»Was glaubst du, du Schlampe? Dass du stark bist, mit diesem Ding da in der Hand? Mach dich nicht lächerlich.«

Sein Ton lässt sie zusammenzucken. Weich und zugleich frostig. Er hatte den Ton in sie eingraviert. Wie ein Brandzeichen.

»Ist das da dein Lover?« Er macht eine Kopfbewegung hin zu Jo, der starr vor Schreck zu ihm hochsieht.

»Wage es nicht …« Da war sie wieder, die Schärfe in ihrer Stimme, die ihre Angst niederrang.

»Das traust du dich nicht. Du bist ein Nichts. Ein Niemand. Zu feige, um abzudrücken.« Er hebt die Faust mit dem Messer.

Jule sieht zu Jo, der einen kurzen Blick mit ihr tauscht. Einen Blick, aus dem nackte Angst spricht.

Und plötzlich sind sie da, die Blechdosen auf der eingefallenen Mauer draußen. Jule rückt sie vor ihr inneres Auge. Sie fühlt Nicolas hinter sich, der mit ihr die Bewegungen übt, die sie nun allein ausführt. Sie zielt mit dem Lauf des Gewehrs auf Marks linkes Bein – und drückt ab.

Der Schuss ist lauter, als sie gedacht hat. Hier im Inneren des Hauses hallt das Geräusch nach. Das Echo einer Tat. Ihrer Tat.

Mark bricht zusammen. Sie hat getroffen.

Da ist Fassungslosigkeit in seinem Gesicht. Fassungslosigkeit, die sich mit Hass paart. Diesem Hass, dem sie so oft ausgeliefert war und der heute vernichten wollte, was sie geschaffen hatte.

Der ihr die Luft entziehen wollte, die sie in ihr neues Leben getragen hatte.

Seine Faust ist noch immer geballt, umklammert das Messer, aber sie kann nichts mehr ausrichten, die Faust. Wehrlos liegt er auf den hellen Steinfliesen, die das Blut langsam rot färbt. Er stöhnt vor Schmerz. Der Blick, den er ihr zuwirft, lässt sie für den Bruchteil einer Sekunde erstarren.

Dann besinnt sie sich und rennt zu Jo. Sie fasst ihn an der rechten Hand, hilft ihm hoch und zieht ihn nach draußen.

»Komm«, flüstert sie. »Wir müssen weg hier.«

In der Diele durchfährt sie plötzlich ein Gedanke. Sie hat ihr Handy oben neben dem Bett liegen lassen. Nun ist keine Zeit mehr, um es zu holen. Jetzt müssen sie so schnell wie möglich raus aus dem Haus. Sie greift in den Korb, in dem die Autoschlüssel liegen. Jos Hand hält sie fest umklammert. Sie läuft mit ihm hinaus auf den Vorplatz, wo ihr Wagen geparkt ist. Ein spitzer Kieselstein bohrt sich in Jules rechten Fuß, doch das ignoriert sie. Nichts darf sie aufhalten.

»Steig ein«, ruft sie Jo zu und wirft das Gewehr auf den Rücksitz.

Während er die Tür auf der Beifahrerseite öffnet, startet sie bereits den Motor.

Sie lässt sich und ihm keine Zeit zum Anschnallen. Sie drückt das Gaspedal durch, und das Auto schießt durch die Auffahrt. Die Scheinwerfer werfen Schlaglichter auf die Zypressen links und rechts. Ein Spalier langer dunkler Gestalten. Wie Ausrufezeichen stehen die da, denkt Jule. Ausrufezeichen, die einen Schlusspunkt setzen hinter eine Geschichte. Ihre Geschichte.

Jo sieht sie von der Seite an. »Wohin fahren wir?«

»Zu Nicolas und Sophie«, erwidert sie, ohne zu zögern. »Sie werden uns helfen, und sie haben ein Telefon. Das brauchen wir, um die Gendarmerie zu informieren.«

»Hast du dein Handy denn nicht …?«

»Das habe ich in meinem Schlafzimmer vergessen.«

»Du wirkst so … ich weiß nicht … so unerschrocken. Du scheinst das alles hier …«

Sie tritt auf die Bremse. Ihre Hände auf dem Lenkrad beginnen unkontrolliert zu zittern. Die Hände, die den Schuss eben so ruhig ausgeführt haben.

»Ich habe es erwartet, ja, das habe ich«, unterbricht sie ihn. Auch ihre Stimme zittert jetzt.

»Du kanntest den Mann …«

Sie nickt.

»Wer ist es?«

Tränen steigen ihr in die Augen. »Nicht jetzt. Bitte … Ich werde dir alles erklären, aber vorher muss die Gendarmerie …« Sie schluckt. Versucht, die Tränen wegzublinzeln. Vergeblich.

Er legt seine linke Hand auf ihre rechte, als wollte er damit das Zittern beruhigen. Beide Hände sind eiskalt. Seine und ihre.

»Und wenn er abhaut?«, fragt er.

»Er schafft es nicht weit, mit einem Loch im Bein. Da stand nirgendwo auf dem Grundstück ein Auto. Er muss also zu Fuß gekommen sein.«

Sie sieht zu ihm. Erst jetzt bemerkt sie, dass sich der linke Ärmel seines Schlafanzugs rot gefärbt hat.

»Mein Gott, du blutest«, entfährt es ihr.

»Er hat mich mit seinem Messer an der Schulter erwischt. Ist nicht besonders tief, glaube ich.«

Sie löst die Bremse und legt den Gang ein. »Wir sollten uns beeilen«, sagt sie. »Bevor er uns doch noch entwischt.«

Die restliche Fahrt über schweigen sie.

»Wo hast du schießen gelernt?«, fragt Jo, als sie vor Nicolas' und Sophies Haus stehen.

»Dein Freund, er hat es mir beigebracht.« Sie steigt aus dem Auto und schließt möglichst leise die Tür.

Er tut es ihr gleich.

Sie gehen auf das dunkle Haus zu. Eine Frau in Nachthemd und Strickjacke. Ein Mann im Schlafanzug. Beide barfuß.

Sie zittern noch immer. Es lässt sich nicht abstellen, das Zittern. Im Gegenteil. Es durchläuft sie in immer stärkeren Wellen, bis selbst die Zähne aufeinanderschlagen.

Jo zieht an der Glocke neben dem Eingang. Ein schrilles Klingeln im Haus ist zu hören, das die Nacht, die um diese Zeit so still ist, jäh durchbricht.

Sie vernehmen wütendes Hundegebell, irgendwann Schritte.

Nicolas öffnet die Tür, einen Spaltbreit, nur so viel, wie die Kette zulässt, die eingelegt ist.

Er leuchtet mit einer Taschenlampe nach draußen.

»Mein Gott, ihr seid es!« Rasch entriegelt er die Kette und öffnet die Tür.

Pompon springt heraus und umkreist Jule und Jo. Noch immer bellend, jetzt jedoch schwanzwedelnd.

»Kommt rein!« Nicolas führt sie in die Diele, schließt die Tür hinter ihnen und schaltet das Licht drinnen an.

In dem Moment kommt Sophie die Treppe herunter. Schlaftrunken gegen die Helligkeit anblinzelnd. Sie hat sich einen Morgenmantel übergeworfen, den sie im Gehen zubindet.

»Um Himmels willen, was ist passiert?« Sie sieht ihren Mann fragend an.

Der schüttelt den Kopf und zuckt mit den Schultern.

Pompon legt sich erwartungsvoll auf den Dielenboden und wedelt unentwegt mit dem Schwanz.

»Wir … wir sind überfallen worden«, stammelt Jo. »Der Mann … er ist noch oben im Haus. Wir müssen sofort die Gendarmen anrufen. Wir haben kein Telefon … deshalb sind wir …«

»Okay, okay«, unterbricht Nicolas seinen Freund. »Komm mit ins Büro. Dort können wir telefonieren.« In dem Moment sieht er den inzwischen blutdurchtränkten Ärmel von Jos Pyjama. »Du bist verletzt. Sollen wir nicht erst …?«

»Nein, nein«, wehrt Jo ab. »Darum kümmern wir uns später. Die Gendarmerie ist jetzt wichtiger.« Er geht voraus. Er weiß, wo Nicolas' Büro liegt.

»Hoffentlich ist der Einbrecher noch nicht abgehauen«, ruft ihm sein Freund hinterher.

Jo dreht sich um. »Er kommt nicht weit. Jule hat ihm ins Bein geschossen.«

Nicolas wirft Jule einen Blick zu.

Sie nickt.

Sophie nimmt ihre Freundin in den Arm. »Komm mit mir in die Küche. Ich koche uns erst mal einen starken Kaffee.« Sie schiebt Jule sanft vor sich her und bugsiert sie zu dem großen Tisch. »Setz dich«, sagt sie, lässt Wasser in einen Kessel laufen und stellt den auf den Herd. »Ich hole dir schnell etwas zum Überziehen. Du zitterst ja wie Espenlaub. Bin gleich zurück.«

Kurz darauf kommt sie mit einem dicken Wollpullover und fellgefütterten Hausschuhen wieder.

Jule zieht die Sachen an, versucht, ihre Zähne zu beruhigen, die nach wie vor aufeinanderschlagen.

Erst als sie den ersten Schluck von dem heißen Kaffee trinkt, den Sophie ihr hingestellt hat, spürt sie, wie sie langsam wieder Kontrolle über ihre Muskeln gewinnt.

»Du hast geschossen?«, fragt Sophie vorsichtig.

»Ja. Nicolas hat es mir vor drei Wochen …«

»Ich weiß«, unterbricht Sophie sie. »Er hat es mir erzählt.«

»Ich werde den Gendarmen nichts davon sagen. Ich werde behaupten, ich hätte das Gewehr gefunden und selbst Schießen geübt.«

»Okay, aber mach dir deswegen keine Sorgen. Wieso ist Jo verletzt? Hast du …?«

»Nein, das war ich nicht. Der Mann … er hatte ein Messer. Damit hat er Jo erwischt. Ich habe … ich bin dazugekommen, und … ich hab ihn ins Bein getroffen.«

»Dann war es Notwehr.«

Jule trinkt einen großen Schluck Kaffee. Sie umklammert den Becher mit beiden Händen. »Ich kenne ihn, Sophie.«

»Wen kennst du?«

»Den Mann, der …«

»… bei euch eingebrochen ist? Wer …?« Sie spricht nicht weiter. Sucht nach Worten. »Dein Fahrradunfall damals«, beginnt sie vorsichtig. »Das war kein Fahrradunfall, oder?«

Jule sieht sie überrascht an. »Wieso fragst du das?«

»Du hattest ein riesiges grüngelbes Hämatom unter dem Auge. Das Auge war noch immer geschwollen. Dazu die Bandage am Handgelenk. Als ich dich fragte, wie das passiert ist, da war etwas … Du hast deine Antwort erst finden müssen. Das muss man nicht, wenn man genau weiß, dass man mit dem Rad verunglückt ist.«

»Warum hast du nichts gesagt?«

»Weil wir uns gerade mal eine halbe Stunde kannten. Und weil ich weiß, dass es manchmal besser ist, zu warten. Hat er dir das angetan? Ich meine, dieser Mann? War er das mit dem Auge und deiner Hand?«

Jule nickt.

»Diese Scheißkerle.« Sophie holt Luft. »Eine Cousine von mir … sie ist auch von ihrem Mann verprügelt worden«, sagt sie dann. »Immer und immer wieder. Bei ihr habe ich zu früh etwas gesagt. Habe sie regelrecht bekniet, ihn zu verlassen. Mit dem Ergebnis, dass sie den Kontakt zu mir abgebrochen hat. Erst als sie ihn endlich los war, konnte sie mit mir über alles sprechen, was er ihr angetan hatte.«

Jule senkt den Blick. Sieht auf den alten Holztisch vor sich. »Man schämt sich, ja«, erwidert sie. »Die Scham ist schlimmer als die blauen Flecken. Sie macht einen einsam. Man kaschiert und lügt, weil man die Fragen scheut, die man sich selbst nicht zu stellen wagt. Irgendwann geht man dann den Menschen aus dem Weg. So war ich auch … bevor ich hier ankam. Ich war ein Schatten meiner selbst.« Sie beißt sich auf die Lippen. »Du hast vieles gesehen, Sophie.«

»Nun ja, ich habe damals zu Nicolas gesagt, dass ich bei dir einen Verdacht habe. Er hat es erst nicht ganz wahrhaben wollen, meinte, ich würde mal wieder übertreiben und überall Gespenster sehen. Na ja, und dann kam der Sommer, und wir haben beobachtet, dass es dir immer besser ging. Mit deinem Job, der Musikschule und überhaupt … Du bist ja regelrecht aufgeblüht. Ich dachte irgendwann, du hast es überwunden.«

»Das habe ich auch gehofft. Ich fühlte mich ziemlich sicher. Niemand wusste, wo ich war, nicht mal meine beste Freundin in Wien, mit der ich zwar Kontakt habe, der ich aber nie meinen Aufenthaltsort verraten habe. Bis mich Anfang August zwei Bekannte von meinem Ex-Freund im Restaurant gesehen haben. Da kam die Angst mit voller Wucht zurück.«

»Deswegen hast du Nicolas gefragt, ob er dir das Schießen beibringt?«

Jule nickt.

»Als du angerufen hast, war er zunächst etwas unsicher. Aber du hast ihm wohl so glaubhaft versichert, dass es dich einfach beruhigt, für den Fall eines Einbruchs gewappnet zu sein, dass er sich damit zufriedengegeben hat. Ich wollte trotzdem mit dir sprechen, aber das hat er mir ausgeredet. ›Jule ist erwachsen, sie weiß, was sie tut‹, hat er gesagt. Ich hab ihn dann gebeten, noch mal bei dir anzurufen und zu fragen, ob alles okay ist. Du klangst ganz entspannt, meinte er. Außerdem wussten wir, dass Jochen bald da sein würde und du dann da oben nicht mehr allein bist.«

»Es war ja auch nichts passiert. Alles blieb ruhig. Bis Jo gestern gekommen ist …«

»Du nennst ihn Jo?«

»Das mag ich lieber als Jochen, ja.«

»Weiß er … von diesem Mann?«

Jule schüttelt den Kopf. »Nein. Es war noch nicht die Zeit dafür. Eigentlich kennen wir uns gar nicht richtig, Jo und ich.«

»Aber du … du bist doch eine Freundin von ihm. Du lebst immerhin in seinem Haus.«

»Das war ein Zufall.«

»Du hast wirklich viel für dich behalten.«

»Darin bin ich gut, ja. Jo und ich … Wir sind uns Anfang des Jahres in Wien über den Weg gelaufen, haben uns zwei Mal gesehen. Wir mochten uns … na ja, wir mochten uns sehr … aber mehr war da nicht. Noch nicht. Es war der Beginn von … von etwas. Er erzählte mir von einem leer stehenden Haus in Frankreich. Und dann … dann musste ich fliehen, und da habe ich ihn angerufen und gefragt, ob …«

»Ich verstehe. Und weil Jochen ist, wie er ist, hat er keine unnötigen Fragen gestellt.«

Jule nickt. »Er hat zumindest nicht weiter insistiert, nachdem er gespürt hat, wie sehr ich unter Druck stand. Wir haben sehr oft miteinander telefoniert, seit ich hier bin. Es waren gute Gespräche. *Wir* haben uns gutgetan. Ich wollte ihm heute alles in Ruhe erzählen. Gestern, da hatten wir einen wunderschönen Abend, und jetzt …« Sie beginnt zu weinen.

Pompon hebt den Kopf, steht auf und läuft zu ihr. Die Hündin legt ihren Kopf auf Jules Bein und stupst es leicht mit der Schnauze an.

»So ist sie«, sagt Sophie. »Sie will dich trösten.«

Jule streicht Pompon über den Kopf. »Wenn ich daran denke, dass Jo … Fast wäre er … Wenn das Messer …« Die Sätze wehren sich dagegen, beendet zu werden. Zu ungeheuerlich ist, was fast geschehen wäre. Sie weint nun heftiger.

Sophie greift über den Tisch nach Jules Hand. »Du bist hier. Und Jochen ist auch hier. Die Gendarmerie wird bald kommen und sich um alles kümmern. Ihr seid in Sicherheit, hörst du? Dieser Mann … er kann euch nichts mehr antun. Es ist vorbei!«

Jule lässt ihre Hand in Sophies liegen. »Habt ihr …? Hast du mit Jo über deinen Verdacht damals gesprochen?«

Sophie schüttelt den Kopf. »Nein. Nicolas meinte, das seien alles Spekulationen, und solange Jochen nicht von sich aus etwas andeutet, lassen wir es auf sich beruhen. Jochen hat damals nur gesagt, eine Freundin werde eine Zeit lang in seinem Haus leben und wir sollten uns ein bisschen um sie kümmern. Und wenn wir mit ihm telefoniert haben, hat er wissen wollen, wie es dir und uns geht, ob wir uns verstehen, uns öfter sehen. Solche Dinge ... Es freute ihn, dass wir dich mögen und dass du dich hier schnell eingelebt hast.«

»Danke, das war gut so.«

In dem Moment kommt Nicolas in die Küche. Er sieht zu Jule, dann zu seiner Frau.

»Wir haben die Gendarmerie erreicht«, sagt er. »Sie fahren hoch ins Haus und sehen sich dort alles an. Auch ein Krankenwagen ist unterwegs. Zwei Leute werden bald hier sein, um Jule und Jochen zu vernehmen.«

»Wo ist Jochen?«, fragt Sophie.

»Er hat sich hingelegt. Ich habe seine Wunde notdürftig versorgt. Ich glaube, der Stich ist nicht allzu tief, aber er hat doch einiges an Blut verloren. Vorhin ist ihm schwindlig geworden, da habe ich ihn erst mal ins Schlafzimmer gebracht. Die Gendarmen meinten, sie würden einen Arzt vorbeischicken, der sich den Arm ansieht.«

Sophie steht auf, holt einen Becher, schenkt Kaffee ein und schiebt ihn Richtung Nicolas. Dann setzt sie sich wieder.

Jule weint noch immer.

»Sie steht unter Schock«, sagt Sophie leise. »Sie hat mir vieles erzählt, und dann ... jetzt geht nichts mehr. Gut, dass nachher ein Arzt kommt. Sie braucht etwas zur Beruhigung. Das Gewehr, Nicolas, das war ihre Rettung.«

»Ich weiß.« Er pustet in den Kaffeebecher und trinkt danach einen Schluck.

Sie bleiben einfach so sitzen. Jule, Sophie, Nicolas. Sie sagen nichts mehr. Sie warten. Pompon verkriecht sich irgendwann unter den Tisch und rollt sich dort ein.

Draußen wird es langsam heller. Das Morgenlicht dämmert zum Fenster herein. Vögel beginnen zu zwitschern.

Als sie ein Auto auf den Hof fahren hören, zucken sie zusammen. Pompon hebt den Kopf und beginnt zu bellen.

Es sind zwei Gendarmen. Ein Mann und eine Frau. Sie tragen Uniform.

Nicolas öffnet ihnen die Tür und hält Pompon zurück. »Sie tut nichts«, sagt er.

»Das behaupten alle«, erwidert die Frau. Sie stellt sich vor als Leutnant. Ihr Kollege scheint einen Dienstgrad unter ihr zu sein. Er nickt nur, als sie seinen Namen nennt.

»Wo sind die beiden, denen das Haus gehört?«, fragt die Frau.

»Das Haus gehört meinem Freund«, erklärt Nicolas. »Er liegt oben. Er hat eine Verletzung am Oberarm. Ich habe ihm geraten, sich etwas auszuruhen.«

»Okay. Ein Arzt müsste bald hier sein. Meinen Sie, dass wir mit ihm sprechen können?«

»Ich denke schon.«

Sie macht dem anderen Gendarmen ein Zeichen. Der sieht zu Nicolas, der mit ihm gemeinsam die Treppe hochsteigt, nachdem er Pompon ins Wohnzimmer gesperrt hat.

Seine Kollegin wendet sich an Sophie, die in der Küchentür steht. »Ist die Frau da drin?«

»Ja. Sie steht ziemlich unter Schock.«

»Das wundert mich nicht. Ich müsste trotzdem …«

»Ja, natürlich.« Sophie hält ihr die Tür auf. »Ich lasse Sie jetzt dann mal allein«, sagt sie.

Die Frau nickt und setzt sich zu Jule an den Tisch.

»Bonjour, Madame«, beginnt sie. »Mein Name ist Martine Foulard. Ich bin Leutnant der Gendarmerie. Ich leite die Ermittlungen. Können Sie reden?«

Jule hebt den Kopf. Sie sieht eine junge Frau mit kurzen blonden Haaren, die nach Zigaretten riecht und die sie freundlich anschaut.

»Es wird schon gehen«, erwidert Jule. Fast unhörbar.

»Sehr gut. Ich nehme unser Gespräch auf.« Die Frau stellt ein kleines Gerät auf den Tisch und drückt eine Taste. Ein roter Knopf leuchtet auf.

»Wir haben den Mann, der bei Ihnen eingebrochen ist, gefunden«, erklärt sie. »Er hat wohl noch versucht zu fliehen, aber weit ist er mit dem Loch im Bein nicht gekommen. Er lag in der Diele, als wir eintrafen. Wir haben ihn ins Krankenhaus gebracht. Wahrscheinlich werde ich ihn erst im Laufe des Tages oder morgen vernehmen können, je nachdem, was die Ärzte sagen. Das Messer, mit dem er Ihren Freund angegriffen hat, haben wir im Wohnzimmer gefunden.«

Sie hat eine sachliche und zugleich warme Stimme. Die Stimme beruhigt Jule.

»Sie waren es, die geschossen hat?«

Jule nickt.

»Haben Sie eine Waffenlizenz?«

»Nein.«

»Woher können Sie schießen?«

Jule erzählt ihr die Lüge, die sie sich während der Autofahrt zurechtgelegt hat. Sie will Nicolas nicht belasten.

»Ein Schulfreund von mir …«, beginnt sie. »Sein Vater ging auf die Jagd. Mein Freund wusste, wo der Schlüssel vom Waffenschrank war, und wenn sein Vater nicht da war, hat er mir gezeigt, wie man ein Gewehr lädt. Wir waren Kinder, hatten keine Ahnung, wie gefährlich das ist. Ein paarmal haben wir sogar damit geschossen. Bis der Vater meines Freundes dahinterkam. Es gab einen Riesenärger damals …«

»Verständlich.«

»Nun ja, ich wusste also ungefähr, wie man eine Waffe lädt und damit schießt. In dem Haus habe ich ein Gewehr und einige Schachteln mit Munition in der Garage gefunden und dann im Wald weiter oben geübt.«

»Okay. Sie wissen schon, dass …«

»Ich weiß, ja. Aber ich hatte Angst. Angst vor dem Mann …«

Die Beamtin stutzt. »Kannten Sie den Einbrecher?«

»Ja.«

Die Frau kann ihre Überraschung nicht verbergen. Bis wieder die Sachlichkeit übernimmt. »Erzählen Sie«, sagt sie dann.

Und Jule erzählt. Alles erzählt sie. Sie lässt nichts aus. Von Mark berichtet sie, von seinen permanenten Schlägen und Drohungen. Von seiner krankhaften Eifersucht. Von dem Treppensturz und dem Krankenhaus. Von dem syrischen Arzt und dem Bericht, den er geschrieben hatte. Von ihrer Flucht nach Frankreich in das Haus eines Mannes, den sie gerade erst kennengelernt hatte. Von Vera, die von Mark bedroht worden war. Von der Anzeige, dem Gerichtsverfahren und der Geldstrafe, die er bekommen hatte. Von dem neuen Leben, das sie sich hier aufgebaut hat. Von den Sattlers. Von der Angst, die plötzlich zurück gewesen ist. Von ihrem Entschluss, nicht wieder zu fliehen. Von dem Gewehr, das sie schließlich hervorgeholt hat. Von Jo, der gestern angekommen ist. Von dem Geräusch, das sie geweckt hat. Von dem Schuss, mit dem sie Mark zu Fall gebracht hat.

Die Frau hört aufmerksam zu. Ab und an stellt sie eine Zwischenfrage, ansonsten lässt sie Jule reden.

Und je mehr Jule redet, desto ruhiger wird sie. Sie, die eben noch in Tränen aufgelöst am Tisch gesessen hat, gewinnt ihre Fassung zurück. Als sie fertig ist, nimmt sie ihren Becher und trinkt den restlichen Kaffee, der inzwischen kalt geworden ist.

»Wusste Ihr Bekannter, also Jo, wie Sie ihn nennen … wusste er von dem, was Ihnen passiert ist? War er in irgendeiner Weise vorbereitet auf so einen Überfall?«

Jule schüttelt den Kopf. »Ich wollte es ihm sagen, aber …«

»Schon gut. Wo ist übrigens das Gewehr?«

»Draußen, in meinem Auto. Auf der Rückbank.«

»Wir nehmen es nachher mit. Es ist ein Beweisstück.«

Jule nickt.

»Wie es scheint, haben Sie mit Ihrem Schuss Schlimmeres verhindert«, sagt die Kommissarin. »Solche Männer wie Ihr Ex-

Freund, die sind zu allem fähig.« Sie seufzt. »Glauben Sie mir, ich weiß, wovon ich rede.«

So ähnlich hatte es auch der syrische Arzt ausgedrückt.

»Ich habe daran gedacht, zur Gendarmerie zu gehen«, erklärt Jule. »Aber was hätte ich Ihnen sagen sollen? Dass da vielleicht jemand kommt, der möglicherweise gefährlich ist?«

Ein erneutes Seufzen. »Das ist fatal, ja. Wir können erst dann aktiv werden, wenn etwas passiert ist. Und oft ist es dann zu spät. In Wien, da hätten Sie ihn anzeigen können.«

»Das hat mir der Arzt im Krankenhaus auch gesagt. Aber ich wollte nur noch weg. Ich wollte alles hinter mir lassen.«

»Das kann ich nachvollziehen. Ich werde die Unterlagen von der Wiener Polizei anfordern, wegen der Anzeige Ihrer Freundin im Frühjahr. Sie kommen morgen mit Ihrem Bekannten zu uns in die Gendarmerie und unterschreiben das Protokoll. Bringen Sie dann bitte auch den Arztbrief mit, von dem Sie gesprochen haben.«

»Was ist mit Mark? Wird er aus dem Krankenhaus …?«

»Machen Sie sich darum keine Sorgen«, unterbricht die Kommissarin sie. »Wie gesagt, ich werde mit ihm reden, sobald er vernehmungsfähig ist. Ich kann Sie beruhigen, ab jetzt übernehmen wir den Fall. Sie müssen nicht mehr schießen.« Ein kaum wahrnehmbares Lächeln fliegt über ihr Gesicht.

»Wann können wir wieder zurück ins Haus?«

»Sobald die Kollegen von der Spurensicherung fertig sind. Das dürfte nicht mehr lange dauern. Warten Sie.« Sie holt ein Handy aus ihrer Jackentasche und spricht kurz mit jemandem. Dann steckt sie es zurück. »Gegen frühen Nachmittag«, erklärt sie. »Wir rufen Sie an. Aber ich warne Sie. Das ist eine ziemliche Sauerei da oben. Ihr Ex-Freund hat viel Blut verloren. Und die Scheibe der Terrassentür ist in tausend Scherben zerbrochen.«

Sie steht auf und reicht Jule die Hand. »Ich danke Ihnen, *Madame*. Sie haben mir sehr geholfen.«

»Ich danke Ihnen auch.«
»Dafür, dass wir erst spät gekommen sind?«
»Dafür, dass Sie zugehört haben.«
»Das ist mein Job. Aber …« Sie überlegt. »… bei Frauen wie Ihnen weiß ich, warum ich ihn mache. Hier ist übrigens eine Karte mit meiner Telefonnummer und der Adresse unserer Dienststelle. Seien Sie morgen gegen fünfzehn Uhr da. Ach ja, ist Ihr Wagen offen, damit wir die Waffe mitnehmen können?«
Jule nickt.
»Gut.« Die Frau steckt das Aufnahmegerät ein und legt die Visitenkarte auf den Tisch. »Der Arzt wird gleich hier sein«, sagt sie beim Hinausgehen. »Er soll sich Sie auch noch mal anschauen. Ein Beruhigungsmittel wäre sicher nicht verkehrt.«
Und dann ist sie weg. Sie hinterlässt nur einen leichten Geruch von Zigaretten. Und einen Satz, der in Jule nachklingt.
Frauen wie ich, denkt sie. Ich bin eine dieser Frauen. Eine von vielen. Von vielen, die geschlagen und gedemütigt und nicht selten totgeprügelt werden. Doch ich habe mich gewehrt. Ich habe den angeschossen, der mir das angetan hat. Er liegt jetzt da, mit einem Loch im Bein. Und ich stehe noch.
Sie fühlt eine tiefe Erschöpfung und eine ebenso tiefe Erleichterung.
»Mir geht es besser«, sagt sie zu Sophie, die zurück in die Küche kommt und sie fragend ansieht. »Du hattest recht. Es ist vorbei!«
In dem Moment fährt draußen wieder ein Auto auf den Hof. Es ist der Arzt, der von Nicolas sofort in den ersten Stock gebracht wird. Nach etwa einer halben Stunde kommt er in die Küche. Ein rundlicher Mann mit einer Vollglatze und einem großen Sanitätskoffer.
»Ihrem Freund geht es den Umständen entsprechend gut«, erklärt er zur Begrüßung und streckt Jule die Hand entgegen. Eine weiche, rundliche Hand. »Die Verletzung ist im Oberarm. Nicht sehr tief. Er hat verdammtes Glück gehabt. Ich habe die

Stichwunde genäht, einen Verband angelegt und ihm eine Tetanusspritze verabreicht. Und eine leichte Schlaftablette. Er braucht jetzt ein bisschen Ruhe. Den Verband kann ihm ein Arzt hier in den nächsten Tagen abnehmen. Danach reicht ein großes Pflaster. Und Sie, *Madame?* Wie geht es Ihnen?«

»Ich bin unverletzt, aber die Beamtin meinte, ich bräuchte etwas …«

»… etwas zur Beruhigung, das sagte sie mir am Telefon. Man schießt ja auch nicht alle Tage einem Kerl ins Bein.«

Er kontrolliert Jules Blutdruck. »Der Puls ist ein bisschen zu hoch, aber das ist kein Wunder bei dem, was Sie hinter sich haben.« Er holt einige Tabletten aus seinem Koffer. »Nehmen Sie von denen jetzt eine und heute Abend eine weitere. Falls nötig, auch morgen noch. Sie werden sehen, das befördert Sie zwischenzeitlich auf eine watteweiche Wolke.«

Sie lächelt und nimmt die Tabletten an sich. Eine watteweiche Wolke, das scheint ihr ein Ort zu sein, an dem sie nun sein will. Eine Weile nichts mehr denken, nichts mehr erklären, sondern einfach davonschweben.

Nachdem der Arzt gegangen ist, sieht Sophie auf die Uhr. »Es ist schon halb acht. Ich denke, wir könnten jetzt ein Frühstück vertragen.«

Sie kocht einen neuen Kaffee und stellt aufgebackene Baguettescheiben, etwas Butter und Marmelade auf den Tisch.

»Die Frau aus der Gendarmerie meinte, heute Nachmittag könnten wir wieder ins Haus«, sagt Jule. »Da sieht es wohl ziemlich schlimm aus. Das ganze Blut und die zerbrochene Terrassentür …«

»Nicolas und ich kommen mit«, erklärt Sophie. »Wir helfen dir beim Saubermachen. Jochen fällt ja erst mal aus mit seiner Verletzung. Und wegen der Terrassentür hat Nicolas schon bei einem Glaser angerufen. Er klebt euch heute noch eine Plastikfolie ein und ersetzt die Scheibe bis Ende der Woche.«

Sie spüren, dass es ihnen guttut, über praktische Dinge zu reden. Über das, was jetzt ansteht. Das, was hinter ihnen liegt, schieben sie beiseite.

Nach dem Frühstück nimmt Jule eine der Tabletten. Sophie schlägt vor, sie solle hinaus in den Garten gehen. »Ruh dich aus. Setz dich unter einen Baum und tu einfach nichts. Pompon wird dir Gesellschaft leisten. Und die verbliebenen zwei ihrer Babys.«

Jule widerspricht nicht. Sie findet draußen eine Bank, die sie in den Schatten der zwei großen Kastanien rückt, unter denen sie im Juni gefeiert hatten. Damals hat sie Catherine kennengelernt. Es ist keine drei Monate her, und trotzdem scheint es wie eine Ewigkeit. Es scheint eine Zeit vor der Zeit zu sein.

Pompon und ihre zwei Welpen folgen Jule, aufmerksam die Mutter, verspielt die Kleinen, die inzwischen ziemlich gewachsen sind.

Die Nähe der Hunde, die Wirkung der Tablette, die Wärme der Sonne, die durch die Blätter des Baumes kriecht – all das lässt Jule müde werden.

Es ist vorbei! Der Satz wiederholt sich in ihr immer und immer wieder, er ummantelt ihre Müdigkeit.

Irgendwann schläft sie ein.

Es ist Jo, der sie weckt. Er setzt sich neben sie auf die Bank. Er hat eine blaue Arbeitshose, ein graues T-Shirt und ausgetretene Flipflops von Nicolas an. Am linken Arm trägt er einen Verband. Mit dem rechten umarmt er Jule.

Sie legt ihren Kopf auf seine unversehrte Schulter. Sie spürt, wie er atmet. Sein Brustkorb hebt und senkt sich, gleichmäßig.

Lange sagen sie kein Wort. Sie sitzen einfach nur da, unter den zwei großen Kastanienbäumen.

Es ist Jo, der das Schweigen bricht.

»Du hast mir das Leben gerettet«, sagt er.

»Ich habe *uns* das Leben gerettet«, sagt sie.

»Wie geht es nun weiter?«, fragt er.

»Wir leben vorwärts«, erwidert sie.

»Aber zuvor müssen wir rückwärts verstehen.«

»Das ist unerlässlich, ja.«

»Du bist mir noch immer ein Rätsel.«

Sie hebt den Kopf und sieht ihn an. Sieht die Erwartung in seinen graublauen Augen. Sieht, dass die Reihe nun an ihr ist.

»Du möchtest, dass ich das Rätsel löse?« Sie stellt ihre Frage leise.

»Ich wünsche mir nichts sehnlicher.«

»Ich verspreche es dir.«

Ihr Kopf sinkt zurück auf seine Schulter und bleibt dort liegen.

26

Am Nachmittag erhalten sie den angekündigten Anruf. Sie könnten nun zurück ins Haus. Die Untersuchungen vor Ort seien abgeschlossen.

Jule und Jo steigen in ihr Auto, Sophie und Nicolas in den Lieferwagen. Gemeinsam machen sie sich auf den Weg.

Obwohl Jule die kurvenreiche Straße den Berg hinauf inzwischen so gut kennt, fährt sie vorsichtiger als sonst. Als sie in die Zypressenallee einbiegt, wirft ihre Erinnerung Schlagschatten auf die vergangene Nacht. Die hohen Bäume waren ihr wie Ausrufezeichen erschienen. Ausrufezeichen, die einen Schlusspunkt hinter ihre Geschichte setzten. Jetzt sind sie wieder nichts weiter als Zypressen.

Sie parkt ihr Auto neben Jos verbeultem Lancia. In dem Moment kommen auch Sophie und Nicolas an.

Die Haustür ist nur angelehnt. Der Rest eines rot-weißen Plastikbands hängt an der Klinke.

Sie treten ein. Auf den Terrakottafliesen in der Diele hat sich ein großer Blutfleck ausgebreitet, der mittlerweile getrocknet ist. Irgendjemand hat mit Kreide die Umrisse einer Person auf den Boden gezeichnet. Marks Umrisse.

Jule bleibt stehen und blickt auf die Kreidezeichnung. Von dem Mann, der ihr so viel Angst eingejagt hatte, der fast alles zerstört hätte, was sie sich geschaffen hatte, der mit einem Messer auf Jo losgegangen war – von diesem Mann ist nichts weiter geblieben als ein paar Striche auf einem Fußboden.

Sie sieht zu Jo. Meint zu spüren, wie er fröstelt. Ein Frösteln, das sich auf sie überträgt.

Eine Blutspur führt von der Zeichnung ins Wohnzimmer. Dort befindet sich ein mindestens genauso großer dunkelroter

Fleck. Hier hatte Jule auf ihn geschossen. Hier war er zu Boden gegangen. Noch immer ist in ihr alles da. Sein starker Geruch nach Bier. Seine geballte Faust, in der das Messer steckt.

Sie hört sie wieder, ihre scharfe Stimme, die »Halt!« ruft, und dann hört sie den lauten Knall des Schusses, der im Haus nachhallt. Das Echo dessen, was sie getan hat.

Der Gedanke daran lässt sie zusammenzucken. Unwillkürlich greift sie nach Jos Hand. Zwei kalte Hände, die versuchen, sich zu wärmen.

Vor der Tür zur Terrasse liegen die Glasscherben.

Jule, Jo, Sophie und Nicolas stehen einen Moment lang schweigend da, als müssten sie das, was sie sehen, erst in sich ankommen lassen. Zu unwirklich scheint noch immer, was in der Nacht zuvor hier geschehen ist.

Es ist Nicolas, der sich schließlich räuspert. »Legen wir los«, sagt er.

Sie kehren das zerbrochene Glas zusammen. Rücken Sofa, Sessel und Tisch beiseite. Rollen den Teppich ein.

Mit seinem Hochdruck-Poolreiniger bearbeitet Nicolas die hellen Steinfliesen im Wohnzimmer. Die dunkelroten Flecken werden blasser, bis nur noch ein leichtes Rosa zu erkennen ist. Sie werden später den Teppich darüberlegen.

Am Ende waschen Sophie und Jule das Geschirr ab, das Jule am Abend zuvor im Spülbecken eingeweicht hatte.

Als sie fertig sind, riecht es nach Putzmitteln.

Nach einer guten Stunde verabschieden sich Sophie und Nicolas. »Kommt ihr klar?«, fragen sie, bevor sie in ihren Wagen steigen.

Jule und Jo nicken. Dann sind sie allein.

»Hast du Schmerzen?«, fragt Jule und zeigt auf seinen Arm.

Er schüttelt den Kopf. »Kaum. Der Arzt hat mir Tabletten gegeben, aber er meinte, ich würde sie nicht lange brauchen.«

»Magst du etwas essen?«

»Ein bisschen, ja gern.«

»Ich hole uns den restlichen Käse von gestern Abend.«

Froh, etwas tun zu können, deckt sie den Tisch. Sie stellt Baguette dazu; das Brot ist inzwischen hart geworden.

Sie essen es trotzdem. Schweigend. Sie trinken weiterhin nur Wasser.

»Ich habe dir versprochen, dass ich das Rätsel löse«, sagt Jule, nachdem sie aufgegessen haben.

Er nickt.

»Warte.« Sie steht auf und geht ins Haus.

Ein paar Minuten später kommt sie zurück. Mit einem Buch in der Hand. »Hier«, sagt sie und hält es ihm hin.

»Was ist das?«

»Das ist eine Art Tagebuch. Ich habe darin alles aufgeschrieben, seit ich hier bin.«

»Ein Tagebuch ist etwas sehr Persönliches.«

»Es ist meine Art, dir meine Geschichte zu erzählen.«

Er nimmt das Buch und streicht mit der Hand darüber. »Ich danke dir. Bist du einverstanden, wenn ich mich jetzt damit unter den Feigenbaum unten lege?«

»Ich lasse dich in Ruhe. Ich werde einen Spaziergang machen, durch den Wald, hoch nach Cornillon. Das habe ich in den letzten Monaten öfter getan, wenn ich mich sortieren musste.«

Eine Viertelstunde später steigt sie die steile Straße hinter dem Haus hinauf, vorbei an den großen roten Felsen. Einige Hundert Meter weiter biegt sie links in den Wald ein. Dicke Baumwurzeln kriechen über den schmalen Weg, Steine erschweren den Aufstieg, manche Äste hängen so tief, dass Jule sich bücken muss. Weiter oben kommt sie zu einer Lichtung. Sie bleibt kurz stehen. Sie keucht ein wenig, stemmt die Hände in die Seiten und biegt den Rücken durch. Sie sieht sich um. Die Nachmittagssonne findet Lücken in den umstehenden Baumkronen und wirft Lochmuster auf den Waldboden. Um diese heiße Zeit singen keine Vögel. Es ist still.

Jule wendet sich weiter nach links. Nach etwa zehn Minuten lässt sie die Bäume hinter sich. Garrigue säumt jetzt den Weg. Verdorrte Garrigue, die auch ihr Haus unten umgibt.

Es tauchen die ersten Gärten auf. Gärten, die das nahe Dorf ankündigen. Das Gras in ihnen steht hoch; es ist von der Sonne versengt. In den Beeten ein paar Kohlköpfe, darüber Bohnenstangen, hier und da ein Obstbaum, meist Aprikosen und Reineclauden. Geräteschuppen mit Wellblechdächern, in die Jahre gekommen. Eine verrostete Kinderschaukel. Ein aufblasbares Planschbecken, dem die Luft ausgegangen ist.

Bald schon ist der Weg geteert. Der Teer zeigt tiefe Risse. Im Dorf oben gibt es ebenfalls ein aus groben Steinen gebautes Waschhaus, so eines wie das in ihrer Straße unten, nur ohne Bücher. Kurz dahinter eine verwitterte eingefallene Mauer, auf der ein eisernes Kreuz thront. Ein Zeichen, dass es hier einmal eine Kirche gegeben hatte. Ein Zeichen, das in die Vergangenheit weist. Wie die Kreidezeichnung auf dem Fußboden. Letzte Überreste. Gegenüber der Mauer mit dem Kreuz liegt der Friedhof.

Jule geht langsam die kleine Hauptstraße weiter. Einige Touristen kommen ihr entgegen; sie halten Smartphones in der Hand, fotografieren damit schiefe Balkone, blühenden Oleander, verrostete Briefkästen. Und die neuere Kirche, die mittlerweile so alt geworden ist, dass sie schon wieder restauriert werden muss. Im Kirchenschiff steht ein Betonmischer unter einem Baugerüst. Hier wird gearbeitet statt gebetet. Ein Schutzraum ist zum Werkraum geworden.

Zwischen den mindestens ebenso alten Häusern mit den üblichen blauen Fensterläden ist es angenehm schattig. Steinerne Bögen überspannen die enge Straße. Irgendwo gibt es eine Poterie, die Töpferware anbietet. Es gibt auch ein Hotel und ein Restaurant. Eine *boulangerie,* eine *boucherie,* eine *épicerie,* ein Lebensmittelgeschäft gibt es nicht. Die Leute fahren zum Einkaufen runter nach Goudargues.

Jule wandert bis zum Ende des Dorfes. Ein Brunnen steht dort, der kaum noch Wasser enthält. Auf einer Wiese nebenan wartet ein schiefes Fußballtor zwischen zwei Bäumen auf einen Torwart. Das hohe trockene Gras ist bereits ins Netz gekrochen; das Warten hat etwas Vergebliches. An einen benachbarten Baum hat jemand ein Basketballnetz gehängt, das sich leise im Wind bewegt.

Jule beugt sich über die Brüstung, von der aus sich ein Blick auf das ganze Tal bietet. Über den Wald und die Weinberge hinweg bis nach Goudargues und zu den ansteigenden Hügeln dahinter, wo irgendwo Uzès liegt.

Schon oft hatte sie hier oben gestanden und das, was sie umtrieb, in die Weite entlassen. Heute dagegen ist etwas anders. Heute liegt unten ein Mann im Garten und liest, was sie aufgeschrieben hatte. Heute erfährt er ihre Geschichte. Heute ist der Tag nach gestern, an dem hinter diese Geschichte ein Punkt gesetzt worden war. Das Buch, es ist zu Ende geschrieben.

Nie wieder würde sie nach Wien oder nach München zurückkehren. Nie wieder zurückkehren in die Überreste ihrer Vergangenheit. Jule spürt plötzlich den unbändigen Drang, zu bleiben, an diesem Ort, der ihrer geworden ist. Was sie sich und ihrem Vater vor Monaten geschworen hatte, es wird jetzt fassbar. Sie will leben. Sie will hier leben.

Gestern noch hatte sie den Gedanken an Zukunft nicht zugelassen, heute öffnet sie sich ihm zum ersten Mal.

Den Weg zurück zum Haus läuft sie fast. Sie hat es nun eilig, zu ihm zu kommen. Zu Jo.

Sie findet ihn unter dem Feigenbaum. Das Buch hält er in den Händen, zugeklappt. Er sieht auf, als Jule näher kommt und sich zu ihm auf die Liege setzt. Seine Augen sind gerötet; er hat geweint.

»Das hier«, er deutet auf ihr Buch, »ist das Bewegendste, was ich je gelesen habe. Und du weißt, ich lese viel.« Er blinzelt neu aufkommende Tränen weg. »Ich finde kaum Worte für …«

»Dann hör auf, nach welchen zu suchen. Ich verstehe dich

auch ohne. Lassen wir meine Geschichte hinter uns. Sie ist auserzählt. Du solltest sie erfahren, damit du begreifst, warum ich deinen Fragen so lange ausgewichen bin und warum ich getan habe, was ich getan habe.«

»Du bist eine erstaunliche Frau, Jule.«

»Ohne dich wäre ich nicht da, wo ich jetzt bin.«

»Ich habe dir einen Schlüssel für ein Haus gegeben.«

»Es war mehr als das. Du hast mir von Anfang an einen Spiegel vorgehalten, in dem ich mir gefallen habe. Dadurch habe ich wieder gespürt, wer ich bin.«

»Eigentlich hast du dir selbst vor diesem Klimt bereits den Weg aufgezeigt, den du am Ende gegangen bist.«

»Das ist schon richtig, nur … Damals war ich noch nicht so weit. Ich habe das Böse verdrängt, weil ich das Gute sehen wollte. Das war wohl meine größte Dummheit. Erst im Krankenhaus hatte ich wirklich den Abstand, um das gesamte Bild zu sehen. Da habe ich begriffen, dass ich mich in Sicherheit bringen muss. Der ganze Rest hat sich daraus ergeben.«

»Aber du warst es, die den Rest geschafft hat.«

»Ich musste es tun, sonst wäre ich verloren gewesen.«

»Wissen die von der Gendarmerie, dass du den Mann kanntest, der hier gestern …?«

Sie nickt. »Die Beamtin war gut. Ich glaube, sie hat mich gesehen und verstanden, dass ich keine andere Wahl hatte.«

»Es kommt mir noch immer vor wie ein Albtraum.«

»Das war es auch, Jo. Aber der Albtraum ist vorüber. Wir sind aufgewacht, und wir leben.«

»Weißt du, was mit ihm ist?« Er nennt seinen Namen nicht, und sie ist ihm deswegen dankbar. Der Name soll keinen Platz haben zwischen ihnen.

»Er ist im Krankenhaus«, erwidert sie. »Dort wird er von der Beamtin vernommen. Ich solle mir keine Sorgen machen, hat sie gesagt. Wahrscheinlich erfahren wir morgen mehr, auf der Gendarmerie. Bis dahin ruhen wir uns aus.«

»Diese Tabletten, die der Arzt mir gegeben hat …«

»… die machen einen ganz schön benommen«, ergänzt sie. »Wahrscheinlich hast du die gleichen bekommen wie ich.«

»Ich denke, wir gehen heute früh ins Bett.«

»Das sollten wir, ja. Die Sterne können ohne uns aufgehen.«

Gemeinsam stehen sie auf und steigen die Treppe hinauf zur Terrasse. Wie am Abend zuvor. Doch heute ist es noch warm. Die Grillen beginnen gerade erst zu zirpen, als sie ins Haus gehen.

Sie werfen einen Blick auf die notdürftig verklebte Tür.

»Es wird wohl keiner mehr einbrechen«, sagt Jo.

Jule nickt. »Davon ist auszugehen.«

»Gute Nacht«, sagt sie, als sie vor seinem Zimmer stehen.

»Gute Nacht«, erwidert er und streicht ihr über die Wange.

Oben schaltet sie das Licht an, schließt die Fensterläden und betritt das Bad. Sie hört, dass er unten dasselbe tut.

Sie lässt sich Zeit. Nachdem sie ihr Nachthemd angezogen hat, sieht sie sich im Spiegel über dem Waschbecken an. Ihr gefällt, was sie sieht. Trotz aller Erschöpfung ist da Klarheit. Orientierung. Das, was Jule zu Jo gesagt hat, über ihn als Spiegel, es setzt sich nun beim Blick in den Spiegel fort.

Sie verlässt das Bad, doch sie geht nicht in ihr Schlafzimmer. Stattdessen geht sie die Treppe hinunter und klopft an seine Tür.

»Komm herein«, ruft er.

Er liegt bereits im Bett, neben ihm auf dem Nachttisch liegt ihr Buch.

»Darf ich heute bei dir schlafen?«, fragt sie.

Als Antwort hält er seine Bettdecke hoch.

Sie schlüpft darunter und legt ihren Kopf dorthin, wo er heute Mittag auf der Bank, im Garten von Nicolas und Sophie, bereits gelegen hatte.

»Ich habe einen neuen Lieblingsplatz«, sagt sie.

Er gibt ihr einen Kuss auf die Stirn. Dann knipst er das Licht aus. Ohne ein weiteres Wort schlafen sie ein.

27

Die Gendarmerie ist ein schmuckloses Gebäude. Man führt Jule und Jo in einen ebenso schmucklosen Wartebereich.

Martine Foulard erscheint nach einer halben Stunde.

»Verzeihen Sie meine Verspätung.« Sie reicht ihnen die Hand. »Mein Kollege, der, den Sie gestern bereits kennengelernt haben, wird gleich zu Ihnen kommen«, sagt sie zu Jo.

Dann bittet sie Jule, ihr zu folgen. Der Geruch der Zigarette, die sie gerade noch geraucht hat, eilt ihr hinterher.

In dem Büro, in das sie Jule führt, hängt ein Bild an der Wand, und auf dem Schreibtisch steht eine Grünpflanze. Auf dem Bild liegt ein Segelboot vor Anker. Auf der Grünpflanze liegt Staub.

»Setzen Sie sich doch.« Die Frau deutet auf einen Stuhl und nimmt selbst hinter dem Schreibtisch Platz. »Wie geht es Ihnen heute?«

»Besser.«

»Sehr gut.« Sie schiebt Jule einige Blätter Papier über den Schreibtisch. »Das hier lesen Sie sich nachher in Ruhe durch und unterschreiben es, wenn alles korrekt ist. Es ist Ihre Aussage. Sie beinhaltet das, was Sie mir gestern erzählt haben.«

»Okay.«

»Vorher aber noch einige Dinge, die wichtig sind.« Da ist sie wieder, die sachliche und zugleich warme Stimme der Beamtin. »Die Spurensicherung hat alles bestätigt, was Sie und Ihr Bekannter angegeben haben. Wir haben das Messer gefunden und an ihm das Blut Ihres Bekannten; das konnten wir schnell verifizieren, denn der Arzt hat ihm gestern noch Blut abgenommen. An dem Gewehr gibt es Fingerabdrücke einer Person. Ich gehe davon aus, dass es Ihre sind. Wir nehmen Ihnen nachher noch welche ab und gleichen sie dann ab. Wir haben auch die Kugel, sie steckte im Oberschenkel Ihres Ex-Freundes. Sie passt zu der Waffe, mit der geschossen wurde.«

Jule hört zu. Spurensicherung. Blut. Messer. Waffe. Fingerabdrücke. Worte, die wieder hochholen, was sie gestern versucht haben wegzuschrubben.

»Heute Vormittag konnte ich mit Ihrem Ex-Freund sprechen«, fährt Martine Foulard fort. »Er hat alles gestanden.« Sie macht eine Pause. »Sie hatten recht«, sagt sie dann. »Diese Bekannten von ihm haben ihm erzählt, wo Sie arbeiten. Er ist hierhergekommen und Ihnen vom Restaurant aus gefolgt. Das war bereits am Samstag letzter Woche. Von da an wusste er, wo Sie wohnen.«

Jule zuckt zusammen. Die Hasen. Die Feigen. Die Polster. Das war er gewesen. Die Erklärungen, die sie gefunden, mit denen sie sich beruhigt hatte, sie hatten sie in die Irre geführt.

»Aber warum hat er nicht …?«, beginnt sie.

»Weshalb er sich nicht gezeigt hat, wollen Sie wissen? Das habe ich ihn auch gefragt. Er sagte etwas von einem Mann, mit dem er Sie in Wien gesehen hatte.«

»Ja, das war Jo. Davon habe ich Ihnen gestern erzählt.«

»Das haben Sie, ja. Ihr Ex-Freund war überzeugt davon, dass Sie mit ihm abgehauen sind. Nach seiner Ankunft hier hat er angefangen, sich in der Nachbarschaft da oben umzuhören. Er hat vorgegeben, eine Immobilie kaufen zu wollen. Er prahlte fast damit, dass er das gut kann. Als Journalist. Recherchieren und so …«

Ja, Prahlen, darin ist er gut. Jule muss daran denken, was sie in ihm gesehen hatte, damals, als sie sich kennenlernten. Eine Illusion, die von der Realität atomisiert worden war. Einen Mann, den es nie wirklich gegeben hatte …

Martine Foulard sieht Jule fragend an. »Hören Sie zu?«

»Ja, ja. Meine Gedanken, sie driften manchmal ab.«

»Also – eine alte Dame hat ihm schließlich erzählt, dass das Haus, für das er sich interessierte, einem Deutschen gehört, der lange nicht da gewesen sei, aber Ende des Monats kommen wolle. Das habe sie von der deutschen Frau gehört, die jetzt seit einiger Zeit dort wohnt und sich um das Haus kümmert. Also nein, verkaufen würde der Besitzer sicher nicht.«

Jule überlegt. Dann fällt es ihr ein. *Madame* Giraud. Ja, das muss sie sein. Sie lebt ein paar Häuser weiter unten mit ihrem Mann. Jule hatte sich immer mal wieder mit ihr unterhalten. Über Pêche hatten sie gesprochen, die sich früher am Waschhaus zwischen den Büchern herumgetrieben hatte. Über ihre Enkel, die in den Sommerferien kommen sollten. Über Jos Eltern, die sie und ihr Mann noch gekannt hatten. Über deren netten Sohn, der nun leider so lange nicht mehr hier gewesen war. Er komme bald, hatte Jule ihr erzählt. Die Nachbarin hatte sich gefreut, und sie hatten vereinbart, dass sie sie mal besuchen würden, sobald er da sei. Danach hatte *Madame* Giraud Jule noch einen Korb mit Eiern geschenkt. Ihre Hühner würden gerade wie verrückt legen; so viele Omeletts könnten sie und ihr Mann gar nicht essen.

»Ich weiß, von wem er es erfahren hat«, sagt Jule jetzt. »Die Nachbarin heißt *Madame* Giraud. Eine sympathische Frau. Ihr gegenüber habe ich erwähnt, dass Jo bald kommt.«

Die Beamtin macht sich eine Notiz. »Ihr Ex-Freund hat sich also einen Plan zurechtgelegt«, fährt sie fort. »Er wollte abwarten, bis Ihr Bekannter aus Deutschland auftaucht, und die Sache dann zu Ende bringen. So hat er sich ausgedrückt. Ich habe ihn gefragt, was er damit meint. Er faselte etwas davon, dass er sie beide zur Rede stellen wollte. Ich wollte wissen, weshalb er dann mitten in der Nacht eingebrochen sei und ein Messer bei sich hatte. Er sei durchgedreht, hat er gesagt, als er Sie und Ihren Bekannten gesehen habe. Er hat Sie beobachtet, am Sonntagabend.«

Jule spürt, wie sich ihr Körper mit Gänsehaut überzieht. Das Rascheln im Garten. Das war nicht Pêche gewesen, wie sie geglaubt hatte. Das war …

Die Frau ihr gegenüber seufzt. »Rauchen Sie?«

»Eigentlich nicht. Bis auf eine Zigarette. Am Abend, zur Entspannung.«

Martine Foulard zieht ein Päckchen aus ihrer Uniformjacke, öffnet es und hält es Jule hin. »Möchten Sie eine?«

»Aber ist das hier drinnen nicht verboten?« Jule zeigt auf einen Rauchmelder an der Decke.

Die Beamtin lächelt. »Ach, den habe ich außer Betrieb gesetzt.«

Jule nimmt sich eine Zigarette. Martine Foulard gibt ihr Feuer und zündet sich dann selbst eine an. Aus einer Schublade holt sie einen kleinen Aschenbecher und stellt ihn in die Mitte des Schreibtischs.

»Ich sage Ihnen nicht, wie er Sie genannt hat«, sagt sie.

»Schlampe?« Als solche hatte er nicht nur sie, sondern auch Leni beschimpft. Seine ehemalige Freundin. Die Frau ohne Kopf.

Wieder das Seufzen. Es scheint ein Wesenszug von Martine Foulard zu sein. Ein Wesenszug, den wohl ihr Job hervorgebracht hat. »Ich habe ihn mit den Beweisen konfrontiert«, fährt sie fort. »Es blieb ihm nichts anderes übrig, als zu gestehen. Dass er ins Haus eingebrochen ist und Ihren Bekannten mit einem Messer angegriffen hat.« Sie lehnt sich zurück. »Eine Kurzschlusshandlung war das nicht«, sagt sie dann. »Selbst wenn er behauptet, durchgedreht zu sein – er hat planvoll gehandelt, meine ich. Vorher hat er sich wohl noch Mut angetrunken. Wir haben einen Rucksack mit mehreren leeren Bierdosen darin auf der Terrasse gefunden.«

Der Geruch nach Bier. Sein Geruch. Der, der ihn damals in der Wiener Wohnung verraten hatte und den Jule gestern Nacht wieder gerochen hatte. Allein bei dem Gedanken steigt Übelkeit in ihr hoch.

»Was heißt das alles?«, fragt sie leise.

»Ich lasse einen Haftbefehl ausstellen und werde probieren,

einen versuchten Mord durchzukriegen«, erklärt Martine Foulard. »Der Staatsanwalt wird Anklage erheben, und selbst wenn es am Ende nicht auf die Maximalstrafe hinausläuft, wird ihr Ex-Freund wegen versuchten Totschlags für Jahre hinter Gitter wandern. Sobald er transportfähig ist, kommt er in Untersuchungshaft. Er kann sich natürlich einen Anwalt nehmen; das habe ich ihm auch mitgeteilt. Aber wir haben sein Geständnis, wir haben die Beweise, die Sache ist einigermaßen eindeutig.«

»Wird es einen Prozess geben?«

»Ja, aber wann das sein wird, ist noch nicht abzusehen. So was kann dauern. Mit der österreichischen Polizei habe ich telefoniert. Die entsprechenden Unterlagen über den Vorfall mit Ihrer Freundin schicken die Kollegen mir zu. Ach ja, haben Sie den Arztbrief aus Wien dabei?«

Jule holt einen Umschlag aus ihrer Tasche und reicht ihn über den Schreibtisch. Darin ist auch die Übersetzung, die die Assistentin des Orthopäden in Uzès damals ausgedruckt hatte.

»Vielen Dank«, sagt Martine Foulard und überfliegt den Bericht. »Mein Gott, das ist ja grauenhaft«, entfährt es ihr. Dann findet sie ihren sachlichen Ton wieder. »Wir machen uns eine Kopie davon.«

In dem Moment meldet sich Jules Handy. Eine SMS. »Entschuldigen Sie«, sagt sie. »Ich habe vergessen, es lautlos zu stellen.«

»Kein Problem. Sehen Sie ruhig nach.«

Jule wirft einen Blick auf ihr Smartphone. Eine Nachricht von Fabian Delaud. »Das hat Zeit«, sagt sie und steckt das Handy zurück in ihre Tasche.

Sie überlegt.

»Haben Sie noch eine Frage?«

»Dass ich ohne Waffenschein geschossen habe …?«

»… war eindeutig Notwehr«, unterbricht Martine Foulard sie. »Sie haben nichts zu befürchten. Wenn Sie nicht eingegriffen hätten, hätten wir jetzt wahrscheinlich zwei Tote.«

Jule merkt, dass sie zu zittern beginnt.

Die Beamtin merkt es auch. Sie beugt sich vor. »Versuchen Sie, sich zu beruhigen. Sie sind am Leben, und das sind Sie, weil Sie die Lage richtig eingeschätzt haben. Sie hatten recht gestern. Wir hätten nichts tun können, auf einen vagen Verdacht hin. Die Angst, die Sie gehabt haben ... Ich kann sie mir vorstellen.« Sie drückt ihre Zigarette aus.

Jule nickt. Der tollwütige Affe – die Frau ihr gegenüber scheint ihn schon öfter gesehen zu haben.

Martine Foulard erhebt sich. »Ich bringe Sie noch hinaus«, sagt sie und greift nach dem Umschlag mit dem Arztbrief. Jule hinterlässt eine halb aufgerauchte Zigarette im Aschenbecher.

»Während Sie Ihre Aussage durchlesen, kopieren wir das hier«, erklärt die Beamtin. »Später nimmt Ihnen eine Kollegin von mir noch die Fingerabdrücke ab.«

Sie geht voran. Im Wartebereich reicht sie Jule die Hand. »Sie brauchen wirklich keine Angst mehr zu haben. Er kann Ihnen nichts mehr tun. Das verspreche ich.« Ein kurzes Nicken noch, dann verschwindet sie.

Jule setzt sich und überfliegt, was sie am Tag zuvor berichtet hatte. Schnell setzt sie ihre Unterschrift darunter. Kurz darauf gibt ihr eine Frau den Bericht des Arztes zurück und erledigt das mit den Fingerabdrücken.

Jo erscheint ungefähr fünf Minuten später. Er sieht Jule an. Er ist blass. »Fertig?«

Sie nickt.

Gemeinsam gehen sie über einen Parkplatz zu ihrem Auto und setzen sich hinein.

»Wie ist es gelaufen?«, fragt er.

»Er hat gestanden«, erwidert sie. »Die Beweise ließen ihm wohl auch keine andere Wahl. Sie haben ihn verhaftet. Er wird ins Gefängnis kommen. Er kann uns nichts mehr tun, Jo. Das hat mir Martine Foulard versprochen, und ich glaube ihr.«

»Dann glaube ich mit dir.«

Er streicht ihr eine Haarsträhne aus dem Gesicht. »Und was machen wir jetzt?«

Sie sieht auf die Uhr. Es ist fast halb sieben.

»Ich habe Hunger«, erwidert sie.

28

Sie fahren durch die Kleinstadt, in der die Gendarmerie liegt. Jule sitzt am Steuer, Jo gibt die Richtung vor. Ein Kreisverkehr folgt auf den nächsten. Der Verkehr kommt immer wieder ins Stocken. Es wird gedrängelt, gehupt, überholt. Sie passieren Gewerbegebiete. Tankstellen, Supermärkte, Reifenhändler. Irgendwann kündigt ein Schild das Ende der Ortschaft an.

Jule und Jo atmen auf. Schon bald umgibt sie vertraute Landschaft.

An den Weinstöcken hängen inzwischen dicke Trauben. Auf Olivenbäumen, Zypressen und Oleander hat der Sommer Staub hinterlassen; kein Regen hat ihn bislang abgewaschen. Die Erde ist trocken, die Cèze führt nur noch wenig Wasser, an einigen Stellen zeigt der Fluss sein steinernes Bett.

»Wohin führst du uns?«, fragt Jule.

»In eine kleine *auberge*. Ich kenne das Lokal von früher. Es ist ruhig dort, das Essen ist gut, und sie haben einen schattigen Garten.«

Nach einer Viertelstunde biegen sie ab, fahren durch eine Platanenallee, überqueren einen alten Bahnübergang, passieren einen Wasserturm und eine stillgelegte Mühle.

Vor der *auberge* stehen einige Autos. Im Garten sind die meisten Tische reserviert.

»Lass mich das machen«, sagt Jo und geht ins Lokal, wo Jule ihn mit einem älteren Mann reden sieht.

Jule kann nicht hören, worüber die zwei sprechen, aber sie bekommen einen Platz.

»Was hast du ihm gesagt?«, fragt Jule, nachdem sie sich gesetzt haben.

»Das war der Wirt. Ich habe ihm erzählt, dass ich mit meinen

Eltern öfter in seinem Lokal war und dass wir immer die wunderbare Ratatouille bestellt haben, die hier einfach unvergleichlich schmeckt. Na ja, wir haben ein bisschen über Familienrezepte gesprochen. Er meinte, sein Sohn stehe nun in der Küche, aber die Ratatouille hätten sie noch immer auf der Karte. Tja, deshalb haben wir nun einen Tisch.«

Jule lächelt. »Dann werden wir wohl Ratatouille essen«, sagt sie.

»Du wirst es nicht bereuen. Sie machen die hier mit Hackfleisch, lassen sogar Kartoffeln mitschmoren und schmecken das Ganze etwas schärfer ab als sonst üblich. Mein Vater war süchtig danach.«

Sie geben ihre Bestellung bei einer jungen Frau auf, die alles auf einem Block notiert.

»Möchten Sie davor unsere *pâté de campagne?*«, fragt sie. »Die Pastete machen wir mit Hasenfleisch.«

Jo nickt.

»Und als Dessert haben wir heute warmen Milchreis mit eingelegten Aprikosen.«

»Hört sich gut an.«

»Einen halben Liter offenen Roten?« Sie zeigt auf die Weingläser.

»Was ist mit den Tabletten?« Jule sieht Jo fragend an.

»Ach, die lassen wir jetzt weg«, erwidert er. »Meine Schmerzen im Arm sind auszuhalten. Und Wein tut uns heute sicher besser als Beruhigungspillen.«

»Überzeugt.« Sie sieht sich um. Sieht Paare und Familien und Gruppen von Freunden an den Nachbartischen. Es wird geredet, gestikuliert, gelacht.

Sie sind mittendrin. Mittendrin im Leben.

»Es ist so unwirklich«, sagt Jule. »Nach der Gendarmerie komme ich mir hier vor, als hätte man mich plötzlich in einer anderen Welt ausgesetzt.«

»Es ist unsere Welt, Jule.«

Sie nickt. »Eine bessere Welt, ja. Ich muss mich nur erst wieder an sie gewöhnen, nachdem wir so heftig aus ihr herausgeschleudert wurden.«

»Du hast recht. Es wird wohl noch eine Zeit dauern, bis wir das alles ...« Er sucht nach einer passenden Formulierung.

»... verstoffwechselt haben?«

»Ein ungewöhnliches Wort, aber, ja, das trifft es.«

»Du hast einen schönen Ort ausgesucht, um damit zu beginnen. Er knüpft an früher an. Dein Früher, also das mit deinen Eltern – und unser Früher, mit dem wir vorgestern gerade erst angefangen haben. Aber es wird Zeit brauchen.«

»Wir haben sie ... die Zeit, die wir brauchen.«

Jules Lippen bewegen sich hin zu einem Lächeln. »Du hast mein Tagebuch gelesen«, sagt sie dann. »Erinnerst du dich daran, was ich meinem Vater in einer meiner ersten Nächte hier geschworen habe? Als die Erinnerung an ihn zurückkam.«

»Du hast ihm versprochen, dass du leben willst.«

»Genau. Das ist mein Ziel. Noch immer. Vielleicht sogar noch mehr als zuvor.«

Sie stoßen mit dem Rotwein an, den die junge Frau in einer Karaffe auf den Tisch gestellt hatte. Sie sehen sich dabei in die Augen, in denen die letzten beiden Tage Spuren hinterlassen haben. Da ist sie wieder, die Erschöpfung, die sich mit Erleichterung paart. Darüber legt sich Erstaunen. Ein noch ungläubiges Erstaunen, mit dem Leben davongekommen zu sein.

Zögernd tasten sie sich vorwärts. Versuchen, dort anzuknüpfen, wo sie so jäh unterbrochen worden waren. Sie üben noch. Sie üben Leichtigkeit. Ab und an finden sie auch ihr Lachen wieder. Das heben sie dann auf, wie man zu Boden gefallene Dinge aufhebt, und stellen es zwischen sich, als wollten sie sich vergewissern, dass es noch da ist.

Es ist ein Anfang. Ein Anfang, der sich an jenen anschließt, von dem Jule gerade gesprochen hat.

Das Ende, das liegt hinter ihr. Hinter ihnen. Aber es ist nach wie vor zu sehen, zu hören, zu spüren. Sie wissen, dass sich erst neues Leben darüberlegen muss.

Die Ratatouille ist wirklich gut, und Jule merkt erst jetzt, dass ihr Hunger größer ist, als sie gedacht hat. Ja, Jo hat das richtige Lokal ausgesucht. Diese *auberge* wärmt einem die Seele, und das brauchen sie jetzt. Einen Seelenwärmer.

Während sie auf das Dessert warten, fällt Jule plötzlich die SMS ein, die gekommen war, als sie in Martine Foulards Büro saß.

Sie holt ihr Handy aus der Tasche. »Entschuldige, das hatte ich völlig vergessen«, sagt sie, ruft die Nachricht von Fabian Delaud auf und liest.

»Liebe Jule. Eine Kollegin von uns heiratet demnächst und zieht mit ihrem Mann nach Paris. Sie unterrichtet Klavier. Es wird also eine Stelle frei. Ich würde mich sehr freuen, wenn Sie den Platz der Kollegin übernehmen könnten. Sie gehören ja ohnehin schon fast zu uns. Na, was sagen Sie? Haben Sie Interesse? Bitte rufen Sie mich doch bald an. Herzlichst. Ihr Fabian D.«

Jule fühlt, wie ihr Herz schneller zu klopfen beginnt. Klopfzeichen, die Freude auslösen. »Da muss ich rasch antworten«, erklärt sie und beginnt zu tippen.

»Lieber Fabian, danke für Ihre wunderbare Nachricht! Ich bin heute noch unterwegs. Melde mich morgen. Ihnen einen schönen Abend. Herzlichen Gruß. Jule K.«

Sie steckt das Handy zurück in ihre Tasche.

»Gute Neuigkeiten?«, fragt Jo.

»Sieht man mir das an?«

»Na ja, ich kenne dich mittlerweile mehr als ein bisschen.«

»Das war der Direktor der Musikschule. Er bietet mir eine Stelle an.«

»Als Klavierlehrerin?«

»Ja, stell dir das vor. Ich hätte wieder eine Arbeit. Mehr als nur einen Job als Aushilfe in einem Restaurant. Ich würde … Ich könnte …« Sie zögert.

»… hierbleiben?«, fragt er vorsichtig.

Sie sieht ihn an und nickt.

»Das heißt, du willst nicht mehr zurück nach …?«

»Nein, Jo. Gestern auf meinem Spaziergang oben in Cornillon, da habe ich es plötzlich ganz deutlich gesehen. Bei diesem weiten Blick, den man von dort ins Tal hat. Wien, das ist kein Ort mehr für mich. Da war er, und da wird er sein, selbst wenn er im Gefängnis sitzt. Ich hätte Angst, die Geister der Vergangenheit holen mich dort ein. Ich weiß nicht, Jo, was du denkst, aber ich … Ich habe das alles hier zu lieben begonnen. Du und ich, das ist …«

»Willst du damit sagen, dass du im Haus bleiben möchtest?«

»Das liegt an dir. Du hast dich gerade von deiner Frau getrennt, dir eine Wohnung in München genommen. Vielleicht willst du das alles hier ja auch gar nicht mehr. Es ist schließlich dein Haus.«

»Auf gewisse Art hast du es auch zu deinem gemacht. Wir haben ja schon darüber gesprochen. Am Sonntag, bevor …«

»… meine Vergangenheit in dein Haus eingebrochen ist.«

Er greift über den Tisch nach ihrer Hand. »Dieser Teil deiner Vergangenheit kommt jetzt hinter Gitter. Dem Haus und mir, also uns, könnte nichts Besseres passieren, als dass du jetzt dort einziehst. Ich meine, richtig einziehst. Mit allem, was dir lieb ist.«

»Mit meinem Klavier?«

»Auch mit dem.«

»Wir müssten einen Platz dafür finden.«

»Das Wohnzimmer ist groß genug.«

»Du bist also einverstanden?«

»Hattest du daran auch nur den leisesten Zweifel?«

»Offen gestanden war ich mir nicht ganz sicher.«

»Anscheinend kennst du mich nicht so gut wie ich dich.«

Sie strahlt ihn an.

»So habe ich dich noch nie gesehen«, sagt er.

»Wie?«

»Na ja, es ist ein großes Wort, aber es scheint mir angemessen. So glücklich.«

Sie wird ernst. »Glaubst du an Schicksal?«, fragt sie dann.

»Wenn du damit meinst, dass …«

»Ich meine damit, dass ich gerade glaube, irgendwo würfelt jemand und schüttet mal eben das über mir aus, was du gerade Glück genannt hast. Und das, nachdem wir beide beinahe tot gewesen wären. Es ist alles … na ja, alles ist so nah beieinander.«

»Da würfelt niemand anderer als du selbst, Jule. Es steht alles in deinem Buch.«

»Ich verstehe nicht ganz.«

»Du ganz allein bist deinen Weg gegangen, und du ganz allein hast gestern den Abzug gedrückt und getroffen. Du hattest den Leuchtturm gefunden, von dem du geschrieben hast, und du wolltest ihn nicht wieder verlieren.«

Sie nickt langsam. »Wie meinen Vater. Auch ihn hätte ich fast verloren.«

»Aber das hast du nicht. Du hast ihn dir zurückgeholt, obwohl deine Mutter dir verboten hatte, über ihn zu reden. Ich begreife erst jetzt, weshalb dich meine Kindheit so traurig macht.«

»Nein«, widerspricht sie. »Sie macht mich nicht traurig, sondern wehmütig. Du hattest etwas, das es für mich nicht gab.«

»Aber es gab ein kleines Mädchen, das Engel werden und einen Himmel als Spielplatz haben wollte. Und es gab einen Vater, der dir sagte, dass du frei bist, wenn dir Flügel wachsen. Das war sozusagen dein Startkapital ins Leben …«

»… das ich erst ein Leben später wirklich genutzt habe.«

»Ja, weil du dich dir selbst gestellt hast. Weil du in den Keller deiner Erinnerungen gestiegen bist und dort das Licht angeknipst hast. Und dann kommt dieser von Hass zerfressene Mann und will all das wieder kaputt schlagen. Der hat dir so viel Schlimmes angetan, aber du bist es gewesen, die ihn am Ende vom Schlimmsten abgehalten hat.«

»Du hast meine Aufzeichnungen aufmerksam gelesen.«

»Und das werde ich wieder und wieder tun. Es steckt so unglaublich viel darin. Du legst ganze Sedimentschichten in dir frei, um zu ergründen, weshalb du bist, wie du bist.«

»Jetzt machst du mir Konkurrenz.«

»Was meinst du damit?«

»Nun, bislang hast du mir ein Talent für gute Sätze bescheinigt.«

»Das hast du ohne jeden Zweifel. Bekäme ich so ein Manuskript, dann würde ich daraus ein Buch machen.«

»Untersteh dich.«

Er lacht. »Keine Sorge. Ich bleibe dein einziger Leser.«

In dem Moment bringt die Kellnerin das Dessert.

Sie essen den süßen Reis mit den süßen Aprikosen, als könnten sie damit all das Bittere in sich vertreiben. Danach genießen sie langsam ihren Kaffee. Sie wollen sie ausdehnen, die Zeit an diesem Tisch in diesem Restaurant. Mittendrin im Leben.

Es ist bereits dunkel, als sie aufbrechen. Eine weitere Spätsommernacht, deren wolkenloser Himmel Sterne verspricht.

Zu Hause wartet Pêche auf sie. An ihrem Platz, unter einem der Maulbeerbäume.

Erst in dem Moment fällt Jule auf, dass sie die Katze seit Sonntag nicht mehr gesehen hat. Wo auch immer sie gewesen war, sie hatte sich in Sicherheit gebracht. Versteckt vor dem, was das Leben hier aus dem Gleichgewicht gebracht hatte.

Jule bückt sich und krault Pêche hinter den Ohren.

»Gib zu, du hattest auch Angst«, sagt sie. »Ich bin froh, dass du zurück bist.«

Die Katze miaut. Dann reibt sie sich an Jules Knie und verschwindet mit zwei großen Sätzen ins Haus.

»Sie wird dir bleiben«, sagt Jo.

»Das hoffe ich«, erwidert Jule. »Mit wem sollte ich mich sonst unterhalten, wenn du nicht da bist.«

»Einstweilen bin ich ja da.«

»Das tut mir gut. So gut wie vieles seit Langem nicht mehr.«

»Mir auch, Jule.«

»Weißt du schon, bis wann du bleiben kannst?«

»Ich habe meinen Laptop und einiges an Arbeit mitgenommen. Mein Schreibtisch hier ist ein herrlicher Platz dafür. Und du bist in meiner Nähe. Ende Oktober findet die Buchmesse in Frankfurt statt. Da muss ich dann allerdings zurück in Deutschland sein.«

»Und kommst du auch irgendwann wieder?«

»Da kannst du sicher sein. Im November und Dezember habe ich noch einige Termine in München. Ich denke, so gegen Weihnachten könnte ich wieder hier sein.«

Jule hört, wie der Gesang der Zikaden langsam anhebt.

»Weihnachten …«, sagt sie. »Das kommt mir so fern vor.«

»Es wird dir gefallen«, entgegnet er. »Die Winter im Süden sind mild, und die Touristen sind weg. In Uzès hängen Lichterketten auf der Place aux Herbes, und die Leute sind unter sich. An manchen Tagen kann man sogar draußen in der Sonne sitzen und seinen Kaffee trinken.«

»Hört sich an, als könnte ich auch den Winter mögen.«

»Meine Eltern sind früher oft über die Feiertage mit mir hier unten gewesen. Am 10. Januar waren die Ferien dann zu Ende, und wir fuhren wieder zurück, in ein graues, kaltes Deutschland. Nicolas durfte bleiben, und ich habe ihn deswegen beneidet. Damals habe ich ihm und mir geschworen, dass ich später in der Provence leben werde.«

»Und dann kam alles ganz anders.«

»Es ist schon eigenartig, wie gedankenlos man manchmal eine falsche Abzweigung nimmt. Und auf einmal vergisst man, wo man eigentlich hinwollte.«

»Ich weiß genau, was du meinst.« Ihr fällt ein, was ihr Vater über Orientierung gesagt hatte, damals bei diesem Strandspaziergang. »In sich selbst verirrt man sich am leichtesten. Wenn man nicht aufpasst, gehen irgendwann alle Türen zu.«

»Halten wir sie also offen, die Türen«, erwidert er und steht auf, um die Terrassentür zu schließen.

Beide lachen, weil sie merkten, was er da gerade gesagt – und getan hatte.

Jule erhebt sich ebenfalls und beginnt, die Polster zusammenzulegen, wie sie es jeden Abend tut. Dabei wendet sie Jo den Rücken zu.

»Darf ich dich küssen?« Ihre Frage kommt unvermittelt.

Sie dreht sich zu ihm um.

Einen Augenblick scheint er überrascht. Überrascht von dem, was plötzlich selbstverständlich scheint.

Dann nimmt er sie in den Arm und gibt ihr seine Antwort.

Sie schläft auch diese Nacht bei ihm. Als der nächste Morgen kommt, schläft sie mit ihm.

EPILOG

Die Wochen vergehen. Die Erinnerung an das, was sich unter dem Teppich im Wohnzimmer befindet, wird blasser. Doch sie bleibt da, die Erinnerung. Immer wieder mal hebt Jule den Teppich an, und dann sieht sie, was Marks Blut hinterlassen hat. Der Fleck würde nie ganz verschwinden; er gehört jetzt zu dem Haus, das sie und Jo mit neuen Erinnerungen einrichten.

Es gibt beides: Momente nahezu unbeschwerten Glücks – und Nächte, die Träume auffahren, in denen Jule ein Gewehr in der Hand hält. Es kommt vor, dass das Gewehr Ladehemmung hat, und dann wacht sie zitternd auf. Manchmal spürt sie, dass auch Jo neben ihr zittert. Vor dem Morgengrauen sind die Nächte am schwärzesten, doch sie und er wissen, dass irgendwann wieder die Sonne durch die Ritzen der Fensterläden scheinen wird. Dieses Wissen nehmen sie mit in den Tag. An den Tagen setzen sie Kierkegaard um: Sie leben vorwärts.

Jule hat Fabian Delaud angerufen und ihm erklärt, dass sie vor Freude ganz außer sich sei. Gemeinsam mit Jo fährt sie nun nach Uzès. In der Schule unterschreibt sie den Arbeitsvertrag. Im November soll der Unterricht beginnen. Sie drückt Fabian Delauds Hand sehr lange und sehr fest, als sie sich verabschiedet.

»Sie sind mein Glücksbringer«, sagt sie.

»Das sehe ich umgekehrt genauso«, erwidert er.

Anschließend sitzen Jule und Jo auf der Place aux Herbes unter den alten Platanen und trinken einen Pastis. Dabei sehen sie auf den Brunnen, wo das Mädchen im weißen Kleid damals im Wasser getanzt hatte.

»Auf den Engel an meiner Seite.« Es ist Jo, der das sagt, und es ist Jule, die mehr denn je spürt, was Flügel vermögen.

Sie beugt sich über den Tisch und gibt ihm einen Kuss. Er riecht nach Seife. Wie damals auf dem Karmelitermarkt. Sie mag seinen Geruch. So wie sie seine zerknitterten Sachen mag. Erst später wird ihr klar, dass sie in genau diesem Moment begonnen hat, ihn zu lieben.

Nachdem der Arzt Jos Verband abgenommen hat und die Fäden gezogen wurden, schwimmen Jule und Jo jeden Morgen im Pool. Anschließend frühstücken sie auf der Terrasse. Sie reden viel, weil sie sich so viel sagen wollen. Sie gehen in ihrem Leben spazieren, in ihrem wie in seinem. Sie kommen sich näher. Immer näher. Es ist ein synchrones Spüren, das sie verbindet – und das ohne Worte auskommt. Ihre Liebe, sie bekommt Formen.

Bis Mitte September arbeitet Jule im Restaurant. Danach schließt Catherine ihr Bistro für vier Wochen. Die Saison ist vorüber, die Urlauber werden weniger. Catherine beabsichtigt, nach Spanien zu reisen, nach San Sebastián und Barcelona.

»Ich muss schmecken, was andere kochen«, erklärt sie. »Das bringt mich weiter. Und die Spanier haben keine Angst vor Experimenten, probieren aus, was möglich ist, selbst wenn es unmöglich scheint.«

»Das gilt nicht nur in der Küche«, erwidert Jule.

Die beiden Frauen stehen am Tresen des Restaurants, wo Jule in den letzten Monaten so viele Flaschen geöffnet und so viele Gläser gefüllt hat. Zum Abschied schenkt Catherine ihr eine Kiste ihrer Lieblingsweine. »Dafür, dass du meine Arbeit übersetzt hast«, sagt sie. »Und überhaupt …«

Bis Jule Vera anruft, dauert es eine Weile. Sie weiß, dass sie dann wieder über das würde reden müssen, was sich unter dem Teppich befindet. Das, was sie wegleben will. Eines Abends schließlich zieht sie sich in ihr Zimmer im ersten Stock zurück, während Jo unten am Schreibtisch sitzt.

Es wird ein langes Gespräch. Die Freundin ist geschockt, als sie hört, was geschehen ist. Jule versucht, sie zu beruhigen. Sie hat immerhin einen Zeitvorsprung. Zeit, in der sie und Jo bereits Glück über den Schrecken haben breiten können.

»Du musst keine Angst mehr um mich haben«, beschwichtigt sie. Sie merkt, dass sie sich gleichzeitig selbst beschwichtigt. »Mark sitzt in Untersuchungshaft, und bald wird er verurteilt und kommt für Jahre ins Gefängnis.«

»Das mit dem Gewehr, Jule, das war Wahnsinn …«

»Es war meine einzige Chance. Ich hatte nur diesen einen Schuss, wenn du verstehst, was ich meine. Hätte ich dir damals, nachdem die Sattlers im Restaurant aufgetaucht sind, verraten, dass ich schießen übe, du hättest versucht, es mir auszureden.«

»Das hätte ich wohl, ja.« Vera seufzt. Es ist ein anderes Seufzen als das von Martine Foulard. Ein ergebenes Seufzen.

»Aber warum hast du mich nicht angerufen, nachdem Mark bei euch eingebrochen ist? Und wer ist überhaupt dieser Mann, den er mit dem Messer angegriffen hat?«

»Ich brauchte erst einmal Abstand, Vera. Und … und ich wollte all dem Schönen in meinem Leben Raum geben.«

»Dem Schönen? Du bist fast umgebracht worden …«

Jule räuspert sich. »Es wird Zeit, dass ich die Leerstellen fülle und dir erzähle, was du alles noch nicht weißt. Jetzt muss ich ja nichts mehr geheim halten.«

Und dann berichtet Jule von Jo, den sie in Wien kennengelernt hatte. Von dem Haus seiner verstorbenen Eltern, in dem niemand mehr gewohnt hatte. Von den Telefonaten, in denen Jo und sie sich nähergekommen waren. Von ihrem ersten gemeinsamen Abend hier.

»Und jetzt … jetzt sind wir zusammen. Wir sind glücklich, dass es uns beide noch gibt … und dass wir uns haben.«

Vera schweigt einen Moment. »Fällt es dir nicht schwer, wieder Vertrauen zu einem Mann zu haben?«, fragt sie dann.

Jule lässt sich Zeit mit ihrer Antwort. »Nein«, sagt sie schließlich. »Jo ist anders. Vom ersten Augenblick an hat er mich gesehen, und dadurch konnte ich mich sehen. Nenn es Intuition oder was auch immer … Aber da war etwas zwischen uns. Deshalb hat er mich auch nicht gedrängt, ihm zu verraten, warum ich unbedingt den Schlüssel für sein Haus wollte. Er hat gespürt, dass ich in Not war. Und er hat mir vertraut. Deshalb vertraue ich ihm.«

»Ich … ich würde ihn gern einmal kennenlernen.«

»Das wirst du bestimmt.«

»Ich würde auch gern das Haus kennenlernen, in dem du seit Monaten lebst. Immerhin weiß ich ja nun schon mal, wo es ist.«

»Auch das wirst du, Vera. Komm her, wann immer du magst. Ich habe dich so sehr vermisst, und ich wünsche mir, dich endlich mal wieder in den Arm nehmen zu können.«

»Wirst du …?« Vera zögert. »Wirst du denn dort unten bleiben? Ich meine, wirst du …?«

»Ja, das werde ich. Mein Entschluss steht fest. Ich komme nicht nach Wien zurück.«

»Aber wovon wirst du leben? Diese Arbeit im Restaurant, das war doch nur ein Ferienjob.«

»Das stimmt, aber ich gebe demnächst Klavierunterricht an der Musikschule in Uzès. Dort ist eine Stelle frei geworden, und der Direktor hat sie mir angeboten. Vielleicht kann ich im nächsten Jahr sogar wieder Konzerte spielen.«

»Und was ist mit Jo?«

»Er wird zwischen Deutschland und Frankreich hin und her pendeln. Ich werde also immer wieder längere Zeit allein im Haus sein, aber das bin ich ja gewohnt. Ich halte es gut aus mit mir – und Pêche. Was sonst wird …? Nun, wir werden sehen.«

»Ich sage jetzt etwas, das ich vor fünf Minuten noch nicht gesagt hätte.«

»Was denn?«

»Ein Stück weit beneide ich dich. Versteh mich bitte nicht falsch …«

»Das tue ich nicht«, unterbricht Jule sie. »Ich glaube, ich verstehe, was du meinst.«

»Du hast so viel riskiert, Jule. Ich weiß, dass du Angst hattest. Eine Scheißangst. Deine Stimme damals am Telefon, als du mir von diesen beiden im Restaurant erzählt hast … sie hat gebebt. Und trotzdem bist du unbeirrbar geblieben. Ohne mich. Ohne Jo. Ohne sonst jemanden. Du bist nicht weggelaufen, wie ich dir geraten habe. Stattdessen hast du mit einer Katze in einem Haus gesessen und ein Gewehr geladen. Und nun … nun machst du schon wieder Pläne. Woher nimmst du bloß diese Kraft?«

»Wenn man am Boden liegt, gibt es im Grunde nur zwei Möglichkeiten. Entweder man gibt sich auf, oder man kämpft. Ich wollte mich nicht aufgeben.«

»Schreibst du noch? In meinem Buch?«

»Nein, das ist abgeschlossen. Ich habe mir Antworten gegeben auf die Fragen, die mich umgetrieben haben. Jo hat es gelesen. Auch ihm habe ich damit Antworten gegeben. Jetzt liegt das Buch auf seinem Nachttisch, und manchmal blättern wir beide darin.«

»Was wird eigentlich aus deinen Sachen in Wien?«

»Ich wollte dich bitten, eine Spedition zu beauftragen, mir vor allem das Klavier herzubringen. Ansonsten brauche ich nur meine Notenblätter, CDs, ein paar Fotoalben, die französische Rezeptsammlung und den Inhalt meines Kleiderschranks. Der Rest kann entsorgt werden. Ich habe hier alles, was ich brauche.«

»Das mache ich gern. Nur wie komme ich in die Wohnung?«

»Ich erkundige mich bei der französischen Gendarmerie-Beamtin, wie man in solchen Fällen vorgeht, und gebe dir dann Bescheid.«

»Gut, Jule. Dann kommt bald ein Möbelwagen, und danach komme ich irgendwann.«

Nach dem Gespräch bleibt Jule noch eine Zeit lang am Fenster sitzen und sieht hinaus. Am Himmel sind bereits heute

Nachmittag dunkle Wolken aufgezogen. In der Ferne grollen erste Donner heran, ab und an blitzt es. Das Gewitter würde bald da sein. Es würde Regen mitbringen. Den ersten seit Monaten.

In den folgenden Wochen sinken die Temperaturen. Die große Hitze, sie ist vorbei. Die Zikaden stellen ihre Konzerte ein, und man braucht nun Pullover und Strickjacke, wenn man abends auf der Terrasse sitzt.

Jule und Jo nutzen die Zeit, die ihnen bis zu seiner Abreise nach Deutschland bleibt. Sie fahren nach Avignon und nach Nîmes, nach Aix-en-Provence und nach Carpentras. Sie beobachten Flamingos in der Camargue und wandern zum Pont du Gard. Sie sehen auf die Bergzüge der nahen Cevennen und auf die nicht mehr ganz so seichten Wellen des Mittelmeers. An den langen Stränden bei Sète gehen sie noch einmal baden; das Wasser trägt die Restwärme des Sommers in sich. Sie übernachten in einem kleinen Hotel in Narbonne und kaufen am folgenden Morgen in der alten Markthalle ein. Sie kaufen viel zu viel ein, und die nächsten Tage bleiben sie zu Hause und kochen und laden Nicolas und Sophie zum Essen ein.

Spät an jenem Abend nimmt Sophie Jule zur Seite.

»Ist alles gut?«, fragt sie.

»Zwischen Jo und mir, ja, da ist es gut. Wir sind wie zwei Puzzlesteine, die lange achtlos herumlagen, und nun merken wir, dass diese beiden Steine ins selbe Bild passen.«

»Und das andere? Ich meine …«

Jule nickt. »Ich weiß, was du meinst. Das andere muss verdaut werden, wie dieses viele Essen heute.«

»Und manchmal habt ihr noch Verdauungsprobleme, willst du damit sagen?«

»Sie werden weniger.«

»Bist du eigentlich jemals wütend gewesen? Richtig wütend auf diesen Kerl …?«

Jule sieht sie erstaunt an. Sie weiß nicht, was sie darauf antworten soll.

»Bei meiner Cousine, von der ich dir erzählt habe, war es erst so richtig vorbei, als sie wütend sein konnte«, erklärt Sophie. »Ich denke, Wut kann sehr heilsam sein – bei Verdauungsproblemen.«

»Vielleicht hast du recht. Nur … irgendwie habe ich bislang keine Wut gespürt. Angst, Panik, Erschöpfung, Erleichterung – all das, ja … aber Wut? Nein. Wenn ich ehrlich bin, weiß ich gar nicht, wie sich das anfühlt. Man hat mich eher zu Disziplin erzogen, dazu, mich zu beherrschen. Da hatte Wut keinen Platz.«

Sophie sieht über die Terrasse ins Tal, als würde sie dort nach einer Antwort suchen. Dann kehrt ihr Blick zu Jule zurück. »Du kannst es dir nicht vornehmen, wütend zu sein«, sagt sie. »Aber glaub mir, du wirst merken, wenn die Wut kommt. Und wenn es so weit ist, beherrsch dich nicht, sondern lass sie zu.«

An jenem Abend versteht Jule nicht ganz, was Sophie meint. Das tut sie erst, als Anfang Oktober Vera anruft.

Sie sei mit der Polizei und den Leuten von der Spedition in der Malzgasse gewesen, erzählt Vera. Alles sei nun verpackt und werde noch in derselben Woche in Frankreich ankommen.

»Da ist nur noch eine Sache«, sagt sie.

»Was denn?«, fragt Jule.

»Deine Kleider …«

»Was ist damit?«

»Er hat sie alle zerschnitten. Ich habe nur noch Stofffetzen im Schrank gefunden.«

Jule spürt, wie ihr übel wird. Da ist die Faust. Seine Faust. Sie trifft sie direkt in den Magen. Sie schluckt.

»Bist du noch dran, Jule?«

»Ja, ja … Ich bin nur … Warte einen Moment. Es geht gleich wieder.«

»Ich wollte es dir eigentlich gar nicht sagen, aber dann hättest du gefragt, was mit deinen Sachen ist, und …«

»Schon gut, schon gut.« Jule holt tief Luft und stößt sie dann auf einmal wieder heraus. Die Wirkung des Faustschlags lässt nach. Die Übelkeit wird schwächer.

Stattdessen steigt in ihr hoch, wovon Sophie gesprochen hatte. Die Worte der Freundin im Ohr, lässt Jule die Wut kommen. Wut auf diesen Mann, dem es nicht gelingen darf, ihr noch irgendetwas anzutun. Wie Stromschnellen wirbelt die Wut plötzlich durch ihre Gedanken. Rast, schäumt, tobt. Und liefert ihr das Bild, das sie braucht: Mark in einer engen Gefängniszelle. Mit einem auf Jahre vergitterten Himmel. Mit seinem Hass, der keinen Auslauf bekommt. Mit Schmerzen im Bein. Sein restliches Leben lang würde er sich daran erinnern, dass sie ihn angeschossen hatte. Dass sie sich gewehrt – und gesiegt hatte. Niemals würde er das vergessen. Bei ihr ist es nur ein blassroter Fleck unter dem Teppich. Bei ihm ist es eine ewige Demütigung.

Die Wut fegt auch noch den letzten Rest von Ohnmacht fort. Ohne Macht – das ist nun er. Mark. Erst jetzt begreift Jule, was Sophie ihr hatte sagen wollen.

»Bist du okay?« Veras Stimme holt sie zurück.

»Ja, ja … Ich hatte innerlich nur gerade einen Wutanfall.«

»Und?«

»Der war nötig. Jetzt weiß ich, wo ich stehe. Und dass ich fest stehe. Er kann mir nichts mehr anhaben.«

Sie räuspert sich. Natürlich wird er irgendwann entlassen. Vielleicht wird er erneut versuchen, sie aufzuspüren. Doch bis dahin werden Jahre vergehen, das hat Martine Foulard ihr zugesichert. Jahre, in denen Jule leben kann. Befreit. Ohne Angst. Was danach kommt, das wird sie überlegen, wenn es so weit ist. Sie hat ihren Weg gefunden, bis hierher. Sie wird auch dann einen Weg finden.

»Was ist mit dem Klavier?«, wechselt sie das Thema. »Ist das wenigstens heil geblieben?«

»Ja, dem ist nichts geschehen«, erwidert Vera.

»Gut.«

»Ist es wirklich gut?«

»Ja, mach dir keine Sorgen.«

»Du weißt, Sorge ist so etwas wie mein zweiter Vorname.«

»Ich nenn dich ab jetzt nur noch bei deinem ersten … Aber ganz im Ernst, Vera, es sind schließlich nur ein paar zerfetzte Kleider. Ich werde mir neue kaufen, und die werde ich dann tragen. Passend zu meinem neuen Leben.«

Nach dem Telefonat geht sie hinunter zu Jo. Er sitzt in seinem Zimmer, an seinem Schreibtisch. Von den ehemals drei Fotos stehen nur noch zwei dort. Ein neues ist hinzugekommen, eines, das bislang keinen Rahmen hat. Es zeigt Jule im Pool.

Draußen fällt ein feiner Regen; er pickt kleine Löcher in das Wasser des Pools. Die Blätter des Feigenbaums beginnen, sich zu verfärben. Nur die Zypresse hält unverändert Stellung.

Jule tritt von hinten an Jo heran, legt ihre Arme um ihn und vergräbt ihren Kopf in seinen Locken.

»Ich habe gerade ein völlig neues Gefühl kennengelernt«, sagt sie.

Er dreht sich zu ihr um. »Welches?«

»Wut. Ich konnte endlich wütend sein auf diesen Jemand, den es nie gab.«

»Gab es einen Auslöser?«

»Er hat alle meine Kleider zerschnitten.«

»Das ist …«

Sie hält ihm sanft den Mund zu. »Nicht weiterreden. Es ist nicht das, was du denkst. Es ist eine Befreiung. Ich habe schon oft gedacht, gehört, gesagt, es sei vorbei, aber erst jetzt habe ich ihm innerlich den endgültigen Tritt gegeben. Er hat nur ein bisschen Stoff zerschnitten, ich dagegen alles, was mich jemals mit ihm verbunden hat.«

Er schiebt sanft ihre Hand von seinem Mund. »Darf ich doch noch etwas sagen?«

Sie lächelt. »Natürlich.«

»Ich habe schon Sehnsucht nach dir, obwohl ich noch gar nicht abgereist bin.«

Sie verstärkt ihr Lächeln. »Dann sind wir auf einem guten Weg«, sagt sie dann.

Drei Tage später wird das Klavier geliefert.

Nachdem die Männer von der Spedition wieder gefahren sind, setzt Jo sich auf das alte Sofa seiner Eltern.

Jule setzt sich an ihr Klavier. Und dann beginnt sie zu spielen.

SCHLUSSBEMERKUNG

Es gibt alle Orte, die in diesem Roman erwähnt werden. Ich habe sie auf meinen Reisen nach Frankreich besucht und lieben gelernt. Ich bin durch den Wald nach Cornillon gewandert und habe von dort oben ins Tal gesehen. Ich bin an den Kanälen entlang durch Goudargues gebummelt, habe auf dem Wochenmarkt Käse und Oliven, in der *boucherie pâté, boudin noir, jambon* und *poulet de campagne,* in der *boulangerie* Baguettes und Croissants und im Laden vor der Kirche Obst, Gemüse und Wein gekauft. Ich habe in Uzès auf der Place aux Herbes unter den alten Platanen gesessen und ein kleines Mädchen im Springbrunnen tanzen sehen. Ich habe in einem Laden dort *brandade* erstanden und mir beim Anblick der Türme der Stadt so meine Gedanken gemacht.

Und natürlich gibt es in Goudargues Restaurants. »Le Petit Bistro« und eine Inhaberin namens Catherine sind allerdings fiktiv. Auch in Uzès existiert eine Musikschule, doch die im Roman beschriebene und deren Direktor sind ebenfalls Fiktion. Genauso, wie das Haus auf dem Hügel erfunden ist. Es gibt Häuser dieser Art; in einem solchen haben mein Mann und ich sogar viele Wochen verbracht; dieses eine jedoch ist ein Konstrukt meiner Fantasie.

DANKSAGUNG

Ich danke meinem Verlag Droemer Knaur – und hier insbesondere dem Gesamtverlagsleiter Belletristik Steffen Haselbach, der mich von Beginn an bei der Entstehung meines Manuskripts begleitet und unterstützt hat.

Weiter danke ich meiner Lektorin Eléonore Delair. Für uns beide war die Zusammenarbeit an diesem Roman eine Premiere, die besser nicht hätte sein können. Ihr wunderbares Gespür für den Plot einer Geschichte, ihre konstruktiven Anmerkungen und nicht zuletzt ihre empathische Art haben dazu beigetragen, dass das Manuskript in jeder Hinsicht gewonnen hat.

Ich danke meinem Literaturagenten Dirk Meynecke, der mir auf seine ihm eigene zugewandte und besonnene Weise mit Rat und Tat zur Seite stand und stets erreichbar war, wenn ich ihn brauchte.

Nicht zuletzt danke ich Peter, meinem Mann. Er ist auch dieses Mal nicht nur mein erster Leser gewesen, sondern hat mich an die Orte, an denen dieser Roman spielt, begleitet – und teilt deswegen meinen Blick auf die Landschaft, die wir beide so sehr lieben. Nicht nur in Frankreich, sondern auch wieder zu Hause in Deutschland hat er in der Entstehungsphase des Buches in unserer Küche alles dafür getan, dass ich aufs Beste gestärkt ans Werk gehen konnte.

Was bleibt von einer großen Liebe –
und einer scheinbar glücklichen Ehe?

ANNETTE HOHBERG

WAS DIE NACHT AN DEN TAG BRINGT

Als Chiara aus ihrer Heimat Sizilien nach Bali reist, ist sie voller Erwartungen: Endlich wird sie Georg wiedersehen, den Mann, den sie liebt und mit dem sie sich ein neues Leben aufbauen will. Aber Georg kommt nicht, und Chiara beginnt zu zweifeln. Ihre Unruhe wächst von Stunde zu Stunde. Da lernt sie Elisabeth kennen, die sich sehr um sie bemüht und mit der sie schon bald so etwas wie Freundschaft verbindet. Doch Chiara ahnt nichts von Elisabeths Geheimnis, das Chiaras Glück zerstören wird. Auf Bali entscheidet sich das Schicksal der beiden Frauen …

Ein eindringlicher Roman über Wut und Schmerz,
aber auch über Mitgefühl und Versöhnung!
Für die Leserinnen von Julia Holbe und Daniela Krien

DROEMER